U0091013

古典文學研究輯刊

十四編

曾永義 主編

第4冊

眞德秀、魏了翁文學研究

馬建平 著

國家圖書館出版品預行編目資料

真德秀、魏了翁文學研究／馬建平 著 — 初版 — 新北市：花木蘭文化出版社，2015〔民 104〕
目 4+258 面；19×26 公分
(古典文學研究輯刊 十四編；第 4 冊)
ISBN 978-986-404-804-5（精裝）
1.（宋）真德秀 2.（宋）魏了翁 3. 宋代文學 4. 文學評論
820.8　105014951

ISBN-978-986-404-804-5
9 789864 048045

古典文學研究輯刊
十四編　第 四 冊　ISBN：978-986-404-804-5

眞德秀、魏了翁文學研究

作　者　馬建平
主　編　曾永義
總 編 輯　杜潔祥
副總編輯　楊嘉樂
編　輯　許郁翎、王筑　美術編輯　陳逸婷
出　版　花木蘭文化出版社
社　長　高小娟
聯絡地址　235 新北市中和區中安街七二號十三樓
電話：02-2923-1455／傳眞：02-2923-1452
網　址　http://www.huamulan.tw 信箱 hml 810518@gmail.com
印　刷　普羅文化出版廣告事業
初　版　2016 年 9 月
全書字數　220364 字
定　價　十四編 21 冊（精裝）新台幣 36,000 元

眞德秀、魏了翁文學研究

馬建平 著

作者簡介

馬建平（1976 ～），寧夏吳忠人。2004 年考入西北師範大學文學院師從尹占華教授攻讀碩士研究生，研究方向爲唐宋文學。2007 年考入北京大學中文系師從張鳴教授攻讀博士研究生，研究方向爲宋元明清文學。2011 年至今任教於內蒙古民族大學文學院，講授中國文學史，中國文學批評史，國學經典等課程。

提　要

目前學術界對南宋中後期文學史的敘述，一般都在中興詩壇之後直接討論四靈詩派和江湖詩派，而對當時的一些著名的士大夫如眞德秀和魏了翁的文學創作缺少應有的關注，還有不少缺環有待彌補。而且，由於眞德秀和魏了翁這樣的作家具有理學家的獨特身份，使得古代文學研究者較多從理學的視角研究他們的文學思想和文學創作，而忽視了他們作爲士大夫的寫作特點，因此對他們的作品還缺乏全面的解讀。有鑒於此，本文以南宋中後期，具有多重身份的士大夫的代表人物眞德秀和魏了翁爲研究對象，著重探討眞、魏二人作爲士大夫、思想家等多重身份的集合對他們的文學創作帶來的複雜性與特殊性，在思想史和和政治史視角考察其文學的思想政治內涵和審美追求，討論其文學中體現的理學興起後士大夫的思想和文化特徵，全面評價其藝術成就，並進一步揭示以眞、魏爲代表的南宋中後期士大夫文學創作的獨特價值和文學史地位。第一章論述眞德秀和魏了翁面對他們所處時代的重大問題所提出的見解。第二章論述眞德秀和魏了翁的文學思想。第三章以眞德秀的文學活動爲中心進行考察。第四章論述了眞德秀和魏了翁的詩歌內容。第五章從藝術角度對眞德秀和魏了翁的詩歌加以分析。第六章論述了眞德秀和魏了翁的文章寫作。

目　次

緒　論

一、選題說明

1、問題的提出

在古代文學研究領域裏，學術界對南宋中後期的文學史敘述，一般都在中興詩壇之後直接討論四靈和江湖詩派，而對當時的一些士大夫文學創作則重視不夠〔註1〕。這些士大夫的作品不但數量較多，藝術上也有一定的價值。隨著宋代文學研究的不斷深入，近年來已有學者關注到南宋中後期士大夫的文學創作，出現了一些重要的研究成果，如張文利《魏了翁文學研究》〔註2〕，夏靜《眞德秀文學思想論》〔註3〕，杜海軍《呂祖謙文學研究》〔註4〕，景紅錄《劉克莊詩歌研究》〔註5〕，王述堯《劉克莊與南宋後期文學研究》〔註6〕，但有很多士大夫還沒有進入研究者的視野，如袁燮、洪咨夔等人，而對士大夫中的代表性人物眞德秀和魏了翁二人，研究者往往將他們視爲道學家或理

〔註1〕如游國恩主編《中國文學史》第三卷第六章（1963年版），章培恒主編《中國文學史》（復旦大學），孫望、常國武主編《宋代文學史》（人民文學出版社1996年版）均未提及眞德秀和魏了翁的文學創作。袁行霈主編《中國文學史》第三卷第十一、十二章僅提及眞德秀散文及《文章正宗》（高等教育出版社1999年版），程千帆、吳新雷著《兩宋文學史》（上海古籍出版社1991年版）第十章第三節提及眞德秀和魏了翁的散文。

〔註2〕張文利《魏了翁文學研究》，中華書局2009年版。

〔註3〕夏靜《眞德秀文學思想論》，《北方論叢》2007年第2期。

〔註4〕杜海軍《呂祖謙文學研究》學苑出版社2003年版。

〔註5〕景紅錄《劉克莊詩歌研究》上海古籍出版社2007年版。

〔註6〕王述堯《劉克莊與南宋後期文學研究》東方出版中心2008年版。

學家來分析他們的文學創作，對他們的士大夫身份沒有給予相當的關注，而他們的文學思想和文學創作與道學家的文學思想和文學創作，有所同，也有所不同，因此還有值得深入挖掘的餘地。

近年來，有的學者注意到宋代作家身份的複雜性和特殊性，如內山精也的《宋代士大夫的詩歌觀——從蘇、黃到江西派》〔註7〕認爲士大夫作爲宋代文學主體的獨特之處在於官——學——文三位一體，並且分析了宋代士大夫的理想範型以及科舉制與士大夫文學主體的關係。內山精也的研究是以北宋蘇軾和黃庭堅爲例對士大夫這一文學主體加以分析，而到南宋中後期，士大夫的身份有了新的變化，如眞德秀和魏了翁，他們是朝廷中重要的政治人物，在文化領域也有重要的影響，而且還創作了大量的詩文，這三點與北宋蘇、黃等士大夫相比基本一致，但是在南宋中後期，理學文化又成爲一個重要的影響因素，他們的文學作品也就有了獨特風貌。

《四庫全書總目》卷一六二《鶴山集提要》稱：「南宋之衰，學派變爲門戶，詩派變爲江湖。了翁容與其間，獨以窮經學古自爲一家，……所作醇正有法而紆徐宕折，出乎自然，絕不染江湖遊士叫囂狂誕之風，亦不染講學諸儒空疏拘腐之病，在南宋中葉可謂翛然於流俗外矣。」〔註8〕從這則評價可以看出四庫館臣對魏了翁詩歌的定位是非常清楚的，既沒有把他等同於理學家詩人，也區別於江湖詩派諸人。眞德秀和魏了翁這一批士大夫，作爲文學創作的主體，其知識結構及觀念的變化影響了他們的詩文創作，不能把他們等同於道學家，也不能以看待北宋士大夫的目光來觀察他們。這些士大夫的文學作品容易被忽略的原因之一是他們的作品藝術價値不高〔註9〕，在思想史的研究中他們的文學作品更不是研究的對象了。然而以還原文學史的本來面目和作爲一種文化現象角度來觀察這些士大夫的文學創作，就會發現他們的文學風貌的形成背後有著必然的因素。

〔註7〕沈松勤主編《第四屆宋代文學國際研討會論文集》，浙江大學出版社 2006 年版。

〔註8〕清永瑢編《四庫全書總目提要》卷一六二，中華書局 2005 年版第 1391 頁。

〔註9〕祝尚書《論宋代理學家的「新文統」》認爲南宋理學家試圖在文學領域建立文統，與他們在思想界建立的道統相一致，在理學觀念的支配下他們創作的作品沒有多少文學性，沒有強烈的情感抒發，對詩歌的形象和藝術不是那麼刻意追求，重視義理的闡述，忽視詩藝的發掘，作品議論的成分多。《第四屆宋代文學國際研討會論文集》，浙江大學出版社 2006 年版。

2、研究意義

儒家學說產生後，隨著佛教和道家思想對儒家學說的衝擊越來越劇烈，尤其是在形而上學方面，儒家學說的影響力逐漸下降。宋代理學的興起在很大程度上是回應道家和佛教思想對儒家思想的衝擊，以期在思想領域內重新確立儒家思想的主導地位。宋代的統治者對理學從懷疑到支持，從任其發展到爲我所用，最終使理學成爲統治思想的有力武器，影響了整個封建社會後半期。從這個角度來看，眞德秀、魏了翁所處的時代恰好是轉折的關頭，在他們的努力推動下，理學取得了思想文化領域內的主導地位，對政治領域和社會生活領域都開始產生巨大的影響。

從政治文化的角度看，眞德秀和魏了翁所處的時代有其特殊性。北宋建國後，在君主開明政策的鼓勵和儒學復興的作用下，士大夫的政治參與意識高漲，並提出了與君主共治天下的口號〔註 10〕。北宋紛繁的政治變革和黨爭極大的影響了士大夫的政治參與熱情，南宋初期及中後期秦檜、韓侂冑、史彌遠、賈似道相繼專權，抨擊善類以鞏固權位。在眞德秀、魏了翁所處的時代，很多士大夫接受了道學思想，形成了新型的士大夫群體，他們借助詩文來聯繫道學派，團結道學中人來對抗權相，從這一點上來看，他們的文學創作就與當時的政治文化生活息息相關。

文學作品的產生受創作者思想觀念的影響很大，在不同的文學思想指導下會產生不同風貌的文學作品。眞德秀和魏了翁的詩歌與道學家的詩歌有相似性，但也有所區別。研究眞德秀和魏了翁的詩文創作可以幫助我們更清楚的瞭解這批士大夫的文學創作的本質所在，他們與道學家、江湖派在文學思想上有哪些不同，體現在創作上又有什麼不同。南宋中後期，像眞、魏這樣的多重身份集合的士大夫不在少數，但眞德秀和魏了翁是最爲突出的兩位，他們成爲各種矛盾和問題的焦點，以他們的文學作品爲研究對象，就有十分典型的意味。

眞德秀與魏了翁生平經歷相似，而且氣味相投，彼此視爲好友，後人並稱爲眞、魏。在理宗親政之初，眞德秀的聲望就達到了頂點，超過了魏了翁，所以人們將他們並稱時常常是眞在魏前。並稱首先源於魏了翁爲眞

〔註 10〕見宋李燾《續資治通鑒長編》卷二二一，熙寧四年三月戊子條：上（神宗）曰：「更張法制，於士大夫誠多不悅，然於百姓何所不便？」彥博曰：「爲與士大夫治天下，非與百姓治天下也。」中華書局 2004 年版第 5369 頁。

德秀所作《神道碑》說：「嘗觀先正司馬文正謂范忠文公曰：『吾與子生同志，死當同傳，而天下之人亦無敢優劣之者，後死則誌其墓。』了翁何敢以是自擬重。惟與公同生於淳熙，同舉於慶元，自寶慶訖端平，出處又相似，然而志同氣合，則海內寡二。」因爲二人的學問和政治地位相近，世人將他們並稱「眞、魏」，他們即是嘉定至端平年間正直的士大夫的代表，也是反對權臣、支持道學的代表，並稱還見於宋吳泳所作的《鶴山文集序》：「公文視西山理致同醇麗有體，而豪贍雅健則其所自得，故近世言文者曰眞、魏，要皆見道君子。」(《江湖小集》卷七一引)〔註 11〕宋胡知柔《象臺首末》卷五〔註 12〕也稱眞、魏，後來在劉克莊和方回的著作中也有連稱眞、魏的〔註 13〕，因此這一併稱就延續下來。明代吳寬《敕祀鶴山先生魏文靖公記》云：「公以立朝大節及講明道學之功，當時與眞文忠公相上下，故人以『眞魏』並稱。」〔註 14〕另如明彭韶《來鶴樓合祠碑》稱：「惟宋之季，邛實有儒，道德學問，與西山俱。」〔註 15〕在《宋元學案》中《西山眞氏學案》黃百家稱：「從來西山、鶴山並稱，如鳥之雙翼，車之雙輪，不獨舉也。鶴山之志西山，亦以司馬文正、范忠文之生同志、死同傳相比，後世亦無敢優劣之者。」〔註 16〕並稱的出現，說明他們在當時社會和文化上的影響力，也說明他們具有一些相近的特點。以眞、魏二人作爲南宋中後期士大夫的代表，具有典型性，又具有普遍性，從他們身上可以看出士大夫與道學之間的聯繫，也可以看出南宋道學興起後士大夫的思想和文化特徵，因此，本文以眞、魏二人作爲士大夫的典型代表，來揭示南宋中後期士大夫文學創作的面貌。

〔註 11〕宋陳起編《江湖小集》，臺灣商務印書館景印文淵閣四庫全書 1986 年版集部第 1357 冊。

〔註 12〕宋胡知柔《象臺首末》卷五，臺灣商務印書館景印文淵閣四庫全書 1986 年版史部第 447 冊。

〔註 13〕《桐江集》卷二《景疎庵記》：「眞魏繼至，一俾知舉，一俾督師。」基本古籍文庫影清宛委別藏本。《後村先生大全集》卷一二八《乙酉答傅諫議》：「當世要務，眞魏略言之矣。」四部叢刊本。

〔註 14〕明吳寬《吳都文粹續集》第一四卷，臺灣商務印書館景印文淵閣四庫全書 1986 年版集部 1385～1386 冊。

〔註 15〕明陳暐《吳中金石新編》第五卷，臺灣商務印書館景印文淵閣四庫全書 1986 年版史部第 683 冊。

〔註 16〕清黃宗羲《宋元學案》中華書局 1986 年版第 2696 頁。

二、研究綜述

（一）真德秀研究綜述

1、真德秀的思想研究

關於眞德秀的思想研究，最初在相關的哲學史中有所論述，如侯外廬等《宋明理學史》〔註 17〕、蒙培元《理學的演變》〔註 18〕、姜廣輝《理學與中國文化》〔註 19〕等。蒙培元認爲眞德秀哲學以朱熹哲學爲依歸，繼承和發揮了朱熹的體用說和心體說，強調「反身而誠」的求仁說，有向心學方面發展的趨勢。侯外廬等主編的《宋明理學史》中指出，眞德秀不是照搬董仲舒的天人合一理論，而是用程朱理學對之進行了改造。

朱鴻林先生在《理論型的經世之學——眞德秀〈大學衍義〉之用意及其著作背景》〔註 20〕中聯繫到眞德秀的政治遭遇，認爲眞德秀寫作《大學衍義》的用意是對宋理宗的諫諍。朱鴻林還把《大學衍義》和明代丘濬的《大學衍義補》作了一番比較，並且探討了後世對兩書的評價，認爲把《大學衍義》和《大學衍義補》結合起來，才是理想的、完整的經世之學，因此，朱鴻林先生把眞德秀的經世思想稱之爲「理論型的經世之學」。美國學者田浩在《朱熹的思維世界》〔註 21〕中論及眞德秀，認爲《政經》能夠兼顧道德與實踐二方面的關懷、很有效地綜合道學的經世方法。姜廣輝先生的《略論眞德秀的理學思想及其歷史地位》〔註 22〕發表較早，他認爲，眞德秀把董仲舒的尊天神學糅入其理學體系之中，認爲天即是理。他在一定程度上改鑄了朱熹思想，使其向兩方面發展，一方面與董仲舒的尊天神學相接，增加「天」的神秘性和權威性，另一方面又在「器」與「道」、「物」與「理」的關係上。作出較爲合理的解釋，使人不致離開具體事物去空談「道」和「理」。這兩方面的思想體現在眞德秀的主要理學命題「德性天與」和「窮理持敬」之中。周春水《眞德秀理學思想及其在宋明理學中的地位》〔註 23〕認爲眞德秀進一步發揮

〔註 17〕侯外廬等《宋明理學史》人民出版社 1984 年版第 607～622 頁。

〔註 18〕蒙培元《理學的演變》福建人民出版社，2007 年版第 110 頁～142 頁。

〔註 19〕姜廣輝《理學與中國文化》上海人民出版社 1994 年版第 221 頁。

〔註 20〕朱鴻林《理論型的經世之學——大學衍義之用意及其著作背景》，《食貨月刊》（臺北）復刊 1985 年第 15 卷第三、四期合刊，第 108～119 頁。

〔註 21〕田浩《朱熹的思維世界》，陝西師大出版社 2002 年版第 289～295 頁。

〔註 22〕姜廣輝《略論眞德秀的理學思想及其歷史地位》，《福建論壇》1983 年第 5 期。

〔註 23〕周春水《眞德秀理學思想及其在宋明理學中的地位》，《福建社會主義學院學報》2003 年第 4 期。

了朱熹解釋太極爲「無形而有理」的思想，把太極規定爲「無物而有理」，簡要敘述眞德秀包括本體論、認識論和辯證法在內的哲學思想以及其政治觀，分析他的思想對於朱熹的繼承與發展。傅小凡的《貫通形上形下的努力——試論眞德秀對朱子理學本體論的發展》〔註 24〕認爲眞德秀的哲學本體論與朱子理學有明顯區別，眞德秀既認識到「道」、「器」不可分，同時又強調「道」、「器」不相混。顓靜莉、李宏亮《眞德秀理學思想探微》〔註 25〕認爲眞德秀的哲學本體論與朱子理學有明顯區別。在「理」與「物」的關係中，強調二者未嘗相離，以論證社會規範與自然規律的統一，避免了「理」獨立於「氣」的概念虛化之弊。孫先英的博士論文《論朱學見證人眞德秀》〔註 26〕。孫先英認爲眞德秀的思想淵源除了緣自朱熹之外，還來源於佛道兩家，在理學理論上推動朱學沿著心學和實學兩個方向發展，並認爲眞德秀的存心養心之術爲「誠敬」，從理實論、性實論、著實論、實踐論、經世致用論五個方面具體分析了眞德秀的實學思想，從眞德秀在個人生活、政治實踐、文本三個層面的理學實踐來探討朱子理學在實踐方面的價值。另外還探討了眞德秀作爲文選家對後世的影響，眞德秀開創文章總集中談理一派，建立了詩文選集的體例安排和評注結合的批評模式，還提到了眞德秀在詩詞文創作上的成就。湘潭大學尹業初碩士論文《眞德秀哲學思想研究》〔註 27〕認爲眞德秀的哲學思想是在程朱理學「理——氣——物——理」的邏輯結構中展開論述的，以「理」爲最高本體，以「仁」爲「理」的實際內涵，豐富和充實了朱熹對「太極」、「陰陽」、「理氣」、「道器」等哲學範疇的理解，更加強調理學思想的倫理化與政治化，爲維護和鞏固儒家倫理道德和封建等級制度提供理論依據，他認爲眞德秀繼承朱熹的政治思想，追求「仁政」的理想目標，在論證「君權至上」、維護君主專制制以及推行「仁政」等方面提出了自己見解。眞德秀的思想帶有心學傾向，更強調「心」的知體明覺的主宰作用。夏靜在《眞德秀學術思想及其價值取向》〔註 28〕一文提出眞德秀融合了二程、朱子、象山以來

〔註 24〕傅小凡的《貫通形上形下的努力——試論眞德秀對朱子理學本體論的發展》，《合肥學院學報》2007 年 5 月第 3 期。

〔註 25〕顓靜莉、李宏亮《眞德秀理學思想探微》，《牡丹江教育學院學報》2006 年第 2 期。

〔註 26〕孫先英《論朱學見證人眞德秀》，四川大學 2005 年博士論文。

〔註 27〕尹業初《眞德秀哲學思想研究》，湘潭大學 2005 年碩士論文。

〔註 28〕夏靜《眞德秀學術思想及其價值取向》，《中國社會科學院研究生院學報》，2006 年第 5 期。

理學的精髓，吸收了佛學思想，形成了以「參取」爲核心的價值觀，。蘭宗榮在《眞德秀「仁政」思想述評》〔註 29〕一文中認爲在眞德秀「仁政」思想中「三綱五常」是其倫理道德基礎，存天理、去人欲的道德修養是達仁的途徑，廉、仁、公、勤是官德的基本要求，崇風教、清獄犴、平賦稅、禁苛擾是仁政的具體方針。雷家宏《眞德秀新論》〔註 30〕指出眞德秀具有強烈的憂患意識，不滿權臣專權，主張對金、蒙採取強硬態度，任地方官時恪盡職守，有不少政績。對於本書的寫作而言，眞德秀的學術思想的傾向與其文學思想和文學活動以及文學創作都密切相關，比如眞德秀對性情的認識和詩歌中處理情感的方式，其學術思想傾向與其學問詩的主題，等等。眞德秀對朱熹學說的發展主要在心性和修養論方面，與魏了翁的學術關注點迥異，因此表現在文學方面也大相徑庭，也就是說在研究眞德秀的文學創作和文學思想之前對其學術思想應有較爲清楚的瞭解。

2、真德秀的生平考辨及著作版本

孫先英《西山眞夫子年譜正誤》〔註 31〕指出眞德秀後人眞采所修《眞西山年譜》的不少訛誤，《〈宋史・眞德秀〉本傳獻疑幾則》〔註 32〕指出了《宋史・眞德秀》本傳中的中的四條錯謬。華中師範大學林日波的碩士論文《眞德秀年譜》〔註 33〕對眞德秀入仕從政、講學授徒，以及同帝王將相、達官窮吏，各種學派及思想家、師友弟子、禪僧道士等形形色色人物的紛繁交往進行考察，「採取歷時態和共時態相結合的研究方法，並且盡力梳理理學的黜崇過程，使其作爲一條暗線貫穿在《年譜》之中」。對眞德秀作品的版本源流的研究，主要有祝尚書先生的《宋人別集續錄》〔註 34〕，其中對眞德秀的著作版本進行了考辯。李弘毅的《〈文章正宗〉的成書、流傳及文化價值》〔註 35〕指出，《文章正宗》是在《諸老先生集略》基礎上編纂而成的，體現了宋人以道統治世的理學史觀，通過對版本的考辨，尋覓出《文章正宗》宋槧本的版刻脈絡，揭示其蘊含的文化價值，論述了該書在宋代

〔註 29〕蘭宗榮《眞德秀「仁政」思想述評》，《南平師專學報》2001 第 3 期。
〔註 30〕雷家宏《眞德秀新論》，《江漢論壇》1994 年 7 期。
〔註 31〕孫先英《西山眞夫子年譜正誤》，《四川師範大學學報》2005 年第 2 期。
〔註 32〕孫先英《〈宋史・眞德秀〉本傳獻疑幾則》，《龍岩學院學報》2007 年第 1 期。
〔註 33〕林日波《眞德秀年譜》，華中師範大學 2006 年碩士論文。
〔註 34〕祝尚書《宋人別集續錄》，中華書局 1999 年版第 1257～1260 頁。
〔註 35〕李弘毅《〈文章正宗〉的成書、流傳及文化價值》，《西南師範大學學報》1997 年第 2 期。

理學發展演進中的歷史地位。張智華的《眞德秀〈續文章正宗〉版本源流》〔註 36〕認爲《續文章正宗》在宋、元、明、清自成一個系統，並考察《續文章正宗》的版本源流。以上幾部論著對眞德秀的生平和著作的考證都爲本書的寫作提供了很大的幫助，也提醒筆者要在佔有文獻資料的基礎上展開論述。

3、真德秀文學思想

在文學理論和文學批評理論方面，學界普遍認爲眞德秀繼承和發展了朱熹的文學思想。王運熙、顧易生主編的《中國文學批評通史・宋金元卷》〔註 37〕中論及了眞德秀的文學思想，認爲眞德秀的文學思想顯得片面，迂腐，但以義理之學釋性情說，賦予義理之詩以廣義的解釋，並提出眞德秀把得心性之正看作是詩歌創作的根本，是其文學思想的閃光點。石明慶《論眞德秀的詩歌理論批評》〔註 38〕認爲眞德秀詩歌理論繼承並發展了朱熹的理學詩學觀點，是理學家文學思想的典型，也成爲官方正統文學思想的代表，表現出鮮明的理學色彩。孫先英在《論眞德秀〈詩經〉評點的政教觀》〔註 39〕一文中指出眞德秀的《詩經》評點以教化爲旨歸，強調心性涵養，認爲「性情之正」是實現外在政教的唯一途徑，把文學價值取向引向主體心性修養，賦予了《詩經》以道德的規定性，這種政教觀對後世文學產生了影響。孫先英《從〈文章正宗〉看眞德秀的陶詩觀》〔註 40〕提出眞德秀認爲陶淵明平淡的詩風與孔子的淡泊情懷在精神上相契合，認爲陶詩是詩壇的最高典範。孫先英《眞德秀〈詩經〉評點的「性情之正」說》〔註 41〕認爲眞德秀以「性情之正」爲價值核心，淵源於儒家「溫柔敦厚」的詩教觀和「重質輕文」的文學功用理論，對南宋末年的文學產生了影響。王嬋的《眞德秀評點中的公文本體論與文體

〔註 36〕張智華《眞德秀〈續文章正宗〉版本源流》，《安徽教育學院學報》2000 年第 1 期。

〔註 37〕王運熙、顧易生主編《中國文學批評通史・宋金元卷》，上海古籍出版社 2007 年版第 792～800 頁。

〔註 38〕石明慶《論眞德秀的詩歌理論批評》，《湖州師範學院學報》2006 年第 6 期。

〔註 39〕孫先英《論眞德秀〈詩經〉評點的政教觀》，《廣西大學學報》（哲學社會科學版）2007 年第 3 期

〔註 40〕孫先英《從〈文章正宗〉看眞德秀的陶詩觀》，《九江學院學報》2007 年第 5 期。

〔註 41〕孫先英《眞德秀〈詩經〉評點的「性情之正」說》，《貴州大學學報》2007 年第 3 期。

論》〔註 42〕從《文章正宗》所收錄的公文及其評點來探析眞德秀的公文本體論和文體論，論述了公文本體論的特點、作用、法式、修辭問題，闡述了眞德秀的公文文體觀念。夏靜的《眞德秀文學思想論》〔註 43〕認爲眞氏在文學上引入了理、道、氣等具有本體論意義的理學範疇，文道觀和文氣論構成了他對文學本體的基本看法，以「鳴道之文」爲正宗，顯示了理學家重建文統的努力，還高度評價了眞氏在選本體例上的開創性。漆子揚、馬智全合著的《從〈文章正宗〉的編選體例看眞德秀的選學觀》〔註 44〕提出眞德秀的選學觀深受唐代古文運動的浸潤，也深受南宋程朱理學重道輕文的文藝思潮影響，《文章正宗》的文體分類、先後次序、選文範圍都體現了南宋正統文學重視作家道德修養、輕視文學審美價值的文學風尙，同時反映了眞德秀尊王尊聖、憂國憂民的政治思想在選學領域的申發，帶著南宋偏安王朝的社會印痕，否定了文學以抒情爲基本特質的功用。

（二）魏了翁研究綜述

1、魏了翁思想研究

蔡方鹿《魏了翁在宋明理學史上的地位》〔註 45〕、蔡方鹿、賈順先《魏了翁與宋代理學》〔註 46〕這兩篇文章主要論述魏了翁在宋明理學史上的地位。首先，他們認爲在理學由「僞學」到被確立爲官方正統哲學，由民間傳授到成爲社會意識形態的指導思想的過程中，魏了翁的積極提倡和表彰起了重大作用。其次魏了翁的理學思想具有折衷朱陸並逐漸向心學發展的特點。認爲魏了翁思想的形成和發展經歷了一個過程，他先是接受朱熹的思想，後又將朱學與陸學結合，逐步轉到以心學爲主的立場上。在闡發理學思想時，魏了翁力圖以儒家經典爲依據來發揮經書中的微言大義，是爲了提供解決現實治亂問題的理論根據，並通過實踐把聖人之道貫徹到社會生活的各個領域

〔註 42〕王嬋《眞德秀評點中的公文本體論與文體論》，《河南師範大學學報》2006 年第 6 期。

〔註 43〕夏靜《眞德秀文學思想論》，《北方論叢》2007 年第 2 期。

〔註 44〕漆子揚、馬智全合著《從〈文章正宗〉的編選體例看眞德秀的選學觀》，《湖南大學學報》2008 年第 2 期。

〔註 45〕蔡方鹿《魏了翁在宋明理學史上的地位》，《成都大學學報》社科版 1994 年第 4 期。

〔註 46〕蔡方鹿、賈順先《魏了翁與宋代理學》，《社會科學研究》1985 年第 1 期。

中去。這兩篇論文出現較早，對魏了翁的研究起到了導夫先路的作用，並且指示後學魏了翁與眞德秀所處時代是理學興衰的關鍵期。全超《魏了翁理學思想評析》〔註 47〕該文分四個部分，第一部分簡要論述了魏了翁思想與周敦頤、二程思想之間的接受關係，試圖從理學發展的脈絡上理清魏了翁思想的來源。第二部分作者重點論述魏了翁的宇宙論、體用論、認知論以及對儒家經典的再闡釋，並且談到魏了翁思想的局限性。第三部分主要分析魏了翁的政治思想。該文對魏了翁的理學思想來源探究的不很充分，對魏了翁的本體論似乎還有可以商榷之處。鞠巍、王小丁《獨特的理欲觀——試論胡宏對魏了翁思想的影響》〔註 48〕該文論述了胡宏的理欲觀與正統理學存在不同，在處理天理與人欲問題上，他主張兩者共同處於同一生命體之中，不能截然分開，只能在兩者之間尋找合適的結合點，不能完全摒棄人欲。作者認爲魏了翁堅持了胡宏的觀點，而且應用於實踐之中，體現出鮮明的湖湘特色，並且魏了翁更強調天理與人欲一源，在處理兩者關係的時候，即應該避免絕對的割裂與對立，避免以善惡的絕對劃分來對待理欲問題，爲人的正當欲求留下了充足空間。作者還認爲魏了翁在對善惡的界定上與胡宏有著驚人的一致，並從易學的高度論證了性善問題，並對性善與現實的善做了區別。作者認爲魏了翁在理欲觀上的觀點代表了湖湘學與蜀學在宋代的相互影響與吸收，反映出南宋理學思想的發展動態。這篇文章對於魏了翁的理欲觀有獨到見解，並且從宋代思想發展史出發考察魏了翁的思想淵源。對於本書的寫作很有啓發。蔡方鹿《魏了翁集宋代蜀學之大成》〔註 49〕、《魏了翁與宋代蜀學》〔註 50〕。蔡方鹿認爲魏了翁是宋代蜀學最重要的人物，其思想的特點之一是集眾家之長。在繼承北宋蜀學和二程學說的基礎上，吸取了朱熹的理學、陸九淵的心學以及葉適的功利學等各家思想，並加以融會貫通、深化提煉，適應了時代發展的需要。魏了翁創立的鶴山學派對蜀地文化的發展起到了很大的作用。魏了翁在同諸多蜀學學者的交往中，探討學術，傳播理學，使義理之學大盛於蜀中，有助於消除洛、蜀之爭的界限，促進蜀學在吸取理學的基礎上

〔註 47〕全超《魏了翁理學思想評析》東北師範大學 2009 年碩士論文。

〔註 48〕鞠巍、王小丁《獨特的理欲觀——試論胡宏對魏了翁思想的影響》《船山學刊》2008 年第 1 期。

〔註 49〕蔡方鹿《魏了翁集宋代蜀學之大成》，《文史雜誌》1993 年第 2 期。

〔註 50〕蔡方鹿《魏了翁與宋代蜀學》，《社會科學研究》1992 年第 6 期。

進一步發展。該文從蜀學的傳播角度論述了魏了翁的學術影響，尤其是注意到魏了翁要求士大夫與君共治天下的政治思想被游似所繼承。蔡方鹿《張栻、魏了翁的實學思想及對湘蜀文化的溝通》〔註 51〕一文論述了張栻與魏了翁的思想淵源，從求實求理、躬行踐履、對欲利的肯定以及將義理與訓詁相結合四個方面來論述張栻與魏了翁思想的相似之處，並提出張栻和魏了翁對湘蜀兩地理學文化作出的貢獻，以及張栻和魏了翁對蜀湘理學發展的作用和貢獻。該文對本論文的寫作有很大的啓發，有助筆者對魏了翁的學術思想淵源有了進一步的瞭解，並且還可以從地域文化的角度來探討鶴山學派如何對其它地域的理學文化發生關係。鞠巍《魏了翁的理氣觀》〔註 52〕該文論述魏了翁的理氣觀，認爲魏了翁的思想受朱熹影響主要表現在理氣問題上，魏了翁以性理作爲理的主要內涵，以鬼神說氣，在理氣關係上堅持現實層面上理氣不離，邏輯層面上理高於氣的觀點。筆者認爲魏了翁所說的理也包含自然之理和社會秩序之理，不單指性理。魏了翁更強調理不離氣和器用的統一，不強調何者爲先，魏了翁所講的理，並不單純是指主體對客觀的認識，主體的「性」是得之於理的，理是客觀的存在，不能與氣產生高下之分。金生楊《論魏了翁的易學思想》〔註 53〕論述了魏了翁的易學思想繼承朱熹，兼重象數義理，以辭、變、象、占爲《易》之綱領，力圖融會程、邵易學。在深研邵雍易學後，魏了翁提出「性善之義具於《易》」，並對河圖洛書、先後天易學源流及有關分歧作了進一步考證，得出圖書相通的結論。同爲金生楊的《魏了翁研〈易〉歷程考》〔註 54〕論述了魏了翁研究易學的歷程並形成了義理象數並重的觀點，揭示了魏了翁在易學研究中所表現的學術品格。魏了翁的學術注重兼容，同時還有自己的獨創。張荷群《魏了翁與〈九經要義〉》〔註 55〕考察了魏了翁的《九經要義》的流傳存佚。尹海江《魏了翁謫地考》〔註 56〕考察了魏了翁被貶靖州的原因是朱端常的彈劾，其時當時史彌遠已經控制了臺諫，朱端常只不過是被人授意而爲，這在大量的史料中已經反映出來了。作

〔註 51〕蔡方鹿《張栻、魏了翁的實學思想及對湘蜀文化的溝通》，《湖南大學學報》2005 年第 1 期。

〔註 52〕鞠巍《魏了翁的理氣觀》，《零陵學院學報》2005 年第 3 期。

〔註 53〕金生楊《論魏了翁的易學思想》，《周易研究》2003 年第 3 期。

〔註 54〕金生楊的《魏了翁研《易》歷程考》，《四川師範學院學報》2003 年第 3 期。

〔註 55〕張荷群《魏了翁與《九經要義》》《四川大學學報》2004 年增刊。

〔註 56〕尹海江《魏了翁謫地考》，《文獻季刊》2005 年第 4 期。

者考證靖州屬湖南靖州，而非四川靖州，史料很充分。韓國李范鶴《魏了翁的先賢諡號奏請和理學官僚的登場》〔註 57〕認爲魏了翁奏請先賢諡號爲理學走向官學化打通了第一道關門，活動背後有強烈的政治性動機，理學通過在適當範圍內對君權加以批判攻擊來發揮限制和削弱君權的作用，還可以維持和增強王朝體制的官僚行政的自體淨化力和隨機應變的機能，南宋末期理學與皇權之間宏觀和周期性發展的整個循環狀態顯現出行政和政治力學關係，理學官學化最終使黨爭化爲日常合法，但仍是體制內的。這篇文章仔細分析了南宋末期的理學走向官學的歷程，尤其重要的是它揭示出理學官學化的深遠意義，有力證實本文確定研究對象的意義。

蔡方鹿《魏了翁評傳》〔註 58〕結合當時的時代背景、重大歷史事件詳細論述了魏了翁的生平，學術與哲學思想等。作者揭示了魏了翁在理學史上所佔有的重要地位，一是在朱熹、陸九淵之後不久便和會朱陸，超越朱學，而又傾向於心學，預示著理學及宋明時期學術發展的趨向，二是在確立理學統治地位的過程中發揮了重大作用。作者詳盡論述了魏了翁在確立理學正統地位的過程中所發揮的重要作用。指出理學由民間傳授到被確立爲官方統治思想，這是思想史上發生的一次重大轉變。作者重點論述了魏了翁的哲學思想、經學思想，在第十章「魏了翁的師友」一章中，分別探討了魏了翁的「朱學師友」、「張栻及蜀學師友」、「陸學、葉適及其它師友」，把同時代的重要學術流派及其著名人物與魏了翁的關係作了詳盡梳理，還論述了魏了翁的教育思想，把理學的發展、傳播與書院教育的興盛聯繫起來。

2、魏了翁文學思想研究及文學研究

張文利《魏了翁文學思想初探》〔註 59〕認爲魏了翁的理學思想呈現出對朱子學、心學、事功學等各家學說的綜合與兼容，他的文學思想深受其理學思想的影響，魏了翁繼承理學的傳統，重道輕文，強調主體的道德涵養；主張才學合一，重視後天的學習和修養；提倡「自得」的讀經方法，反對捨原典而重傳注；承續傳統儒家溫柔敦厚的詩教理論，肯定平淡中和的文學風格；

〔註 57〕韓國李范鶴《魏了翁的先賢諡號奏請和理學官僚的登場》，葛志毅主編《中國古代社會與思想文化研究論集》第二輯，黑龍江人民出版社 2007 年版第 145～166 頁。

〔註 58〕蔡方鹿《魏了翁評傳》，巴蜀書社 1993 年版。

〔註 59〕張文利《魏了翁文學思想初探》，《東南大學學報》2008 年第 2 期。

在用世思想作用下，格外強調文學的政教功用。這篇論文基本上抓住了魏了翁文學思想的主要幾個方面，並能結合其理學思想來研究其文學思想。但對魏了翁的作家論、文道觀還沒有深入的論述。張思齊《魏了翁以理論詩學說的跨學科比較研究》〔註 60〕認爲魏了翁延伸了宋代以來的以理論詩學說，其詩學觀與易學有密切的聯繫。石明慶《論魏了翁的詩學思想》〔註 61〕認爲魏了翁持以「學」爲本的詩人修養理論，對魏了翁繼承康節詩學和「自得」的思想進行了研究。

魏了翁的文學研究主要集中在詞作研究方面，較早的如謝桃枋的《論魏了翁詞》〔註 62〕，張文利《論魏了翁的以理入詞》〔註 63〕，張帆《魏了翁壽詞創作考源》〔註 64〕，張偉光《魏了翁壽詞研究》〔註 65〕，魏了翁的詞作大多是慶生祝壽之詞，並且所佔分量非常之多，可以算是兩宋詞的一個特例，但本文不打算涉及詞作研究，主要考慮士大夫文學的作品應以詩文爲主，這兩類作品是傳統士大夫的主要創作方式。其中張文利的論文注意到魏了翁的詞作中有大量的道學詞語，是一個值得注意的現象，另外魏了翁詞作中破體爲詞的寫作方法可以聯繫到魏了翁對文體的認識，需要加以留意。關於魏了翁的詩歌有丁瑋的《魏了翁詩歌研究》〔註 66〕主要論述了魏了翁的文學思想中關於詩之本的認識，魏了翁的抒情詩、理學詩以及祝壽詩，研究模式屬於傳統的作家論的模式。

張文利《魏了翁文學研究》〔註 67〕是對魏了翁的文學創作進行的一次比較全面的研究。全書由五章和附錄組成，第一章討論魏了翁的生平、交遊、著述及版本源流，第二章總結魏了翁的學術思想，第三章分析魏了翁的詩歌，闡釋了魏了翁詩歌所表現的理學觀念、愛國情思、意趣情理。第四章考察魏氏的詞作。第五章採用分類研究的方法，統計了魏氏散文的類別和數量，並細緻分析箋表奏議、記人、書信等五大類文體特點，注意到謀篇佈局、情感

〔註 60〕張思齊《魏了翁以理論詩學說的跨學科比較研究》，《解放軍外國語學院學報》2001 年第 6 期。
〔註 61〕石明慶《論魏了翁的詩學思想》，《湖州師範學院學報》2005 年第 6 期。
〔註 62〕謝桃枋《論魏了翁詞》，《天府新論》1996 年第 1 期。
〔註 63〕張文利《論魏了翁的以理入詞》，《西北大學學報》2009 年第 2 期。
〔註 64〕張帆《魏了翁壽詞創作考源》，《四川師範大學學報》2009 年第 4 期。
〔註 65〕張偉光《魏了翁壽詞研究》，東北師範大學 2007 年碩士論文。
〔註 66〕丁瑋的《魏了翁詩歌研究》，四川師範大學 2005 年碩士論文。
〔註 67〕張文利《魏了翁文學研究》，中華書局 2008 年版。

發抒、句式詞法等方方面面，考量細緻。總體來看作者在文獻方面做了大量的工作，並且較爲詳細地考述了魏了翁的學術交遊，爲理清其學術歷程打下了基礎，作者在關於作品數量分析上的成果也爲魏了翁的研究提供了便利和參照。

當然，對魏了翁的研究並非到此爲止，就研究角度而言還有可以更新之處，如對於魏了翁的文學創作還可以聯繫到作品背後複雜的政治文化因素，聯繫到理學文化對其文學創作的影響，以及魏了翁作爲文學創作主體的特殊性。具體的問題也有可以進一步挖掘的地方，比如兩次反對權相的鬥爭在詩歌中如何表現，有何不同，其詩歌在政爭中的起到何種作用，等等。

（三）真德秀與魏了翁的比較研究

張文利、陶文鵬的《眞德秀與魏了翁文學之比較》〔註 68〕一文認爲，理學家眞德秀、魏了翁的文學觀念同屬於理學家文學觀範疇，有著很大的相似性。他們都重道輕文，重視用文學形式傳達理學義理，強調文學的經世致用功能，主張溫柔敦厚的文學風格論。他們文學觀的差異體現在於魏了翁主張才學合一，眞德秀認爲文、學、氣三者關係密切，魏了翁主張自得，眞德秀偏重繼承。在文學創作上，眞、魏既有表現內容的一致性，也有表現技巧的專擅和藝術特色的不同，可謂雙峰並峙，二水競流，各有清輝，不可輕易軒輊。並比較了二人在詩、詞、文三種文體的創作上的不同特點。

（四）理學、科舉與文學交叉研究

較早出現的研究理學與文學關係的著作如馬積高的《宋明理學與文學》〔註 69〕、許總的《宋明理學與中國文學》〔註 70〕，宏觀的描述了宋明理學與文學的動態關係，但對個案研究如對眞德秀、魏了翁的理學活動和文學活動則未曾提及。韓經太的《理學文化與文學思潮》〔註 71〕側重於理學與文學思想，對某些概念範疇與理學的關係考察較爲詳細，如「文」、「道」、「觀物」、「群」等。羅立剛的《宋元之際的哲學與文學》〔註 72〕視野較爲宏觀，著重文學內部的規

〔註 68〕張文利、陶文鵬的《眞德秀與魏了翁文學之比較》，《蘇州大學學報》2008 年第 4 期。

〔註 69〕馬積高《宋明理學與文學》，湖南師範大學出版社 1989 年版。

〔註 70〕許總的《宋明理學與中國文學》，百花洲文藝出版社 1999 年版。

〔註 71〕韓經太的《理學文化與文學思潮》，中華書局 1997 年版。

〔註 72〕羅立剛的《宋元之際的哲學與文學》，復旦大學出版社 1999 年版。

律。石明慶《理學文化與南宋詩學》〔註73〕中關於眞德秀和魏了翁的文學思想部分已經在前面的兩篇文章中有所介紹，此處不再詳述。此書以南宋幾位重要的理學家詩論爲對象，個案分析較爲詳細，並考察了江西詩學與理學的關係以及南宋詩話中的詩學理論建構。孔妮妮《南宋學術的學術發展與詩歌流變》以時代學術影響下的詩歌流變爲研究對向，通過對南宋學術發展軌跡的宏觀把握來考索詩歌創作理論的發展方向以及詩壇主流在各個不同階段的創作風貌。論文分上、下兩編。上編爲南宋前期的學術發展與詩歌流變，下編是對後期的論述。這篇論文以幾個關鍵性的範疇來統領全文，如對朱熹時代，論述了學術中的「道德人格」對詩歌創作的影響。以理學和政治及文學之間的複雜關係而言，似乎僅僅幾個大概念不足以統攝。羅立剛《史統、道統、文統：論唐宋時期文學觀念的轉變》〔註74〕重點探討了唐宋時文學觀念的轉變，尤其對於南宋至宋末，著眼於文體的正變。祝尚書《論宋代理學家的「新文統」》〔註75〕文章注意到朱熹以及之後的理學家試圖建立新文統的願望和實際的文學活動，並分析了「新文統」引領下的對晚宋詩文創作造成的影響，如說理成分重，議論化等等，上文已經述及，不再詳論。文章還指示了「新文統」的最終命運，即背離了文學的主旨，導致了晚宋詩文衰落。

還有一批探討理學與詩歌之間關係的論文，如楊勝寬《宋代理學與詩歌》〔註76〕注意到理學對文學創作的有巨大影響。謝桃坊《略論宋代理學詩派》〔註77〕勾勒出理學詩派的面貌。楊光輝《理學文化視野中的宋代理學詩》〔註78〕將理學詩放在理學文化視野中進行審視，認爲理學詩是理學家的文化人格之投影，將理學詩加以分類，並提出理學文化人格的三個組成部分即自然、社會、宇宙。孫慧玲《宋代理學詩派研究》〔註79〕認爲宋代理學詩派在宋詩中應有其地位。張秀玉《宋代理學詩派研究》〔註80〕對理學詩派先予以概述，

〔註73〕石明慶《理學文化與南宋詩學》，中國社會科學出版社2006年版。

〔註74〕羅立剛《史統、道統、文統：論唐宋時期文學觀念的轉變》，東方出版中興2005年版。

〔註75〕祝尚書《論宋代理學家的「新文統」》，見沈松勤主編《第四屆宋代文學國際研討會論文集》，浙江大學出版社2006年版。

〔註76〕楊勝寬《宋代理學與詩歌》，《樂山師範學院學報》1986年第2期。

〔註77〕謝桃坊《略論宋代理學詩派》，《文學遺產》1986年第3期。

〔註78〕楊光輝《理學文化視野中的宋代理學詩》，《中國文學研究》1996年第4期。

〔註79〕孫慧玲《宋代理學詩派研究》，《樂山師範學院學報》2006年第7期。

〔註80〕張秀玉《宋代理學詩派研究》，揚州大學2007年碩士論文。

並從理學家的文學觀、詩歌主題、風格三個方面來論述理學詩的特色，認爲眞德秀詩爲淳儒之詩，魏了翁詩稍見性情之作。夏民程《宋代理學家詩歌創作綜論》〔註 81〕分析理學家詩歌的思想內容，並從「文」與「道」、「理」與「情」、「意」與「象」幾個方面分析了理學家的文學思想及詩作，併兼及後人的評價以及理學詩派對後世的影響。

關於科舉與南宋文學有兩篇論文值得注意。內山精也的《宋代士大夫的詩歌觀——從蘇、黃到江西派》〔註 82〕認爲士大夫作爲宋代文學主體的獨特之處就是其官——學——文三位一體，並且分析了宋代士大夫的理想範型以及科舉制之於這種現象的關係。祝尚書《論北宋科舉改制與南宋文學走向》〔註 83〕論述了南宋理學對文學發展的影響，在古文寫作上重義理輕辭章，詩歌寫作上出現了擊壤派，使文學異化，並且因爲理學家的文學觀中有輕視詩藝，導致其創作成就低，並且提到魏了翁的以理入詞是對詞體的嚴重破壞。祝尚書《宋代科舉與文學》一書中〔註 84〕第十六章考察了南宋理學佔領科舉陣地的時間和進程，對瞭解南宋理學的發展很有幫助，尤其是作者提到在眞、魏之前，即開禧之後的嘉定年間隨著政治氣候的變化理學已經逐漸被統治層所接受。這一點非常重要，說明眞、魏的作用是在大背景下推波助瀾，最終使理學被統治者接受。

（五）南宋理學及政治文化研究

宋代理學在早期的哲學史著作中都是論述的重點，如馮友蘭《中國哲學史》〔註 85〕、張岱年《中國哲學大綱》〔註 86〕，而一些關於宋明理學的專著也逐漸出現，如侯外廬、邱漢生、張豈之主編的《宋明理學史》〔註 87〕、陳來的《宋明理學》〔註 88〕、唐君毅《中國哲學原論原教篇——宋明儒學思想

〔註 81〕夏民程《宋代理學家詩歌創作綜論》，浙江師範大學 2004 年碩士論文。

〔註 82〕內山精也的《宋代士大夫的詩歌觀——從蘇、黃到江西派》，見沈松勤主編《第四屆宋代文學國際研討會論文集》，浙江大學出版社 2006 年版。

〔註 83〕祝尚書《論北宋科舉改制與南宋文學走向》，王水照主編《新宋學》第一輯，上海辭書出版社 2001 年版。

〔註 84〕祝尚書《宋代科舉與文學》，中華書局 2008 年版第 470～491 頁。

〔註 85〕馮友蘭《中國哲學史》，商務印書館 1934 版。

〔註 86〕張岱年《中國哲學大綱》，商務印書館 1958 年版。

〔註 87〕侯外廬、邱漢生、張豈之主編的《宋明理學史》，人民出版社 1984 年版。

〔註 88〕陳來的《宋明理學》，遼寧教育出版社 1991 年版。

之發展》〔註 89〕，漆俠《宋學的發展與演變》〔註 90〕。隨著研究的推進，理學研究也關注到理學與政治文化的關係，如關長龍《兩宋道學命運的歷史考察》〔註 91〕論述了在政治文化影響下的道學命運。另如包弼德《斯文：唐宋思想的轉型》〔註 92〕著眼於描述唐宋思想生活中價值觀基礎的轉變，側重於北宋，認爲道學以一種倫理實踐或道德修養的文化，取代了過去的文學文化。尤其是注意到宋代士的身份的變化，如北宋的士出身文官家族，而南宋的士多爲地方精英，士沒有獨立的權力，依賴於至高的權威來獲得政治地位，而且他們是出於對文官文化的追求來履行其職責。

余英時《朱熹的歷史世界：宋代士大夫政治文化研究》〔註 93〕是關於南宋政治文化研究的力作，余先生考證精細，擅長文獻分析，將道學看成是自始至終致力於中央政府決策與政策實施的改革運動，對兩宋道學從「以天下爲己任」的「共定國是」出發，如何一步步分裂爲「朋黨」，最後又如何被以「僞道學」的罪名清理出局的軌跡進行了詳細辨析。田浩的《余英時：〈朱熹的歷史世界〉》：「余先生提供了一種替代流行的哲學史研究的新路徑，將道學與政治文化聯繫在一起，對道學家來說，政治文化是比哲學更基礎的東西，理解政治文化與黨爭對於理解朱熹等道學士大夫的思想具有一定的重要意義。」〔註 94〕對於本書的寫作有很大的借鑒。其次余先生對道學人士的思想以及政治思維的分析也幫助筆者更好掌握眞德秀、魏了翁的政治思想。

何俊《南宋儒學的建構》〔註 95〕依南宋儒學之演進而展開，文分五章，理脈清晰，敘述詳備，將南宋儒學的發展作了五個部分的分解，解釋了南宋儒學的歷史脈絡與文化意義，作者認爲在朱熹之後，以楊簡、黃榦、陳淳爲代表指明理學思想形態向生活落實，理學政治化卻有待於眞德秀和魏了翁來完成，政治對朱熹學說的規範化，使其失去了思想上的活力，其它的學派也受制於政治符號化了的朱學而失去了自由思考與表達的權利，儒家的思想活

〔註 89〕唐君毅《中國哲學原論原教篇——宋明儒學思想之發展》，臺北學生書局 1990 版。
〔註 90〕漆俠《宋學的發展與演變》，河北大學出版社 1999 年版。
〔註 91〕關長龍《兩宋道學命運的歷史考察》，學林出版社 2001 年版。
〔註 92〕包弼德《斯文：唐宋思想的轉型》，江蘇人民出版社 2001 年版。
〔註 93〕余英時《朱熹的歷史世界：宋代士大夫政治文化研究》，三聯書店 2004 年版。
〔註 94〕田浩的《余英時：〈朱熹的歷史世界〉》，《湖南大學學報》2004 年第 5 期。
〔註 95〕何俊《南宋儒學的建構》，上海人民出版社 2004 年版。

力被儒學的政治文化所吞沒。在筆者看來，在眞德秀和魏了翁的時代理學向生活落實還在繼續，理學文化對社會的各個方面的影響是全方位和持續的，而理學確實在眞德秀和魏了翁的努力下借助於有利的政治環境成爲官學的。

《南宋文人與黨爭》〔註 96〕首次對南宋的黨爭做了較爲系統的梳理和重建，將趙宋南渡以後直至滅亡近一百五十多年間連綿不斷的黨爭歷程大致分成了三個階段。一是自建炎至紹興高宗在位期間的「後新舊黨爭」，在這一階段主要是圍繞著南宋與金「戰」或「和」的問題展開。二是從孝宗即位到寧宗開禧，這一階段的朋黨之爭主要表現爲「道學朋黨」與「反道學朋黨」之爭。三是自寧宗嘉定以後至度宗朝的近六十年，對金、蒙的和戰之爭。以黨爭爲主線貫穿了整個南宋政治史。繼而又分別從「國是之爭」、「學術之爭」和「用人之爭」三個方面對南宋黨爭作了深入的論述。最後則對黨爭與文學命運的走向予以了充分的關注，從宏觀的角度指出了南宋黨爭與文學之間的關係主要表現爲黨爭促使了文學群體的重組和再造、高壓政治造成的諂諛文風、士人祈於自保的創作心態和以理遣情的創作傾向。這部著作梳理了南宋的政爭發展的走向以及對文學風尚的影響，對筆者的研究很有啓發。

三、本文研究思路

對於眞德秀和魏了翁而言，其士大夫身份和理學家身份使研究變得更爲複雜，採取的模式也不能與研究一般詩人的模式等同，而南宋中後期的政治、思想、文化諸多方面的變化都對二人的精神世界產生了不同的影響，還有學術傳統和文學傳統的影響，都是需要考慮的，而二人的資料和南宋的史料也較爲缺乏，造成研究的困難。

北宋以後士大夫的政治意識發展了很大的變化，他們在朝廷中的角色扮演和自我的政治定位都是南宋中後期特定環境下的特定產物。道學在南宋與政治的結合十分緊密，眞德秀和魏了翁之前的朱熹時代，圍繞著國是之爭士大夫的命運受到極大的影響。所以在第一章通過介紹眞德秀和魏了翁所關注的幾個重大問題來分析眞德秀和魏了翁的文學創作的大背景，具體爲對其所處時代的特點的分析，包括對南宋的權相政治、軍事、道學文化興起幾個方面的分析。眞德秀和魏了翁的文學思想是決定他們文學創作風貌的重要因

〔註 96〕沈松勤《南宋文人與黨爭》，人民出版社 2005 年。

素，他們創作中的諸多問題都與其文學思想有關，如學問詩大幅增多，議論化傾向更加明顯，這些與他們的文學思想密切相關，也和北宋以來的文學觀念有聯繫，所以第二章分析眞德秀和魏了翁的文學本質論、作家論。第三章主要從眞德秀的文學編選入手，由此考慮進一步瞭解其文學思想。第四章、第五章論述眞德秀和魏了翁的詩歌，分別從思想內容和藝術兩方面進行探討。第六章則爲眞德秀和魏了翁文章研究，眞德秀和魏了翁都長於奏疏的寫作，這一部分和政治文化聯繫緊密。還有他們的理學修養給文章寫作帶來了怎樣的影響也是值得注意的。本文立足於眞德秀和魏了翁的文學研究，政治和理學的影響作爲其背景因素加以考慮，通過這兩個角度來考察他們的作品。其次，對士大夫的政治文化傳統要予以相當的關注。

第一章　眞德秀、魏了翁生活的時代

北宋滅亡後，趙構在南方建立了南宋王朝，戰與和是南宋初期的爭論焦點，孝宗朝之後，南宋內部收復失地的呼聲越來越微弱，寧宗時國勢日衰，嘉定合議簽署以後，南宋維持了苟安的局面，直至滅亡。眞德秀和魏了翁生於孝宗朝，慶元五年（1199）中第，至端平二年（1235），眞德秀離世，嘉熙元年（1237）魏了翁離世，他們的一生正處在南宋逐漸走向末路的時代，各種社會問題層出不窮，政治上權相專政，君權旁落，經濟上發行楮幣，導致民怨沸騰，軍事上士氣渙散，叛亂頻發，道學派與反道學派的論爭則從學術領域蔓延到到政治、科舉、教育等領域，持續了數十年。眞德秀和魏了翁就生活在這樣的時代，他們的一生一直在面對這些問題，他們對這些問題的回應眞實地反映出他們的不同心態和思想。

第一節　眞德秀、魏了翁所關注的南宋中後期的社會焦點問題

眞德秀和魏了翁對南宋王朝面臨的四個問題甚爲關注，即權臣政治，對外軍事鬥爭問題，歸正人問題和楮幣問題，本節主要以眞德秀和魏了翁所關注的四個問題爲核心，來考察眞德秀和魏了翁對諸問題如何思考和回應。當時的社會問題總體上說是十分嚴重的，紹熙四年吳獵上疏：「南渡以來君臣上下朝思夕勉，如句踐之報吳，田單之復齊，則將必其將，兵必其兵，上無賄取倖得之門，下無虛籍冗費之敝，民之力庶其有瘳，而紹興以來厄於權臣之和議，乾道以來格於機會之未集，馴至於今，又非前比，以偷安爲和平，以不事事爲安靜，天經地義，陷溺而不自知，竭州縣之力以養不耕不戰之軍。

惟不可用於外，亦未保能恬然於內也。」〔註1〕孝宗朝致力恢復，民心軍心尚爲可用，但是當一系列的軍事活動都陷入失敗之後，朝廷上下都開始偷安，軍事上萎縮自保。孝宗傳位於寧宗，寧宗不慧，體力和智力都難以勝任帝王的政治角色，朝廷的政局出現變動，韓侂冑和史彌遠相繼擅權，開始了漫長的權臣政治。

本節在論述中關於政治文化和道學文化方面參考了關長龍的《兩宋道學命運的歷史考察》〔註2〕，沈松勤的《南宋文人與黨爭》〔註3〕，余英時的《朱熹的歷史世界：宋代士大夫政治文化研究》〔註4〕，這幾部著作分別論述了道學和政治之間的複雜關係以及相黨與道學黨的鬥爭。關於南宋軍事防禦的論述中參考了臺灣學者黃寬重在《宋元襄樊之戰》〔註5〕和粟品孝《南宋軍事史》〔註6〕。關於歸正人的問題參考了臺灣學者黃寬重的《略論南宋的歸正人》〔註7〕，段有成的《宋代流民問題研究》〔註8〕，李秋華的《宋代流民問題及其社會調控》〔註9〕，關於楮幣問題則參考了葉曉鷹的《南宋楮幣研究》〔註10〕，葛金芳、常徵江《宋代錢荒原因再探》〔註11〕，金勇強《兩宋紙幣流通的地域變遷與區域差異》〔註12〕。

一、眞德秀、魏了翁對權臣政治的看法

1、韓侂冑專權時期

在北宋士大夫參政意識高漲的年代，士大夫曾提出與君「共治天下」〔註

〔註1〕宋魏了翁《鶴山先生大全集》卷八九《敷文閣直學士贈通議大夫吳公行狀》，四部叢刊本。

〔註2〕關長龍的《兩宋道學命運的歷史考察》，學林出版社2001年版。

〔註3〕沈松勤的《南宋文人與黨爭》，人民出版社2005年。

〔註4〕余英時的《朱熹的歷史世界》，三聯書店2004年版。

〔註5〕黃寬重《南宋史研究集》，臺灣新文豐出版公司1985年版第221頁。

〔註6〕粟品孝《南宋軍事史》，上海古籍出版社2008年版。

〔註7〕黃寬重《南宋史研究集》，臺灣新文豐出版公司1985年版第185頁。

〔註8〕段有成《宋代流民問題研究》，西北師範大學2004年碩士論文。

〔註9〕李秋華《宋代流民問題及其社會調控》，南昌大學2005年碩士論文。

〔註10〕葉曉鷹《南宋楮幣研究》，南昌大學2005年碩士論文。

〔註11〕葛金芳、常徵江《宋代錢荒原因再探》，《湖北大學學報》2008年第2期。

〔註12〕金勇強《兩宋紙幣流通的地域變遷與區域差異》，《開封大學學報》2007年第1期。

〔註13〕宋李燾《續資治通鑒長編》卷二二一：「彥博曰：『爲與士大夫治天下。』」，中華書局1992年版第5370頁。

13〕的口號，權臣政治與士大夫階層的政治理想和儒家所說的禮制格格不入的，因此，士大夫階層對權臣政治必然是極力反對的。光宗末年，寧宗在宰相趙汝愚的幫助下內禪，其間韓侂冑也曾參與，事後，韓侂冑得一小官，內心不滿，意圖報復趙汝愚，奪取權力。後來韓侂冑借助後宮和朝中反對道學的大臣如京鏜等人的幫助，掌握了政權。韓侂冑當政後引用一些貪鄙之人，造成士風敗壞，葉紹翁《四朝聞見錄》戊集載：「韓用事歲久，人不能平，又所引用率多非類，天下大計，不復白之上。有市井小人以片紙摹印烏賊出沒於潮，一錢一本以售。兒童且誦言云：『滿潮都是賊，滿潮都是賊。』京尹廉而杖之。」〔註 14〕潮通朝，指朝中官吏腐敗成風，皆爲竊取民脂民膏的奸賊。韓侂冑引用陳自強、蘇師旦等人都是貪財好貨之人，造成吏治更加腐敗。韓侂冑在當政期間有兩件大事發生，即慶元黨禁和開禧北伐，對這兩個重要事件，眞德秀和魏了翁態度是一致。慶元黨禁時，魏了翁登進士第，因在對策中述及道學，被黜降爲第三名〔註 15〕。眞德秀則對黨禁切齒痛恨，他說：「某時年十八九，以進士遊都城，聞被誣始末，已知切齒痛忿，念恨不請尙方劍以誅姦臣。」〔註 16〕開禧年間，韓侂冑急於建功，聽從鄧友龍的挑唆，主張北伐。眞德秀對於北伐沒有明確的反對。葉紹翁《四朝聞見錄》甲集：「宏而不博博而不宏」條：

眞文忠公、留公元剛字茂潛，俱以宏博應選。時李公大異校其卷，於文忠卷首批云「宏而不博」，於留卷首批云「博而不宏」，申都臺取旨。時陳自強居廟堂，因文忠妻父善相，識文忠爲遠器，力贊韓氏，二人俱置異等。是歲，毛君自知爲進士第一人，對策中及「朝廷設宏博以取士，今謂之宏而不博，博而不宏，非所以示天下，然猶置異等，何耶？」至文忠立朝時，御史發其廷對日力從臾恢復事，且其父閱卷，遂駁置五甲，勒授監當，後廟堂授以江東幹幕。終文忠之立朝，言者論之不已，後終不得起。南嶽劉君克莊潛夫，以詩悼其亡云：「至尊殿上主文衡，豈料臺中有異評。後二十年才入幕，隔三四牓盡登瀛。白頭親痛終天訣，丹穴雛方隔歲生。策比諸

〔註 14〕宋葉紹翁《四朝聞見錄》戊集，中華書局 1989 年版第 187 頁。

〔註 15〕元脫脫《宋史》卷四三七本傳：「慶元五年，登進士第。時方諱言道學，了翁策及之。」中華書局 1985 年版第 12965 頁。

〔註 16〕宋眞德秀《西山眞文忠公文集》卷三四《石鼓挽章祭文後》，四部叢刊本。

儒無愧色，只緣命不到公卿。」毛策力主恢復，故劉寓微詞云。劉詩「登瀛」之句，謂袁蒙齋也。毛流泊以死，眞公卒爲名卿。〔註17〕

材料中所說眞德秀廷對時「從臾恢復」，因資料缺乏，不能詳考。但從劉克莊的記載來看，眞德秀是反對北伐一事的，在韓侂胄沒有倒臺之前，他很謹慎地表達了自己的態度，劉克莊《西山眞文忠公行狀》：「陳相自強家盛暑訟人索僦金，公判其牘曰：『丞相方憂邊思職，顧屑屑及此乎！』」〔註18〕僦金即房租之意，從眞德秀的判詞來看，他對北伐是反對的，但是表達的很含蓄。魏了翁對開禧北伐是堅決反對的，他說：「開禧元年，王師將北征。予時召對玉堂，失權貴人意。」〔註19〕

2、史彌遠專權時期

開禧北伐失敗後，史彌遠乘機發動政變，掌握政權。魏了翁《宣教郎致仕史君墓誌銘》：「堯甫對策廷中，獨抗言曰：『陛下謂去一權倖足以爲更化邪？霍光之去未及，而漢之權移於內侍矣，梁冀之誅未及，而漢之政出於醜邪矣。唐誅權臣，憂在宦官，及誅宦官，憂在藩鎮。』余同年友眞景元德秀，端人也，得其文，第之前列，爲詳定官所抑，以冠乙科。」〔註20〕從這段資料來看，眞德秀和魏了翁都同意南宋權臣政治並未隨著韓侂胄的覆滅而終結。

在嘉定初年，也就是史彌遠當政之初，朝廷風氣有暫時的好轉。魏了翁《故祕書丞兵部郎官潼川府路轉運判官張公墓誌銘》曰：「自乾淳至紹熙，人才輩出，一挫於孽韓之兇焰。至泰、禧開邊，大官喑啞，小臣退縮，無敢矯其失者，人謂士氣銷鑠盡矣。而嘉定之初，勉而行之，忠言讜議，尚班班再見。嗚呼，使常如嘉定之初，則未戾之民尚有夷屆乎？」〔註21〕但是在史彌遠權力稍稍得以穩固之後，便操縱臺諫，打擊異己。魏了翁《顯謨閣學士特贈光祿大夫倪公墓誌銘》：「（倪思）又曰：『國朝最重臺諫，所以徹壅蔽而強主威也，彌遠把握言路，輸欵而後除，納稿而後奏，目諭意嗾，翦伐忠良，濁亂海內者二十有六年。』觀公臺諫論之作可謂知禍本矣。又曰：『淳熙之士

〔註17〕宋葉紹翁《四朝聞見錄》甲集，中華書局1989年版第16頁。

〔註18〕宋劉克莊《後村先生大全集》卷一六八《西山眞文忠公行狀》，四部叢刊本。

〔註19〕宋魏了翁《鶴山先生大全集》卷八四《知威州祿君堅復墓誌銘》，四部叢刊本。

〔註20〕宋魏了翁《鶴山先生大全集》卷七一《宣教郎致仕史君墓誌銘》，四部叢刊本。

〔註21〕宋魏了翁《鶴山先生大全集》卷八二《故祕書丞兵部郎官潼川府路轉運判官張公墓誌銘》，四部叢刊本。

不變於慶元黨禍者鮮矣，再壞之開禧，三壞之嘉定。」〔註 22〕《鶴山先生大全集》中《師友雅言》載：

> 鶴山云：「洪舜俞近書云『昔中原之禍根底於熙寧之得君，異時東南之禍胚胎於嘉定之專國。』其語極深遠。」〔註 23〕

魏了翁也同意洪咨夔的說法，認爲南宋史彌遠專政可比之於王安石變法，都是造成了兩宋衰亡的決定性因素。

眞德秀在湖州之變前作爲濟王的老師，還有多年爲官的聲望和政績，如果濟王順利的繼承帝位，那麼眞德秀的政治地位也自然會提高，但是濟王竑並未如他所希望的那樣恪守本分，反而有聲色之好，眞德秀的《上皇子書》三篇文章，一篇比一篇嚴厲，文中說濟王德行日衰，又信巫蠱。其三曰：「堂堂朱邸，納茲左道異端之流，果何爲耶？」〔註 24〕濟王稱要將史彌遠貶至遠惡軍州，逼史彌遠起廢立之心，因此而有湖州之變。《宋史紀事本末》卷八八：

> 十五年夏四月丁巳，進封子竑爲濟國公，以貴誠爲邵州防禦使。竑好鼓琴，史彌遠買美人善鼓琴者納諸竑，而厚撫其家，使瞷竑動息。美人知書，慧黠，竑嬖之。時楊皇后專國政，彌遠用事久，宰持、侍從、臺諫、藩閫皆所引薦，莫敢誰何，權勢薰灼。竑心不能平，嘗書楊后及彌遠之事於几上，曰：「彌遠當決配八千里。」又嘗指宮壁輿地圖瓊、崖，曰：「吾他日得志，置史彌遠於此。」又嘗呼彌遠爲「新恩」，以他日非新州則恩州也。彌遠聞之，大懼，思以處竑，而竑不知。眞德秀時秉宮教，諫竑曰：「皇子若能孝於慈母而敬大臣，則天命歸之矣，否則深可慮也。」竑不聽。〔註 25〕

從上面引文可以看出史彌遠是非常善於玩弄權術的，而濟王竑沒有認清形勢，急於掌權並希望除掉史彌遠，最終使史彌遠起廢立之心。嘉定十七年（1224），寧宗死去，史彌遠與楊皇后聯合，立趙貴誠爲理宗，將濟王安排在湖州監視居住。寶慶元年（1225），湖州人潘壬等發動政變，擁立濟王，但事變被很快平息，濟王雖出於脅迫卻仍然被史彌遠毒害身亡。《齊東野語》卷十四載此事甚詳：

〔註 22〕宋魏了翁《鶴山先生大全集》卷八五《顯謨閣學士特贈光祿大夫倪公墓誌銘》，四部叢刊本。

〔註 23〕宋魏了翁《鶴山先生大全集》卷一百九十《師友雅言》，四部叢刊本。

〔註 24〕宋眞德秀《西山眞文忠公文集》卷三七《上皇子書》，四部叢刊本。

〔註 25〕明陳邦瞻《宋史紀事本末》卷八八，中華書局 1977 年版第 990 頁。

穆陵既正九五之位，皇兄濟王竑出封宛陵，辭不就。史丞相同叔以其有逼近之嫌，遂徙寓於霅城之西。寶慶元年乙酉正月八日，含山狂士潘甫與弟壬、丙率太湖亡命數十人各以紅半袖爲號，乘夜踰城而入，至邸索王，聲言義舉推戴。王聞變，易敝衣，匿水竇中，久而得之。擁至州治，旋往東嶽行祠，取龍椅置設廳，以黃袍加身，王號泣不從，脅之以兵，不獲已，與之約曰：「汝能勿傷太后、官家否？」眾諾，遂發軍資庫出金帛楮卷犒軍，命守臣謝周卿率見任及寄居官立班，且揭李全牓於州門，聲言史丞相私意援立等罪。且稱見率精兵二十萬，水陸並進。時皆聳動，以爲山東狡謀。比曉，則執兵者大半皆太湖漁人，巡尉司蠻卒輩多識之，始疑其僞。王乃與郡將謀，帥州兵剿之，其數元不滿百也，潘壬竟逸去。後明亮獲之楚州河岸。寓公王元春遂以輕舟告變於朝，急調殿司將彭恌赴之，兵至，賊已就誅矣。主兵官萷統領者。堅欲入城，意在乘時劫掠。舟抵南關張王祠下，忽若有方巾白袍人擠之入水，於是亟聞之，朝廷亦以事平，俾班師焉。使非有此，一城必大擾矣。越一日，史相遣其客余天錫來，且頒宣醫視疾之旨。時王本無疾，實使之自爲之計，遂縊於州治之便室，舁歸故地治喪。本州有老徐駐泊云：「嘗往視疾，至則已死矣。見其已用錦被覆於地，口鼻皆流血，沾漬衣裳，審爾，則非縊死矣。」始欲治喪於西山寺，其後遂藁葬西溪焉。初，朝廷得報，謂出山東謀，史揆甚懼，既而事敗，李全亦自通於朝，以爲初不與聞，疑慮始釋。遂下詔貶王爲巴陵郡公，夫人吳氏賜度牒爲女冠，移居紹興，改湖州爲安吉州。王元春以告變功，遂知鄉郡。……其後魏了翁華父、眞德秀希元、洪咨夔舜俞、潘枋庭堅相繼疏其冤，大理評事廬陵胡夢昱季晦，應詔上書，引晉太子申生爲厲，漢戾太子，及秦王廷美之事，凡萬餘言，訐直無忌，遂竄象州。〔註26〕

〔註26〕宋周密《齊東野語》，中華書局1983年版第252頁。《宋季三朝政要》卷一亦載此事，但文稍異，有三處較爲重要，一、「壬、丙率太湖亡命數十人」之前有：「潘壬、潘丙謀立濟王，遺書李全約以二月望日舉事，爲邏卒得其人並書，以白彌遠，彌遠改作三月，且許行人以美官，重賞令其以書達全。至二月，潘壬、潘丙率太湖亡命數十人」，清守山閣叢書本。《齊東野語》所載多潘甫。宋魏了翁《鶴山先生大全集》卷八六《大理少卿贈集英殿修撰徐公墓誌銘》：

此時，朝中大臣紛紛上書，認爲濟王無罪，希望理宗能爲濟王正名，其中就有眞德秀、魏了翁、洪咨夔、胡夢昱等人，眞德秀上書理宗：「三綱五常，扶持宇宙之棟幹，奠安生民之柱石。晉廢三綱而劉、石之變興，唐廢三綱而安祿山之難作。我朝立國，根本仁義，先正名分。陛下初膺大寶，不幸處人倫之變，有所未盡，流聞四方，所損非淺。霅川之變非濟王本志，前有避匿之迹，後聞捕討之謀，情狀本末，灼然可考。願詔有司討論雍熙追封秦邸舍罪恤孤故事，斟酌行之。」〔註 27〕史彌遠指使理宗將大臣們一一貶黜。這次湖州之變，是士大夫階層和權相之間的爆發的一次劇烈衝突，眞德秀等大臣爲死去的濟王爭名位，在他們看來是維護禮教綱常的行動，但實際上演變成了對權相進行的一次打擊。

二、眞德秀、魏了翁論南宋中期軍事防禦

南宋對北方政權的防線主要有爲四川、荊襄、兩淮三個重點防線，洪咨夔說：「天下大勢，首蜀尾淮，而腰膂荊襄，自昔所甚重也。」〔註 28〕就對金戰爭而言，兩淮戰場是重點，如南宋采石之戰就發生在兩淮戰場，到

「明年正月湖州民潘甫與弟丙、壬聚亡命數十爲亂，夜入州，劫濟王，尋敗，甫死於兵，丙磔於市，壬逸去。」四部叢刊本。可見潘甫亦參與其事。二、「朝廷亦以事平，俾班師焉」一語後有「時全守淮安知所約失時，遂叛歸北。」三、「余天錫」作「秦天錫」，四部叢刊本。據明陳邦瞻《宋史紀事本末》卷八十七載：「寶慶元年……全往青州，國集兩淮馬步軍十三萬，大閱楚城外，以挫北人之心。楊氏及軍校留者，懼其謀己，內自爲備。後全遣慶福還楚爲亂，適湖州潘壬事敗，全黨益不安。」，中華書局 1977 年版第 977 頁，則此時李全在青州，並不在淮安，且李全正求自保，似乎不會舉軍助潘壬等，中華書局 1977 年版。又「余天錫」與「秦天錫」之異，唯《齊東野語》提及湖州之變時作「余天錫」，其它如《宋史》、《宋史紀事本末》、《宋季三朝政要》載湖州之變時皆作「秦天錫」。《宋史》卷四十一《理宗紀》（頁 785）記此事，爲「秦天錫」，卷二四六《鎭王竑傳》（頁 8737）亦爲「秦天錫」，《宋史紀事本末》中華書局點校本原據底本爲江西書局本，卷八十七（頁 993）記此事亦據《宋史》改爲「秦天錫」，《宋史紀事本末》明萬曆本則作「秦天錫」。概南宋有一余天錫，字純夫，據《南宋館閣續錄》卷七：「余天錫，字純父，慶元府鄞縣人，嘉定十六年蔣重珍榜進士出身，治詩賦，元年十二月除，是月爲起居舍人。」臺灣商務印書館景印文淵閣四庫全書 1986 年版史部第 595 冊。《宋季三朝政要》卷一：「彌遠爲相十七年，寧宗崩，廢濟王，立理宗，又獨相九年，用余天錫、梁成大、李知孝等列布於朝。」

〔註 27〕明陳邦瞻《宋史紀事本末》卷八八，中華書局 1977 年版第 995 頁。

〔註 28〕宋洪咨夔《平齋文集》卷九《召試館職策》，四部叢刊本。

後來元蒙入侵，荊襄戰場就顯得更爲重要了。當代學者黃寬重指出，襄樊的戰略位置對於南宋而言是十分重要的，並引清顧祖禹言「宋之亡蓋自襄樊始矣」。〔註 29〕南宋陳亮也提出以襄漢爲防禦的重點，他說：「襄漢者，敵人之所緩，今日之所當有事也。」〔註 30〕從後來宋蒙戰爭的進展看，襄陽戰場是重心。蒙古選擇荊襄作爲突破口，也是有原因的，當代學者粟品孝認爲蒙軍如沿漢水南下，有利於大部騎兵的展開，水陸互爲聲援，所以選擇了以襄樊爲突破口〔註 31〕。

嘉定六年（1213）冬眞德秀觸怒史彌遠被命出使金國時，途中路過兩淮，對淮北的地理、風土都做過仔細的考察，眞德秀屢次闡述兩淮防禦的重要性，就與這次出使有關。在眞德秀看來，宋朝沒有很好地經營兩淮而退守江南是失策，他在《上曾宣撫書》一文中說到：「某頃在兩淮間，見制垣帥閫每有奏報，動稽旬月，從者才十三，否者常七八。甚而偏州小邑徑申朝省畫旨行下，制司或不豫，聞選辟僚屬最爲重事，要塗諸人主張薦送，必如所欲而後已，情意不浹，誰與協謀。至於區處事宜，動從中覆，利害之實，廟堂未嘗得知，可否從違，類取決於宰掾之口。」〔註 32〕南宋軍權集中於樞密，地方將帥沒有臨機處置的權力，造成很大的被動。魏了翁《眞公神道碑》載眞德秀上疏：

> 今淮東要害在清河口，敵之糧道所出，而淮陰無城無兵，徒以山陽可恃。然山陽雖大，前無淮陰之蔽，後無寶應之援，若敵以重兵遮前，奇兵斷後，則高郵、維揚之路絕，而山陽之形孤，山陽不守則通、泰危而江、浙震矣。淮西要害在渦穎口，亦敵之糧道所出，而濠梁、安豐城庳池狹，兵備單虛，徒以廬、和可恃，然有安豐則敵始不得以犯合肥，有濠梁則敵始不得以走歷陽，籍有他徑可由，而吾以廬、和當前，濠、壽斷後，則彼有腹背之虞，其能長驅深入乎？故欲固兩淮先防三口，此非臣之臆說也。昔孫氏之保江左，郝城雖小，猶屯三萬人，今揚、廬兩淮之根本，而兵數單弱，不及孫氏一郝城，故綱又謂大將擁重兵於江南，官吏守空城於江北，以爲非策。臣謂今日當議徙江上之屯以壯淮甸之勢。雖然，又當重閫外

〔註 29〕黃寬重《宋元襄樊之戰》，見《南宋史研究集》，臺灣新文豐出版公司 1985 年版第 221 頁。

〔註 30〕宋陳亮《陳亮集》卷二《中興論》，中華書局 1987 年版第 22 頁。

〔註 31〕粟品孝《南宋軍事史》，上海古籍出版社 2008 年版第 244 頁。

〔註 32〕宋眞德秀《西山眞文忠公文集》卷三八《上曾宣撫書》，四部叢刊本。

之寄，今江陵建鄴雖名製閫，事無小必稟命於朝，又有請而弗獲，宜於近臣中擇二人以鎭之。〔註33〕

眞德秀認爲淮東要害在淮陰一帶，是敵人運糧通道，若淮陰不守，則敵人會歷經山陽、寶應至通州、泰州而渡江，淮西則在濠州至都梁山一線，若此線不守則敵人會進至廬州、和州，總體來講，眞德秀認爲要以淮水一線爲第一防線，以寶應、廬州、和州爲第二防線。南宋如不守淮甸，就失去了天然的屏障，失去了對北方少數民族政權的防禦的戰略縱深，而且兩淮民風彪悍，如果能加以利用，則會極大的增強南宋的軍事力量，而南宋淮甸守備虛張聲勢，將在江南而官在江北，且大將無臨機處置之權，造成了信息不暢，事權不　，十分不利於南宋的軍事防禦。除眞德秀之外，南宋劉淪和葉適對兩淮防禦也非常重視，眞德秀《劉文簡公神道碑》記載了劉淪對兩淮防禦的意見：「(劉淪）兼國史院編修官，實錄院檢討官，充接伴金國賀正使，歸對言：『淮東地博而腴，有坡澤水泉之利而荒蕪者多，其民習於戰鬥而安集者少，誠委州縣招誘散亡，立頃畝之限而授之田，濬溝洫以儲水，因可防戎馬驅突之患，給田器，貸種糧，爲室廬，使相保聚，什五而教之，此管仲內政，宇文泰府兵遺法也。」〔註34〕浙東學派的葉適也提出「以江北守江，經營兩淮」的戰略思想：「三國孫氏常以江北守江，而不以江南守江。至於六朝，無不皆然，乃昔人已用之明驗。自南唐以來，始稍失之，故建炎、紹興不暇尋繹爾。」〔註35〕劉淪和葉適分別從兩淮的地理和歷史經驗出發，強調兩淮防禦的重要性，這也證明了眞德秀所見不無道理。

魏了翁提出自川蜀、荊襄至江淮分爲四重鎭，擇賢才主持防禦，《宋史》本傳載：「(嘉定）十五年，被召入對，……進兵部郎中，俄改司封郎中兼國史院編修官。輪對論江、淮、襄、蜀當分爲四重鎭，擇人以任，虛心以聽，假以事權，資以才用，爲聯絡守禦之計。」〔註36〕。因爲魏了翁是蜀人，所以更爲關心蜀地的軍事。南宋的川蜀防禦因爲用人失當，造成十分被動的局勢，魏了翁《故太府寺丞兼知興元府利州路安撫郭公墓誌銘》：「蜀自紹興和戎，大棄陝服，且割商秦之半，於是西阻天水、皀郊，東阻大散、黃牛，而

〔註33〕宋魏了翁《鶴山先生大全集》卷六九《眞公神道碑》，四部叢刊本。

〔註34〕宋眞德秀《西山眞文忠公文集》卷四一《劉文簡公神道碑》，四部叢刊本。

〔註35〕宋葉適《水心集》卷二《定山瓜步石跋三堡塢狀》，臺灣商務印書館景印文淵閣四庫全書1986年版集部1164冊。

〔註36〕元脫脫《宋史》卷四三七，中華書局1977年版第12967頁。

階、成、和、鳳遂爲西南劇。開禧三年，叛將以四州事金，由是金人知我險易。安沂公極力宣理，僅克就緒，會移鎮去，邊備浸馳。嘉定十年冬，虜遂大舉剽西和、批天水、奪散關，明年春，制置使董君居誼自成都進治利州，又明年虜擣河池、抄梁鳳。」〔註 37〕文中所指就是開禧年間吳曦利用韓侂冑亂政之機，發動叛亂。

此外，魏了翁還注意到南宋軍隊內士兵驕橫難制，將官則貪污軍費，上下不合。魏了翁稱：「蓋自三十四年間，上下相徇，以大言誇詡爲能，以至誠懇惻爲頓。開禧諸臣盛陳備禦，自詭克復，訖於失軍亡將，城邑丘墟，嘉定、寶慶以來，此敝猶如。一日張小勝而匿大衂，矜虛美而蹈實害，蔽蒙架漏，給取官職。」〔註 38〕魏了翁《御策一道》論軍政：「今日軍政之弊不在乎他，而在乎上下之情不相得，爲之將者裁簡犒賞，積壓請給，而爲之兵者傲睨邀賞，驕悍難制，平居不能同甘苦，則臨事難以共患難。」〔註 39〕可見軍隊中風氣之壞，在上者貪污腐化，在下者驕橫難制，力量渙散。端平三年（1236）二月二十一日，襄陽主將王旻、季伯淵等投降蒙軍，襄陽失守。魏了翁稱：「某自二月五日方抵九江，就近應援光、黃，未及趨荊、鄂，已被序遷入奏之命。命下之數日，適襄陽爲王旻北軍作亂，逐趙大使。」〔註 40〕《宋史紀事本末》卷九三：「趙範在襄陽，以北軍將王旻、季伯淵、樊文彬、黃國弼等爲腹心，朝夕酣狎，了無上下之序，民訟邊防，一切廢弛。既而南北軍交爭，範失於撫馭，於是旻、伯淵焚襄陽城郭、倉庫，相繼降於蒙古。」〔註 41〕這次兵變就是由於士兵驕橫所致。

三、眞德秀、魏了翁論歸正人問題

北宋亡國後，北方大片領土淪陷，北方漢族就處於金的實際統治下，但是他們從情感上講是不願被金統治，日夜企盼南宋能收復失地，所以有大批的北方漢族民眾相率南奔，這些人就被稱爲歸正人。南宋對他們的態度很複雜，建國之初，南宋統治者利用他們抗擊金國，所以儘量拉攏利用，予以高

〔註 37〕宋魏了翁《鶴山先生大全集》卷八二《故太府寺丞兼知興元府利州路安撫郭公墓誌銘》，四部叢刊本。

〔註 38〕宋魏了翁《鶴山先生大全集》卷三七《曾參政》，四部叢刊本。

〔註 39〕宋魏了翁《鶴山先生大全集》卷一百三《御策一道》，四部叢刊本。

〔註 40〕宋魏了翁《鶴山先生大全集》卷三一《安總領》，四部叢刊本。

〔註 41〕明陳邦瞻《宋史紀事本末》卷九三，中華書局 1977 年版第 1044 頁。

官田地，後來因歸正人漸多，南宋無力繼續優厚的安撫政策，加上南宋與金達成和議，導致了歸正人問題更難處理，拒之則恐爲邊患，受之又恐源源不絕，對南宋的經濟上造成巨大負擔，這就是歸正人問題的由來〔註 42〕。北方的漢族雖然心裏嚮往南宋，也可以被南宋所用，但民族意識不強，有小部分歸正人爲契丹所用，甘作內應和間諜。南宋朝中的大臣對歸正人態度也不一致，與眞德秀同時代的袁燮認爲：「自北方擾攘，流民欲歸附者甚眾，皆拒絕之，有至於殺戮多者，流民之怨深入骨髓，安知虜不能激怒之使讎我乎？自古善用兵者攻其所必救，彼擾吾邊疆，而吾舉兵北向，欲搗其虛，必解而去，從而攝之，腹背受敵，此制勝之奇策也，不知出此而戰於境內，兵氣不揚矣，又安能決勝乎？」〔註 43〕袁燮從軍事角度考慮認爲可以接納歸正人，利用他們夾擊金國。劉瀹主張接納，眞德秀《劉文簡公神道碑》載：

> 公言：「紹興間僞豫遣兵犯漣水，韓世忠迎擊，殪之，得脱者什一二，高宗諭曰：『淮北之民皆吾赤子，可令埋瘗。』御史周秘請還虜俘，復諭曰：『朕痛念西北人民，進爲主帥所戮，退爲劉麟所殘，不幸至此，所獲餘虜當給錢米遣之。』高宗兼愛南北之民如此，嗚呼，仁哉！則彼之饑荒流離而無告者，固宜一視而同仁也，願詔邊臣以祖逖、羊祜、陸遜爲法，使仁聲仁聞播於華夷，民心既歸，恢復在其中矣。」〔註 44〕

宋高宗此舉並非出於仁慈之心，主要是想利用歸正人穩固政權，劉瀹認爲安撫歸正人可以使邊民歸心。李壁則主張婉拒，眞德秀《故資政殿學士李公神道碑》：「嘉泰、開禧間韓侂冑久韙國，三邊守將日以虜庭多故聞，導諛者因勸侂冑治兵圖恢復，侂冑然之，自是薦紳大夫，士之嗜進者與久廢思用者爭抵掌言兵事矣，安豐守言北境饑民流徙在唐鄧穎蔡壽亳間者數十萬人，淮西帥以聞，上命兩省侍從臺諫雜議，公時爲禮部侍郎直學士院，獨謂間者：『使人之歸雖言虜亂形已見，而法制猶行國中，不應遽至是，且彼方與韃交兵，強壯者既悉驅以北，安知非故捐老弱以嘗我，受之則耗資糧，困根本，不受

〔註 42〕當代學者黄寬重的《略論南宋的歸正人》討論了南宋的歸正人的產生、與南宋的關係及其變質，詳盡的闡述了歸正人的問題，《南宋史研究集》第 185 頁，臺灣新文豐出版公司 1985 年版。

〔註 43〕宋眞德秀《西山眞文忠公文集》卷四七《顯謨閣學士致仕贈龍圖閣學士開府袁公行狀》。

〔註 44〕宋眞德秀《西山眞文忠公文集》卷四一《劉文簡公神道碑》，四部叢刊本。

則使中原遺黎有讎我心，或謂吾方有事中原，因其來收卹之，其名豈不甚美，顧吾之力有限而彼之來無窮，門庭一開，後將有不勝悔者，是謂以空名受實患。爲今計獨有遣重師簡良將增屯廬楚間，屹如臣防，列據要害，使兵威震壘，敵人望而畏之，設流徙果有來歸，則諭之曰：「吾非忘爾民者，奈兩國和好何？」或分集而來不可遏，則諭之曰：「大兵不知將疑汝爲寇而加僇焉，吾不能汝救。」彼亦豈不知避，仍檄其境守者告以民饑當卹邊事貴靜之意。」理直詞順，虜必媿服。」〔註 45〕歸正人問題是比較複雜的，既是一個民族問題，又關係到宋金和戰政策，十分複雜，而南宋朝廷對這一問題的處理也始終沒有一個明確的政策。嘉定年間李全的叛亂就是一個例子。李全最初以忠義人出現，先歸附南宋，後來勢大又叛宋自立，縱橫兩淮，南宋爲了平息李全叛亂花費了大量的人力物力。歸正人數量巨大，沒有恒定的產業，有隨時動亂的可能，政治上也模棱兩可，可以爲敵所用。南宋大臣對這一問題的看法也是見仁見智，從不同方面思考，但都沒有比較理想的解決辦法。

面對這一問題，眞德秀和魏了翁的態度是不一樣的。眞德秀主張接納，他在《儲襄陽申請》一文中說：「至於邊民之去敵歸己者，則未聞其麾而拒之也。而近歲之守邊者乃曰：『吾與虜和有日矣，中國之民，虜之民也，虜之民歸我而我受之，是失信於虜也，非昔者羊、陸不相侵之義也。』故寧驅之殺之而不敢救。嗟夫！羊、陸惟其能全敵國之民，故世以仁稱之，今其來歸者雖曰敵國之民，實吾國之遺民也，殺吾國之遺民以媚敵國，此不仁之尤者也，而曰吾以學羊、陸，豈不悖哉！」〔註 46〕南宋紹興和議和嘉定和議以後，等於承認了金政權侵佔領土的合法性，那些失陷地區的漢族人無形中被南宋拋棄了，所以他們也會爲金和蒙古作內應。眞德秀認爲邊民也是華夏遺民，不應加以斥逐，他主要是從情感道德上考慮這一問題。魏了翁則主張拒絕接納，他認爲這類人有利則依附南宋，無利則投靠外邦，驕橫難制。魏了翁《顯謨閣直學士提舉西京嵩山崇福宮許公奕神道碑》：「明年春，四川制置使倉皇進治利州，大將敗亡相屬，沿邊忠義人忿於散遣之令，於是西和、成州及河池、栗亭、將利、大潭縣莽爲盜區，羽書狎馳，蜀道震擾。」〔註 47〕《家塾再試策問一道》：

〔註 45〕宋眞德秀《西山眞文忠公文集》卷四一《故資政殿學士李公神道碑》，四部叢刊本。

〔註 46〕宋眞德秀《西山眞文忠公文集》卷三四《儲襄陽申請》，四部叢刊本。

〔註 47〕宋魏了翁《鶴山先生大全集》卷六九《顯謨閣直學士提舉西京嵩山崇福宮許公奕神道碑》，四部叢刊本。

此外又有因其來歸而資爲嚮導，生長邊方而願爲我用者，率謂之忠義人。自紹興以來頗賴其用，然御失其道，則憑怙其眾以敵我師，然則尚得謂之忠義乎？將帥既不能孰何，聽其所如，則往往生事於境外，稍加遏截，則辞曰：「我捐軀以徇國，仗義以復仇也，而胡爲我沮？」至反戈以疾視，則其勢不得不厚資以招集也，然苟得所欲，則幡然而去，願爲我用，則仰給縣官，民力既屈，豈能勝此横費，將於何而給之邪？此其爲勢決不能久，來者必圖所以更張之也，萬一襲是迹而動殃禍之變，寧有已耶。韓忠獻公以義勇刺正兵，劉忠肅公亦欲以保甲優等人刺正兵，二公自謂得因變制宜之道矣，而司馬公論義勇之害，直謂『教之挽射擊刺，乃他日爲盜之資』，蘇文定論保甲之害亦謂一年不罷，則廣、勝之事可立待。然則今日以忠義分隸正兵，其果可恃以爲安乎？」〔註48〕

蘇軾《司馬溫公行狀》:「時有詔陝西刺民兵號義勇，公上疏極論其害，云:『康定、慶曆間籍陝西民爲鄉弓手，已而刺爲保捷指揮，民被其毒，兵終不可用，遇敵先北，正兵隨之，每致崩潰。縣官知其坐食無用，汰遣歸農，而惰遊之人，不能復返南畝，強者爲盜，弱者轉死，父老至今流涕也，今義勇何以異此！』章六上，不從。」〔註49〕魏了翁所說的「司馬公論義勇之害」就是指此而言。魏了翁從北宋歷史得到借鑒，並從現實出發，看到北方歸正人並非能徹底爲南宋所用，而且數量巨大，十分難治，對南宋政權是強有力的威脅，所以主張拒絕接納。

四、眞德秀、魏了翁論楮幣問題

楮幣泛指北宋和南宋時的各種紙幣，如四川錢引，兩淮交子，兩湖會子，東南會子等，起初由各地總領所獨自發行，光宗紹熙三年（1192）由南宋政府統一發行，此後凡官吏俸祿、軍餉、賑災等項開支都使用楮幣支付，然後通過賦稅等途徑將楮幣回收，爲防止楮幣貶值，南宋政府分別採取錢楮中半制、稱提制，錢楮中半制指賦稅繳納和各地上供時須參用銅錢和楮幣，不能單用楮幣交納，稱提制指楮幣價格降低時政府出錢回收楮幣，保證幣值的穩定。爲了防止僞造，南宋朝廷採取按界發行楮幣的辦法，規

〔註48〕宋魏了翁《鶴山先生大全集》卷九三《家塾再試策問一道》，四部叢刊本。
〔註49〕宋蘇軾《蘇軾文集》卷一六，中華書局 1986 第 481 頁。

定楮幣的使用年限，到期更換發行新的楮幣。楮幣的使用在孝宗、光宗朝尚屬有效，但到了理宗朝，楮幣逐漸貶值，到蒙元入侵時，楮幣已全無信用可言〔註 50〕。

楮幣的發行，最初是於民有利、公私兩便的，如宋光宗時彭龜年《論雷雪之異爲陰盛侵陽之證疏》說：「近日會子流通勝於見錢，官私便之，似覺無敝……此無他，官司許作見錢入納，井市兑便者稍眾也。」〔註 51〕楮幣如有其相當的購買力，則不會貶值，而由於南宋朝廷重錢輕楮，造成楮幣的貶值增加了經濟的混亂，所以人們都不願用楮幣，最終造成經濟上的混亂，如宋謝維新《古今合璧事類備要》外集卷六六引張文伯之說：「在昔楮券之行於蜀……是故州縣之折納，四方之征商，坊場河渡之課息，不貴其錢，不拘其楮，錢重而楮亦重。今則不然，官之予民者必以楮，而其取於民者，則必曰見錢焉。朝廷散於郡邑者則以楮，而其索於郡邑者，則必曰見錢焉。」〔註 52〕只要錢楮平衡，就不會造成錢重楮輕的局面，楮幣的發行還是十分有利於經濟發展的，但是，楮幣的發行操縱在南宋王朝手中，發行中逐漸出現了很多問題，其一，朝廷隨意發行，造成通貨膨脹，大量財富集中於宮廷，經濟政策的混亂導致了錢荒〔註 53〕。南宋袁燮：「蓋自楮幣更新，而蓄財之多者頓耗，鹽莢屢變，而藏鈔之久者遽貧。頻年水旱，民無餘貲，物貨積滯，商旅不行，故大家困竭而小民焦熬，市井蕭條而官府匱乏，勢所必至。」〔註 54〕可見楮幣政策是對社會各階層的赤裸裸的掠奪。其二，各個地方的楮幣購買力也不能統一。南宋詹體仁：「湖廣楮幣視京卷爲輕，軍民患之日久，公捐貨泉百萬以權其直，輕重始均。」〔註 55〕不但各地方的楮幣幣值不一，地方政府還可以隨意操縱幣值，眞德秀《趙

〔註 50〕此處參考了葉曉鷹《南宋楮幣研究》，南昌大學 2005 年碩士論文。

〔註 51〕宋彭龜年《止堂集》卷一，臺灣商務印書館景印文淵閣四庫全書 1986 年版集部 1155 冊第 769 頁上欄。

〔註 52〕宋謝維新《古今合璧事類備要》外集卷六六「財用」條論楮幣，臺灣商務印書館景印文淵閣四庫全書 1986 年版史部第 941 冊第 786 頁上欄。

〔註 53〕喬幼梅《論南宋的錢荒》，《南宋史研究論叢》（下），杭州出版社 2008 年版第 239 頁。

〔註 54〕宋眞德秀《西山眞文忠公文集》卷四七《顯謨閣學士致仕贈龍圖閣學士開府袁公行狀》。

〔註 55〕宋眞德秀《西山眞文忠公文集》卷四七《司農卿湖廣總領詹公行狀》四部叢刊本。

邵武墓誌銘》:「嘉定初,通判臨安府,時楮幣價日損,朝家方嚴稱提之令,府尹徐公邦憲欲下都城之直,使與外適均以絕奸民之牟利者,侯爭曰:『內之獨重不猶愈於中外俱輕乎?今不若是,則民間竊窺其上以爲不自貴重,其削當日甚。』未及果如侯言。」〔註 56〕其三,一些地方政府仍然從中牟利,導致了民怨沸騰。眞德秀《通議大夫寶文閣待制李公墓誌銘》記載:「方楮卷稱提之令下,部使者奉行過當,或計物力科買,或責兌卷之家日約以若干錢,或欲盡官帑所蓄兌於民以昂其賈。公(李沈)以民既徧受其害,官亦將空虛,多尼不即行,或讒諸朝,謂公害稱提之政。然閩中自更幣後,爲政者爭事苛急,而告訐之俗興,編民貿易小不如法,輒坐黥隸沒入,由是畏楮如毒虺,得之者惟恐推去不速也。」〔註 57〕其四,由於幣值不一,朝廷更新發行楮幣以兌換原有楮幣,而實際上兌換又有種種問題,官吏便借助行政力量勉強推行,造成民怨沸騰。魏了翁《故參知政事兼同知樞密院事贈少保陳公神道碑》:「時宰士建議更新楮卷,以一易二,期迫而泉無所出,幾以四五易一,宰士心知其非而恥於改令,反以流竄籍沒從事,行之踰年,論報山積,楮直益損。公(陳貴誼)因輪對言:『人主令行禁止者,以同民之所好惡。楮卷之令乃使奸惡獲逞,道路咨怨,非所以祈天永命,固結人心。』」〔註 58〕其五,楮幣僞造橫行。如史載李全的叛軍僞造楮幣,造成了極大的混亂,羅大經稱:「嘉定間,山東忠義李全,跋扈日甚,朝廷擇人帥山陽,見大夫無可使,遂用許國。……李全自此遂叛。嘗曰:『吾不患兵不精,唯患財不贍。』有士人教之以依朝廷樣式造楮券,全從之,所造不勝計,持過江南市物,人莫能辨。其用頗饒,而江南之楮益賤,上下共以全爲憂。」〔註 59〕

眞德秀注意到楮幣問題與南宋政權管理不善有很大關係,他在《館職策》中說:

> 楮幣之輕,本由錢乏,厥今滲漏,非止一途,有如儲蓄於大家,壞銷於工技,濫出於邊關,上下共知矣。邇年以來,又有冶户毀錢

〔註 56〕宋眞德秀《西山眞文忠公文集》卷四四《趙邵武墓誌銘》,四部叢刊本。

〔註 57〕宋眞德秀《西山眞文忠公文集》卷四二《通議大夫寶文閣待制李公墓誌銘》,四部叢刊本。

〔註 58〕宋魏了翁《鶴山先生大全集》卷八七《故參知政事兼同知樞密院事贈少保陳公神道碑》,四部叢刊本。

〔註 59〕宋羅大經《鶴林玉露》卷四「制置用武臣」條,中華書局 1983 年版第 67 頁。

爲銅之弊，獨不當並嚴其禁乎？泉貨周流，楮價自重，不然，雖多方稱提，未見其可也。〔註 60〕

《癸酉五月二十二日直前奏事》：

自楮幣之更，州縣奉行失當，於是估籍徙流所在相踵，而重刑始用矣，科敷抑配，遠近騷然，而厚斂始及民矣。告訐公行，根連株逮，而苛政始肆出矣。假稱提之說，逞朘削之私者，唾掌四起，而酷吏始得志矣。夫是數者，豈朝廷本指哉！方其弊壞既極，不得已而變通之，出御府之金，捐祠曹之牒，展期以收換，多方以優恤，唯恐其病民也。法行之初，雖有情重估籍之文，未幾，又爲之令曰「當估籍者毋得專行，必聞於朝以竢報可」，忠厚謹審之意，寓於不言，又若是其至也。而臣觀之，州縣間務爲新奇，創立科調，乃多出於朝廷約束之外，故有一夫坐罪，而昆弟之財並遭沒入者矣，有虧陌田錢，而百萬之貲悉從沒入者矣，謂之奉法，可乎？至於科富室之錢，朝廷之令所無也，拘鹽商之舟，朝廷之令所無也，以產稅多寡爲差，令民藏券，此又朝廷之令所無也。

……臣閩人也，所謂家產滿千錢，藏卷五十者，閩中之新令也。夫產滿千錢，大約田幾百畝，養生送死之費，縣官徵稅之輸，皆取具焉，非常之須，又不在是，安有餘貲可市券而藏楮乎？況閩之爲俗，土瘠人貧，號爲甚富者，視江、浙不能百一，故此令既行，鬻田宅以收券者，雖大家不能免，豈便民之策耶？或者徒見楮價驟增，遂指以爲新令之效，臣竊謂不然。乃者朝廷蓋自有良畫矣，曰福建上供純許用券，以一歲計之，爲數幾二百萬，官之用券既多，則民之視券亦重，蓋將不強之貴而自貴，不迫之藏而自藏矣，況民之輸官者，錢楮各半，是朝廷輟見緡，予州郡者亡慮百萬稱提之助，沛然有餘，尚何待它爲科配乎？厥今四方之民病此極矣，使前數端果出於公朝之令，陛下與二三大臣聞其爲害至此，亦必惻然更張，不俟終日，況特出於州縣旁緣之私，何憚何疑而弗救之乎？臣願陛下渙發德音，明敕諸道，監司守臣，體認國家更幣便民之本意，凡於詔令之外，創意妄爲，託名奉法，實則壞法者，悉從蠲罷，其尚有

〔註 60〕宋眞德秀《西山眞文忠公文集》卷三二《館職策》，四部叢刊本。

嚴刑厚斂，肆苛擾而恣貪酷者，令臺諫糾察以聞，重置之罰，庶幾安元元之生，以壽宗社之脈，實天下幸甚。〔註61〕

眞德秀列舉了地方官吏上下其手，借助楮幣發行大肆斂財的行爲，惟有嚴格規範地方官吏的不法行爲，才能有望解決楮幣問題。眞德秀對政府以行政力量強迫民戶使用楮幣十分不滿，官府重錢，卻強迫民戶用楮幣，自然造成了錢重楮輕。南宋政府規定了各項制度如稱提、錢楮各半等辦法，以期積極解決楮幣發行中的問題，但是吏治腐敗使政策走樣了，導致百姓遭殃，民怨叢生。魏了翁也注意到楮幣的問題，他對朝廷的一些做法提出了質疑，《奏乞審度履畝利害以寬中下戶》一疏中說：

楮幣一事乃至重，煩朝廷區處，今儒生之學，自孔、孟者而行管、商所不爲之策，此豈其本心也哉！力過其議，則幣輕已甚，憂在目前，助成其說，則上下騷然，怨嗟載路，然則如之何而可？臣嘗觀古之人君雖不免用民之力，然必有不忍人之心，天下窺見其猶有此心，則亦亮其爲不得已之政，故以閔勞爲悅，以見憂爲喜者，世亦有之。今履畝而徵，至下之策也，苟又無誠信惨怛之心以行之，民其不解乎？臣嘗言之，有位欲將人户物力第爲三等，而分爲三限以督具入。上者入初限，次者入中限，下者入末限，而人不以爲然。是說也，蓋欲藉上户氣勢則以振作楮幣，或可望其指日增價，一也；慮將來只是下户納足，上户斷然不納，今先及上户，則餘人無詞，二也；今未見畝步苗頭之數，只得裒同科數，是致中下户亦與上户無別，今若令上等先納，次及中等，俟納及太半之後，萬一楮幣頓復，則下户或可略與蠲減，或又全免，三也。此三說皆以示恤小之意，而條目之放乃未及此，或者不過曰：「上户先期輸納，則中下户必市貴楮」，不知中下户皆有官之家，非皆朝不謀夕，獨不能豫爲之待乎？臣又欲每路分命監司帥臣，二人或三人，庶責任稍專，才否易見。今每路止一人，萬一不善，則一道皆無所訴。臣謂此事之行怨謗紛紜，決所不免，若條劃明備，奉行得人，則猶可救藥。自數十年來大臣不諮訪，侍從不論思久矣。今宰執召從官至堂會議，此四十年所創見，然而利害之要皆在條目，而有言者不能盡行，則何

〔註61〕宋眞德秀《西山眞文忠公文集》卷二《癸酉五月二十二日直前奏事》，四部叢刊本。

> 益矣。臣嘗見杜衍出守永興，時夏人初叛，科調督迫，民至破產亡身，衍語其民曰：「吾不能免汝，然可使汝不勞耳。」乃爲之區處討較，民比他州費省十六七，今使監司郡守皆如杜衍之心，則民雖勞而不怨。臣愚欲乞陛下以臣所言付之宰執，俾爲條目，分命監司，帥臣分郡，任責必當，官對民户截鑿，必先督貴近之家，庶幾中下户之産寬得一分，則受一分之賜，人心不搖，弊事可革，天下幸甚。
>
> 貼黃：臣伏見修内司所管田畝，恭奉聖旨，特降會子十萬緡，赴封樁樁庫交納，以備截鑿。陛下既以此率先天下矣，若貴戚權勢之家皆能上體聖意，以爲中下户之倡，則此令奚患不行。伏乞睿照。
>
> 〔註62〕

魏了翁認爲南宋的官員皆是讀孔孟之書的人，從本心上講不願爲此「管商所不爲之策」。南宋官員包括魏了翁在內，大多對經濟管理不擅長，又有鄙視經濟管理的心態。魏了翁認爲，朝廷將民戶分爲三等，以行政力量迫使百姓用楮幣繳納賦稅，以此達到抬高楮幣價值，這一政策在執行過程中定會遇到種種問題，應當選二三大臣以專督責，施行政策時也要先從地方富豪和權貴之家開始。眞德秀和魏了翁都注意到楮幣發行不當會對民生造成重大危害，但楮幣之壞，其根本原因還是在南宋政權沒有管理發行貨幣的能力，沒有準確的數字統計和切實的經濟政策，而楮幣發行主要爲緩解財政問題，並非爲經濟和社會的發展考慮，而官吏腐敗，只能使加速楮幣政策走向失敗。

第二節　眞德秀、魏了翁與道學

湖州之變前，眞德秀作爲濟王的老師，具有很高的聲望，湖州之變後，史彌遠將濟王毒死，將眞德秀排擠出朝廷，這恰恰使眞德秀在士林中擁有了更爲崇高的聲望。在端平年間，眞德秀對朝廷北征失敗一事提出自己的看法，卻又遭到道學派的排斥，認爲他是在爲鄭清之說話，奉承權貴。魏了翁在學術上對心學與程朱之學都有所接觸，治學重在考據，政治上反對韓侂冑、史彌遠的專權。眞德秀和魏了翁二人與道學派的關係很複雜，本節的前兩部分

〔註62〕宋魏了翁《鶴山先生大全集》卷二十《奏乞審度履畝利害以寬中下户》，四部叢刊本。

主要分析南宋朝廷和民間對道學派的態度，最後一部分重點分析道學派與眞德秀、魏了翁的關係。

一、南宋朝廷對道學派的態度轉變

淳熙年間，南宋朝廷中已有對道學非難的人士，《宋史》朱熹傳中說：「時鄭丙上書詆程氏之學以沮熹，淮又擢太府寺丞陳賈爲監察御史。賈面對，首論近日縉紳有所謂『道學』者，大率假名以濟僞，願考察其人，擯棄勿用。……自熹去國，侂胄勢益張。何澹爲中司，首論專門之學，文詐沽名，乞辨眞僞。劉德秀仕長沙，不爲張栻之徒所禮，及爲諫官，首論留正引僞學之罪。『僞學』之稱，蓋自此始。」〔註63〕朝廷中有不少士大夫是反對道學的，並名之爲「僞學」，傾向道學的士大夫、道學中人與反對道學的士大夫分爲兩派，形成黨爭。韓侂胄時的「慶元黨禁」其實是長期以來反道學潮流發展的必然結果。王夫之說：「小人蠱君以害善類，所患無辭，而爲之名曰『朋黨』，則以鉗網天下而有餘。漢、唐以降，人亡邦瘁，皆此之繇也。而宋之季世，則尤有異焉，更名之曰『道學』。道學者，非惡聲也。揭以爲名，不足以爲罪。乃知其不類之甚，而又爲之名曰『僞學』。言僞者，非其本心也，其同類之相語以相誚者，固曰道學，不言僞也。以道學爲名而殺士，劉德秀、京鏜、何澹、胡紘等成之，韓侂胄尸之，而實不自此始也。高宗之世，已有請禁程氏學者。迨及孝宗，謝廓然以程氏與王安石並論，請禁其說取士。自是而後，浸淫以及於侂胄，乃加以削奪竄殛之法。蓋數十年蘊隆必洩之毒，非德秀等突起而遽能然也。」〔註 64〕道學的最終被官方承認，主要是由於道學佔據了科舉和教育領域的陣地，《續資治通鑒》卷一五四載：

> 大理司直邵褒然言：「三十年來，僞學顯行，場屋之權，盡歸其黨。請詔大臣審察其所學。」詔：「僞學之黨，勿除在內差遣。」已而言者又論僞學之禍，乞鑒元祐調停之說，杜其根源，遂有詔：「監司、帥守薦舉改官，並於奏牘前聲說非僞學之人。」會鄉試，漕司前期取家狀，必令書「係不是僞學」五字。撫州推官柴中行獨申漕司云：「自幼習《易》，讀程氏《易傳》以取科第。如以爲僞，不願考校。」士論壯之。

〔註63〕元脱脱《宋史》卷四二九，中華書局 1977 年版第 12756 頁。
〔註64〕清王夫之《宋論》卷十三，中華書局 1964 年版第 226 頁。

邵褒然所說「場屋之權盡歸其黨」可以證明道學思想已經滲透到科舉和教育領域，士大夫和舉子都受到道學潛移默化的影響。雖然經歷了黨禁，但道學並未消亡，韓侂冑覆滅後，史彌遠爲了鞏固其權力，同時也爲了順應形勢，開始轉而支持道學派，道學派迎來了一個重大的機遇。嘉定更化期間，史彌遠大舉剪除韓侂冑在朝中勢力，爲道學人士平反，眞德秀、魏了翁等大臣相繼被召入朝。祝尚書先生在《宋代科舉與文學》〔註 65〕第十六章中提到嘉定年間隨著政治氣候的變化理學已經逐漸被統治階層所接受。淳祐元年（1241），周敦頤、二程、朱熹得以從祀孔廟，理宗皇帝的詔書中說：「朕惟孔子之道，自孟柯後不得其傳，至我朝周敦頤、張載、程顥、程頤，眞見實踐，深探聖域，千載絕學，始有指歸。中興以來，又得朱熹精思明辨，表裏渾融，使《大學》、《論》、《孟》、《中庸》之書本末洞徹，孔子之道，益以大明於世。」〔註 66〕並撰寫《道統十三贊》賜國子監向諸生宣示。標誌著道學正式被官方承認。

眞德秀和魏了翁在道學正統化的過程中作出很大的貢獻，推動了道學的發展。眞德秀和魏了翁推動道學正統化的方式有：一，撰寫祠記，表彰道學。如眞德秀作《昌黎濂溪二先生生祠記》〔註 67〕，魏了翁作《成都府學三先生祠堂記》。二，編纂書籍，如眞德秀編選《文章正宗》和《大學衍義》，推廣理學（詳見第三章）。三，上疏爲道學家請謚。魏了翁於嘉定九年上奏：

> 臣竊見故虞部郎中周敦頤爲合州僉書判官，州事不經其手，吏不敢決；苟下之，民不肯從。蜀之賢人君子莫不喜稱之，其流風所漸，迄今未泯，士競講學，民知向風，春秋奉嘗，有永無替。臣始到官，嘗遣吏即其祠而用幣焉。退復惟念，是特敦頤所以施諸一方，見諸行事之一二耳。蓋自周衰，孔、孟氏沒，更秦、漢、魏、晉、隋、唐，學者無所宗主，支離泮渙，莫適其歸。醇質者滯於呫嗶訓詁，儁爽者溺於記覽詞章，言理則清虛寂滅之歸，論事則功利智術之尚，誣民惑世，至於淪浹肌髓，不可救藥。敦頤獨奮乎百世之下，窮探造化之賾，建圖著書，闡幽抉祕，即斯人日用常行之際，示學

〔註 65〕祝尚書《宋代科舉與文學》，中華書局 2008 年版。
〔註 66〕元脫脫《宋史》卷四二，中華書局 1977 年版第 821 頁。
〔註 67〕宋眞德秀《西山眞文忠公文集》卷二五《昌黎濂溪二先生生祠記》，四部叢刊本。

者窮理盡性之歸，使誦其遺言者始得以曉然於洙泗之正傳，而知世之所謂學，非滯其俗師，則淪於異端，蓋有不足學者。於是河南程顥、程頤親得其傳，而聖學益以大振。雖三人於時皆不及大用，而其嗣往聖，開來哲，發天理，正人心，使孔、孟絕學獨盛於本朝而超出百代，功用所繫，治理所關，誠爲不小。臣愚欲望聖慈先將敦頤特賜美謚，其於表章風歷，蓋非小補。〔註68〕

請謚號的意義就在於使朝廷公開承認道學，魏了翁認爲北宋周敦頤和二程昭明儒道，有益於儒家的教化，如朝廷能賜予美謚，則能爲教化指明方向。通過以上活動，眞德秀和魏了翁抓住了嘉定更化的良機，推動了道學成爲正統思想。但是，眞德秀和魏了翁畢竟不是純粹的道學家，士大夫是他們的本色。

二、眞德秀、魏了翁的士大夫身份

在今人論著中多將眞德秀、魏了翁當作道學家或理學家來研究他們的文學思想和創作〔註 69〕，這裏還有討論的餘地。眞德秀和魏了翁是不是道學家呢？先看《宋元學案・西山學案》中對眞德秀的評論：

祖望謹案：「西山之望，直繼晦翁，然晚節何其委蛇也！東發於朱學最尊信，而不滿於西山，《理度兩朝政要》言之詳矣。《宋史》亦有微辭。述西山眞氏學案。」〔註70〕

謝山《題眞西山集》曰：「乾、淳諸老之後，百口交推，以爲正學大宗者，莫如西山。近臨川李侍郎穆堂譏其「沉溺於二氏之學，梵語青辭，連軸接幅，垂老津津不倦，此豈有聞於聖人之道者！」愚嘗詳考其本末，而歎西山之過負重名，尚不止於此。兩宋諸儒門庭徑路半出入於佛、老，然其立身行己則固有不媿於古人者，龜山、上蔡而後橫浦、玉山皆是也。西山則自得罪史彌遠以出，晚節頗多慚德。其學術之醇疵，姑弗論可矣。文潔篤行醇儒，固非輕詆人者，

〔註68〕宋魏了翁《鶴山先生大全集》卷十五《奏乞爲周濂溪賜謚》，四部叢刊本。

〔註69〕如蒙培元《理學的演變》福建人民出版社 1984 年版，張毅《宋代文學思想史》中華書局 1995 年版，何俊《南宋儒學的建構》上海人民出版社 2004 年版，石明慶《理學文化與南宋詩學》中國社會科學出版社 2006 年版，張文利《魏了翁文學研究》中華書局 2008 年版，劉婷婷《宋季士風與文學》中華書局 2010 年版。

〔註70〕清黃宗義《宋元學案》卷八一，中華書局 1986 年版第 2695 頁。

> 況其生平依歸，左西江而右建安，而論是時之有宰相器者，獨推袁蒙齋，而深惜西山之無實，則是非之公心也，其事又耳目所親接，則非傳聞失實也。《宋史》西山本傳即出文潔之手，其後元人重修，雖諱其驟軍知舉之短，而於呵護鄭清之一節，亦多微辭。然則端平之出，得非前此偶著風節，本無定力，老將知而耄及之邪？吾於是而致歎於保歲寒之難也。西山以博學宏辭起家，故辭命爲最著，然其兩制文字，凡遇嘉定以後宰執，多有伊、傅、周、召之譽，殆亦可以已而不已者與？或又言倪文節公糾彌遠昆命元龜之制，彌遠私人所據以自辯者，亦得之西山。雖西山未必以此求用於當時，然亦要可以已者耳。慈湖初見西山，因以其命訊日者，戒其須忘富貴利達之心。」〔註71〕
>
> 梓材案：《西山集》《題慈湖行述》云：「嘉定初元，先生以秘書郎召，某備數館職，始獲從之遊。」似西山嘗爲慈湖門人。然其辭爲墓銘云：「銘於體爲最重，述其道當最詳，非門人高弟不可。」則又自外於及門矣。由今觀之，西山未能終身踐此言也，然則其不能攘斥佛、老，固其宜耳。〔註72〕

以上幾則材料說明，眞德秀不但不是道學家，反而是被道學家批評指謫的士大夫。首先，《宋史》的編者將眞德秀列入儒林傳，顯然否認他是道學家，並且還列舉了他的幾個污點〔註73〕。《宋史》中關於眞德秀爲鄭清之辨誣一事原出於黃震《理度兩朝政要》，《宋元學案》引黃震《兩朝政要》曰：「理宗時，天下所素望其爲相者，眞德秀文行聲迹獨重。嘉定、寶、紹間，僉謂用則即日可太平。端平親政，趨召至朝，正當世道安危陞降之機，略無一語及之，乃阿時相鄭清之，飾其輕舉敗事，謂爲和、扁代庸醫受責；又以清之開邊建議，御閱卒以府庫不足犒賞，事不可行，致前至諸軍，質貸備衣裝，無以償，

〔註71〕清黃宗羲《宋元學案》卷八一，中華書局1986年版第2708頁。

〔註72〕清黃宗羲《宋元學案》卷八一，中華書局1986年版第2708頁。

〔註73〕關於《宋史·道學傳》在明清兩代引起了很多的爭論，張濤、任利偉的《〈宋史·道學傳〉在清代的論爭及影響》一文闡述的頗爲詳細，《河北學刊》2008年第6期。爭論的焦點是心學中人是否應入道學傳及道學是否應該單獨列傳的討論，如朱熹的老師李侗就沒有入道學傳，爭論一直沿續到清朝。但《宋史》編纂者的態度已經說明了一個問題，像眞德秀和魏了翁這樣一生爲官的人至少不能完全視爲道學家。

故鬨，延及州兵皆鬨，自是軍政不復立。知貢舉事，復以喧罵出院。除參政，未及拜，以疾終。」〔註 74〕黃震詳細記述眞德秀的幾件爲人詬病之事，從他的語氣來看，是有很大的傾向性，似乎在很嚴厲地批評眞德秀，這當然也說明他沒有把眞德秀看做道學中人的意思。其次，第三段材料中說眞德秀不認爲自己是慈湖門人，說明他並不以道學家自期。葉紹翁記載：「嘉定初，文忠語余曰：『他年某極力只做得田君貺人物，若范文正公，則非所敢望矣。至中年而後，則又以文正自任。』」〔註 75〕這就說明眞德秀不認爲自己是道學家，他是有意於現實功業的，他早年曾從詹體仁遊，就問及居官涖民之法，也可以說明這一點〔註 76〕。

魏了翁與道學的關係也有必要說明。首先，魏了翁早年好詞章之學，在二十七、八歲（1204～1205）時發生了學術思想的第一次轉變，他接觸到朱門輔廣、李方子等人，受他們影響，開始探究義理之學。在謫居靖州時發生了第二次學術思想的轉變，不只學習程朱理學，而是直探孔孟，從先秦的經典入手探究儒家的精義。魏了翁《答周監酒》：「向來多看先儒解說，不如一一從聖經看來。蓋不到地頭親自涉歷一番，終是見得不眞；又非一一精體實踐，則圖爲談辯文乘之姿耳。來書乃謂只須祖述朱文公諸書，文公諸書讀之久矣，正緣不欲於賣花擔上看桃李，須樹頭枝底方見活精神也。」〔註 77〕從魏了翁的學術依歸來看，他最終是走向了經學，對程朱理學則視爲賣花擔上的桃李，只是程、朱對經典的一種解讀，並不值得迷信，眞正的源頭是先秦的經典，從這個意義上說，魏了翁對程朱道學採取了揚棄的態度，所以魏了翁也不能說是道學家，而應該看作經學家。

其次，《四庫全書總目》卷一六二《鶴山集提要》稱：「南宋之衰，學派變爲門戶，詩派變爲江湖。了翁容與其間，獨以窮經學古自爲一家，……所作醇正有法而紆徐宕折，出乎自然，絕不染江湖遊士叫囂狂誕之風，亦不染講學諸儒空疏拘腐之病，在南宋中葉可謂翛然於流俗外矣。」〔註 78〕四庫館

〔註 74〕清黃宗義《宋元學案》卷八一，中華書局 1986 年版第 2707 頁。

〔註 75〕宋邵伯溫《四朝聞見錄》甲集「文忠答趙履常」條，中華書局 1989 年版第 36 頁。

〔註 76〕清黃宗義《宋元學案》卷六九：「詹體仁字元善，浦城人……眞西山早從之遊，嘗問居官涖民之法，先生以盡心平心告之。」中華書局 1986 年版第 2273 頁。

〔註 77〕宋魏了翁《鶴山先生大全集》卷三六《答周監酒》，四部叢刊本。

〔註 78〕清永瑢編《四庫全書總目提要》卷一六二，中華書局 2005 年版第 1391 頁。

臣認爲，魏了翁以窮經學古爲學術旨歸，他的詩歌風格和內容與當時的講學諸儒的詩歌區別甚大。這兩點就可以說明在四庫館臣眼中，魏了翁不是純粹的道學家，甚至要劃清魏了翁與道學諸儒的界限。

再其次，魏了翁對宋代理學的發展有自己獨特的看法。魏了翁《道州寧遠縣新建濂溪周元公祠堂記》稱：「董仲舒嘗請：『諸不居六藝之科，孔子之術者，皆絕其道，庶幾統紀可一，民知所從。』而時君不足以行其說。迨其後也，才知之士各挾其所溺以行於世，……近世朱文公、張宣公、呂成公又各挾其所以溺於人者溺人，士之散滋甚。……此宜憂世之士所以悼道之譴欝，而慨然有感於儒先之教，象而祠之、尸而祝之也。然而民既散矣，有士以屬之，士既散矣，終不可復屬邪！……嗚呼，得孔顏之所以樂，則必不以務記覽、工詞章、慕虛寂爲能也，得伊尹之所以志，則鉅刀毫末之得失，不足以爲戚忻也，吾黨之士，盍相與懋明此理，尙庶幾士有所屬，而民不失望焉。」〔註 79〕文中肯定了周敦頤發揚儒道的功績，但是說到朱熹、張栻和呂祖謙則稱之爲「以溺於人者溺人」，導致的結果就是「士之散滋甚」，在魏了翁看來，儒道是士大夫階層所共同尊信的，是凝聚士大夫階層的思想武器，在士大夫階層的教化和影響下，百姓才可以不叛散，可以凝聚團結在王室周圍，北宋周敦頤、張載、二程發明儒道，志伊尹之志，學孔顏之樂，沒有偏離儒學的大方向，二程之後，南宋理學有朱、陸之爭，使讀書人和士大夫思想混亂，黨爭加劇，最終會導致天下分崩離析。這段材料說明魏了翁對道學發展是採取批判的角度，對北宋的道學家發揚儒道是有所肯定的，但對南宋道學導致士大夫思想上的混亂這一結局則是反對的。

關於眞德秀有二點需要說明的地方。一，眞德秀與佛道關係。四庫館臣認爲眞德秀陷於佛老，《四庫全書總目》卷一六二《西山集提要》中稱：「其編《文章正宗》持論嚴刻，於古人不貸尺寸，而集中諸作吹噓釋老之焰者不一而足，有不止韓愈《羅池廟碑》爲劉昫所譏、《與大顛諸書》爲朱子所摘者。」〔註 80〕但是遍觀《西山文集》所謂「吹噓釋老之焰」的文章並未曾見。如眞德秀《送高上人序》：「道一而已，乃有儒釋氏之不同，何哉，釋之教以萬法爲空，儒之教以萬法爲實，惟其以爲實也，故於父子之親，君臣之義，常恐

〔註 79〕宋魏了翁《鶴山先生大全集》卷四三《道州寧遠縣新建濂溪周元公祠堂記》，四部叢刊本。

〔註 80〕清永瑢編《四庫全書總目提要》卷一六二，中華書局 2005 年版第 1642 頁。

錙銖不盡其道，惟其以爲空也，故以大倫爲假合，人世爲夢幻，漠焉不以概諸心，道之不同，以是焉耳。……昔唐元暠師以其先人之葬未返厥土，行求仁者以冀終其心。河東柳子厚取之，謂爲釋之知道者，且曰：『釋之書有大報恩十篇，皆言由孝以極其業。』世之誕慢者雖爲其道而好違其書，今吾上人未嘗聞元師之事而其心乃與之合，是心也，從何而有哉，子其即事而參焉，則行住坐臥皆光明發見時也，世間萬法盡在是矣。世傳賢沙黃檗捐棄父母事緇徒以爲口實，上人獨著論非之，其言明切痛快，足以訂學佛者滅親亂倫之謬。」〔註 81〕眞德秀對佛教的觀念並不認同，並希望佛教徒能兼顧人倫道德。另如眞德秀《送蕭道士序》：「予聞伯陽氏之爲道也，損之又損，以至於無爲，故學之者亦必墮肢體、黜聰明，離形去智然後同於大道。」〔註 82〕可見眞德秀對道家學說也是有所保留的。前引《宋元學案》中轉引李穆堂之言，認爲眞德秀的《西山集》中有許多的「梵語青詞」，以此指謫眞德秀佞於佛老。眞德秀文集中確實是有青詞的，《西山集》卷二三全爲青詞，但是魏了翁也寫作青詞，不能作爲眞德秀佞於佛老的證據。

二，道學家對眞德秀的批評。《宋史》中關於眞德秀爲鄭清之辨誣一事，《宋史》本傳中提出眞德秀所說的「和、扁代庸醫受責」一句，原出自眞德秀《召除戶書內引劄子一》文末貼黃中說：「臣竊惟今日承權臣極弊之餘，猶以和、扁繼庸醫作壞之後也，其症危，其力艱，若一藥之誤，至於害事，則人將以責和、扁而不責庸醫也，是代爲庸醫受責也。」〔註 83〕眞德秀所指即端平入洛一事。1234 年金被蒙古消滅，蒙古北撤，理宗急於恢復，派兵進入中原，卻被蒙古伏擊，大敗而回。眞德秀認爲此次失敗不能完全歸罪於理宗和鄭清之，他在《召除戶書內引劄子一》的正文中說：「比者王師深入，或者議朝廷之過舉，臣獨有以識陛下之本心，蠢茲女眞，穢我河洛，逾百年矣，厥罪貫盈，天命勦之，則九廟神靈，所當慰安，八陵兆域，所當省謁，媮安不振，是以弱示敵，撫機不發，是以權予敵，此陛下之本心。」戰與和是南宋政治爭論的一個焦點，主戰者與主和者各執一詞，都有很充足的理由，不能以成敗論事理之曲直。眞德秀在此文中提出軍糧轉運困難和選將不利是出兵北上的最大困難，並稱：「此二難，皆權臣玩愒之罪，非今日措置之失。今

〔註 81〕宋眞德秀《西山眞文忠公文集》卷二八《送高上人序》，四部叢刊本。
〔註 82〕宋眞德秀《西山眞文忠公文集》卷二八《送蕭道士序》，四部叢刊本。
〔註 83〕宋眞德秀《西山眞文忠公文集》卷十三《召除户書內引劄子一》，四部叢刊本。

日適承其弊爾，承三十年之弊，欲整治之，度非十年不能。」由此可以看出，眞德秀所說的「和、扁代庸醫受責」的意思是，南宋朝廷經歷了韓侂胄和史彌遠的長期專權，至理宗親政時，國勢衰微，積弊叢生，這一局面非短期一二大臣能夠扭轉的，此說自有其合理性，未必皆爲鄭清之推脫責任而發。

小　結

眞德秀和魏了翁面對憂患叢生的南宋政權，他們積極思考這一時代的重大問題並提出了自己的見解，在政治上，他們反對權相專制，主張廣開言路，整頓吏治，積極與權相鬥爭；在軍事上，他們主張積極防禦，抵禦外族入侵，注重兩淮和川蜀地區的防禦，希望朝廷用人得當；在經濟上，他們反對濫發楮幣，主張嚴懲腐敗；對歸正人問題，眞德秀從儒家仁政的角度出發主張接納歸正人，魏了翁則從現實的政治、軍事層面考慮，主張謹慎地對待歸正人；在文化上，道學文化逐漸走向廟堂，成爲正統的思想，眞德秀和魏了翁與道學集團內部存在著種種聯繫，程朱道學深深地影響了他們，他們也爲程朱道學的正統化做出極大的努力，他們與權相的鬥爭離不開道學人士的支持。

道學思想在南宋被很多士大夫尊信，以之爲修身、治學的工具，但是對於眞德秀和魏了翁的文學作品進行研究時，需要考慮到他們的多重身份的集合，不能完全把他們與朱熹、李方子、黃震等道學家劃等號。比如眞德秀，他是比較信奉程朱之學的，但他的一生志趣在於出仕，對道學少有發揮，所以黃宗羲認爲他「依門傍戶」〔註 84〕，魏了翁則通經博古，其志趣在於從先秦的典籍出發探尋儒道，對宋代道學則持批判繼承的態度。這些都說明他們的思想和文學創作都與道學派人士有很大的區別，需要仔細考量。

〔註 84〕清黃宗羲《宋元學案》卷八十《鶴山學案序錄》，中華書局 1986 年版第 2650 頁。

第二章　論眞德秀、魏了翁的文學思想

作爲士大夫的眞德秀和魏了翁，治學、出仕和詩文寫作是他們一生中最重要的三件事，這三件事之間又有著內在的聯繫，他們的學術傾向影響了他們的文學思想，他們的文學思想又指導著他們的文學創作，他們的宦海生涯則是創作的重要內容。因此，研究眞德秀和魏了翁的文學思想是理解他們的文學創作的一把鑰匙，也是理解他們的創作風貌之所以不同於江湖派、四靈及道學派的關鍵。眞德秀、魏了翁與道學的關係在上一章中已有論述，他們在文學思想方面有沒有受到道學文化的影響呢？他們對文道的看法與道學家有無不同呢？眞德秀師友中不乏程朱道學的信徒，他也深受程朱道學的影響，但是在文學思想方面，眞德秀的看法卻又與程朱所持的文以載道說不同，他對於文道關係的論述受到了唐代已有的貫道說的影響。魏了翁綜合程朱道學、心學，最終回到先秦經典，其學術歷程幾經轉折，他的文學思想深受《易經》的影響。眞德秀和魏了翁都注意到氣、志、學與文的關係，堅持以學爲本，以儒家道德修養爲本，他們對古代作家的評述就體現出他們文論方面的相似性，如他們論陶淵明時注重作家的道德修養和反對浮華的文風，對蘇軾和黃庭堅的評論與道學、江湖派皆有區別，有著士大夫獨特的眼光和關注點。

第一節　眞德秀、魏了翁論文的本質

眞德秀關於文道關係的論述與道學家不同，他仍然堅持文以貫道說，有受到唐代古文家的影響。魏了翁的文論深受《論語》、《易經》的影響，以天地自然爲文，包括社會人文在內。

一、眞德秀論文的本質

眞德秀是南宋中後期接受理學思想影響的士大夫，他在朱熹之後共同高揚理學旗幟，積極推動理學的世俗化，但在文論方面卻與朱熹有所不同。

眞德秀《歐陽四門集》:「自世之學者離道而爲文，於是以文自命者知黼黻其言而不知金玉其行，工騷者有登牆之醜，能賦者有滌器之污，而世之寡識者反矜詫而慕望焉，曰:『夫所謂學者文而已矣，華藻患不縟，何以修敕爲，筆力患不雄，何以細謹爲。』嗚呼，倘誠若是，則所謂文者特飾姦之具爾，豈曰貫道之器哉！」〔註 1〕眞德秀所說的「貫道之器」的說法在唐代出現過，如韓愈門人李漢的《昌黎先生文集》序中說:「文者，貫道之器也。」〔註 2〕而朱熹等道學家是反對「文以貫道」的，朱熹說:「這文皆是從道中流出，豈有文反能貫道之理？文是文，道是道，文只如吃飯時下飯耳。若以文貫道，卻是把本爲末，以末爲本，可乎？」〔註 3〕貫道和載道在道學家眼中有很大的區分，貫道是以文爲主，載道是以道爲主。從上面引文來看，眞德秀認爲文是貫道之器，與朱熹的看法是相矛盾的。眞德秀還提到「鳴道之文」的說法，《跋彭忠肅公集》:「漢西都文章最盛，至有唐爲尤盛，然其發揮理義有補世教者，董仲舒氏、韓愈氏而止爾。國朝文治蝟興，歐、王、曾、蘇以大手筆追還古作，高處不減二子。至濂洛諸先生出，雖非有意爲文而片言隻辭貫綜至理，若《太極》、《西銘》等作，直與六經相出入，又非董、韓之可匹矣。然則文章在漢唐未足言盛，至我朝乃爲盛爾。忠肅彭公以濂洛爲師者也，故見諸著述大抵鳴道之文，而非覆文人之文。」〔註 4〕在這則材料中眞德秀很明顯地將文人之文和鳴道之文區別開來，他認爲文並非是道的枝葉，也並非從道中流出，文人之文有其價值，通過詞采能供人欣賞，使人愉悅，文人的品行極大地影響和決定了作品的價值，而鳴道之文則發揚人生道理，可爲六經羽翼，兩者具備不同的功能，這是他和道學家的文道觀的不同所在。

眞德秀對於「文」的認識有幾層涵義。廣義的文指文化學習。眞德秀的《問行有餘力章與四教不同》:「文行忠信。文者，講學之事，主乎知。」〔註

〔註 1〕宋眞德秀《西山眞文忠公文集》卷三四。

〔註 2〕唐韓愈《昌黎先生文集》，基本古籍文庫影宋蜀本。

〔註 3〕宋朱熹《朱子語類》卷一三九，1985 年版第 3305 頁。

〔註 4〕宋眞德秀《西山眞文忠公文集》卷三六《跋彭忠肅公集》，四部叢刊本。

〔註 5〕宋眞德秀《西山眞文忠公文集》卷三零《問行有餘力章與四教不同》，四部叢刊本。

5〕文爲四科之一，不指文章，而是泛指文化學習。其次，文指儒學修養。《問文章性與天道》:「文章二字，非止於言語詞章而已，聖人盛德蘊於中而輝光發於外，知威儀之中度，語言之當理，皆文也。」〔註6〕《跋南軒先生永州雙鳳亭記》:「古之所謂文者，將以治其身使合於禮，在內者粹然而在外彬彬焉，其本不出於修身，其極可施之天下，此之謂至文。」〔註7〕這裏眞德秀對文的界定又指向了儒學修養境界，以及達到一定境界後形成的人格氣象。眞德秀認爲文不一定要有載道的使命，文可以是人文修養，可以是人格氣象，可以是詞章詩文之文，可是一種技藝。對於言語詞章，眞德秀是不太重視的，他認爲文人之文，雖然有其獨立的地位，但是在道德價值方面遠遜於鳴道之文。

二、魏了翁對文的本質的認識

魏了翁對文的本質的認識眞德秀不同，魏了翁《大邑縣學振文堂記》:

> 了翁固謝不敏，不足以舉斯文。君固請弗已，則謂之曰:「何哉，子所謂文者？清便婉轉，點綴映媚，姑以玩物肆情者乎？傅會假託，竄移編綴，苟以譁眾取寵者乎？」……君曰:「何以語我？」曰:「吾請試言夫所謂文者，而子姑聽之。且動靜互根而陰陽生，陽變陰合而五行具，天下之至文，實始諸此。仰觀俯察，而日月之代明，星辰之羅布，山川之流峙，草木之生息，凡物之相錯而粲然不可紊者，皆文也；近取諸身，而君臣之仁敬，父子之慈孝，兄弟之友恭，夫婦之好合，朋友之信睦，凡天理之自然而非人所得爲者，皆文也。堯之蕩蕩，不可得而名而僅可名者，文章也，夫子之言性與天道，不可得而聞而所可聞者，文章也，然則堯之文章乃蕩蕩之所發見，而夫子之文章亦性與天道之流行，謂文云者，必如此而後爲至。文王既沒，文不在茲，孔聖後死，斯文未喪，此非後世所謂文也。今君侯振文之謂將奚擇乎此？」曰:「抑聞之，『敏而好學，不恥下問』亦得以謂之文，孝悌謹信，汎愛親仁，行有餘力亦不嫌於學文，文固有等級也，自非上知、生知，迪天理之彝，蹈人文之正，動爲世道，言爲世則，則勤學好問，推孝悌謹信之餘，固學者事也，特有

〔註6〕宋眞德秀《西山眞文忠公文集》卷三一《問文章性與天道》，四部叢刊本。
〔註7〕宋眞德秀《西山眞文忠公文集》卷三六《跋南軒先生永州雙鳳亭記》，四部叢刊本。

先後之序，淺深之聞焉。」曰：「子言是矣，如余前之云者乃天下之至文，遽得以遷而後之也？聖人所謂斯文亦曰斯道云耳，而非文人之所以玩物肆情，進士之所以譁眾取寵者也。侯誠有意於斯，則所當表章風厲，使爲士者以勤學好問爲事，以孝悌謹信爲本，積日累月，自源徂流，以求夫堯之所以可名不可名，夫子之所以可聞不可聞者果爲何事，近取諸身而秩乎有敘，遠取諸物而粲然相錯，仰觀諸天，俯察諸地，而離離乎其相麗，皇皇乎不可紊，斯所謂文者既有以深體而嘿識之，則將動息有養，觸處充裕，無少欠闕，迨其涵泳從容之久，將有忽不自知其入於聖賢之域者矣，斯文之振，孰大於是？」君瞿然曰：「是文之本也，敢即是爲記，將與多士懋敬無斁。」〔註8〕

魏了翁對文的界定分三個層面，第一個層面是文人之文，魏了翁稱之爲「譁眾取寵」，第二個層面是儒家所說的人文化成之文，即縣宰所說的「孝悌謹信，汎愛親仁」，也即前面眞德秀所說的「知威儀之中度，語言之當理」，第三個層面是最高層面，他稱之爲「至文」，所謂「至文」源於「動靜互根而陰陽生，陽變陰合而五行具」的客觀世界。「堯之所以可名不可名，夫子之所以可聞不可聞」都出自《論語》，前一句出自《泰伯》下：「子曰：『大哉堯之爲君也！巍巍乎！唯天爲大，唯堯則之。蕩蕩乎！民無能名焉。」〔註9〕指堯能則天之道，其民日遷於善而不自知；第二句出自《公冶》下：「子貢曰：「夫子之文章，可得而聞也。夫子之言性與天道，不可得而聞也。」〔註10〕魏了翁認爲天地自然萬象的動靜變化及社會人文都可以看作是文。從魏了翁所說的「動靜互根」一句又可以看出他關於文的界定又受到《易經》的影響，慶元四年（1198）魏了翁二十一歲，應鄉試，受知於趙大全。秋，應省試，受知於李大異、宇文紹節，以《易》冠同經生，此後一生對易學的探究就沒有停止。魏了翁對文的理解也受到《易經》的影響，《易經·繫辭》中說：「天尊地卑，乾坤定矣，卑高以陳，貴賤位矣，動靜有常，剛柔斷矣。〔註11〕」魏了翁《雅州振文堂記》也說：「太極崑崙，動靜根焉，元化周流，柔剛分焉，蕩推往來，

〔註8〕宋魏了翁《鶴山先生大全集》卷四零《大邑縣學振文堂記》，四部叢刊本。
〔註9〕程樹德《論語集釋》卷十六，中華書局1990年版第549頁。
〔註10〕程樹德《論語集釋》卷九，中華書局1990年版第318頁。
〔註11〕《周易正義》，北京大學出版社《十三經注疏》1999年版第257頁。

更迭雜糅，日夜相代乎前，無一息之間而天下之至文生焉。」另外「日月之代明，星辰之羅布，山川之流峙，草木之生息，凡物之相錯而粲然不可紊者皆文也」〔註 12〕的說法很容易使人想起《文心雕龍・原道》中的：「文之爲德也大矣，與天地並生者何哉！夫玄黃色雜，方圓體分，日月疊璧以垂麗天之象；山川煥綺，以鋪理地之形。此蓋道之文也。」〔註 13〕魏了翁的觀點和劉勰在《文心雕龍》中提出的看法相似，都以天地間萬象爲文，認爲文包括人文之文和自然之現象。魏了翁和眞德秀對文的廣義的定義是不同的，眞德秀從儒家的四科之說出發，將文定義爲文化及修身，魏了翁則認爲最廣泛的文包括自然和社會人文，並聯繫到《易經》，視文爲天地自然及社會人文化育的反映。朱熹有一則關於文道觀的論述與魏了翁的論述有很大的相似性，現比較一下，以說明魏了翁的文道觀與朱熹的不同之處，以加深對魏了翁文學思想的理解。朱熹稱：

> 夫古之聖賢，其文可謂盛矣，然初豈有意學爲如是之文哉？有是實於中，則必有是文於外，如天有是氣則必有日月星辰之光耀，地有是形則必有山川草木之行列。聖賢之心既有是精明純粹之實以旁薄充塞乎其內，則其著見於外者，必自然條理分明，光輝發越，而不可掩蓋，不必託於言語、著於簡冊而後謂之文，但自一身接於萬事，凡其語默動靜、人可得而見者，無所適而非文也。〔註 14〕

從這段話裏看以看出朱熹所謂的文是從「聖賢之心」裏流出的，是聖賢體察天地之理後有所得於心，即使不作詩文，也已具有了文之質，發之於詩文則是載道之文，而魏了翁所說的文是指客觀外物，即文中所說的「凡天理之自然而非人所得爲者，皆文也」，人可以反映、模仿外在的文。

第二節　眞德秀、魏了翁論氣、志、學與文的關係

情感是詩文寫作中的重要因素，但在眞德秀和魏了翁那裏則很少提到情的因素，而是從氣、志、學三個影響創作的要素出發來論述文學創作。以志來影響氣，由學以養志，最終把影響文學創作的根本要素歸納到學上，這是他們的共同的認識。

〔註 12〕宋魏了翁《鶴山先生大全集》卷三九《雅州振文堂記》，四部叢刊本。
〔註 13〕范文瀾注《文心雕龍》卷一，人民文學出版社 1958 年版第 2 頁。
〔註 14〕宋朱熹《晦庵先生朱文公文集》卷七零《讀唐志》，四部叢刊本。

「氣」的概念最早可以追溯到先秦，從最初的「天地之氣」〔註 15〕，到後來的「精氣」〔註 16〕，氣的使用範圍越來越廣，氣不但指構成萬物的基礎，還與人的精神相關，如《後漢書・李固傳》中：「氣之清者爲神」。北宋張載將氣昇華到本體論的高度，認爲氣是一元的，是構成世界的唯一，他在《正蒙・太和篇第一》中說：「太虛無形，氣之本體，其聚其散，變化之客形爾。」〔註 17〕古代的氣論主要有孟子的養氣說、劉勰的養氣說、曹丕的氣稟說、道家的煉氣說、以及理學家張載的氣本體說等等。眞德秀和魏了翁的氣論與以往的氣論有著很大的相似性，他們有選擇地接受了以往的關於氣的論說，下面先分析一下眞德秀的氣論。

眞德秀的氣論可以分爲三個層面，第一個層面的氣指形而下之氣，相對於性而言。眞德秀說：「性，形而上者也；氣，形而下者也。人物之生，亦莫不有是氣。然以氣言之，則知覺運動，人與物初不異也。」〔註 18〕這裏所說的氣又與張載將氣視作自然和人類社會一切存在的物質性相一致，都指形而下之氣，張載《正蒙・太和篇第一》：「凡氣清則通，昏則壅，清極則神。……合虛與氣，有性之名。」〔註 19〕這是本體論層面的氣，泛指一些客觀事物的物質性。

第二個層面的氣指人之稟賦，性格。眞德秀說：

> 歐陽處士可夫以聽聲法觀人，百不失一二。客有問余曰：「聽聲與相形異乎？」予曰：「人之類一也，而哲愚豐悴修夭，有萬之不同者氣也。氣有清濁，故爲哲愚，氣有盈縮，故爲豐悴，氣有深淺，故爲修夭。相形者因形以察之，聽聲者因聲以察之，術雖不同，其求之氣一也。」〔註 20〕
>
> 其氣則有陰陽之別，其質則有剛柔之異，而其流行運動，則或絪緼而醇釀，或偏駁而舛雜，故凡得之以生者，其分有滋槁焉，其數有贏縮焉，其性有通窒焉。造物豈有意於豐嗇哉，各隨其所值焉

〔註 15〕清徐元誥《國語集解》卷一《周語上》，中華書局 2002 年版第 26 頁。

〔註 16〕黎翔鳳《管子校注》卷十六《內業》，中華書局 2004 年版第 943 頁。

〔註 17〕宋張載《張載集》卷一《正蒙》，中華書局 1978 年版第 7 頁。

〔註 18〕宋眞德秀《西山讀書記》卷一，臺灣商務印書館景印文淵閣四庫全書 1986 年版子部 705 冊第 20 頁上欄。

〔註 19〕宋張載《張載集》卷一《正蒙》，中華書局 1978 年版第 7 頁。

〔註 20〕宋眞德秀《西山眞文忠公文集》卷二八《送歐陽可夫序》，四部叢刊本。

爾。然富貴貧賤一定而不可易者，此氣之所爲，無所用吾力者也。至於柔強明闇，雖或不同，繇學以反之，皆可造其極，此性之所存，人之得用吾力者也。〔註21〕

眞德秀將氣看成是流行於天地之間的某種存在，有清正之氣，有污濁之氣，人之有性格，因氣稟不同而有所不同，氣可以決定人的智慧的高低和壽命的長短，這是人性論層面的氣。

第三個層面的氣指血氣，眞德秀說：

志謂心志，氣謂血氣，學者若能立志以自強，則氣亦從之，不至於怠惰，如將師之統率，有紀律、有號令，則士卒雖欲惰而不可得，苟心志不立，則未免爲血氣所使。〔註22〕

亦以氣之與志相爲主賓，未有氣安靜而志不寧，氣勞復而志不動者也。故曰志一則動氣，氣一則動志。今夫蹶者趨者，是氣也，而反動其心，此乃治心之格言。〔註23〕

眞德秀認爲志和氣是相爲主賓，互相決定，互相影響的。所謂志，不光是指人的意志，也指人的精神和狀態，而氣是指人的血氣。

眞德秀的氣論來自孟子的養氣說，孟子說自己善養浩然之氣，並論氣與志的關係，《孟子．公孫丑》章中記載公孫丑和孟子的問答：

（孟子）「夫志，氣之帥也，氣，體之充也。夫志至焉，氣次焉，故曰持其志，無暴其氣。」（公孫丑）「既曰志至焉氣次焉，又曰持其志，無暴其氣者，何也？」（孟子）曰：「志一則動氣，氣一則動志也。今夫蹶者趨者，是氣也，而反動其心。」〔註24〕

眞德秀也說：「致飾語言，不若養其氣。」〔註25〕顯然眞德秀是延續了孟子的養氣說和氣志互動說。魏了翁：「曾與眞西山云：「某循環讀經，亦以自明此心，未敢便有著述。來諭拈出禮注中太一鬼神等說，乃下與鄙見合。《中庸》疏中已有稟氣之說，亦與先儒相表裏。」〔註26〕又可見眞德秀的稟氣說來源

〔註21〕宋眞德秀《西山眞文忠公文集》卷二八《贈羅一新序》，四部叢刊本。
〔註22〕宋眞德秀《西山眞文忠公文集》卷三一《問志氣》，四部叢刊本。
〔註23〕宋眞德秀《西山眞文忠公文集》卷四十《泉州科舉諭士文》，四部叢刊本。
〔註24〕《孟子注疏》卷三上，北京大學出版社1999年版《十三經注疏》第74頁。
〔註25〕宋眞德秀《西山眞文忠公文集》卷三四《跋豫章黃量詩卷》，四部叢刊本。
〔註26〕宋魏了翁《鶴山先生大全集》卷三六《答眞侍郎》，四部叢刊本。

於《中庸》，魏了翁文中所說的《中庸》疏應指孔穎達注疏《禮記》時所說，《禮記》卷二二《禮運》篇：「故聖人作則必以天地爲本，以陰陽爲端，以四時爲柄，以日星爲紀，月以爲量，鬼神以爲徒，五行以爲質，禮義以爲器，人情以爲田，四靈以爲畜。」句下注：「正義曰：『此一節以前文論人稟天地五行氣性而生，此以下論稟氣性之有效驗。」〔註27〕

眞德秀進一步將氣論引申到他的文學觀念中，用氣來解釋人的文學才能之不同，他認爲氣有至正之氣，有清明純粹之氣，人得到不同的氣則擁有不同的才能，聖人稟受了至正之氣和天地之元氣，其文才會不朽：

> 「乾坤有清氣，散入詩人脾」，此唐貫休語也。予謂天地間清明純粹之氣盤薄充塞，無處不有，顧人所受何如耳，故德人得之以爲德，材士得之以爲材，好文者得之以爲文，工詩者得之以爲詩，皆是物也。然才德有厚薄，詩文有良……故古之君子所以養其心者必正必清，必虛必明，惟其正也，故氣之至正者入焉，清也，虛也，明也亦然。予嘗有見於此久矣，方其外誘不接，内欲弗萌，靈襟湛然，奚慮奚營，當是時也，氣象何如哉！〔註28〕

> 蓋聖人之文，元氣也，聚爲日星之光，耀發爲風塵之奇變，皆自然而然，非用力可至也。自是以降，則視其資之厚薄，與所蓄之淺深，不得而遁焉。故祥順之人其言婉，峭直之人其言勁，嫚肆者無莊語，輕躁者無確詞，此氣之所發者然也。家刑名者不能折孟氏之仁義，祖權譎者不能暢子思之中庸，沉潛六藝，咀其菁華，則其形著亦不可揜，此學之所本者然也。是故致飾語言，不若養其氣，求工筆箚，不若勵於學。氣完而學粹，則雖崇德廣業，亦自此進，況其外之文乎？〔註29〕

眞德秀認爲人的德、材、文章寫作才能、詩歌創作才能等等都是稟氣不同的結果，養氣使其「完」，博學精思，是創作的兩大關鍵因素，氣完則文有獨至，學粹則文有根底，聖人之文是元氣所鍾，將聖人之文和一般文人與學者之文區別開來。就氣與文的關係而言，南宋劉宰的一段話值得重視，現舉出和眞德秀的氣論相比較。劉宰《書惲敬仲詩卷後》中說：「文章所以發天地鬼神之

〔註27〕《禮記正義》卷二二，北京大學出版社1999年版《十三經注疏》第814頁。
〔註28〕宋眞德秀《西山眞文忠公文集》卷三四《跋豫章黃量詩卷》，四部叢刊本。
〔註29〕宋眞德秀《西山眞文忠公文集》卷二八《日湖文集序》，四部叢刊本。

秘，寫風雷電雹、雨露雪霜、寒暑晦明之變，使人物蟲魚鳥獸無所遁其情，山川泉石草木不得私其英華偉麗，必其氣之清也，故物不得而汨之；必其氣之直也，故物不得而撓之；必其氣之和且平也，故物不得而激之；必其氣之果毅奮發也，故物不得而沮之。汨之則昏，撓之則屈，激之則偏，沮之則止，猶之牛山之木，雖日夜之所息，萌蘖生焉，終濯濯耳。故論者謂：文章以氣爲主。蓋杜子美非能兒視嚴武，則杜曲一田舍翁；李太白非能奴視高力士，則長安市上一狂人耳；那能光焰萬丈，與日月相爲常久哉！雖然，此可與老成長者道，難與後生輕薄子說，恐說夢癡人前，更使得狂易病。」〔註 30〕劉宰注意到氣稟與創作風格之間的關係，由此更進一步，他認爲在創作中人的精神世界與自然和社會是對立的，必須保證主觀世界的自由和創作精神的獨立，才能爭取到創作的自由，他所說的氣更類似於創作品格。眞德秀的氣論也是從人的稟氣賦予人的才能個性出發，虛設了一個更高的元氣以與聖人之文相對應，認爲文人之文是天地之清氣散入，而古代聖人所受則是天地間的至正之氣，自然不同於文人所受。從眞德秀的氣論也可以看出他並沒否定文人之文的存在價值和功能，只是拿它與聖人之文比較，說明聖人之文是天地間至大至剛之元氣的反映，是鳴道之文。

魏了翁也有關於氣的論述，他在《攻媿樓宣獻公文集序》一文中說：

> 蓋辭根於氣，氣命於志，志立於學。氣之薄厚，志之小大，學之粹駁，則辭之險易正邪從之，如聲音之通政，如耆蔡之受命，積中而形外，斷斷乎不可揜也……人至於內自攻治，知義理之無窮而竈焚之不可媿，則浩乎兩間，不憂不懼，而辭之本立矣。〔註 31〕

《游誠之默齋集序》

> 文乎文乎，其根諸氣、命於志、成於學乎？性寓於氣，爲柔爲剛，此陰陽之大分也。而柔剛之中，有正有偏，威儀文詞之分，常必由之。昔人所謂昭晰者無疑，優游者有餘，其根若是，其發也必不可掩。然而氣命於志，志不立則氣隨之，志成於學。學不講，則志亦安能立，是故威儀文詞，古人所以立誠定命莫要焉。〔註 32〕

以辭氣相連，最早可以追溯到先秦，《論語・泰伯》章中就說：「出辭氣，斯

〔註 30〕宋劉宰《漫堂文集》卷二四《書惲敬仲詩卷後》，嘉業堂叢書本。
〔註 31〕宋魏了翁《鶴山先生大全集》卷五六《攻媿樓宣獻公文集序》，四部叢刊本。
〔註 32〕宋魏了翁《鶴山先生大全集》卷五四《游誠之默齋集序》，四部叢刊本。

遠鄙倍矣。」這裏的辭是指言語，氣指音聲〔註 33〕。魏了翁認爲氣有剛柔之氣，與眞德秀的稟氣之說很相似，都指自然的賦予人的秉性。魏了翁認爲人氣稟的不同造成天賦才能的不同，「志」可以影響「氣」，「志」可以由「學」來養成。洪咨夔讚譽的魏了翁詩文就是從志與氣的角度談的，《答魏鶴山書》：「竊知存養深，故踐履堅實，著書立言超然自得，不爲江山風景動搖，……志定而氣盛也。」〔註 34〕眞德秀與魏了翁都認爲「氣」是先天的稟賦，人具有某種先天而來的才氣和才能，文人稟受了清明之氣，則可以創作出好詩文，而學可以使人改變性情，使志有所立，那麼創作出的詩文就不會僅僅是才氣顯露而已。

《浦城夢筆山房記》是魏了翁寫給眞德秀的一篇文章，這篇文章裏表露出他們的一些共識：

> 世傳江文通爲吳興令，夢人授五色筆，繇是文藻日新。今浦城縣故吳興也，縣故有孤山，里人因以「夢筆」稱之，鄉先生楊文莊公嘗讀書其間。比歲，眞希元於山之麓得數畝地，蓺卉木，營閭廬，爲息遊藏修之所，既爲文莊識其事，又以書抵了翁，曰：「子爲我發之。」了翁每惟由周而上，聖賢之生鮮不百年，蓋歷年彌久則德盛仁孰，故雖從心所欲罔有擇言，皆足以信今貽後。詩三百，聖賢憂憤之所爲者十六七，六藝之作、七篇之書，亦出於歷聘不遇，凡皆坦明敷暢，日星垂而江河流也。聖人之心如天之運，純亦不已，如川之逝，不捨晝夜，雖血氣盛衰所不能免，而才壯志堅，純終弗二，曷嘗以老少爲銳惰，窮達爲榮悴者哉！靈均以來，文詞之士興，已有虛驕恃氣之習，魏晉而後，則直以纖文麗藻爲學問之極致。方其季盛氣強，位亨志得，往往時以所能譁世眩俗，歲慆月邁，血氣隨之，則不惟形諸文詞衰颯不振，雖建功立事，蓄縮顧畏，亦非復盛年之比，此無他，非有志以基之，有學以成之，徒以天資之美、口耳之知，才驅氣架而爲之耳。如史所書任彥升、丘靈鞠、江文通諸人，皆有才盡之歎，而史於文通末年至謂夢張景陽奪錦，郭景純徵筆，才不逮前。夫才命於氣，氣稟於志，志立於學者也，此豈一夢

〔註 33〕參看錢穆《論語新解》卷八《泰伯》，三聯書店 2002 年版第 202 頁，程樹德《論語集釋》卷十五《泰伯》，中華書局 1990 年版第 520～523 頁。

〔註 34〕宋洪咨夔《平齋文集》卷十三《答魏鶴山書》，四部叢刊本。

之間他人所得而予乎，窮當益堅，老當益壯，而它人亦可以奪之乎？爲此言者，不惟昧先王夢祲之義，亦未知先民志氣之學，由是夢筆之事，如王元琳、紀少瑜、李巨山、李太白諸人，史不絕書，而杜子美、歐陽永叔、陳履常庶幾知道者，亦曰老去才盡，曰詩隨年老，曰才隨年盡，雖深自抑損，亦習焉言之，不知二漢時猶未有是說也。希元用力於聖賢之學，今既月異歲殊，志隨年長，其自今所資益深，所居益廣，則息遊藏修於是山也，其必謂吾言然矣。叡聖武公年九十五作抑之詩曰：「相在爾室，尚不愧於屋漏。」嗚呼，爲學不倦如此，才可盡而文可躓乎？既以復於希元，又以自儆云。〔註 35〕

魏了翁文中所稱「希元」即是眞德秀，夢筆山房的前身是五代時楊徽之所建，楊徽之是眞德秀的同鄉先賢，眞德秀有有《楊文莊公書堂記》記述楊徽之的事蹟和品格，文中稱：「帝以能詩知公，而不知公之受知聖明不專在是也。昔丁公二心於漢，高祖戮之，姚思廉盡節於隋，文皇寵以高位，前世大度之主率常以是觀人，況我太祖、太宗之聖哉！夫放麑小善爾，推其仁猶可以柱國，公之忠於所事如此，以之事人，何往而非忠，此二帝之所以知公而以遺後聖也……當公之去國也，一遷而楚，再徙而秦，又再轉而蜀，山川益寥遠，風物益淒涼，昔之詞人墨客悲傷頗頷，若不可以生者也，而公嘉陽諸詠皆脩然自得，亡秋毫隕穫意，胸中所存，其亦遠矣。……入侍禁中，新承聖眷，至摘其詩雋語筆之御屏中，詞章翰墨，同時豈乏其人，而公獨得此者，非重其詩，重其節也。」〔註 36〕眞德秀表達了對楊徽之的高尚品德的讚賞，楊徽之忠於朝廷，被貶謫後並不沮喪，反而脩然自得。魏了翁認爲自屈原以來，血氣盛衰是文人創作才能的決定性因素，一旦年馳日去，位不高，氣不盛，文人就會衰颯不振，其創作才華也消失不見，如果能以聖賢之道爲基礎，繼以不斷地學習踐行，即使血氣衰颯，創作也不會因爲才華的逝去而終止，反而會因爲具有了崇高的境界修養，而形成聖賢氣象和人格之美。魏了翁《番易王養正雙岩集序》再次提出這種觀點：「公……以行其學而義理之養華皓不渝時，以其餘發諸文藝，往往一事物之微，一蟲魚之細，推而根極理亂之變，斂而消息進修之候，有昔人所未發者。嗚呼，世之以才觀口筆競相誇詡者未

〔註 35〕宋魏了翁《鶴山先生大全集》卷四九《浦城夢筆山房記》，四部叢刊本。

〔註 36〕宋眞德秀《西山眞文忠公文集》卷二六《楊文莊公書堂記》，四部叢刊本。

嘗乏人，年盛氣強，位亨志得，則挾其天資之美，以自見於文墨議論間，其於是理，縱未有得而能以小慧襲取，時一遇焉，年運而往，時不我與，則憔悴隕穫，寖就枯槁，前所謂時一遇焉者，亦將莫知焉。」〔註 37〕創作者年老才退本是常事，但也不是一定之規，魏了翁藉此來說明儒家的道德修養境界的重要性，認爲有了這種修養和境界，就會表露出的人格之美，聖賢氣象之美，所言也並非沒有道理。

宋代理學家如周敦頤和二程、朱熹，都從文道關係入手，認爲作文害道或文須載道，上陞到本體論的高度，以他們的道和理來統轄文。眞德秀和魏了翁則從人的氣稟不同出發，進而得出不同的結論。眞德秀懸置一個元氣高高在上，與聖人之文對應，他對文的認識仍然帶有漢唐文論的色彩，某種程度上強調了人的個人因素和創作個性的不同，魏了翁看到詩文創作者才氣隨年齡衰歇的這一現象，進而指出了以才氣爲文的文人之文的有限性。眞德秀和魏了翁的文學思想不同於道學家的地方就在於此。

對於老去才退，江湖派詩人劉克莊也有論述，劉克莊說：「自昔文人，鮮不以壯老爲銳惰。江文通晚有景純索筆、景陽取錦之夢，余謂非二景果有靈也，乃文通氣索才盡之兆爾。竹溪所編，視前二編且數倍，老氣盛於壯，近制高於舊，其筆錦乃天授，豈資於人哉！夫學以積勤而成，文以精思而工，有五十而學易九十而傳書者，有十年成一賦者，有懸千金募人增損一字者。」〔註 38〕劉克莊認爲才氣有衰盛，不一定隨年齡而變化，文學創作的好與壞並非完全取決於才氣，主要靠創作者潛心於詩文，不斷的錘鍊和學習。四靈中的趙師秀也說：「苦吟墮饑蟬，巧詠發輕簧。」〔註 39〕創作是否精思和苦吟，這正是眞德秀、魏了翁與江湖派及四靈的區別之處，眞德秀和魏了翁強調人格修養的重要，極力避免爲文浮華，作詩爲文強調辭達，無意多加修飾。江湖派和四靈則強調創作者精心運思才能產生好作品，對詩文創作而言，學問不是決定性因素，不思而爲則只能流於粗糙，談不上具備藝術價值和欣賞價值了。

〔註 37〕宋魏了翁《鶴山先生大全集》卷五四《番易王養正雙岩集序》，四部叢刊本。

〔註 38〕宋劉克莊《後村先生大全集》卷九六《山名別集序》，四部叢刊本。

〔註 39〕宋趙師秀《官田之集翁聘君失期陳伯壽賦詩率爾次韻》，《全宋詩》第 56 冊，北京大學出版社 1998 年版第 33836 頁。

第三節　眞德秀和魏了翁樸素的的審美觀

眞德秀和魏了翁欣賞詩文作品或編選詩文時都反對偶儷和藻飾。如眞德秀編選《文章正宗》時選入《鄒忌獄中上梁王書》文末評：「按此篇用事太多而文亦趍於偶儷，蓋其病也，然其論讒毀之禍至痛切，可以爲世戒，故取焉。」〔註 40〕選《後出師表》後附李密《陳情表》，並於文末評：「按令伯之表，反覆淳篤，出於眞誠，至今讀之猶足使人感動，況當時之君乎。三國非無文章，獨取武侯一表者，以其發於至忠也，令伯之表出於至孝，故亦附焉，自晉及唐，以奏議名多矣，其尤卓偉者魏文正、陸宣公，論建所及，皆正君定國之言，篇數既多，又其文或尚偶儷，學者自當孰復其全書，故不錄」〔註 41〕眞德秀評價作家作品時也持樸素的審美觀，反對一切繁飾空洞之作，如《跋秘閣太史范公集》：「諸葛武侯文采不豔，其出師二表與開府作牧教，至今爲學者膾炙，有志之士擊節讀之，有至籲歔流涕者。六朝隋唐文人動百數十篇，穠華纖巧，極其雕飾，或卒無一語可傳，然則文之爲文，豈必多且麗乎哉？」〔註 42〕《跋王雙岩文集》：「其古賦似東坡，詩歌似太白，其辭不矯抗而健，不雕鏤而工，不組繡而麗，信乎其偉於文者也。……其殆易直慈良，鬱乎若春者也，綢繆於君親之義而悃欵於骨肉之情者也……」〔註 43〕《提舉吏部趙公墓誌銘》：「爲文根本義理，其詩於選體尤得趣。參政溫陵曾公嘗敘其文謂無一點膏粱氣。」〔註 44〕眞德秀並不欣賞質木平實，毫無意趣的作品，如眞德秀《跋宋正甫詩集》：「清隱之詩南城包顯道評之當矣，予尤愛其《贈陸伯微》，曰：『老去放令心膽健，後來晉得姓名香。』《寄御史》曰：『陰陽消長風聞際，堂陛尊嚴山立時。』《送顧父弟》曰：『江湖多少盟鷗地，莫近平津閣畔行。』此皆有益之言。又《送謙父弟》曰：『日用工夫在細微，行逢礙處便須疑，高言怕被虛空笑，闊步先防墮落時。』和人云：『三聖傳心惟主一，六經載道不言眞。』是又

〔註 40〕宋眞德秀《文章正宗》卷十一《鄒忌獄中上梁王書》文末評，臺灣商務印書館景印文淵閣四庫全書 1986 年版集部 1355 冊第 335 頁上欄。

〔註 41〕宋眞德秀《文章正宗》卷十一李密《陳情表》文末評，臺灣商務印書館景印文淵閣四庫全書 1986 年版集部 1355 冊第 327 頁上欄。

〔註 42〕宋眞德秀《西山眞文忠公文集》卷三六《跋秘閣太史范公集》，四部叢刊本。

〔註 43〕宋眞德秀《西山眞文忠公文集》卷三六《跋王雙岩文集》，四部叢刊本。

〔註 44〕宋眞德秀《西山眞文忠公文集》卷四三《提舉吏部趙公墓誌銘》，四部叢刊本。

近理之言，非嘗從事於學者不能道也。至若『三甲未全，一丁不識』等句，新奇工致，則人所共喜，不待予評云。」〔註 45〕宋正甫是與眞德秀同時代的隱士，江湖派詩人戴復古有《伏龍山民宋正甫湖山清隱乃唐詩人陳陶故圃，曾景建作記，俾僕賦詩》〔註 46〕詩一首，詩中說宋正甫：「故人心事孺子高，故人詩句今陳陶，……吟成禿筆寫芭蕉，何如沉香亭北醉揮毫。」戴復古比宋正甫爲唐詩人陳陶，吟詩以致筆禿，可見宋正甫是擅於作詩的。眞德秀的評論重在詩中的近理之言，並稱他的詩「新奇工致」，說明眞德秀所欣賞的不是平淡無味的作品，而是深醇有味、合乎義理，但又發人所未發的詩句。眞德秀認爲文詞華麗會妨礙詩文主旨的表達，形成空洞的無病呻吟的文風，一般文士陷溺於其中不能自拔，則會忽視修身治學。眞德秀《傅景裴文編序》:「然詞章之靡麗者易工，而義理之精微者難究。」〔註 47〕稱靡麗者爲易工，似乎表現出眞德秀對語言運用的某種自信，眞德秀不單是從審美方面考慮，更是從學理和修身的角度排斥浮華文風。

魏了翁也喜愛質樸的文風和樸素的審美觀，《侯氏少陵詩注序》:「黃公魯直嘗謂子美詩妙處乃在無意之意，夫無意而意已至，非廣之以國風雅頌，深之以《離騷》、《九歌》，安能咀嚼其意味，闖然入其門耶？故使後生輩自求之，則得之深矣。予每謂知子美詩莫如魯直，蓋子美負抱瑰特而生不逢世，僅以詩文陶寫情性，非若詞人才士媲青配白以爲工者，往往辯方域，書土實，而居者有不盡知。……蓋魯直所謂闖乎騷雅者爲得之，而詩史不足以言之也。」〔註 48〕魏了翁引用了黃庭堅對杜甫的評價，認爲杜詩妙處在無意之意，以詩陶寫性情，不像詞人才士錯綜文辭，實際上空洞無物。魏了翁提到一般文人的創作時往往喜歡用譁眾取寵等字眼，如《坐忘居士房公文集序》:

> 古之學者自孝第謹信，泛愛親仁，先立乎其本，迨其有餘力也從事於學文。文云者，亦非若後世譁然後眾取寵之文也，游於藝以趣博其趣，多識前言往行以蓄其得（德），本末兼該，內外交養，故

〔註 45〕宋眞德秀《西山眞文忠公文集》卷三六《跋宋正甫詩集》。

〔註 46〕宋戴復古《伏龍山民宋正甫湖山清隱乃唐詩人陳陶故圃，曾景建作記，俾僕賦詩》，《全宋詩》第 56 冊，北京大學出版社 1998 年版第 33468 頁。

〔註 47〕宋眞德秀《西山眞文忠公文集》卷二七《傅景裴文編序》，四部叢刊本。

〔註 48〕宋魏了翁《鶴山先生大全集》卷五五《侯氏少陵詩注序》，四部叢刊本。

言根於有德而辭所以立誠，先儒所謂篤其實而藝者書之，蓋非有意於爲文也。後之人稍涉文藝則沾沾自喜，玩心於華藻，以爲天下之美盡在於是，而本之則無，終於小技而已矣。〔註 49〕

《資州省元樓記》：

剛之善也，其言直以暢，惡也，其言粗以厲，柔之善也，其言和以舒，惡也，其言闇以弱，是則言也者，命於氣，稟之剛柔，剛柔既分，厚薄斷矣，雖他日事業之廣狹，時位之窮通，亦未有不繇之，此誠非人力可升沉者。唐人謂士之致遠，先器識，後文藝，如王、楊、盧、駱，雖有才而浮躁衒露，豈享爵祿者，……然則爲士者果無所用其力矣，曰不然也。志有所守而大本先立，則氣得其養而生生不窮，夫如是可以變化氣質。〔註 50〕

魏了翁認爲文人喜歡以一藝自誇，炫耀文字技巧，而聖人對文的態度是「游於藝」，把詩文當作修德行道之餘事，娛戲而已，這幾段話貌似迂腐，但也有其合理之處。清代厲志《白華山人詩說》卷一中稱：「詩之所發皆本於情，喜怒哀樂一也。讀古人詩，其所發雖猛，其詩仍歛蓄平易，不至漫然無節，此其所學者深，所養者醇也。」〔註 51〕詩文創作中作者感情抒發必須是有所節制的，以學養爲基礎，對所發之情加以靜觀和體味，情感就會得到昇華，發之於詩才會深醇有味，這與魏了翁所論有一定的共同之處。眞德秀和魏了翁批評魏晉和唐代的文人才士炫才露己，譁眾取寵，讚揚和欣賞陶淵明詩歌的平淡，從很大程度上說是由於他們對某種情感宣泄式的創作方法的反對，他們要求作品深醇有味，要求作者能以理節情，能夠迴環往復地對情感加以提煉，並以自然和樸素的方式表現出來。

第四節　眞德秀、魏了翁論作家

眞德秀和魏了翁的作家論的一個明顯傾向就是強調有本，重視士大夫的立朝大節，看重作家的氣節和情操，強調儒家的修養對於作家的重要意義，對於詩文語言則只要求辭達，反對雕飾。眞德秀和魏了翁的作家論和道學家

〔註 49〕宋魏了翁《鶴山先生大全集》卷五一《坐忘居士房公文集序》，四部叢刊本。
〔註 50〕宋魏了翁《鶴山先生大全集》卷四四《資州省元樓記》，四部叢刊本。
〔註 51〕清厲志《白華山人詩說》卷一，光緒 9 年刻本。

之論有相似之處，都反對雕飾，不計工拙，但道學家們往往從作家的思想源頭入手，力斥佛老和異端思想。

一、眞德秀、魏了翁論陶淵明

眞德秀和魏了翁對陶淵明都有評論，下面將兩人的評論對比來分析。眞德秀《跋黃瀛甫擬陶詩》：

> 子聞近世之評詩者曰：「淵明之辭甚高，而其指則出於莊、老，康節之辭若卑而其指則原於六經。」以余觀之，淵明之學正自經術中來，故形之於詩有不可掩。榮木之憂，逝川之歎也，貧士之詠，簞瓢之樂也。《飲酒》末章有曰：「羲農去我久，舉世少復眞。汲汲魯中叟，彌縫使其淳。」淵明之智及此，是豈玄虛之士所可望邪？雖其遺寵辱、一得喪，眞有曠達之風，細玩其詞，時亦悲涼感慨，非無意世事者。或者徒知義熙以後不著年號，爲恥事二姓之驗，而不知其眷眷王室，蓋有乃祖長沙公之心，獨以力不能爲，故肥遁以自絕，食薇飲水之言，銜木填海之喻，至深痛切，顧讀者弗之察爾。淵明之志若是，又豈毀彝倫、外名教者可同日語乎？三山黃君瀛甫擬作陶詩，優繇澹泊，味出言外，蓋所謂亹亹迫眞者。予嘗病世之論者於淵明之蘊有所未究，故以是質之，而未知其當與否也。〔註52〕

陶淵明詩自然沖淡不煩繩削的特點早已爲人所稱道，如黃庭堅：「寧律不諧，而不使句弱，用字不工，而不使語俗，此庾開府所長也，然有意於爲詩也。至於淵明則所謂不煩繩削而自合者，雖然巧於斧斤者多疑其拙，窘於檢括者輒病其放，孔子曰：『甯武子其智可及也，其愚不可及也。』淵明之拙與放其可爲不知者道哉！……淵明之詩要當與一丘一壑者共之耳。」〔註53〕宋代理學家也認同陶淵明詩的特點爲自然沖淡，非用力可以爲之，如楊時：「淵明詩所不可及者沖淡深邃，出於自然，若曾用力學然後知淵明詩非著力之所能及也。」〔註54〕朱熹《答謝成之》：「若但以詩言之，則淵明所以爲高，正在其超然自得，不費安排處。東坡乃欲篇篇句句依韻而和之，雖其高才，合湊得

〔註52〕宋眞德秀《西山眞文忠公文集》卷三六《跋黃瀛甫擬陶詩》，四部叢刊本。
〔註53〕宋黃庭堅《豫章黃先生文集》卷二六《題意可詩後》，四部叢刊本。
〔註54〕宋楊時《龜山集》卷十《語錄》，臺灣商務印書館景印文淵閣四庫全書 1986 年版集部 1125 冊第 191 頁上欄。

著，似不費力，然已失其自然之趣矣。」〔註 55〕眞德秀提出陶淵明詩源自經術，與自然之說有本質上的區別。眞德秀評陶淵明集中在幾點上，首先是逝川之歎和簞瓢之樂。榮木之憂和貧士之詠分別指陶淵明的《榮木》篇和《詠貧士》七首（眞德秀《文章正宗》卷二十二選入《榮木》、《詠貧士》、《飲酒》等篇）。《榮木》篇中是陶淵明感慨歲月逝去而一事無成，其中「人生若寄，憔悴有時」、「禍福無門，匪道曷依」幾句，有憂道不行的意思，《詠貧士》中有「朝與仁義生，夕死復何求」、「豈忘襲輕裘，苟得非所欽」兩句，也確實有樂於仁義之道，不在乎世俗富貴的意思，從這個意義上說，陶淵明的思想肯定有受儒家影響的成分。《飲酒》中陶淵明寫道：「鳳鳥雖不至，禮樂暫得新。洙泗輟微響，漂流逮狂秦，詩書復何罪，一朝成灰塵，區區諸老翁，爲事誠殷勤，如何絕世下，六籍無一親。終日馳車走，不見所問津。若復不快飲，空負頭上巾。」〔註 56〕可見陶淵明在魏晉時名教廢弛的環境下，對儒道抱有懷疑的態度。眞德秀肯定陶淵明是受儒家思想影響，但重點是在強調陶淵明的用世之志，這其實是眞德秀夫子自道，他在《題湖山清隱》一詩中說：「西湖南山和靖廬，西山東湖清隱居。皇天從來具老眼，勝地不肯棲凡夫。眼中四時風月景，胸次萬古皇王書。夫君豈是終隱者，要學川雲時卷舒。」〔註 57〕眞德秀用世之心甚切，將林逋這位隱逸之士看作待時而動的有志之人。魏了翁也反對隱逸，他的《題桃源圖》：「隱者寧無人禮義，武陵獨匪我山川。若將此地爲眞有，亂我彝倫六百年。」〔註 58〕在眞德秀和魏了翁這些士大夫看來，隱逸之人有逃離體制的傾向，他們或者把隱士的思想納入儒家的渠道中，或者以禮義的名義加以斥責，都是維護禮教的行爲。眞德秀所說的「近世說詩者」指誰呢？明代何孟春《餘冬詩話》卷上：「朱子言陶淵明亦是莊老，眞西山曰：『予聞近世之評詩者云……外名教者可以同日語乎？』朱子語錄出門人雜手，未可信，靖節人品誠有如西山所言者，未可輕議，然吳臨川《跋朱子書陶詩》又云：『朱子嘗言陶靖節見趣多是老子意，觀此《寫陶詩四首與劉學古》而卷末繫以老氏之六言，以其詩意出《道德經》之緒餘也』何也，

〔註 55〕宋朱熹《晦庵先生朱文公集》卷五八《答謝成之》，四部叢刊本。

〔註 56〕《文章正宗》卷二二，臺灣商務印書館景印文淵閣四庫全書 1986 年版集部第 676 頁下欄。

〔註 57〕《全宋詩》第 56 冊，北京大學出版社 1998 年版第 34839 頁。

〔註 58〕《全宋詩》第 56 冊，北京大學出版社 1998 年版第 34947 頁。

此直晦庵一時所見意如此而，非遂有所貶也，晦庵謂周濂溪《拙賦》『天下拙，刑政徹』，其言似莊老，豈以濂溪亦莊老之徒哉！」〔註59〕元代吳澄《跋朱子所書陶詩》:「朱子嘗言:『陶靖節見趣皆是老子意。』觀此《寫陶詩四首與劉學古》而卷末繫以老氏之六言，蓋其詩意出《道德經》之緒餘也。」〔註 60〕可以證明何孟春認爲眞德秀所反駁的就是朱熹所說的。朱熹確實認爲陶淵明有接受老子思想的地方，《朱子語類》卷一二五:「陶淵明亦只是老莊。」卷一三六也說:「淵明所說者莊老，然辭卻簡古；堯夫辭極卑，道理卻密。」〔註61〕眞德秀所說「近世之評詩者」指的就是朱熹。魏了翁對陶淵明也有評論，《費元甫陶靖節詩序》:

> 世之辯證陶氏者曰:「前後名字之互變也，死生歲月之不同也，彭澤退休之年，《史》與《集》所載之各異也。」然是所當考而非其要也。稱美陶公者曰:「榮利不足以易其守也，聲味不足以累其眞也，文詞不足以溺其志也。」然是亦近之，而公之所以悠然自得之趣則未之深識也。風雅以降，詩人之詞樂而不淫，哀而不傷，以物觀物而不牽於物，吟詠情性而不累於情，孰有能如公者乎？有謝康樂之忠而勇退過之，有阮嗣宗之達而不至於放，有元次山之漫而不著其迹，此豈小小進退所能規其際邪！先儒所謂「經道之餘，因閒觀時，因靜照物，因時起志，因物寓言，因志發詠，因言成詩，因詠成聲，因詩成音」者，陶公有焉。〔註62〕

魏了翁評陶淵明的這段話關鍵在三點。第一點是肯定陶淵明的高尚節操，所謂「有謝康樂之忠而勇退過之，有阮嗣宗之達而不至於放，有元次山之漫而不著其迹」。第二點是關於詩歌創作方面。「經道之餘，因閒觀時，因靜照物，因時起志，因物寓言，因志發詠，因言成詩，因詠成聲，因詩成音」〔註 63〕這段話出自《擊壤集序》。魏了翁對邵雍是非常贊許的，《邵氏擊壤集序》:「邵子平生之書，其心術之精微在皇極經世，其宣寄情意在《擊壤集》。凡立乎吾萬皇王帝霸之興替，春秋冬夏之代謝，陰陽五行之運化，

〔註59〕明何孟春《餘冬詩話》卷上，基本古籍庫影明刻本。

〔註60〕元吳澄《吳文正集》卷六一《跋朱子所書陶詩》，臺灣商務印書館景印文淵閣四庫全書 1986 年版集部 1197 冊第 600 頁上欄。

〔註61〕宋朱熹《朱子語類》卷一二五，中華書局 1985 年版第 2987 頁、3243 頁

〔註62〕宋魏了翁《鶴山先生大全集》卷五二《費元甫陶靖節詩序》，四部叢刊本。

〔註63〕宋邵雍《邵雍集》《伊川擊壤集》序，中華書局 2010 年版第 180 頁。

風雲月露之霽曀，山川草木之榮悴，惟意所驅，周流貫徹融液攤落。蓋左右逢原，略無毫髮凝滯倚著之意。嗚乎！眞所謂風流人豪者歟！」〔註 64〕在魏了翁的眼中，邵雍是與天地同化的聖哲，其詩吟詠性情但不牽於性情，觀物而不留戀於物。魏了翁以《擊壤集序》中的話來稱讚陶淵明並非偶然，因爲邵雍本人就對陶淵明十分欣賞，其《讀陶淵明歸去來》稱：「歸去來兮任我眞，事雖成往意能新。」〔註 65〕邵雍欣賞陶淵明的率眞，作詩能不受形式束縛〔註 66〕，這也合乎魏了翁對詩歌寫作的要求。魏了翁的詩歌創作觀仍然秉承《毛詩》中的提法，所謂「在心爲志，出口爲言，詠言爲詩，詠聲爲歌，播於八音謂之樂。」〔註 67〕就詩歌創作上講，魏了翁與邵雍一樣，認爲陶淵明的詩歌創作是自然率眞的，不講究詞藻和修飾，所以他引用《擊壤集序》中的話來贊許陶淵明。第三點是魏了翁將陶淵明的品格提升到更高的境界，超越於一般詩人。魏了翁所說：「以物觀物而不牽於物，吟詠情性而不累於情。」出自《擊壤集序》，邵雍的《擊壤集序》說：「近世詩人，窮戚則職於怨憝，榮達則專於淫泆。身之休慼發於喜怒，時之否泰出於愛惡，殊不以天下大義而爲言者，故其詩大率溺於情好也。噫！情之溺人也，甚於水。」邵雍認爲吟詠不能牽於物，不能累於情，而陶淵明就是不溺於情，並能體察義理的詩人。魏了翁正是因爲贊同邵雍的這個觀點，才用這句話來稱讚陶淵明的。

相比眞、魏二人，道學家對詩人的思想根源更爲在意，而眞德秀和魏了翁則不太重視詩人是否受佛老影響，他們更關注的是士大夫的操守和他們對儒家的信仰。南宋統治的腐敗其首要原因和突出表現是官僚士大夫的墮落，魏了翁《丁制副》：「竊惟今日事勢，養諛習欺，蓋非一日。開禧以來，大言誇詡，恣行不養義者謂之才吏，至誠懇惻，愛養根本者謂之生儒。嘉定以來，縱貪剝之吏，俟其盈則持而奪之，爲害滋甚於前，其勢必以掩遏蔽蒙全身固位爲事。」〔註 68〕朝廷之中官僚的腐敗主要表現之一就是士大夫階層的道德敗壞，所以眞德秀強調士大夫的立朝大節也帶有糾正風化之意，反映在作家

〔註 64〕宋魏了翁《鶴山先生大全集》卷五二，四部叢刊本。
〔註 65〕宋邵雍《邵雍集》中華書局 2010 年版第 286 頁。
〔註 66〕此處參考了張鳴《宋詩選》中邵雍詩小序，人民文學出版社 2004 年版第 123 頁。
〔註 67〕《毛詩要義・周南召南譜》，續修四庫全書本。
〔註 68〕宋魏了翁《鶴山先生大全集》卷三七，四部叢刊本。

論上，他的評論就帶有濃厚的道德色彩。魏了翁則強調陶淵明的眞率自然，不溺於情，更注重陶淵明的詩歌境界之美。

二、魏了翁論蘇軾、黃庭堅

魏了翁在很多地方論及蘇軾，如《程氏東坡詩譜序》:「矧惟文忠公之詩，益不徒作，莫非感於興衰治亂之變，非若唐人家、花、車、斜之詩，競爲廋辭險韻，以相勝爲工也，永歌歎美之詞，閎挺而不浮；隱諷譎諫之詞，訰實而不懟。而又所與交者，皆一代之聞人，千載而下，誦其詩者，不必身履熙、豐、祐、聖之變，而識世道之陞降；不待周旋於熙、豐、祐、聖諸公，而得人品之邪正：茲又有出於譜之外者。余固因子益之譜而重有感也。」〔註 69〕魏了翁肯定蘇軾詩具有詩史的價値，是對北宋特定歷史階段的眞實反映。魏了翁非常讚賞蘇氏兄弟的立士節和操守，如他《跋蘇文定公帖》一文中說:「蘇氏兄弟平生大節，在於臨死生利害而不可奪。其厚於報知己，勇於疾非類，則歷熙、豐、祐、聖之變如一日，而後知世之以文詞知二蘇者末也。」〔註 70〕魏了翁反對人們只看重蘇軾的文采，認爲蘇軾以正學直道立身朝堂，疾惡如仇，勇於爲民請命，另如《黃太史文集序》:「二蘇公以詞章擅天下，其時如黃、陳、晁、張諸賢，亦皆有聞於時，人孰不曰:『此詞人之傑也。』是惡知！蘇氏以正學直道周旋於熙、豐、祐、聖間，雖見慍於小人，而亦不苟同於君子。」〔註 71〕也表明了魏了翁對蘇軾的崇敬之意。《答葉子》:

> 來論屢屢恨柳惜韓，尊蘇慕黃，詞嚴而義正，志立而氣昌，有以略窺君子之所存，末復以無名無迹，致懷人憂世之意，益以驗閱理之深，唯有歎畏。然而如韓如柳，豈惟門下疑之，先儒固疑之，豈惟先儒，如某等輩何敢輒議古人，而亦不敢釋然於此也。大蘇公之明偉，似無復餘憾。然而某妄謂處倫類之變，當以三百篇爲正。《考槃》、《小宛》之爲臣，《小弁》、《凱風》之爲子，《燕燕》、《谷風》之爲婦，《終風》之爲母，《柏舟》之爲宗臣，《何人斯》之爲友，皆不遇者也。而責己重周，待人輕約，優柔肫切，怨而不過於怒，憂而不敢疏也。東坡在黃、在惠，在儋，不患不偉，患其傷於太豪，

〔註 69〕宋魏了翁《鶴山先生大全集》卷五一，四部叢刊本。
〔註 70〕宋魏了翁《鶴山先生大全集》卷六二，四部叢刊本。
〔註 71〕宋魏了翁《鶴山先生大全集》卷五三，四部叢刊本。

便欠畏威敬恕之意，如「茲遊奇絕」、「所欠一死」之類，詞氣不甚平。又如《韓廟碑》謂「作書詆佛譏君王，要觀南海窺衡湘」。方作諫書時，亦冀諫行，而澤下逃隱而名不章。豈是故爲詆訐，要爲南海之行。蓋得世詞人，多有此意，如所謂「去國一身」、「高名千古」之類，十有八九若此，不知君臣義重，家國憂深，聖賢去魯、去齊，不若是恝者，非以一去爲難也。高明以爲如何？〔註 72〕

這段材料中有幾個地方需要說明，首先，所謂「茲遊奇絕」即指蘇軾《六月二十日渡海》一詩，作於紹聖四年〔註 73〕，其中有「九死南荒吾不恨，茲遊奇絕冠平生」〔註 74〕一句，「韓廟碑」當指《潮州韓文公廟碑》，其文末有蘇軾祭奠韓愈詩一首，其中有：「滅沒倒景不可望，作書詆佛譏君王，要觀南海窺衡湘。」〔註 75〕其次，所謂「去國一身」、「高名千古」，原出自宋仁宗時李師中送唐介詩，時張堯佐因侄女有寵於仁宗而驟或高遷，皇祐三年，唐介與包拯、吳奎等相約彈劾，仁宗謂任命下自中書，唐介遂指宰相文彥博勾結張堯佐而致宰相，請逐文彥博，諫諍不已，最終英宗怒，貶唐介爲英州別駕〔註 76〕。魏了翁《跋公安張氏所藏東坡帖》：「世之知蘇子者，必曰『言語文章妙天下』，其不知之，則曰『譏訕嫚侮，不足於誠』。乃若蘇子始終進德之序，人或未盡知也。方嘉祐、治平間，年盛氣強；熙

〔註 72〕宋魏了翁《鶴山先生大全集》卷三五，四部叢刊本。

〔註 73〕據宋施宿《東坡先生年譜》，轉引自《蘇軾資料彙編》中華書局 1994 年版第 1705 頁。

〔註 74〕宋蘇軾《蘇軾詩集》卷四三《六月二十日渡海》，中華書局 1982 年版第 2366 頁。

〔註 75〕宋蘇軾《蘇軾文集》卷十七《潮州韓文公廟碑》，中華書局 1986 年版第 510 頁。

〔註 76〕宋胡仔《苕溪漁隱叢話》前集卷三一載：「余按《倦遊雜錄》載：『唐介爲臺官，廷疏宰相之失，仁廟怒，謫英州別駕。朝中士大夫以詩送行者頗眾，獨李師中待制一篇爲人傳誦，詩曰：「孤忠自許眾不與，獨立敢言人所難。去國一身輕似葉，高名千古重於山。並遊英俊顏何厚，未死姦諛骨已寒。天爲吾君扶社稷，肯教夫子不生還。」』人民文學出版社 1962 年版 215 頁。宋魏泰《東軒筆錄》卷七云：『唐介始彈張堯佐，諫官皆上疏，及彈文彥博，則吳奎畏縮不前，當時謂拽動陣腳。及唐爭論於上前，遂並及奎之背約，執政又黜奎，而文潞公益不安，遂罷政事，時李師中詩送唐，有「並遊英俊顏何厚，未死奸諛骨已寒」之句，爲奎發也。』」中華書局 1983 年版第 79～81 頁。此事亦見於宋李燾《續資治通鑒長編》卷一七一，中華書局 1992 年版第 4114 頁。

寧以後，嬰禍觸患，靡所回撓；元祐再出，益趨平實，片言隻詞，風動四方；迨紹聖後，則消釋貫融，沉毅誠慤，又非中身以前比矣。士不精考，而以一事概一人，一言蔽一生者，姑以是思之！」〔註 77〕這裏的說法和前引魏了翁《答葉子》中所說並不矛盾，在魏了翁看來，蘇軾創作品格和人格的成熟完善都是在世事磨難中逐漸完成的，他從儒家忠君思想出發，認爲君子行道，遇和達都是外在因素決定的，蘇軾不能對此完全釋然，自然有不平之氣。魏了翁本人在史彌遠當政時被貶至靖州，沒有一絲抱怨，如入靖州後詩曰：「道亨初不關窮達，身健何須問去留。」〔註 78〕《次韻樊武仲致政見貽》：「須知不遇非余，千載知言有辨姦。」〔註 79〕魏了翁也特別注重士大夫在逆境中的表現，《坐忘居士房公文集序》中稱頌房君：「晚得一官，薄書會計，未足以究其蘊也，亦未嘗有歎老嗟卑之意……展玩其詩，婉而不媚，達而不肆，心氣和平而無寒苦淺澀之態。」〔註 80〕魏了翁以爲己之學自守，命運際遇視爲外物，所以能做到無不平之氣。蘇軾的遭遇同魏了翁的遭遇有相似之處，都是堅持自己的看法而被以妄加之罪，魏了翁恪守儒家君臣之義，忠厚篤誠，所以在他看來蘇軾是有些不平之氣的。魏了翁那段話末尾引了李師中的「去國一身輕似葉，高名千古重於山」一句，意指那些自視爲輕名利、輕去就的人其實不明了君臣之義，也是指蘇軾而言。北宋時黃庭堅也曾指出：「東坡文章妙天下，其短處在好罵。」〔註 81〕魏了翁認爲蘇軾被貶後「詞氣不平」，與黃庭堅的說法有相通之處，都指蘇軾的豪氣和反抗精神。相較魏了翁之說，朱熹和王夫之的批評，則更爲嚴苛。朱熹論蘇軾在黃州「猖狂放恣」〔註 82〕，王夫之則更詆蘇軾爲名教罪人，稱其：「飾之以巧慧之才，浮游於六藝，沉湎於異端。」〔註 83〕錢鍾書談及朱熹評蘇軾時說「道學家之嫉惡過嚴如此」〔註 84〕魏了翁評論蘇軾比起道學家來說已經顯得很寬容了，只是說「詞氣不平」，這也說明士大夫和

〔註 77〕宋魏了翁《鶴山先生大全集》卷六三，四部叢刊本。
〔註 78〕《將入靖州界適值肩吾生日爲詩以壽之》，《全宋詩》第 56 冊，北京大學出版社 1998 年版第 34965 頁。
〔註 79〕《全宋詩》第 56 冊，北京大學出版社 1998 年版第 34966 頁。
〔註 80〕宋魏了翁《鶴山先生大全集》卷五一，四部叢刊本。
〔註 81〕宋黃庭堅《豫章黃先生文集》卷十九《答洪駒父書》，四部叢刊本。
〔註 82〕宋朱熹《朱子語類》卷一三零，中華書局 1985 年版第 3109 頁。
〔註 83〕宋王夫之《宋論》卷十三，中華書局 1964 年版第 227 頁。
〔註 84〕錢鍾書《談藝錄》第 207 頁，三聯書店 2001 年版。

道學家之間的區別，眞德秀和魏了翁評論作家往往從作家的道德品格和儒家所要求的詩教出發，而道學家則挖掘思想根源，界定爲非道學思想後便大張撻伐。

魏了翁對黃庭堅的評論也值得重視，《黃太史文集序》：

> 昔者幸嘗有考於先民之言行，切歎夫世之以詩知公者，末也。公年三十有四，上蘇長公詩，其志已犖犖不凡，然猶是少作也。迨元祐初，與眾賢彙進，博文蓄德，大非前比。元祐中末，涉歷憂患。極於紹聖、元符以後，流落黔、戎，浮湛於荊、鄂、永、宜之間，則閱理益多，落華就實，直造簡遠，前輩所謂黔州以後句法尤高。雖然，是猶其形見於詞章者然也。元祐史筆，守正不阿，迨章、蔡用事，摘所書王介甫事，將以瑕眾正而殄焉，公於是有黔、戎之役。鼪狖之所嘷，木石之與居，間関百罹，然自今誦其遺文，則慮淡氣夷，無一毫憔悴隕穫之態，以草木文章發帝杼機，以花竹和氣驗人安樂，雖百歲之相後，猶使人躍躍興起也。至其聞龔、鄒冠豸，張、董上坡，則喜溢詞端。荊江亭以後諸詩，又何其恢廣而平實，樂不至淫，怨不及懟也。然而猶爲小人承望時好，捃摭《承天院記》語，竄之宜陽。雖存離陰艱，而行安節和，純終不疪。嗚呼！以其所養若是。設見用於建中靖國之初，將不弭蔡、鄧之萌，而銷崇、觀之紛紛乎？是豈可以詞人目之也！
>
> 國朝以記覽詞章，譁眾取寵，非無丁憂王召之儔，而施諸用則悖。二蘇公以詞章擅天下，其時如黃、陳、晁、張諸賢，亦皆有聞於時，人孰不曰「此詞人之傑也」。是惡知蘇氏以正學直道周旋於熙、豐、祐、聖間，雖見愠於小人，而亦不苟同於君子，蓋視世之富貴利達，曾不足以易其守者，其爲可傳，將不在茲乎？諸賢亦以是行諸世，皆坐廢棄，無所悔恨。其間如後山，不予王氏，不見章厚，於邢、趙，姻婭也，亦未嘗假以詞色，褚無副衣，匪燠匪安，寧死無辱，則山谷一等人也。張文潛之詩曰：「黃郎蕭蕭日下鶴，陳子峭峭霜中竹」，是其爲可傳眞在此而不在彼矣。余懼世之以詩知山谷也，故以余所自得於山谷者復於黃侯。〔註85〕

〔註85〕宋魏了翁《鶴山先生大全集》卷五三《黃太史文集序》，四部叢刊本。

魏了翁論黃庭堅恰好可以和前面論蘇軾的話相比較，魏了翁都強調對於蘇、黃，不應該「以詩知公」，詩歌只是他們高尚品德的人格修養的外顯，因此，魏了翁從他們的立身處世和平生際遇出發，以銓評人物爲主，其意倒不在論詩。在魏了翁眼中，黃庭堅是眞正做到了心氣和平，即文中所說的「慮淡氣夷，無一毫憔悴隕穫之態，以草木文章發帝杼機，以花竹和氣驗人安樂，雖百歲之相後，猶使人躍躍興起也」。魏了翁評論詩人往往看重氣節，對於他們的生活小節並不在意。道學家朱熹則不然。他論道：「黃山谷慈祥之意甚佳，然殊不嚴重。書簡皆及其婢妮，豔詞小詩先已定以悅人，忠信孝悌之言不入矣。」〔註 86〕朱熹甚爲嚴苛，批評黃庭堅創作豔詞，不守禮法。魏了翁對這些私生活方面的事情比較寬容，沒有道學家那麼苛刻。對於黃庭堅詩的寫作方法，魏了翁不太贊同，《注黃詩外集序》：「予嘗讀三禮，於生子曰『詩負於祝嘏』，曰『詩懷乃知。』詩之爲言，承也。情動於中，而言以承之，故曰：詩非有一毫造作之工也。而後世顧以纂言比事爲能，每字必謹所出，此詩注之所以不可已。」〔註 87〕魏了翁認爲黃庭堅詩有「纂言比事」的毛病，影響了情感的抒發，因此才需要注詩者來解釋，這反映了魏了翁崇尚樸素自然的創作風格，要求詩歌創作必須服從於感情抒發的需要，不能過分講究用事和遣詞。

三、眞德秀論南宋作家

眞德秀評論作家往往將其文風與其學風聯繫起來，準確地指出作家的學養淵源，如《司農卿湖廣總領詹公行狀》：「爲文若不經意而明白暢達，根於理致，雕鏤剖劂之語一不出諸口。」〔註 88〕詹體仁是眞德秀的同鄉，又是眞德秀的老師。眞德秀對其老師的文章自然是十分欣賞的。眞德秀認爲不事雕琢、說理暢達是詹體仁文章的特點，所謂的理致就是程朱學派所說的天理。眞德秀《臨齋遺文序》：「予退而伏讀，則其詩閒澹紆徐，有自適之趣，其文敷暢條達而切於事情，至於釋經往往窺其秘奧，有世儒所未及者，評論古今尤多得其心術之微。……世之學者昧操存持養之實而從事於語言文字之工，是其心既不誠矣，以不誠之心而窺天地聖賢之蘊，猶持塵昏之鏡而鑒萬象也，

〔註 86〕宋朱熹《朱子語類》卷一三零《論本朝人物》，中華書局 1985 年版第 3120 頁。
〔註 87〕宋魏了翁《鶴山先生大全集》卷五五，四部叢刊本。
〔註 88〕宋眞德秀《西山眞文忠公文集》卷四七，四部叢刊本。

求其近似，豈可得哉！」〔註 89〕臨齋爲湯升伯父親之號，湯升伯即湯巾，字仲能，眞德秀認爲只有對儒道精體實踐，才能心誠，心能誠則可以體察聖賢之心和天地之象，無所蒙蔽無所偏倚。湯升伯能以誠心踐履，詹體仁則析理精微長於論辯，眞德秀準確地指出了兩位理學家的學風特點，並聯繫到他們的詩文風格進行評品。

詩文作者本身的道德修養也爲眞德秀所重視，並以之作爲評論的重要標準。王十朋是南宋名臣，《四庫全書總目》卷一五九《梅溪集提要》說「十朋立朝剛直，爲當代偉人。應辰稱其：『於文專尚理致，不爲浮虛靡麗之詞……其詩渾厚質直，懇惻條暢如其爲人。』」〔註 90〕眞德秀評價王十朋的作品則與汪應辰的評價不一，著重其道德，《梅溪續集》：「至於爲詩與文，絕去雕琢，渾然天質，一登臨，一燕賞，以至賦一卉木、題一岩石，惓惓忠篤之意亦隨寓焉。」〔註 91〕眞德秀欣賞王十朋詩文的自然樸素，更看重的是王十朋的道德操守，而汪應辰則概括王十朋的詩風爲渾厚質直，著眼點在其詩文風格特徵。樓鑰是南宋光宗、寧宗兩朝的重臣，尤擅於草制，眞德秀《攻媿先生樓公集序》讚頌樓玥長於詔令、奏議：

> 建安眞某伏讀而歎曰：「嗚呼！此可以觀公立朝事君之大節矣。」蓋公之文，如三辰五星，森麗天漢，昭昭乎可觀而不可窮，如泰華喬嶽，蓄泄雲雨，岩岩乎莫測其巔際，如九江百川，波瀾蕩潏，淵淵乎不見其涯涘。人徒見其英華發外之盛，而不知其本有在也。慶元初，韓侂冑除知閤門事，忠肅彭公力諫詔改侂冑內祠。彭公予郡，公在瑣闈，極論之云：「去者不復侍，左右留者召見無時，終不能遠。」時侂冑之惡未著也，既而竊弄國柄，以黨論盡錮天下賢士，挑虜棄盟，中外騷然，天下始服公先見。朱文公侍經筵，內批予祠，公持其命不下，曰：「當今人望，儒宗無出熹之右者。」奏雖寢，然當邪說充塞之時，首倡學者共尊朱公，後卒賴其言而學禁遂開，道統有續。然則觀公平生大節而後可以讀公之文矣。公生於故家，接中朝文獻，博極群書，識古文奇字，文備眾體，非如他人窘狹僻澀，以一長名家，而又發之以忠孝，本之以仁義，其大典冊、大議論則世

〔註 89〕宋眞德秀《西山眞文忠公文集》卷二七，四部叢刊本。
〔註 90〕清永瑢《四庫全書總目》卷一五九，中華書局 2005 年版第 1371 頁。
〔註 91〕宋眞德秀《西山眞文忠公文集》卷三四。

道之消長、學術之廢興、善類之離合繫焉。方淳、紹間，鴻碩滿朝，每一奏篇出，其援據該洽，義理條達者，學士大夫讀之，必曰「樓公之文也」，一詔令下，其詞氣雄渾，筆力雅健者亦必曰「樓公之文也」，於乎！所謂有本者如是非邪？公既阸胄之鋒，退居卻埽者十有四年，嘉定初，起爲內相，俄輔大政，向來儕輩凋喪略盡，而公巋然獨存，遂爲一代文宗。某嘗竊論南渡以來詞人固多，其力量氣魄可與全盛時先賢並驅，惟鉅野李公漢老、龍溪汪公彥章及公三人而已。〔註92〕

可以看出，眞德秀對樓鑰文章評價非常之高，以星辰河漢、泰華喬嶽及九江百川喻比喻樓鑰文章的壯偉，之所以如此正是因爲有本，所謂「本」即指樓鑰涵濡經典，富於學問，立朝忠正，忠孝仁義。樓鑰生於一個以詩書文獻傳家的大家族，本人又博覽群書，擅於寫作各種體裁的文章，正因爲如此，樓鑰的學養和見識才會迥然超出眾人，他對朝政、學術、風俗、吏治的種種變化都能眞實地記錄和準確地分析議論，詩文風格雄渾雅健。文末眞德秀評價樓鑰文章的地位可以列爲南渡後三大家之一，足見推許不遺餘力。從這篇序言中可以看出眞德秀認爲創作者的道德修養是至關重要的，必須有節氣操守，明於義理，其文章才可以傳世不朽。

四、眞德秀和魏了翁的作家有本論

眞德秀和魏了翁二人論作家有一個共同點，強調作家「有本」。眞德秀《故資政殿學士李公神道碑》：「其爲文本於至理而達之實用，浮淫佹麗之作未嘗輒措一詞。」〔註93〕眞德秀認爲文章之本在實用，在以義理爲本。魏了翁《陳正獻公詩集序》：「公所爲詩，寬裕而理，造次仁義，無一毫纂組雕琢之習。嗚呼！是豈一朝夕之致哉！祖宗涵濡之澤，山川清明之稟，師友漸益之功，其根既厚，其葉滋沃。詩乎可以觀德，可以論世，而無本者能之乎？」〔註94〕魏了翁《裴夢得注歐陽公詩集序》：

竊歎古之士者，惟曰德行道藝，固不以文詞爲學也。今見之歌謠風雅者，上自公卿大夫，下至里閭閨閫，往往後世經生文士專門

〔註92〕宋眞德秀《西山眞文忠公文集》卷二七《攻媿先生樓公集序》。

〔註93〕宋眞德秀《西山眞文忠公文集》卷四一。

〔註94〕宋魏了翁《鶴山先生大全集》卷五四，四部叢刊本。

名世者所不逮，蓋禮義之浸漬已久，其發諸威儀文詞皆其既溢之餘，是惟無言，言則本乎情性，關乎世道。後之人自始童習，即以屬詞繪句爲事，然曠日踰年，卒未有以稍出古人之區域。迨乎去本益遠，則辨篇章之耦奇，較聲韻之中否，商駢儷之工拙，審體制之乖合，自謂窮探力索，然有之固無所益，無之亦無所闕，況於爲己之事了無相關。極於晚唐、後周以暨我國初，西崑之習滋熾，人亦稍稍厭苦之，而未有能易之者，於是不以功利爲用世之要，學則託諸佛老爲窮理之極功，微歐公倡明古學，裁以經書，而元氣之會，眞儒實才後先迭出，相與盡掃而空之，則倀倀乎未知攸屆也。〔註95〕

魏了翁《楊少逸不欺集序》也說：

辭雖末伎，然根於性，命於氣，發於情，止於道，非無本者能之，且孔明之忠忱，元亮之靜退，不以文辭自命也，若表若辭，肆筆脫口，無復雕繢之工，人謂可配訓誥雅頌，此可強而能哉，唐志辭章稱韓、柳、白，而柳不如韓，元不如白，則皆於大節焉觀之。蘇文忠論近世辭章之浮靡，無如楊大年，而大年以文名，則以其忠清鯁亮大節可考，不以末伎爲文也，眉山自長蘇公以辭章自成一家，歐、尹諸公賴之以變文體，後來作者相望，人知蘇氏爲辭章之宗也，孰知其忠清鯁亮、臨死生利害而不易其守，此蘇氏之所以爲文也。〔註96〕

魏了翁強調文章以道德情性爲本，要關乎世道。眞德秀和魏了翁所說的本指學習儒家經典，有學則有本，所學則限定在儒家的範圍內，排斥爲文而文，本還指儒家的道德踐履，他們對詩文體裁、聲律等等外在形式方面予以忽略，而對詩文作者的道德節操十分關注，這也是他們所說的本。眞德秀和魏了翁對詩文持實用的態度，希望詩文作品能夠起到教化的作用，維繫人心道德。

小　結

眞德秀和魏了翁作爲道學興起後登上歷史舞臺的士大夫，他們的文學思

〔註95〕宋魏了翁《鶴山先生大全集》卷五四，四部叢刊本。
〔註96〕宋魏了翁《鶴山先生大全集》卷五五，四部叢刊本。

想是比較複雜的。眞德秀學術被質疑是否純正〔註 97〕，這也說明他的文學思想確實有些地方和道學家的文道觀不一致，如眞德秀所持的貫道說，在氣論範疇吸取了儒家經典《禮記》中的稟氣說和孟子的養氣說。魏了翁的學術思想主要還是依據於先秦的儒家經典，嚴守詩教，以天地人文爲最廣泛的文的外延，還接受了《易經》和《文心雕龍・原道》中的文學思想。總體看來，眞德秀和魏了翁雖然和道學家有著種種聯繫，也受到道學的影響，但他們還是以儒家經典爲思想源泉，博採兼收。在眞德秀、魏了翁對詩文作品的欣賞和審美活動中，他們持樸素的審美觀，反對偶儷，反對雕飾，反對追求聲韻和形式技巧。在眞德秀、魏了翁的作家論中，他們對作家的評論不同於道學家，他們看重作品所蘊含的義理，更看重作家本人的道德和節操，強調積極用世和作者的人格氣象，以及人格氣象對於文學的重要性，在對作品的風格鑒賞和藝術技巧的評析方面，他們都沒有多大的興趣。眞德秀和魏了翁論作家時都強調「有本」，所謂「本」就是儒學修養，他們認爲「本」對於詩文寫作而言是具有重要意義的，本又和志、學聯繫在一起。

眞德秀和魏了翁以士大夫的身份出現在歷史舞臺上，他們的生活以政治活動爲中心，他們注重教化和詩文的傳播影響，他們的文學思想也主要以儒家思想爲根本指導。眞德秀和魏了翁的詩文作品就是在他們的文學思想指導下創作完成的，深深地打上了他們的文學思想的烙印。

〔註 97〕《宋元學案・西山學案》卷八一：「西山則自得罪史彌遠以出，晚節頗多慚德。其學術之醇疵，姑弗論可矣。」中華書局 1986 年版第 2708 頁。

第三章　理學文化影響下眞德秀的文章編選

詩文選本是選家在其文學思想的指導下對詩文作品進行挑選、評論、排序，所以一方面選本體現了編選者的文學思想和文學鑒賞能力，另一方面，選本又是選家通過選本對當時文壇或社會文化產生現實影響。《文章正宗》、《續文章正宗》〔註 1〕是眞德秀的兩部文章選本，它們的編選表現了眞德秀在朱熹思想影響下重建文統的現實意圖。《文章正宗》不僅是一部詩文選本，還是在理學文化影響下的一部文本。從文學的角度看，眞德秀的《文章正宗》不能說是一部好的詩文選本，未能客觀的展現詩文的發展和演變，存在一定的缺陷。

第一節　眞德秀《文章正宗》、《續文章正宗》編選體例的變革及深層誘因

眞德秀編選《文章正宗》和《續文章正宗》採用與之前的詩文選本不同的編選體例，將詩文作品分爲辭命、議論、敘事、詩歌四類，這在詩文編選史上是一項創舉，對後代的詩文編選也產生了一定的影響。吳承學先生的《宋代文章總集的文體學意義》認爲《文章正宗》的體例：「以簡馭繁，打破了《文選》以來總集文體分類的傳統模式，反映出全新的文章分類觀念，這在文體

〔註 1〕宋眞德秀《文章正宗》及《續文章正宗》所用版本均爲臺灣商務印書館景印文淵閣四庫全書 1986 年版。

學史上是非常値得重視的現象。」〔註2〕誠然，從曹丕的《典論・論文》、晉摯虞的《文章流別論》、到陸機的《文賦》以及《文選》，文體分類都逐漸趨向繁多。魏文帝曹丕《典論・論文》中有「四科八體」之說，其文曰：「夫文本同而末異。蓋奏議宜雅，書論宜理，銘誄尚實，詩賦欲麗，此四科不同，故能之者偏也，唯通才能備其體。」〔註3〕曹丕將文分爲奏議、書論、銘誄、詩賦四科八體。《文章流別論》中稱：「文章者，所以宣上下之象，明人倫之敘，窮理盡性以究萬物之宜者也。王澤流而詩作，成功臻而頌興，德勳立而銘著，嘉美終而誄集，祝史陳辭，官箴王闕。」〔註4〕將文分爲詩、頌、銘、誄、辭、箴六體。陸機《文賦》分詩、賦、碑、誄、銘、箴、頌、論、奏、說共十體〔註5〕，《文選》則分三十七類，即賦、詩、騷、七、詔、冊、令、教、策文、表、上書、啓、彈事、箋、奏記、書、檄、對問、設問、辭、頌、贊、符命、史論、史述贊、論、連珠、箴、銘、誄、哀、碑文、墓誌、行狀、弔文、祭文。〔註6〕宋代所編的《唐文粹》、《宋文鑒》的文體劃分更爲細緻，吳承學先生的《宋代文章總集的文體學意義》一文中就指出《宋文鑒》的文體共有61類之多。那麼眞德秀爲什麼不按文體來分類編選，而是以簡馭繁將文體分爲四類，眞德秀以何爲據來分類呢？

一、眞德秀《文章正宗》的文體分類根據

眞德秀編選《文章正宗》並名之爲「正宗」，顯然是要使之有別於一般的詩文選本，首先就是要在文體分類上有別於一般的詩文選本，而分類以何爲據，則是一個重大問題。前面提到吳承學的文章中認爲眞德秀是以文體的功能爲劃分依據，那麼果眞如此嗎？現代散文從功能上說可以分爲議論文，記敘文，抒情文和說明文，眞德秀如果以文體功能爲分類依據，那麼辭命類和詩歌類與議論類和敘事類放在一起就不好解釋，前者是從文章承擔的政治功用著眼，後者是從文學形式上講，和議論類、敘事類放在一起顯得很不協調。眞德秀《文章正宗》的編選宗旨也並不是以文學鑒賞爲最終目的〔註7〕。眞德

〔註2〕吳承學《宋代文章總集的文體學意義》，《中國社會科學》2009年第2期。
〔註3〕梁蕭統《文選》卷五十二，中華書局1977年版。
〔註4〕《太平御覽》卷五八五文部一，四部叢刊本。
〔註5〕晉陸機《文賦集釋》，人民文學出版社2002年版第99頁。
〔註6〕胡大雷《文選編纂研究》，廣西師範大學出版社2009年版第146頁。
〔註7〕見祝尚書《論宋代理學家的「新文統」》，載《第四屆宋代文學國際研討會論文集》，沈松勤主編，浙江大學出版社2006年版。

秀在總序中已經說得很明白：「故今所輯以明義理、切世用爲主，其體本乎古、其指近乎經者然後取焉，否則辭雖工亦不錄。」〔註8〕也就是說，眞德秀劃分文體類別兼顧到兩個方面，一是編選目的，窮理和致用就是編選的目的，二是文體「本乎古」，即以六經中的文體爲依據，總爲四類。第二個方面即文章的體制「本乎古」就是眞德秀劃分文類的根本依據。

1、四類文體的劃分依據

眞德秀在辭命類序言中說：「按《周官》，太祝作六辭以通上下親疏遠近，曰辭、曰命、曰誥、曰會、曰禱、曰誄，內史凡命諸侯及孤卿大夫則策命之，御史掌贊書。質諸先儒注釋之說，則辭命以下皆王言也。」〔註9〕接著提到《尚書》中的誥、誓、命三類是王言的主要文體，並揣測說：「故聖人錄之以示訓乎？」，並說：「文章之施於朝廷、布之天下者莫此爲重，故今以爲編之首。《書》之諸篇，聖人筆之爲經，不當與後世文辭同錄，獨取春秋內外傳所載周天子諭告諸侯之辭、列國往來應對之辭，下至兩漢詔冊而止。蓋魏晉以降，文辭猥下，無復深純溫厚之指，至偶儷之文興而去古益遠矣。學者欲知王言之體，當以《書》之誥誓命爲祖而參之此編，則所謂正宗者庶乎其可識矣。」眞德秀所引《周官》之語，出自《周禮注疏》〔註10〕卷六《春官宗伯下》，他認爲《周禮》中所列的六類文體見於《尚書》中的僅爲三類，這三類總稱爲「辭」，代表王言之體，這是辭命類的由來。《尚書》是儒家經典，不必選也不能選，因此眞德秀從《左傳》、《國語》及兩漢詔冊中選取了三類作爲學習王言之體的補充，一爲「周天子告諭諸侯之辭，凡六事」（卷一），辭命二爲「春秋列國往來應對之辭，凡三十七事」（卷一），辭命三爲「兩漢詔冊，凡一百首」（卷二至卷三）。總體來說，眞德秀劃分辭命類的根本依據是來源於《周禮》。那麼議論類呢？議論類的劃分也是源自儒家經典，《文章正宗》議論類序言稱：

> 按議論之文，初無定體。都俞籲咈，發於君臣會聚之間，語言問答，見於師友切磋之際，與凡秉筆而書，締思而作者皆是也。大抵以六經、《語》、《孟》爲祖，而《書》之《大禹》、《皋陶謨》、《益

〔註8〕宋眞德秀《文章正宗》綱目，臺灣商務印書館景印文淵閣四庫全書1986年版集部1355冊第5頁上欄。

〔註9〕宋眞德秀《文章正宗》辭命類小序，臺灣商務印書館景印文淵閣四庫全書1986年版集部1355冊第5頁上欄。

〔註10〕《周禮注疏》卷六《春官宗伯》下，北京大學出版社《十三經注疏》1999年版第799～830頁。

稷》、《仲虺之誥》……《立政》，則正告君之體，學者所當取法。然聖賢大訓，不當與後之作者同錄，今獨取《春秋》內外傳所載諫爭論說之辭、先漢以後諸臣所上書疏封事之屬，以爲議論之首。他所纂述或發明義理，或專析治道，或褒貶人物，以次而列焉。書記往來，雖不關大體，而其文卓然爲世膾炙者，亦綴其末。學者之議論，一以聖賢爲準的，則反正之評、詭道之辨不得而惑。其文辭之法度，又必本之此編。〔註 11〕

從上引序文中可以看出，眞德秀認爲議論類文章以六經、《語》、《孟》爲祖，以《尚書》中的幾篇文章爲議論類文章的範本，因此眞德秀劃分議論類的依據還是來源於儒家經典。敘事類的劃分依據也是源自於《尚書》中的《堯典》、《舜典》和司馬遷的史傳，眞德秀說：「按敘事起於古史官，其體有二：有紀一代之始終者，《書》之《堯典》、《舜典》與春秋之經是也，後世本紀似之；有紀一事之始終者，《禹貢》、《武成》、《金滕》、《顧命》是也。又有紀一人之始終者，則先秦蓋未之有，而昉於漢司馬氏後之碑誌事狀之屬似之。今於《書》之諸篇與史之紀傳皆不復錄，獨取《左氏》、《史》、《漢》敘事之尤可喜者與後世記序傳志之典則簡嚴者以爲作文之式。」〔註 12〕詩賦類序言則稱：「按古者有詩，自虞《賡歌》、夏《五子之歌》始，而備於孔子所定三百五篇。」〔註 13〕可以看出眞德秀是根據先秦時就已存在的文體將先秦及以後的詩文重新劃分，對之後出現的各種文體或歸入這四類中，有的文體則忽略不計，這就是眞德秀對文體的劃分依據和態度。前面列舉過，自先秦以後文體的分類日趨繁多，而《文選》和《宋文鑒》正是以反映詩文發展演變的目的來選文，而眞德秀則另闢蹊徑，將文體分類追溯到先秦時代，體現出眞德秀獨特的文體觀。

2、四類文體的次序

眞德秀在辭命類的序言中說明了以辭命類爲首的原因，即聖人所筆之王言是儒家經典，三代是後世儒家所夢想的行道之世，「王言之體」是學習聖人

〔註 11〕宋眞德秀《文章正宗》議論類小序，臺灣商務印書館景印文淵閣四庫全書 1986 年版集部 1355 冊第 6 頁上欄。

〔註 12〕宋眞德秀《文章正宗》敘事類小序，臺灣商務印書館景印文淵閣四庫全書 1986 年版本集部 1355 冊第 6 頁下欄。

〔註 13〕宋眞德秀《文章正宗》詩賦類小序，臺灣商務印書館景印文淵閣四庫全書 1986 年版集部 1355 冊第 6 頁下欄。

之道的重要途徑，所謂王言是聖人治世的記錄。眞德秀指出：「東萊呂舍人曰：『文章不分明指切而從容委曲，辭不迫切而意亦獨至，惟左傳爲然。』如當時諸國往來之辭與當時君臣相告相讓之語，蓋可見矣。亦是當時聖人餘澤未遠，涵養自別，故辭氣不迫如此，非後世人專學言語者比也。」〔註 14〕這裏所說的君臣相告相讓之語，正是三代時禮樂文化的體現，是聖人之道行世的遺澤，眞德秀引用了呂祖謙的話正說明了編選辭命類文章的目的並非是爲了方便後人學習詞章或詔令的撰寫方法而編選，而是爲了後人體悟聖人遺澤的氣象和風範，瞭解儒家的王道、仁道而編選的。以帝王之作爲篇首，在古代典籍中是很常見的，但在《文章正宗》一書中則有特殊的意義，眞德秀要讀者通過選文來讓讀者認識「王言之體」。這是眞德秀辭命類爲首的原因。

眞德秀將議論類列爲第二類，因爲這部分是「告君之體」，要闡明義理，爲朝政治理提供借鑒，其重要性僅次於辭命類。《文章正宗》中議論類主要分十個部分，其中議論類六爲「先漢以後諸臣論諫之辭，凡一百二事」，漢九十七，三國一，唐四，共分論時政大體（卷七）、論時令（卷八）、論災異（卷八）、論戒游畋淫侈（卷八）、論宗室（卷八）、論女寵佞倖（卷八）、論食貨（卷八）、論邊備（卷十）、論兵器（卷十）、論刑罰論救（卷十）、論道術（卷十一）、論都邑（卷十一）、論陵廟（卷十一）、論封聖人後（卷十一）、論褒表師儒（卷十一）、論治河（卷十一）、二出師表（卷十一）共十七個小類，基本上涉及到古代政治制度的各個方面，所以眞德秀以議論類爲第二。第三類則爲敘事類，其序言中說：「獨取《左氏》、《史》、《漢》敘事之尤可喜者，與後世記序傳志之典則簡嚴者，以爲作文之式。若夫有志於史筆者，自當深求《春秋》大義，而參之以遷、固諸書，非此所能該也。」眞德秀編選這部分的目的是提供作文之式，相比前兩類而言顯得不那麼重要了。詩歌類中眞德秀認爲即使《詩經》也是「正言義理者蓋無已」，文人所作詩歌更需要嚴加挑選，所以將詩歌類放在最後，僅因爲詩歌中也有「爲性情心術之助」者，所以才佔了相當的篇幅。

二、《續文章正宗》的文體分類

《續文章正宗》分論理，敘事，論事三類。論理類（卷一至卷二）主要

〔註 14〕宋眞德秀《文章正宗》卷一，臺灣商務印書館景印文淵閣四庫全書 1986 年版集部 1355 冊第 35 頁下欄。

是選入一些北宋名臣的奏議及論撰。敘事類分元老大臣事蹟（卷三至卷六）、名儒文人事蹟、賢士大夫事蹟（卷七）、武臣事蹟（卷十）、處士銘（卷十）、婦人銘（卷十）、傳（卷十一）、學記、齋記（卷十二）、堂宇等記（卷十二），堂齋、廳壁、亭、軒記（卷十三）、樓臺、園門、城池、湖、井、堤、山水石等記（卷十四），畫記（卷十四），寺觀（卷十五），祠廟（卷十六）共十四小類，論事分諫諍、論列指切時病（卷十七、卷十八）、從容諷諭汎陳治道（卷十九）三小類。《續文章正宗》的分類總的來說還是貫穿了眞德秀明義理、切世用的編選目的，但是在分類上與《文章正宗》有所不同，沒有辭命和詩歌兩類，《文章正宗》選詩三卷。《續文章正宗》則未選詩歌類。祝尚書《宋人總集敘錄》稱《續文章正宗》「且闕辭命、詩歌兩類。」〔註15〕但從《續文章正宗》梁椅及倪澄的序文中看，並未言闕辭命、詩歌兩類，似乎眞德秀原書未有此兩類。梁椅的序文稱：「椅曩從事江閫，眞文忠公之子令度支少監爲參議官，公餘扣異聞，得《國朝文章正宗》，蓋公晚年所纂輯也。甫受筆，少監別去，僅錄篇目與公批點評論處。」〔註16〕可見眞德秀的原書篇目中應未有辭命、詩歌兩類，否則梁氏應該照錄，梁氏所未錄應爲眞德秀所選文章的原文，故梁椅又稱：「攜歸山中，友朋爭傳寫，郡博士倪君淵道見而悅之，乃謀諸鄭君瑞卿裒全文刊之學官，字字鈎校，幾無毫髮遺恨。」倪澄序也說：「梁公親見公手澤本而錄其目及文之經標識者。……梁公出示此編，如獲拱璧，遂定議索諸集類入之，門目次敘，間有未的，必反覆繹公初意，稍加整比，皆取正於梁公。」可見倪澄、梁椅和鄭圭是從他人的別集中錄入文章以完成此書的，對各個小類的編排次序有所調整。鄭圭序也稱：「故其所次，論理爲先，敘事繼之，論事又繼之。夫敘事論事而不先於理，則舍本根而事枝葉，非我朝諸儒之所謂文也，非先生名書之本旨也。惜未脫稿，天弗憖遺，然大綱則備矣。」鄭圭也只談及三類，並未提及辭命及詩歌兩類，並說「大綱備矣」，可見眞德秀本來就沒有選這兩類文體。

眞德秀是宋人，對本朝的詔令不敢置喙，而對北宋先賢著作的態度是謹愼的，只是將他們的文章加以分類編排，不願妄自評論。總覽《續文章正宗》全書，只有一處評論，即對王安石《推命對》加以批評：「按公以性命道德自名者也，而論理之文可取者僅如此。蓋其論性曰『性可以爲惡也』，

〔註15〕祝尚書《宋人總集敘錄》卷六，中華書局2004年版第268頁。
〔註16〕此序文及倪澄序、鄭圭序均見於基本古籍文庫影明國子監弘治重修本。

又曰『性不可以善惡言也』，其論高明、中庸曰『高明所以處己也，中庸所以處人也』，至論楊、墨則曰『楊氏之學爲己而近於儒，墨氏之學爲人而遠於道』，論伊尹、夷、惠則曰『伯夷之清所以救伊尹之弊，柳下惠之和又以救伯夷之弊』，論楊雄之事莽則以爲『是合於孔子之無不可也』。公之立論如此，則公之學從可知矣。……然於濂溪周子蓋嘗接其餘論，退而思之，至忘寢食，則亦不可不謂其嘗親有道者也，而考其平生之言，無一與周子合者，亦獨何哉？若其它文章則蓋有卓然與歐、曾並馳而爭先者，各見之別卷云云。」〔註 17〕文中所指「然於濂溪周子蓋嘗接其餘論」也見於《周敦頤集》:「王荊公爲江東提點刑獄時，已號爲通儒。茂叔遇之，與語連日夜。荊公退而精思，至忘寢食。」〔註 18〕眞德秀所說王安石請教周敦頤之事即源於此。眞德秀和魏了翁對王安石變法都持反對態度，並認爲北宋政治興衰和士大夫風氣轉變的關鍵就是王安石變法，他們批評王安石主要針對新學，從學理上加以批判。如魏了翁《周禮折衷》上「以法掌祭祀朝覲會同賓客之戒，具軍旅田役喪荒如之」條:「荊公常以道揆自居，而元不曉道與法不可離，如舜爲法於天下，可傳於後世，以其有道也，法不本於道，何足以爲法，道不施於法，亦不見其爲道，荊公以法不豫道揆，故其新法皆商君之法，而非帝王之道，所見一偏爲害不小。」〔註 19〕眞德秀的《續文章正宗》中僅此一條評論，對北宋其它學術流派則不予評論，因此可以看出眞德秀對北宋學術的態度在於記錄而不在於評論。

三、眞德秀《文章正宗》、《續文章正宗》的編選體例變革的深層誘因

《文章正宗》和《續文章正宗》編排體例的出現有著十分重要的意義。在此之前的總集編纂基本是沿用了《文選》的編排體例，即以文體來分類。眞德秀這兩部詩文選本主要以六經中的文體爲依據來分類，具有重要的選本史的意義和文體學的意義，所以四庫提要稱:「至宋眞德秀《文章正宗》，始別出談理一派，而總集遂判爲兩途。」〔註 20〕四庫館臣十分明確的指出了《文

〔註 17〕宋眞德秀《續文章正宗》卷二，臺灣商務印書館景印文淵閣四庫全書 1986 年版集部 1356 冊第 25 頁下欄。

〔註 18〕宋周敦頤《周敦頤集》，中華書局 1990 年版第 83 頁。

〔註 19〕宋魏了翁《鶴山先生大全集》卷一百五《周禮折衷》上，四部叢刊本。

〔註 20〕清永瑢《四庫全書總目提要》卷一八六，中華書局 1965 年版第 1685 頁。

章正宗》在總集編纂史上具有重要的地位，開創了以理學爲準繩的編選流派，如此後的南宋金履祥的《濂洛風雅》、元代劉復《風雅翼》等都延續了眞德秀以理學爲宗旨的編選理念。《文選》以賦、詩等各種文體爲分類依據，《唐文粹》基本延續了《文選》的分類方法，以賦、詩、文、贊、頌等文體分類，《宋文鑒》也是如此。《文章正宗》的分類方法則以談理、致用爲學文的目的，對詩文進行分類編選。爲何眞德秀要對《文選》的編選體例加以變革呢？

眞德秀《文章正宗》序：「正宗云者，以後世文之多變，欲學者識其源流之正也。……今行於世者惟梁《昭明文選》、姚鉉《文粹》而已，繇今視之，二書所錄果皆得源流之正乎？夫士之於學，所以窮理而致用也，文雖學之一事，要亦不外乎此。故今所輯以明義理、切世用爲主，其體本乎古、其指近乎經者然後取焉，否則辭雖工亦不錄。」〔註 21〕由此可見，眞德秀編選這兩部總集的目的可以概括爲「窮理」、「致用」兩個方面。在眞德秀看來「學」的目的是「窮理」和「致用」，文是「學之一事」，學文的目的也不外乎此。什麼是文呢？眞德秀指出：「文章二字，非止於言語詞章而已，聖人盛德蘊於中而輝光發於外，知威儀之中度，語言之當理，皆文也。」〔註 22〕他還說：「古之所謂文者，將以治其身使合於禮，在內者粹然而在外彬彬焉，其本不出於修身，其極可施之天下，此之謂至文。」〔註 23〕在眞德秀看來文就是儒家所說的禮樂文教的外顯。文章寫作在眞德秀看來只是一種技藝，只是文的一個部分，眞正的「至文」是在自身儒學修養達一定境界，與儒家的禮樂文化形成內在的和諧，是人文精神的養成，形之於語言文字，自然就成爲至文了，言語文辭則是外在表露，如果過多追求寫作技巧則會陷溺其中。眞德秀認爲之前的文章總集編選體例劃分過細，顯得過分注重文體的獨立性，過分強調文之多變，忽視了文的本質，因此他才變革編選體例，以簡馭繁，重新確立編選標準。清代學者章學誠也對《文選》劃分文體過細提出批評，在《文史通義・詩教下》中稱：「論文拘形貌之弊，至後世文集而極矣。蓋編次者之無識，亦緣不知古人之流別，作者之意指，不得不拘貌而論文也。……若夫《封禪》、《美新》、《典引》，皆頌也。稱符命以頌功德，而別類其體爲符命，則王

〔註 21〕宋眞德秀《文章正宗》綱目，臺灣商務印書館景印文淵閣四庫全書 1986 年版集部 1355 冊第 6 頁上欄。

〔註 22〕宋眞德秀《西山眞文忠公文集》卷三一《問文章性與天道》，四部叢刊本。

〔註 23〕宋眞德秀《西山眞文忠公文集》卷三六《跋南軒先生永州雙鳳亭記》，四部叢刊本。

子淵以聖主得賢臣而頌嘉會，亦當別類其體為主臣矣。」〔註 24〕眞德秀重新劃分文體類別的考慮與章學誠有相同之處，都是不滿於文體的繁多和對文章內容的忽視。

眞德秀對《文選》去取標準的不滿也是他變革編選體例的重要原因。首先眞德秀認為《文選》注重文章的文采，去取不當。眞德秀選徐幹《法象論》，文末曰：

> 南豐曾氏序曰：「幹字偉長，北海人，生於漢魏之間。……幹能獨考六藝，惟仲尼、孟軻之旨述而論之，求其辭時若有小失者，要其歸，不合於道者少矣。其所得於內者又能信而充之，逡巡濁世，有去就顯晦之大節。……」愚按：幹《中論》二十篇，《文選》以其澹泊無華，皆不之取，故世不復知有此書，今取而讀之，信乎如曾氏之評也。《治學篇》曰：「民之初載，其矇未祛，譬如宵在玄室，所求不獲，白日照焉，則群物斯辯，學者，心之白日也。」……蓋秦漢以後，儒者論著少有及之者，故錄其全文於此云。〔註 25〕

眞德秀認為徐幹《中論》如曾鞏而言以儒道為依歸，是言之有物的，而《文選》因為其「澹泊無華」而未能收入。眞德秀不滿《文選》編選者偏好有文采藻飾的詩文，因此而對質實澹泊之文「皆不之取」。

其次，眞德秀認為《文選》所取之文不合義理，忽視作者的創作思想是否符合儒家正統，如《文選》選入曹操的作品《短歌行》，眞德秀認為不當，並稱：

> 魏武之詩見於《選》者有《短歌行》及此篇，短歌之辭，無敢貶之者，以愚觀之，杜康，始釀者也，今曰「惟有杜康」，則幾於謔矣。周公吐哺，為王室致士，若操之致士，特為傾漢計爾。操又有《碣石》篇云「老驥伏櫪，志在千里。烈士暮年，壯心不已。」王處仲每醉歌此辭，以鐵如意擊唾壺為之缺，豈非二人之心事每若合契，故鄉慕若是之深耶？今皆不取，獨此篇猶有憫勞恤下之意，故錄之。〔註 26〕

〔註 24〕清章學誠《文史通義校注》，中華書局 1985 年版第 80～81 頁。
〔註 25〕宋眞德秀《文章正宗》卷十二，臺灣商務印書館景印文淵閣四庫全書 1986 年版集部 1355 冊第 350 頁。
〔註 26〕宋眞德秀《文章正宗》卷二二，臺灣商務印書館景印文淵閣四庫全書 1986 年版集部 1355 冊第 661 頁上欄。

眞德秀認爲《短歌行》表露出曹操所謂招賢之心其實就是叛漢之心，而東晉王敦醉歌此詩，也是因懷有叛亂之心才如此嚮慕曹操。最後，眞德秀還認爲《文選》選入之文有的境界不高，志趣低下。眞德秀選魏文帝曹丕的《善哉行》篇末評：「文帝詩之入《選》者，《芙蓉池》居其首，末章云：『壽命非松喬，安能得神仙。遨遊快心意，保己終百年。』其言何以異於秦二世，陳壽譏其不能邁志存道，克廣德心，信矣。」〔註 27〕曹丕詩《芙蓉池》見於《文選》卷二十二，眞德秀認爲曹丕作爲帝王，不能修道愛民，只圖自己享樂，《文選》選入此詩失當。清代王鳴盛認爲：「陸機、陸雲，吳之世臣，不宜仕晉，潘岳品尤卑，世稱潘江陸海，然二子但有麗詞，苦無風骨，而《文選》取之，亦頗多，蓋彼所謂略其蕪穢，集其清英者，原但論其文詞之美，而不論其事，亦不論其人也。《文選》之體固如此。」鶴壽案：「宋末陳仁子本講學家，故以眞德秀《文章正宗》之法評論《文選》，則《封禪書》、《劇秦美新》等篇在所必刪矣。〔註 28〕」《文選》選文不論作者人品，這在眞德秀看來，既不符合儒家正統，所以眞德秀不滿《文選》的編選，以儒家義理爲根據，對宋前的詩文作品重新加以篩選，在體例安排上就不願延續《文選》的體例，而是以六經爲依據安排體例。

第二節　集「資治道」與「明義理」於一身的《文章正宗》

在南宋中後期，理學逐漸成爲社會的正統思想，經歷了元明清，直到 19 世紀末期，理學文化一直佔有主導地位，成爲近古中國社會維繫其統治的思想武器。儒學從漢代之後，受到道家思想和佛學的不斷衝擊。宋代理學家吸納佛、老思想，重新改造儒學，最終使理學成爲元明清的社會統治思想。理學觀念爲統治階層和士人階層所接受，作爲社會文化的主流形態被確定下來，對社會的方方面面產生巨大的影響。當代學者祝尚書在《論宋代理學家的「新文統」》〔註 29〕一文中提出朱熹之後的理學家欲建立「新文統」，與道

〔註 27〕宋眞德秀《文章正宗》卷二二，臺灣商務印書館景印文淵閣四庫全書 1986 年版集部 1355 冊第 661 頁下欄。

〔註 28〕清王鳴盛《蛾術編》卷八十「文選體」一條，迮鶴壽校，清世楷堂刻本。

〔註 29〕載沈松勤主編《第四屆宋代文學國際研討會論文集》，浙江大學出版社 2006 年版。

統相配合，其中代表如眞德秀、王柏、金履祥、元代劉復等。道統文統合一的理論由朱熹提出，眞德秀等人相繼以編選詩文的形式來實現朱熹的這一觀念，所編詩文選本有《文章正宗》、《詩準・詩翼》、《濂洛風雅》、《風雅翼》等，其中眞德秀編選《文章正宗》爲開風氣之先。眞德秀以程朱道學理念爲編選準繩，以詩文選本作爲傳播道學的工具，爲道學影響的擴大做出了貢獻，爲建立文統樹立了開端。眞德秀的選本又是在南宋中後期特定政治條件下產生的，他結合這一時期的政治環境，在《文章正宗》的編選過程中宣揚君德、反對權臣政治，以期發揮選本的現實政治意義。

一、推廣正學

眞德秀編選《文章正宗》和《續文章正宗》，對於非儒家學說的各種思想，包括佛、老之學，都予以排斥和批判，以此來達到正本清源的作用。例如對先秦非儒家的各種學術流派，眞德秀都加以否定，高揚儒學大纛。眞德秀選入了《董仲舒論春秋》一文並在文末評：

> 按仲舒此論見於太史公自敘，其學粹矣。太史公曰「余聞之董生」，則遷與仲舒蓋嘗道從而講論也。六家要指，史談實論之，而遷述焉，其說曰：「太史公仕於建元、元封之間，愍學者之不達其意而師悖，乃論六家之要指云。」然其所論乃列儒者於陰陽、墨者、名、法、道家之間，是謂儒者特六家之一爾，而不知儒者之道無所不該，五者之所長，儒者皆有之，而其短者則吾道所棄也。蓋談之學本於黃老，故其論如此。班固譏之曰「論大道則先黃老而後六經」，詎不信夫。其後劉歆又序諸子於六家之外，益縱橫、雜、農三家而爲九焉，且謂：「其言雖殊，譬如水火相滅亦相生，仁義相反而皆相成也，若能修六藝之術而觀此九家之言，舍短取長則可以通萬方略矣。」夫仁義本非二道，未有薄於仁而厚於義，未有厚於義而薄於仁者，何相反之有。若黃老之清淨寂滅，法之慘刻，名之苛繞，墨之二本，縱橫之譎誑，其於儒者之道，猶白黑異色南北殊途也，又何相成之？歆之失其源，蓋自談始，故今黜之不使與於正宗之列，而獨剟取仲舒之論云。〔註30〕

〔註30〕宋眞德秀《文章正宗》卷十二，臺灣商務印書館景印文淵閣四庫全書1986年版集部1355冊第348頁上欄。

對於先秦儒家之外的各家學說，眞德秀一概視爲敝屣，他認爲「儒者之道無所不該，五者之所長，儒者皆有之，而其短者則吾道所棄也」，還指出「黃老之清淨寂滅，法之慘刻，名之苛繞，墨之二本，縱橫之譎誑」，儒道是兼有眾長的，其它各家學說則各有其短，不能與儒道並論。獨尊儒學，這是眞德秀編選的主旨思想。眞德秀《送張宗昌序》:「大道隱而百家之學興，人各以其所長爭騖於世。太史談、劉歆所敘，至與儒者並列，夫儒道之猶天地也，百家眾技之流，則穹壤間一物爾，可儕而論之邪？談、歆所敘，蓋失之矣。」〔註31〕眞德秀強調儒道是唯一合理的，認爲各家學說不能與儒家等量齊觀。

對於佛教，眞德秀也加以批判，他選了韓愈的《論佛骨表》並在文末評：「故取佛骨一表，以見公扶正道、闢異端之功云。」〔註 32〕稱佛教爲異端，並且認爲闢佛不只是一種行動，還需要深湛的理學修養，知天理，知全體大用。眞德秀選了韓愈《與孟簡書》並在文中評:「蓋韓公之學，見於《原道》者，雖有以識夫大用之流行，而於本然之全體，則疑其有所未睹，且於日用之間，亦未見其有以存養省察而體之於身也。是以雖其所以自任者不爲不重，而其平生用力深處，終不離乎文字言語之工。至其好樂之私，則又未能卓然有以自拔於流俗，所與遊者不過一時之文士，其於僧道則亦僅得毛幹、暢觀、靈惠之流耳。是其身心內外所立所資不越乎此，亦何所據以爲息邪距詖之本，而充其所以自任之心乎？是以一旦放逐，憔悴無聊之中，無復平日飲博過從之樂，方且郁郁不能自遣，而卒然見夫瘴海之濱，異端之學，乃有能以義理自勝，不爲事物侵亂之人。」〔註33〕

眞德秀編選《文章正宗》，以理學爲宗，排斥其它異端思想，對所選之詩文中的不合乎禮教和儒家觀念的地方都加以說明和批駁。正是由於這個原因，明、清兩代，在皇家的提倡下，《文章正宗》被視爲士人學習詩文的標準科舉用書，得以廣泛流傳。元代理學家程端禮就以《文章正宗》爲學韓文及漢代文章的教材〔註 34〕。明初明仁宗非常賞識《文章正宗》，《皇明

〔註31〕宋眞德秀《西山眞文忠公文集》卷二九《與孟簡書》，四部叢刊本。

〔註32〕宋眞德秀《文章正宗》卷十一，臺灣商務印書館景印文淵閣四庫全書 1986 年版集部 1355 冊第 312 頁下欄。

〔註33〕宋眞德秀《文章正宗》卷十四，臺灣商務印書館景印文淵閣四庫全書 1986 年版集部 1355 冊第 424 頁下欄。

〔註34〕元程端禮《讀書分年日程》卷二，臺灣商務印書館景印文淵閣四庫全書 1986 年版子部 709 冊。

政要》卷一載：「永樂二年七月，仁宗在東駕監國，視朝之暇，專意文事，因覽《文章正宗》。一日，諭楊士奇曰：『眞德秀學識甚正，選輯此書有益學者。』士奇曰：『德秀是道學之儒，所以志識端正。』」〔註 35〕因爲得到帝王的嘉許，《文章正宗》與眞德秀所著的《大學衍義》一樣，共同成爲學習詩文和治道的範本。明張居正《請申舊章飭學政以振興人才疏》：「國家明經取士，說書者以宋儒傳注爲宗，行文者以典實純正爲尚，今後務將頒降《四書五經》、《性理大全》、《資治通鑒綱目》、《大學衍義》、《歷代名臣奏議》、《文章正宗》及當代誥律典制等書，課令生員誦習講解，俾其通脫古今，適於世用，其有剽竊異端邪說，炫奇立異者，文雖工弗錄。」〔註 36〕明確的將《文章正宗》列爲教育文本之一。清代順治時也以《文章正宗》爲儒生的標準教育文本：「順治九年，題准說書以宋儒傳注爲宗，行文以以典實純正爲尚，今後督學將《四書五經》、《性理大全》、《蒙引存疑》、《資治通鑒綱目》、《大學衍義》、《歷代名臣奏議》、《文章正宗》等書責成提調教官課令生儒誦習講解，務俾淹貫。」〔註 37〕可見，在清初以《文章正宗》爲儒生學習作文和理學的課本。眞德秀順應理學發展的要求，以理學爲準繩批判異端，對古代詩文作品進行篩選，因此《文章正宗》不僅是一部選本，也是推動理學影響社會文化的重要工具。

二、對董仲舒、韓愈思想的批評

眞德秀在編選《文章正宗》大量選入董仲舒和韓愈的文章，還以理學觀念對董仲舒和韓愈的思想加以批評。《文章正宗》全書共選入董仲舒文有《對賢良策一》（卷七），《對賢良策二》（卷七），《對賢良策三》（卷七），《火災對》（卷八），《論限民名田》（卷九）《賢良文學罷鹽鐵議》（卷九），《論春秋》（卷十二），《對江都王論三仁》（卷十二）共八篇。眞德秀選《董仲舒火災對》並在文末評：「按漢儒自仲舒前未有言災異者，故《五行志》云：『仲舒治公羊春秋，推陰陽爲儒者宗。』愚謂仲舒對策言天人相與之際，以爲『天心仁愛，人君而欲止其亂』，又謂『人君所爲美惡之極，與天地流通而往來相應』，此皆藥石之至言也，至火災之對，則附會甚矣，況又導人主以誅殺，與前言所

〔註 35〕《皇明政要》卷一，基本古籍文庫影明正德二年刻本。
〔註 36〕明張居正《張太岳先生文集》卷三九，基本古籍文庫影明萬曆四十年刊本。
〔註 37〕《學政全書》卷六，基本古籍文庫影清乾隆武英殿本。

謂『尚德不尚刑』者何其自相戾耶。」〔註 38〕所謂「導人主以誅殺」指董仲舒文中說：「按《春秋》，魯定公、哀公時，季氏之惡已熟，而孔子之聖方盛。夫以盛聖而易熟惡，季孫雖重，魯君雖輕，其勢可成也。故定公二年五月，兩觀災。兩觀，僭禮之物，天災之者，若曰『僭禮之臣可以去』，已見辠徵，而後告可去，此天意也。定公不知省，至哀公三年五月桓宮釐宮災，二者同事，所爲一也。……至於陛下時，天乃災之者殆亦其時可也，天災若語陛下：『當今之世非以太平至公，不能治也，視親戚貴屬在諸侯遠正最甚者，忍而誅之，如吾燔遼東高廟。乃可視近臣在國中處旁仄及貴而不正者忍而誅之，如吾燔高園殿，乃可云爾。』」可以看出董仲舒以所謂天意妄加比附，並誘導漢武帝殺不正之臣以迎合天意。眞德秀認爲董仲舒將天災和人事相附會，且導人主以誅殺，和他自己所提的「尚德不尚刑」之說自相矛盾，違背了儒家的仁政思想。

《文章正宗》入選韓愈文章較多，計有：

議論類	敘事類
《復仇議》（卷十），《論佛骨表》（卷十一），《禘祫議》（卷十一），《上宰相第三書》（卷十二），《上張僕射論辰入酉出書》（卷十二），《上張僕射論擊毬書》（卷十二），《與鄂州柳中丞書》（卷十二），《又與鄂州柳中丞書》（卷十二），《原道》（卷十二），《原性》（卷十二），《原毀》（卷十二），《讀荀》（卷十二），《師說》（卷十二），《諍臣論》（卷十二），《對禹問》（卷十三），《雜說》（卷十三），《獲麟解》（卷十三），《諱辨》（卷十三），《重答張籍書》（卷十四），《與孟簡書》（卷十四），《答陳生書》（卷十四），《與衛中行書》（卷十四），《送文暢序》（卷十四），《與陸員外書》（卷十四），《送許郢州序》（卷十五），《贈崔復州書》（卷十五），《送鄭尚書序》（卷十五），《送水陸運使韓侍御歸所治序》（卷十五），《送幽州李端公序》（卷十五），《送石處士序》（卷十五），《答崔立之書》（卷十五），《與崔群書》（卷十五），《與陳給	《圬者王承福傳》（卷二十），《何蕃傳》（卷二十），《平淮西碑》（卷二十），《贈太尉許國公神道碑銘》（卷二十），《曹成王碑》（卷二十），《清邊郡王楊燕奇碑文》（卷二十），《南海神廟碑》（卷二十），《衢州徐偃王廟碑》（卷二十），《魏博節度觀察使沂國公先廟碑銘》（卷二十），《烏氏廟碑銘》（卷二十），《柳州羅池廟碑》（卷二十），《柳子厚墓誌銘》（卷二十一），《李元賓墓銘》（卷二十一），《南陽樊紹述墓誌銘》（卷二十一），《貞曜先生墓誌》（卷二十一），《施先生墓銘》（卷二十一），《孔左丞墓誌銘》（卷二十一），《王常侍墓誌銘》（卷二十一），《張給事墓誌銘》（卷二十一），《孔司勳墓誌》（卷二十一），《王評事墓誌銘》（卷二十一），《馬少監墓誌銘》（卷二十一），《女挐壙銘》（卷二十一），《贈太傅董公行狀》（卷二十一），《燕喜亭記》（卷二十一），《畫記》（卷二十一），《藍田縣丞廳壁記》（卷二十一），《張

〔註 38〕宋眞德秀《文章正宗》卷八，臺灣商務印書館景印文淵閣四庫全書 1986 年版集部，1355 冊第 212 頁下欄。

議論類	敘事類
事書》（卷十五），《答馮宿書》（卷十五），《上考功崔虞部書》（卷十五），《送董邵南序》（卷十五），《送廖道士序》（卷十五），《送王秀才序》（卷十五），《送區冊序》（卷十五），《送高閒上人序》（卷十五），《送殷員外序》（卷十五），《送楊少尹序》（卷十五），《送溫處士赴河陽軍序》（卷十五）	中丞傳後敘》（卷二十一），《送李愿歸盤谷序》（卷二十一），《鄆州溪堂詩序》（卷二十一），《贈張童子序》（卷二十一）

韓愈文入選的共七十四篇，其中歸於議論類的有四十二篇，歸於敘事類的有三十一篇。眞德秀共選唐文不過一百二十篇左右，其中李翱文四篇，柳宗元文四十五篇，而韓愈文佔了近六成，比例遠遠高出其它唐代古文家的文章。對於韓愈的議論類文章，眞德秀總結其特點爲「專析明白，曲當事情」，如《韓愈論佛骨表》文末評：「韓公奏議非特此一篇，如論淮西及黃家賊事宜狀，論錢重物輕，及條析張平叔鹽法等，皆專析明白，曲當事情，然非專爲文，故不列於此，故取佛骨一表以見公扶正道、闢異端之功云。」〔註 39〕眞德秀對韓文的認識只是注重其說理的反覆詳盡，對於其它方面的藝術特徵並未論及，他還多次引用程、朱等人對韓愈的評語讚揚韓愈弘揚儒道的功績，對韓愈所說不當之處也加以指正。韓愈《原道》文末評：

> 朱文公曰：「自古罕有人說得端的，惟退之《原道》庶幾近之。」或問楊子、韓子優劣。曰：「各有長處……。」程子嘗曰：「仁是性，愛是情，豈可專以愛爲仁，退之言『博愛之謂仁』非也。仁者固博愛，然便以愛爲仁則不可。」而朱子亦曰：「韓愈云云是指情爲性。」又曰：「仁義皆當以體言，若曰博愛，曰行而宜之，則皆用矣。」又曰：「以博愛爲仁，則未博愛之前將非仁乎？」問由之而之焉之謂道，曰：「此是說行底，非是說道體。」問「足乎己，無待於外之謂德。」曰：「此是說行底道，而有得於身者，非是說自然得之於天者也。」學者即二先生之說而參玩之，則此篇大指瞭然於胸中矣。〔註 40〕

〔註 39〕宋眞德秀《文章正宗》卷十一，臺灣商務印書館景印文淵閣四庫全書 1986 年版集部，1355 冊第 212 頁上欄。

〔註 40〕宋眞德秀《文章正宗》卷十二，臺灣商務印書館景印文淵閣四庫全書 1986 年版集部，1355 冊第 353 頁。

在宋代道學家程頤和朱熹的認識中，仁是性，是天理太極流行所賦予人的本質，是根於對本體認識之上的對人的規定性，情是人遭遇外物後才有的情感，不能混爲一談。韓愈認爲博愛就是仁，在程頤和朱熹看來是錯誤的。另如《原性》篇末眞德秀說：「今按此篇之言過荀、楊遠甚，其言五性尤善，但三品之說太拘，又不知性之本善，而其所以或善或惡者，由其稟氣之不同爲未盡耳。又語錄曰：『韓子此言已見大意。』又曰：『韓子以仁義禮智言性，以喜怒哀樂言情，蓋愈於諸子，然所分三品卻只說得氣，不曾說得性。』」〔註 41〕朱熹認爲人與萬物都是根於太極，人具有仁義禮智等等德性，但受氣質之性的影響，受欲望的蒙蔽，才有了善惡之分。韓愈則根據人的善惡將人劃分爲三品，實際上對惡的來源沒有明確的認識，所以朱熹說他「只說得氣」。宋代道學家對這些概念辨析地更爲細緻入微，也是漢唐儒家所不及之處。眞德秀站在程朱道學的立場上對先秦以後的漢唐儒家思想加以批判，使《文章正宗》成爲一部宋代道學思想的宣傳工具。

三、致實用的現實政治意義

眞德秀在《文章正宗》總序中就說編選的目的之一就是致實用。所謂實用，不止是對南宋朝廷的統治有借鑒作用，而是對整個古代社會的政治經驗總結。眞德秀結合南宋中後期的政治形勢，以程朱道學作爲思想武器，對歷代政治興衰加以批判剖析，爲後人提供政治經驗和治理方法。正是在這個意義上，《文章正宗》不僅是後世官方確認的學習詩文的範本，還是理解和接受理學政治觀念途徑之一。

1、「人君之身」為興衰之本

眞德秀認爲帝王本身是決定政治興衰的關鍵，這一認識同時體現在《大學衍義》和《文章正宗》的編選中。端平元年（1234），宋理宗親政宋理宗逐出李知孝和梁成大等史彌遠餘黨後，召入眞德秀和魏了翁等素有人望的大臣，眞有一新朝政的氣象。在端平元年被召入朝，眞德秀進呈《大學衍義》於理宗，並說：「臣昨値龍飛之初，獲預講讀之末。嘗欲用《大學》之條目，附之以經史，纂集爲書，以備清燕之覽，匆匆去國，志弗之遂。而臣區區愛君憂國之念，雖在畎畝，未嘗少忘，閒居無事，則取前所欲爲而未遂者，朝

〔註 41〕宋眞德秀《文章正宗》卷十二，臺灣商務印書館景印文淵閣四庫全書 1986 年版集部，1355 冊第 354 頁下欄。

夕編摩，名之曰《大學衍義》……陛下親政之始，而臣書適成，爲卷四十有三，爲帙二十有二。輒因召對，冒昧以聞，伏望聖慈察臣一念愛君之篤，矜臣十年用功之勤，特降叡旨，許臣投進。……奉聖旨，急速投進。」〔註 42〕《大學衍義》中的主旨就是帝王如何治理國家，而帝王之德性則是首要。眞德秀對「主身」的關注是很明顯的，他編選《文章正宗》的同時選入了很多前朝皇帝的盛德之行，其目的是爲人君提供盛德的標尺，希望帝王養成盛德，才能治理好天下。眞德秀以漢文帝、漢宣帝等幾位明君爲例，在選文所加評語中時時點出君主盛德，希望後世君主能有所借鑒。總結起來有以下幾種君德：一是寬容納諫，眞德秀選《賈誼陳政事疏》一文中『當是時陛下即位，能爲治乎，臣又知陛下之不能也』句下評：「按賈誼歷數四事，皆以帝爲不能，非孝文之盛德，孰能容之哉！」〔註 43〕二是仁慈謙讓，《文帝議犯法相坐詔》篇首評：「以其出於帝之實意故也，不然則山東老癃扶杖聽詔，願見德化之成，其可以空言動邪！」〔註 44〕三是節儉克己，眞德秀選漢文帝時《勸農詔》（十二年二月）文末評：「文帝即位十二三年間減租稅半者，再除租稅者一，後世人主未有能及之者，豈非躬行節儉之效歟」〔註 45〕四是明察決斷，如所選《戒不禁姦邪詔》（黃龍元年正月）文末評：「按舊說以爲宣帝平時尚嚴，至黃龍初，熟知治體，始替行寬大，今玩其辭意，正謂吏不禁姦邪，縱釋有罪爲非，而欲察計薄之欺謾非實者，乃是欲加嚴耳，非眞務行寬大也。」〔註 46〕另如眞德秀選《置廷平詔》題下評：「《刑法志》云：『武帝時張湯、趙禹之屬，條定法令，奸吏因緣爲市，所欲活則傅生議，所欲陷則予死比。』宣帝自在閭閻而知其若此，及即位，廷史路溫舒上疏言：『秦有十失，其一尚存治獄之吏是也。』上深愍焉，乃下詔云云」〔註 47〕

〔註 42〕宋眞德秀《西山文集》卷十三《召除户書内引劄子》四，四部叢刊本。

〔註 43〕宋眞德秀《文章正宗》卷七，臺灣商務印書館景印文淵閣四庫全書 1986 年版集部，1355 冊第 186 頁上欄。

〔註 44〕宋眞德秀《文章正宗》卷二，臺灣商務印書館景印文淵閣四庫全書 1986 年版集部，1355 冊第 39 頁下欄。

〔註 45〕宋眞德秀《文章正宗》卷二，臺灣商務印書館景印文淵閣四庫全書 1986 年版集部，1355 冊第 41 頁下欄。

〔註 46〕宋眞德秀《文章正宗》卷二，臺灣商務印書館景印文淵閣四庫全書 1986 年版集部，1355 冊第 54 頁上欄。

〔註 47〕宋眞德秀《文章正宗》卷二，臺灣商務印書館景印文淵閣四庫全書 1986 年版集部，1355 冊第 50 頁上欄。

眞德秀對某些君主的品德也給予批評，認爲君德衰則其害不淺。如眞德秀批評漢元帝溫良少斷，如所選《匡衡論治性正家疏》一文中評：「按衡此論甚善，然元帝之失正在於溫良少斷，若於此泛陳之後又切言之，則庶乎其有益矣。」〔註 48〕《贈蕭望之爵邑詔》文末評語也說元帝無剛明之德，致使蕭望之自殺，並稱「後世人主所當戒。」〔註 49〕眞德秀認爲君主之德是政治興衰的根本，帝王品德略有一絲缺陷，就會導致重大的失誤，昏悖失察，則宵小競進，禍國殃民，溫良少斷，則會爲人所乘，稍有貪欲，則靡費無算，勞民傷財。眞德秀選《王吉言得失疏》一文並於文末評：「按漢世諸儒惟董仲舒嘗以正心正朝廷爲武帝言，自餘往往詳於政事而略於人君之身。」〔註 50〕顯然眞德秀認爲「人君之身」才是根本。漢文帝末年多與近臣射獵，故佞倖進而奢欲生，眞德秀提出嚴厲的批評，認爲是「蹈秦之失」。

2、權臣政治與士大夫節操

眞德秀對大臣的節操尤其重視，認爲砥礪風節教化是非常重要的。王莽篡漢前卓茂被罷免，後光武帝訪求卓茂，正是藉此鼓舞士風人心。眞德秀選《光武封卓茂詔》前有小序，乃據《本傳》記載卓茂事：「卓爲密令，勞心諄諄，視人如子，舉善而教，口無惡言，吏人親愛不忍欺之。數年，教化大行，道不拾遺。平帝時天下大蝗，河南二十餘縣皆被其災，獨不入密縣界。王莽秉政，遷京都丞，密人老少皆涕泣隨送，及莽居攝，以病免歸。更始立，以茂爲侍中祭酒，從至長安，知更始政亂，以年老乞骸骨歸。時光武初即位，先訪求茂，茂詣河南，謁見，乃下詔云云。」〔註 51〕眞德秀在文前如此詳細的敘述一個人的事蹟，這在《文章正宗》的編選中是非常少見的，字裏行間都充滿對卓茂仁政德操的讚賞之情，並在文末評曰：「范氏論曰：『建武之初，雄豪方擾，起呼者連響，嬰城者相望，固倥傯不暇給之日，卓茂斷斷小宰，無他庸能，時已七十餘矣，而有首加聘命，優辭重禮，其與周燕之君表閭立

〔註 48〕宋眞德秀《文章正宗》卷七，臺灣商務印書館景印文淵閣四庫全書 1986 年版集部，1355 冊第 207 頁下欄。

〔註 49〕宋眞德秀《文章正宗》卷二，臺灣商務印書館景印文淵閣四庫全書 1986 年版集部，1355 冊第 55 頁下欄。

〔註 50〕宋眞德秀《文章正宗》卷七，臺灣商務印書館景印文淵閣四庫全書 1986 年版集部，1355 冊第 205 頁下欄。

〔註 51〕宋眞德秀《文章正宗》卷三，臺灣商務印書館景印文淵閣四庫全書 1986 年版集部，1355 冊第 62 頁下欄。

館何異。』愚按西都之士以士節不厲故爾，光武此舉所以洗二百年靡敝之俗，與禮嚴光、周黨之意同。或者乃謂其褒表循吏。夫茂者出處去就之節燁然光明，如此豈徒一循吏而已，是不惟不知帝，亦不知茂矣。」〔註 52〕眞德秀引范曄的評論，揭示出漢光武帝之所以禮遇卓茂並非因爲他有何才能，而是爲了重振教化的目的。眞德秀認爲西漢衰亡的原因之一是「士節不厲」，禮教廢弛，士人官員已不拘禮法。《文章正宗》選入《陳崇劾陳遵奏》一文，文中記述東漢陳遵爲河南太守，過長安富戶寡婦左氏之第，「置酒謳謳，遵起舞跳梁，頓什坐上，暮因留宿，爲侍婢扶臥，遵知飲酒飫宴有節，禮不入寡婦之門，而湛湎溷肴，亂男女之別，輕辱爵位，羞污印韍，惡不可忍聞。」文末眞德秀說：「遵既免歸長安，賓客愈盛，飲食自若。」〔註 53〕眞德秀已經注意到這是禮教衰廢的兆頭，所以他在前面說「西都之士以士節不厲故爾」。光武帝建立新朝，不僅要褒表一二循吏，更重要的是重新使士人百姓有所宗尚，培養士民階層接受儒家提倡的道德觀和價值觀，如此社會才會由亂趨治。在古代君主制的國家裏，一時一地的自然災害或外敵入侵都不足以對社會整體構成破壞而導致其解體，一項制度不完善或有一二姦臣亂政也不足以滅亡一個朝代，而文化的認同感缺失和思想觀念的混亂，會使一個社會的知識階層迷亂，導致長期的亂世局面出現。儒家文化作爲古代社會的主流意識形態，如果喪失了對社會各個階層的吸引力和凝聚力，必然導致社會的解體和國家的分裂，光武帝正是認識到這一點才禮遇卓茂的。南宋中後期權臣長期把持朝政，士大夫往往依附權貴，士風頹敝，魏了翁《江陵別安撫》稱南宋社會：「俗流世壞，士大夫以官爲市，與民爲仇。少之時有言人之簠簋不飾者輒咎其誣人，迨稍涉世，疑信參半，今則信其有是人也，不知某孶力日銷，不足以克其性資之薄邪，抑世變之滋可憂也。古者自君上至公卿、大夫、侯、伯、牧長咸有師保之義焉，今使民日趨於邪辟，以陷於盜賊置之殺戮者，則師保者實誨之。」〔註 54〕說明南宋中後期士大夫風氣非常惡劣，吏治腐敗就會從根本上動搖南宋的統治，因此眞德秀對士大夫的節操十分關注。

〔註 52〕宋眞德秀《文章正宗》卷三，臺灣商務印書館景印文淵閣四庫全書 1986 年版集部，1355 冊第 62 頁下欄。

〔註 53〕宋眞德秀《文章正宗》卷十一，臺灣商務印書館景印文淵閣四庫全書 1986 年版集部，1355 冊第 309 頁下欄。

〔註 54〕宋魏了翁《鶴山先生大全集》卷三七，四部叢刊本。

南宋自嘉泰年間韓侂冑掌權到史彌遠死去，其間經歷了將近三十多年的權臣專政（嘉泰四年 1204～端平元年 1234），而眞德秀的一生也是在這種政治環境下渡過的。因此在眞德秀對權臣政治十分敏感，極力反對權臣干政，這也體現在他的編選活動中，如他選入《晏子論禮可爲國》一文並於文末評：「愚按：晏子知陳氏之將移齊國而爲景公謀者，惟曰『禮可以已之』，不幾於迂闊事情乎？蓋禮所以辨君臣、等上下者也，使君臣上下之分截然以明，則雖有權強之臣且將退聽，安得有他日篡弒之禍哉！景公問政於孔子，孔子以『君君臣臣父父子子』對之，異時見用於魯，欲收三家之政，亦必自隳三都始，其曰『家不藏甲，大夫無百雉之城者』，所以正名辨分而銷君弱臣強之患也，晏子之見蓋有合於斯，惜景公不能用也。」〔註 55〕君弱臣強，就必然會有政治危機，只有嚴格按禮制規範臣子的行爲才不至於顚覆。在對兩漢的政治的考察中眞德秀也時時注意權臣政治的危害，並積極主張大臣要與權臣鬥爭。眞德秀在《嚴尤諫伐匈奴》文末評：「且莽以無道而致夷狄之畔，尤未嘗一言及此，而顓論用兵利害，莽固不足爲言，然尤以漢臣而甘心事莽，其又何說邪？」〔註 56〕眞德秀認爲嚴尤只談軍事，而對王莽的無道不置一詞，可以列入叛臣之類。又如眞德秀對谷永的批評，《谷永論微行宴飲》文末評：「愚按永之一疏可謂鯁切矣。然專攻主身及後宮，而無一言及於王氏，非忠臣也，今以其文而錄之。」〔註 57〕所謂王氏指西漢王鳳，王鳳專權，谷永則只批評君主和後宮。再如《梅福論王氏書》文末評：「按成帝初即位，以元舅王鳳爲大司馬、大將軍領尚書事。建始元年正月封舅王崇爲安成侯，商、根、立、逢時關內侯。未及，黃霧四塞之變，諫大夫楊興等以爲陰盛陽微之氣，而歸咎於太后諸弟無功而侯，明王氏之權大盛，故雖傾邪如楊興猶能誦言之，其後用四事既久，名儒如杜欽、谷永，大臣如張禹不惟不敢言，且陰附而爲之說矣。考其始末，惟劉向以同姓之卿懇懇言之，至於三四，而近臣如王章至數鳳之罪觸死而不顧，向與章固賢，然皆職分所當言也，福遠方一尉耳，乃亦昌言之無所忌，至莽顓政，又能超然遠逝以全其身，高風峻節，千載而下

〔註 55〕宋眞德秀《文章正宗》卷四，臺灣商務印書館景印文淵閣四庫全書 1986 年版集部，1355 冊第 115 頁。

〔註 56〕宋眞德秀《文章正宗》卷十，臺灣商務印書館景印文淵閣四庫全書 1986 年版集部，1355 冊第 282 頁上欄。

〔註 57〕宋眞德秀《文章正宗》卷八，臺灣商務印書館景印文淵閣四庫全書 1986 年版集部，1355 冊第 236 頁下欄。

猶使人興敬，其視欽、永、張禹輩直蟯蚘糞壤爾，何足道哉，何足道哉！」〔註58〕眞德秀讚揚了梅福的高節，當時所謂名臣皆屈於權勢，不敢直言，而梅福一小尉，又非職責所繫，卻敢指斥權臣，實在難得。《文章正宗》以《周襄王不許晉文公請遂》一文以爲一書之首，並點評：「愚按此篇要領在班先王之大物以賞私德一語，後云『余敢以私勞變前之大章』蓋復說此意也。晉文之定襄王自以爲不世之大功，其請遂也，蓋寖寖乎窺大物之漸，襄王曰『之』、曰『私德』、曰『私勞』，所以折其驕矜不遜之意，玩其辭若優游而實峻烈，眞可爲告諭諸侯之法。」〔註59〕王應麟也說：「眞文忠《文章正宗》以此篇爲首，其有感於寶慶之臣乎？凜凜焉春秋之法也。」〔註60〕王應麟看到眞德秀關於權臣政治的討論正是針對史彌遠專政而發的。權臣政治是古代政治制度下不可避免的一種產物，每個王朝都曾有過，眞德秀雖然對之疾首痛心，但也並無可以杜絕它的良方，只能寄希望於儒家禮教的規範。

對於外戚及佞倖竊權眞德秀也極力反對。眞德秀在《文章正宗》卷十二選班彪《王命論》，並提及之所以入選此文的原因是：「按彪之論參以神怪非純於義理者，然其立意主於折奸雄覬幸之志，故取焉。」篇末又附崔寔《政論》一篇，並引仲長統言：「凡爲人主宜寫一通置之座側。」崔寔《政論》後眞德秀稱：

> 此論《通鑒》載於桓帝元嘉元年十一月，以其時考之，梁冀以定策功顓國恣橫，李固、杜喬以直道坐誅，宦官外戚子弟賓客暴亂州郡，朱穆所謂「牧守長吏多非德選，貪聚無厭遇民如虜，或絕命於捶楚之下，或自賊於迫切之求」，正此時也。審欲整王綱、救時弊，必使政權歸朝廷，戚宦勿預政，此第一義也。寔之論都不及此，而顓欲以嚴刑峻法齊之，不知寔之意將以施之民耶？則是時民之憔悴甚矣，撫而柔之猶懼不及，況可以猛政毒之耶！將以施之權倖邪？則威福正出其手，何刑法之可加？使時君果用寔言，重賞深罰，明著法令以檢御之，則蒙賞者必貴近，被罰者必疏遠也，何益於治邪？文帝之政，大體本於寬仁，故能壽漢家四百年之脈，笞法太重，特

〔註58〕宋眞德秀《文章正宗》卷九，臺灣商務印書館景印文淵閣四庫全書1986年版集部，1355冊第246頁。

〔註59〕宋眞德秀《文章正宗》卷一，臺灣商務印書館景印文淵閣四庫全書1986年版集部，1355冊第8頁。

〔註60〕宋王應麟《困學紀聞》卷六，四部叢刊本。

一事之失爾，賴景帝亟改之，民命以全，寔乃摭其一節，爲用嚴致平之驗，毋乃繆乎？元帝基禍，蓋以權在閹寺之故，非顓寬政之罪也，自寔之論出，仲長統始稱之，其後蕭統又列之於選，世儒遂宗其言以爲不可易，愚恐其貽來世之禍，故黜而不錄，且著其失以示學者云。〔註61〕

眞德秀所引崔寔文中有：「夫刑罰者治亂之藥石也，德教者興平之粱肉也，夫以德教除殘是以粱肉理疾也，以刑罰理平是以藥石供養也。方今承百王之敝，值戹運之會，自數世以來，政多恩貸，馭委其轡，馬駘其銜，四牡橫奔，皇路險傾，方將拑勒鞬輈以救之，豈暇鳴和鑾，清節奏哉！」崔寔主張以刑罰來整飭吏治，杜絕腐敗，當時東漢外戚梁冀竊權，政出私門，加重刑罰其實並不能根治政治腐敗，所以眞德秀認爲崔寔之論是錯誤的。西漢董賢是漢哀帝所寵幸的臣子，眞德秀在《王嘉再論董賢封事》文末評：「按嘉以直言忤旨得遣，然猶下郡公卿議其罪，此漢世良法。然觀當時所議，惟龔勝謂嘉相等罪微，不應迷國之法，然終不敢明其忠，況他人乎，自嘉死後，廷臣喑啞，無復敢開口論事者，遂成新莽，悲夫！」〔註 62〕王嘉以直言得罪權奸，之後無人敢言。《孔光日蝕對》文末評：「按是時丁傅用事，董賢隆寵，王嘉、鮑宣懇懇言之，而光所對，泚陳敕躬正事，而於貴戚佞倖曾微一辭及之，不惟有媿於嘉、宣，且有媿於杜鄴矣，嘉以直言死，光代之相，遂與董賢同爲三公，媚事之態亦所不至，殆孔子所謂鄙夫者歟！愚既錄其文，不得不指其實以示學者云。」〔註63〕眞德秀對孔光與皇帝的寵幸丁傅、董賢等人共列朝班，曲意媚事佞倖。其實外戚、佞倖及權臣都是君權旁落的結果，有時君主利用權臣和外戚及佞倖到某種目的，有時是因爲無力掌控導致政權旁落。眞德秀希望士大夫能直諫，與權臣作鬥爭，而有時君主往往是權臣的背後操縱者，

〔註61〕宋眞德秀《文章正宗》卷十二，眞德秀「蕭統又列之於選」應指崔寔《政論》，非指班彪《王命論》，而《文選》只選《王命論》，未曾選入《政論》中文章，只有李善注中引《政論》，如卷五《吳都賦》注文，卷三六《永明九年策秀才文五首》注文，卷五一《四子講德論》注文等等。王應麟《困學紀聞》卷十七：「《集古錄》跋謂樂毅論與《文選》所載時時不同，《文章正宗》謂崔寔《政論》列於選，今考文選無此二篇皆筆誤也。」

〔註62〕宋眞德秀《文章正宗》卷九，臺灣商務印書館景印文淵閣四庫全書 1986 年版集部，1355 冊第 250 頁下欄。

〔註63〕宋眞德秀《文章正宗》卷八，臺灣商務印書館景印文淵閣四庫全書 1986 年版集，1355 冊第 227 頁上欄。

所以從這個意義上講，眞德秀反對權臣政治，其實是希望士大夫階層通過諫諍來限制君權，按照禮制的規範來限制君權，避免朝政因爲權力的轉移更迭而混亂。眞德秀仍然延續了北宋以來的士大夫與君主共治天下的政治理想。

《文章正宗》的編選及成書，也並非眞德秀一人之作，宋牟巘《陵陽集》卷二四《黃榦先生行狀》：「郡有西漢書版脫誤踳，差幾不可讀，先生欲白府刊正之，適洪文忠公以眞文忠公所編《文章正宗》屬先生校讎，先生曰：『是吾志也。』乃並漢書白之，即倉司置局字字參訂，雖盛暑弗置。」〔註 64〕黃榦是朱熹之婿，與眞德秀又是同鄉，後與朱熹、張栻同祀石鼓書院，他參與到校讎中，未必不是眞德秀所希望的。另外劉克莊的一段話也說明，眞德秀曾把《文章正宗》的編選部分地委託於他所看重的學者，劉克莊稱：「《文章正宗》初萌芽，以詩歌一門屬予編類，且約以世教民彝爲主，如仙釋、閨情、宮怨之類皆弗取。」〔註 65〕可以看出，《文章正宗》可以說是當時部分理學人士集體智慧的結晶，這也就保證了《文章正宗》在思想上是嚴格遵循儒家學說的。因此在《文章正宗》編纂完成後，後世逐漸把《文章正宗》作爲理學思想的教育文本，並視之爲科舉用書。

第二節　作爲文學選本的《文章正宗》

以文學視角來看《文章正宗》，這部選本對文學的鑒賞和品評都獨具特色，如對於某些文體的特點，對於作文之法和敘事藝術的認識，對於詩歌的鑒賞都爲後世的文學批評提供了新的視角。但不可否認，《文章正宗》的編選從文學角度而言有其缺陷。

一、眞德秀對辭命和詔令體的認識

眞德秀編選體例中所列文體只有四類，辭命即是其中的一類。眞德秀不是從文學發展和文體特徵的角度認識辭命和詔令的文體特徵，而是結合世變，還結合他對古代歷史文化的認識來闡述他對詔令體的觀點。

眞德秀認爲《左傳》所載的辭命可以稱爲典範。《周襄王不許晉文公請遂》篇末點評：「愚按此篇要領在班先王之大物以賞私德一語，後云『余敢以私勞

〔註 64〕宋牟巘《陵陽集》卷二四《黃榦先生行狀》，民國吳興叢書本。
〔註 65〕宋劉克莊《後村先生大全集》卷一八三，四部叢刊本。

變前之大章』蓋復說此意也。晉文之定襄王自以爲不世之大功，其請遂也，蓋寖寖乎窺大物之漸，襄王曰『之』、曰『私德』、曰『私勞』，所以折其驕矜不遜之意，玩其辭若優游而實峻烈，眞可爲告諭諸侯之法。」〔註 66〕晉文公請遂，已經違反了禮制，而周襄王用語則表面優游而實峻烈，既委婉的拒絕了晉文公，又點明了晉文公的野心，給予警示，恰切地表達了周襄王對晉文公的態度，所以眞德秀十分欣賞。眞德秀引呂祖謙的話說明了《左傳》語言藝術上的這一特點：「東萊呂舍人曰：『文章不分明指切而從容委曲，辭不迫切而意亦獨至，惟左傳爲然。』如當時諸國往來之辭，與當時君臣相告相讓之語，蓋可見矣，亦是當時聖人餘澤未遠，涵養自別，故辭氣不迫，如此非後世人專學言語者比也。」〔註 67〕在眞德秀看來《左傳》的語言藝術是古代聖人的遺澤，是三代禮制薰陶下的產物，可以作爲後世邦國、諸侯之間外交辭令的典範。三代是宋代理學家們所熱衷和嚮往的聖人行道之世，也是宋代政治文化的一個特殊的政治話語〔註 68〕，眞德秀認爲《左傳》部分地保留了周代的禮制，有聖人之遺澤，因此在根本上不同於後世的著作。這也就說明了眞德秀賞析古文作品時一個重要標準，就是從理學政治文化的角度出發，看文章有沒有反映聖人之道，言辭技巧卻在其次。

眞德秀對《左傳》的闡發也注意到《左傳》文學性的一面，如《敘鄭莊公叔段本末》文末評：「呂成公曰：『左氏序鄭莊公之事，極有筆力，寫其怨端之所以萌良心之所以回皆可見。始言亟請於武公，亟之一字母子之相仇疾病源於此，後面言姜氏欲之焉避害，此全無母子之心，蓋莊公材略儘高，叔段已在他掌握中，故祭仲之徒愈急而莊公之心愈緩，待其段先發而後應之，前面命西鄙、北鄙貳於己，與收貳爲己邑，莊公都不管，且只是放他去，到後來罪惡貫盈，乃遽絕之，略不假借，命子封帥師伐京，段奔鄢，於其未發待之甚緩，於其已發，追之甚急，公之於段，始如處女，敵人開戶，徙如脫兔，敵不及拒者也。』然莊公此等計術施於敵國則爲巧，施於骨肉則爲忍。此左氏鋪敘好處，以十分筆力寫十分人情。」〔註 69〕眞

〔註66〕宋眞德秀《文章正宗》卷一，臺灣商務印書館景印文淵閣四庫全書 1986 年版集部，1355 冊第 8 頁。

〔註67〕宋眞德秀《文章正宗》卷一，臺灣商務印書館景印文淵閣四庫全書 1986 年版集部，1355 冊第 35 頁下欄。

〔註68〕余英時《朱熹的歷史世界》，三聯書店 2004 年版第 185～198 頁。

〔註69〕宋眞德秀《文章正宗》卷十六，臺灣商務印書館景印文淵閣四庫全書 1986 年版集部，1355 冊第 476 頁上欄。

德秀指出《左傳》作者對人情的細微體貼和細膩的描寫，推動了以史爲文的趨勢。清代李元度論及《左傳》的流傳時就說：「自眞西山選入《文章正宗》遂開論文之法，魏氏禧、方氏苞於文法推闡尤詳。」〔註 70〕顯然李元度也承認眞德秀在《文章正宗》中選入《左傳》並發掘其文學性有開闢之功。董其昌《容臺集》卷四《餐霞十草》：「自漢至唐，脈絡不斷；叢其勝會，《選》學具存。昌黎以經爲文，眉山以子爲文，近時哲匠王允寧、元美而下以史爲文。於是詩、賦之外，《選》學幾廢。」〔註 71〕這段材料也說明以史爲文和以經爲文都是古代文學史上的大趨勢，眞德秀的《文章正宗》推動了以史爲文這一趨勢。

對於漢代詔令，眞德秀結合不同時期的政治環境，對詔令體有不同的認識。眞德秀認爲漢初詔令有《左傳》遺意，辭氣藹然且深厚爾雅。如眞德秀評漢初詔令《爲義帝發喪告諸侯》評：「按此率諸侯王擊楚，而曰『願從諸侯王』，所擊者項羽，而曰『楚之殺義帝者』，猶有左氏辭命遺意。」〔註 72〕這裏指出漢高祖時的詔令文告就有《左傳》遺意，不明言項羽爲「楚之殺義帝者」，實際是漢高祖率領諸侯伐楚，詔令卻說是「願從諸侯王」，顯得從容大氣，附合呂祖謙所說的「不分明指切而從容委曲」。除此之外，漢詔令還有「深厚爾雅」的古之風烈，如卷三末評：「按文中子曰：『漢之詔冊則幾乎典誥矣。』又曰：『五帝之典，三王之誥，兩漢之制，粲然可見矣。』又曰：『制其盡美於卹人乎？』文中子之論如此，而朱文公乃非之，曰：『三代之訓誥誓命皆根源學問，敷陳義理，粲然可爲後世法。秦漢以下，詔令何所發明，惟高帝之詔差愈，然已不純，如曰「肯從我遊者吾能尊顯之」，此豈所以待天下士耶？』愚謂以二帝三王律之，則誠如文公之說，自後世言之，則兩漢詔令猶有惻怛憂民之實意，而辭氣藹然深厚爾雅，蓋有古之風烈，故去其可去者，而錄其可錄者，釐爲四條，以爲代言之法。」〔註 73〕而到西漢中後期，政治衰敗，漢元帝、漢成帝時的詔令已爲具文，如所選漢元帝詔令《宮館希御者勿治詔》文末評「按元帝詔令爲民而下者甚眾，然恭、顯用事，朝無善政，豈能供民

〔註 70〕清李元度《天岳山館文鈔》卷二十八《讀左隨筆序》，清光緒六年刻本。

〔註 71〕明董其昌《容臺集》卷四《餐霞十草》，基本古籍庫影明崇禎三年董庭刻本。

〔註 72〕宋眞德秀《文章正宗》卷二，臺灣商務印書館景印文淵閣四庫全書 1986 年版集部，1355 冊第 37 頁下欄。

〔註 73〕宋眞德秀《文章正宗》卷三，臺灣商務印書館景印文淵閣四庫全書 1986 年版集部，1355 冊第 85 頁下欄。

實、被上澤，今特選其一二，不盡錄也。」〔註 74〕漢成帝《議律令詔》文末評：「至成帝河平中，復下詔：『議減死刑及可蠲除約省者，令較然易知，條奏。……有司無仲山父將明之才，不能因時廣宣主恩，建立明制，爲一代之法，而徒鉤摭微細，毛舉數事以塞詔而已，是以大議不立，遂以至今。』按史氏之說如此，則元、成雖有此詔，徒具而亡施行之實云。」〔註 75〕至漢哀帝時則國賊專權，《立太子詔》文末評：「按哀平之世，詔令亦有可觀者，然買臣爲輔，篡賊專國，尙何道哉，故削之。」〔註 76〕東漢光武帝時詔令能復漢初之風，有文質相勝之象，《作壽陵詔》文末評：「按孝武以後詔令浮文多而實意少，至光武乃復還漢初簡質之舊，其辭之尤約者如二年五月詔，曰：『民有嫁妻賣子欲歸父母者恣聽之，敢拘持論如律。』十二月詔曰：『惟宗室列侯爲王莽所廢，先靈無所依歸，朕甚愍之，其並復故國，若侯身已歿，屬所上其子孫見名，尙書封拜。』……皆如孝文皇帝制度，庶務從約省。刺史二千石、長吏皆無離城郭，無追不及，因郵奏。若是者皆不炫文采而意旨自足，蓋自昔方隆之時，事從簡實，故文不勝質，及世之將敝，則文勝而質衰矣，此有國者當戒，亦秉筆代言者所宜知也。」〔註 77〕對詔令的文辭，眞德秀欣賞從容不迫、深厚爾雅、樸素簡約的風格，要求詔令有現實意義，不能徒爲具文。眞德秀以博學宏辭科中舉，後來入學士院起草詔令，對於詔令這一文體，眞德秀有自己獨到的見解心得。

二、眞德秀的選詩宗旨與選詩中存在的問題

眞德秀在《文章正宗》詩賦類總序中說明他選詩的依據是朱熹的三等說，什麼是三等說呢？先看一下總序：

> 按古者有詩，自虞《賡歌》、夏《五子之歌》始，而備於孔子所

〔註 74〕宋眞德秀《文章正宗》卷二，臺灣商務印書館景印文淵閣四庫全書 1986 年版集部，1355 冊第 54 頁下欄。

〔註 75〕宋眞德秀《文章正宗》卷二，臺灣商務印書館景印文淵閣四庫全書 1986 年版集部，1355 冊 54 頁下欄。眞德秀所引文又見《漢書・刑法志三》卷二十三，中華書局 1964 年版第 1103 頁。

〔註 76〕宋眞德秀《文章正宗》卷三，臺灣商務印書館景印文淵閣四庫全書 1986 年版集部，1355 冊第 62 頁下欄。

〔註 77〕宋眞德秀《文章正宗》卷三，臺灣商務印書館景印文淵閣四庫全書 1986 年版集部，1355 冊第 64 頁下欄。

定三百五篇，若楚辭則又詩之變而賦之祖也。朱文公嘗言：「古今之詩凡有三變。蓋自書、傳所記虞夏以來及漢魏自爲一等；自晉宋間顏謝以後，下及唐初，自爲一等。自沈宋以後，定著律詩，下及今日，又爲一等。然自唐初以前，其爲詩者固有高下，而法猶未變，至律詩出，而後詩之與法皆大變，……故嘗妄欲抄取經史諸書所載韻語，下及《文選》漢魏古詞，以盡乎郭景純、陶淵明之所作，自爲一編，而附於三百篇楚詞之後，以爲詩之根本準則，又於其下二等之中，擇其近於古者，各爲一編，以爲之羽翼輿衛，其不合者，則悉去之，不使其接於胸次。要使方寸之中，無一字世俗語言意思，則其爲詩不期於高遠而自高遠矣。」今惟虞夏二歌與三百五篇不錄外，自餘皆以文公之言爲準而拔其尤者列之此編，律詩雖工亦不得與，箴、銘、頌、贊、郊廟樂歌、琴操皆詩之屬，間亦採之，一一以附其間，至於辭賦則有文公集注《楚詞後語》，今亦不錄。或曰：「此編以明義理爲主，後世之詩其有之乎？」曰：「三百五篇之詩，其正言義理者蓋無幾，而諷詠之間，悠然得其性情之正，即所謂義理也，後世之作雖未可同日而語，然其間興寄高遠，讀之使人忘寵辱，去鄙吝，脩然有自得之趣，而於君親臣子大義亦時有發焉，其爲性情心術之助反有過於他文者，蓋不必專言性命而後爲關於義理也，讀者以是求之，斯得之矣。」

文中引朱熹的話原出自《晦庵集》卷六四《答鞏仲至書》第四書〔註 78〕，即朱熹的「三等說」。《答鞏仲至書》第四書中還說：「來喻所云『漱六藝之芳潤，以求眞澹』，此誠極至之論。然恐亦須先識得古今體制，雅俗鄉背。」朱熹認爲古今體制是作詩首先要瞭解的，而漢魏古詩才是詩歌的正體。從詩歌發展的角度講，朱熹的三等說基本上勾勒出了詩歌發展演變的三個重要階段，先秦典籍中的歌辭和《詩經》可以看做是四言詩的興盛時期，自晉以後至唐初是古體詩的興盛期，沈、宋以後至南宋出現了近體詩，朱熹的劃分是符合詩歌發展的眞實狀況的。朱熹認爲去古益遠則詩歌愈趨於世俗，後世詩歌形式越來越精巧，用韻、聲律、對仗等等要求使詩歌表現內容的功能大打折扣。朱熹說：「是以古之君子，德足以求其志，必出於高明純一之地，其於詩固不

〔註 78〕宋朱熹《晦庵先生朱文公文集》卷六四《答鞏仲至》第四書，四部叢刊本。

學而能之。至於格律之精粗，用韻、屬對、比事、遣辭之善否，今以魏晉以前諸賢之作考之，蓋未有用意於其間者，而況於古詩之流乎？故詩有工拙之論，而葩藻之詞勝，言志之功隱矣。」〔註 79〕朱熹的詩學觀有復古傾向，否定了詩歌藝術逐漸豐富多彩，把詩歌的功能完全界定在言志上。永嘉學派的葉適對於詩歌發展史的看法與朱熹相反，而葉適的詩歌理論又恰恰是支持四靈詩派詩歌創作的理論依據。葉適說：「孟子言『王者之迹熄而《詩》亡，《詩》亡然後《春秋》作』。《春秋》作不作，不繫《詩》存亡，此論非是。然孔子時人已不能作詩，其後別爲逐臣憂憤之詞，其體變壞；蓋王道行而後王迹著，王政廢而後王迹熄，詩之廢興，非小故也。自是詩絕不繼數百年。漢中世文字興，人稍爲歌詩，既失舊制，始以意爲五七言，與古詩指趣音節異，而出於人心者實同。然後世儒者，以古詩爲王道之盛，而漢魏以來乃文人浮靡之作，棄而不論，諱而不講，至或禁使勿習；上既不能涵濡道德，發抒心術之所存，與古詩庶幾，下復不能抑揚文義，鋪寫物象之所有，爲近詩繩準，塊然樸拙，而謂聖賢之教如是而止，此學者之大患也。」〔註 80〕葉適從歷史發展的眼光來看待詩歌的發展，他認爲周代的禮樂文化已經和詩教一起成爲歷史，後世自有後世的詩歌寫作特點，道學家過分迷戀「王道之盛」，對後代詩歌的「諱而不講」的態度是有害無益的，對詩的欣賞也有局限，不能「抑揚文義」、「鋪寫物象」，理解詩歌的妙味。葉適的話準確地指出了道學家論詩的病根，朱熹和眞德秀過分強調詩歌的「高古」，忽視了詩歌藝術的發展和對世情物象的鋪寫。眞德秀試圖完成朱熹所沒有完成的心願，以朱熹的詩學觀爲準編選了《文章正宗》的詩歌部分。眞德秀雖然在序文末提出要選入一些有「悠然有自得之趣，而於君親臣子大義亦時有發焉」的作品，認爲它們可以「爲性情心術之助，反有過於他文者」，但是他所說的這部分作品也被他以君臣大義加以闡釋，反而失去了趣味。眞德秀在編選《文章正宗》時除《詩經》外，重點選入了唐前的詩歌，對唐詩，只選入了陳子昂、李白、韓愈、杜甫的詩，其理論根據就是來源於朱熹的三等說。

眞德秀選詩存在哪些問題呢？下面兩個表格分別列出眞德秀所選各時代詩（篇名以《文章正宗》中出現的爲準）：

〔註 79〕宋朱熹《晦庵先生朱文公文集》卷三九《答楊宋卿》，四部叢刊本。

〔註 80〕宋葉適《習學記言序目》卷四七《皇朝文鑒・詩》，中華書局 1977 年版第 700 頁。

先秦（共 17 首）	漢（共 12 首）	魏晉南北朝（共 136 首）
《康衢謠》、《擊壤歌》、《南風歌》、《卿雲歌》、《麥秀詩》、《采薇歌》、《飯牛歌》、《扊扅歌》、《朱儒歌》、《築者謳》、《去魯歌》、《楚狂接輿歌》、《滄浪歌》、《獲麟歌》、《曳杖歌》、《黃鵠歌》、《紫芝歌》，	漢代李少卿《五言與蘇武》、《蘇子卿》，班婕妤《怨歌行》，《長歌行》，《古詩十九首》中的「行行重行行」、「西北有高樓」、「涉江採芙蓉」、「明月皎夜光」、「庭中有奇樹」，「迴車駕言邁」、「孟冬寒氣至」。	曹操《苦寒行》，曹丕《善哉行》、《雜詩》2 首，王粲《七哀詩》，曹植《送應氏詩》、《七哀詩》、《贈丁儀王粲》、《贈白馬王彪》、《箜篌引》、《白馬篇》、《雜詩》6 首、《怨歌行》，劉公榦《贈從弟》，阮籍《詠歌》6 首，嵇康《秋胡行》3 首、《贈人從軍》，左思《詠史》5 首、《招隱》，張茂先《勵志》9 首、《答何邵》2 首，傅休奕《雜詩》，張孟陽《七哀》2 首，張景陽《詠史》、《雜詩》2 首，束廣微《補亡》2 首，孫子荊《涉陽侯詩》，陸士衡《招隱詩》、《猛虎行》、《短歌行》、《塘上行》，劉琨《扶風歌》，郭景純《遊仙》，陶淵明《停雲》、《時運》、《榮木》、《九日閒居》、《歸園田居》5 首、《遊斜川》、《移居》2 首、《和郭主簿》2 首、《贈羊長史》、《始作鎮軍參軍經曲阿》、《夜行江陵途中》、《懷古田舍》、《己酉歲九月九日》、《西田獲稻》、《飲酒》10 首、《擬古》7 首、《雜詩》4 首、《詠貧士》4 首、《詠三良》、《詠荊軻》、《讀山海經》、《桃源》，謝靈運詩《登池上樓》、《石壁精舍》、《過始寧墅》、《初去郡》、《田南樹園》、《齋中讀書》、《石門新營》，謝惠連《秋懷》，顏延年《五君詠》5 首，鮑照《東武吟》、《出自薊北門行》、《東門行》、《白頭吟》謝玄暉《郡齋閒坐答呂法曹》、《夜發新林》、《之宣城》、《晚登三山望京邑》、《直中書省》、《觀朝雨》、《遊東田》，沈休文《別范安成》、《遊沈道士館》，

唐代詩歌入選的有：

陳子昂	《感遇詩》共 10 首《訓暉上人夏日林泉》，共 11 首
李白	《古詩》32 首《江行寄崔員外》《送韓淮裴政孔巢父還山》《留別金陵諸公》《秋日魯郡堯祠亭上宴別杜補闕范侍御》《擬古》共 12 首《四皓》《南軒松》《學古思邊》《尋陽紫極宮感秋作》《日夕山中忽然有懷》《秋登巴陵望洞庭》《登新平樓》《春日獨酌》《望廬山瀑布水》《春日醉起言志》，共 58 首
杜甫	A《自京赴奉先縣詠懷》《北征》《玉華宮》《九成宮》《羌村》3 首《新安吏》《潼關吏》《石壕吏》、《新婚別》《垂老別》《無家別》《夏日歎》《夏夜歎》《留花門》《塞蘆子》《義鶻》《晦日尋崔戢李封》《喜晴》《送長孫九侍御赴武威判官》《遣興》三首《夢李白》2 首《有懷台州鄭十八司戶》

杜甫	《遣興》5 首、《遣興》6 首《前出塞》6《後出塞》4《發秦州》《石龕》《鳳凰臺》《五盤》《劍門》《喜雨》《太子張舍人遺織成褥段》《病柏》《枯棕》《枯柟》《送韋諷上閬州錄事參軍》《將適吳楚留別章使君》《寄題江外草堂》《述古》《過郭代公故宅》《南池》《大雨》《杜鵑》《三韻三篇》《同元使君舂陵行》《驅豎子摘蒼耳》《雷》《牽牛織女》《上後園山腳》《八哀詩》《贈司空王公思禮》《故司徒李公光弼》《贈左僕射鄭國公嚴公武》《贈太子太師汝陽郡王璡》《贈祕書監江夏李公邕》《故祕書少監武功蘇公源明》、《故著作郎貶台州司戶滎陽鄭公虔》《故右僕射相國張公九齡》《遣懷》《北風》《遣遇》《過津口》《題衡山縣文宣王廟新學堂呈陸宰》.B《遊龍門奉先寺》《望嶽》《贈衛八處士》《苦雨》《同諸公登慈恩寺塔》《示從孫濟》《九日寄岑參》《述懷》《送從弟亞赴安西州》《貧交行》《兵車行》《高都護驄馬行》《天育驃騎歌》《白絲行》《秋雨歎》《歎庭前甘菊花》《渼陂行》《去矣行》《哀江頭》《悲陳陶》《悲青阪》《洗兵馬》《乾元中同穀縣》《古柏行》《憶昔》《陪王侍御宴姚通泉》《茅屋爲秋風所破歌》《縛雞行》共 128 首。（A 部分爲正常入選的，B 部分爲補選的。）
韋應物	《擬古》8 首《雜體》4 首《與友生野飲效陶體》《效陶彭澤》《移疾會詩客》《南塘泛舟會元六日昆季》《郡齋雨中與諸文士燕集》《聽嘉陵江水聲寄深上人》《高陵書情寄三原盧少府》《贈盧嵩》《寄馮著》《寄盧庾》《發廣陵留上家兄兼寄上長沙》《初發楊子寄元大校書》《淮上即事寄廣陵親故》《經少林精舍寄都邑親友》《同德寺雨後寄元侍御李博士》《休沐東還冑貴里示端》《獨遊西齋寄崔主簿》《閒居贈友》《善福精舍示諸生》《秋夜南宮寄灃上二弟及諸生》《園林晏起寄昭應韓明府盧主簿》《新秋夜寄諸弟》《郡中對雨贈元錫兼簡楊淩》《寄暢當》《京師叛亂寄諸弟》《贈琛公》《寄恒璨上元》《寄全椒山中道士》《宿永陽寄璨律師》《示全眞元常》《歲日寄京師諸季端武等》《西澗即事示盧陟》《秋夜寄丘二十二員外》《奉詶寄示丘丹》《復理西齋寄丘員外》《送令狐岫宰恩陽》《送馮著受李廣州署爲錄事》《送鄭長源》《始除尚書郎別善福精舍》《答崔主簿問兼簡溫上人》《答長安丞裴稅》《秦州處士叔見示》《池上懷王卿》《雲陽館懷谷口》《廣德中洛陽作》《登樂遊廟作》《任鄠令渼陂遊眺》《西郊遊矚》《與幼遐君貺兄弟同遊白家竹潭》《觀田家》《南園陪王卿遊矚》《春遊南亭》《再遊西山》《遊開元精舍》《襄武館遊眺》《秋景詣琅琊山寺》《夏至避暑北池》《同元錫題琅琊寺》《任洛陽丞請告》《縣齋》《休暇東齋》《郡內閒居》《燕居即事》《幽居》《郊居言志》《夏景端居即事》《新理西齋》《曉坐西齋》《寓居永定精舍》《秋夜》《種藥》《種瓜》，共 84 首
韓愈	《秋懷》10 首《夜歌》《嗟哉董生行》《齪齪》《河之水寄子姪老成》2 首《調張籍》《雜詩》《送劉師服》《贈別元協律》2 首《宿曾江口》《雜詩》3 首《南溪始泛》3，共 27 首
柳宗元	《晨詣超院讀禪經》《贈江華長老》《湘口館》《南澗中題》《遊石角》《與崔策登西山》《構法華寺西亭》《覺衰》《旦攜謝山人至愚池》《獨覺》《溪居》《夏初雨後尋愚溪》《郊居歲暮》《秋曉行南谷經荒村》《雨後曉行》《江雪》《飲酒》《讀書》《感遇》《掩役夫張進骸》，共 20 首

從以上列表及對詩歌部分的考察，眞德秀選詩有以下幾個特點：

1. 有些詩人的代表作沒有入選。如曹操的《短歌行》，李白的《將進酒》，《蜀道難》，《夢遊天姥山吟留別》等。沒有入選的原因前面的引文中已經說過了。南北朝民歌則一首未選。
2. 眞德秀選唐詩重盛唐，輕晚唐。重古體，輕律詩。盛唐詩人只有李白、杜甫，其它如王維、孟浩然等均未選，中唐則有韓愈、柳宗元、韋應物詩入選，晚唐一家都未入選。眞德秀選詩重古體，輕近體，近體幾乎沒有入選，甚至一些名篇如杜甫的七律代表作《登高》、《登樓》、《秋興八首》都未入選。
3. 從注文分佈看，眞德秀是有所側重的。注文主要集中在杜甫詩和陶淵明詩部分，其它詩家則少有注文。如選了《文選》中的篇目，注文多採用李善注的，如《文章正宗》卷二十二曹植《雜詩》題下評：「此六篇並託喻，傷政急，朋友道絕，賢人爲人竊勢，別京已後在郢城思鄉而作。」以曹植所處的政治環境作爲理解此詩的背景，並引《新語》解《雜詩》第一首的「高臺多悲風，朝日照北林」句爲：「高臺喻京師」，悲風喻教令，朝日喻君之明，照北林言狹比喻小人。」《文章正宗》卷二十二阮嗣宗《詠歌》篇末評：「嗣宗身仕亂朝，常恐罹謗遇禍，因茲發詠，故每有優生之嗟，雖志在刺譏，而文多隱避，百代之下難以情測，故粗明大意略其幽旨也。」這兩則注文都出自李善注。杜詩注主要選擇趙次公的注文，兼及僞蘇注和尹洙注。
4. 從選詩數量來看，唐前詩共入選 165 首，唐詩入選共 328 首，共 493 首。杜詩入選數量在各家詩中是最多的，共 128 首，其次爲韋應物詩共 84 首，其次爲李白詩，共 58 首，其次爲陶淵明詩，共 49 首。杜甫詩占唐詩入選總量的 39%，占全部入選詩總量的 25%，韋應物詩則占唐詩入選總量的 25%，占全部入選詩總量的 17%。陶淵明詩占魏晉入選詩歌總量的 36%。

眞德秀基本上遵循了朱熹的三等說，對於唐代以後的詩歌，入選的都是對君臣大義有所表現的作品。如果站在文學史的角度講，眞德秀的《文章正宗》中的詩歌編選確實沒有反映詩歌發展歷史的原貌，也沒有兼顧到詩歌藝術的進步和各時代詩歌的特點，所以爲後人所詬病，但這一特點也說明在當時詩歌觀念的複雜，以朱熹爲代表的道學家和眞德秀這樣受道學觀念影響很大的士大夫，他們對律體和近體詩是不大接受的，對唐初以後的詩歌也視之爲詩歌的變體。

三、關於《文章正宗》的爭論

1、關於體例

後人對眞德秀《文章正宗》中的編選分類方法褒貶不一，如明代彭時爲吳訥《文章辯體序說》所作序言稱：「至宋西山眞先生集爲《文章正宗》，其目凡四：曰辭命，曰議論，曰敘事，曰詩歌。天下之文，誠無出此四者，可謂備且精矣；然眾體互出，學者卒難考見，豈非精之中猶有未精者耶？」〔註81〕誠然，就彰顯每種文體的特性及其發展演變而言，眞德秀的分類法有其缺陷，所以受到指謫。明代王維楨《駁喬三石論文書》：「文章之體有二，序事、議論各不相淆，蓋人人能言矣，然此乃宋人創爲之，宋眞德秀讀古人之文，自列所見，岐爲二途，夫文體區別，古誠有之，然固有不可岐而別者，如老子、伯夷、屈原、管仲、公孫弘、鄭莊等傳及儒林等序，此皆既述其事，又發其義，觀詞之辨者以爲議論可也，觀實之具者以爲序事可也，變化離合不可名物，龍騰虎躍不可韁鎖，文而至此，即遷、史不皆其然，乃公亦取之加僕，何言之易也。晉人劉勰論文備矣，條中有鎔裁者正謂此耳，夫金錫不和不成器，事詞不會不成文，其致一也，文之不易言也若是。」〔註82〕眞德秀將《史記》中的《伯夷傳》、《屈原傳》等都列入敘事類，王維楨認爲文不可強分爲敘事、議論二種，否則難免割裂之嫌，如這幾個人的傳記都是兼有序事和發義的功能，所以不能勉強歸入敘事類。清代王之績說：「西山《正宗》亦列詩賦於敘事、議論後，誠以詩賦雖可喜，而其爲用則狹矣。」〔註83〕他認爲眞德秀過於偏重文體的實用性，對於詩賦類文體強求其實用性，不免狹隘。

2、關於詩歌編選

對於《文章正宗》的評論，有一則材料很容易引起人們的重視。南宋劉克莊曾說：「《文章正宗》初萌芽，以詩歌一門屬予編類，且約以世教民彝爲主，如仙釋、閨情、宮怨之類皆弗取。余試取漢武帝《秋風辭》，西山曰：『文中子亦以此爲悔心之萌，豈其然乎？』意不欲收，其嚴如此。然所謂『懷佳人兮不能忘』，蓋指公卿扈從者，似非爲後宮而設。凡余所取，而西山去之者

〔註81〕明吳訥《文章辯體序說》，中華書局1962年版第7頁。

〔註82〕明賀復徵《文章辨體彙選》卷二三九，臺灣商務印書館景印文淵閣四庫全書1986年版集部，1405冊第76頁下欄。

〔註83〕清王之績《鐵立文起》卷一，《四庫全書存目叢書》集部第421冊第700頁。

大半，又增入陶詩甚多，如三謝之類多不收。」〔註 84〕。這段材料四庫館臣編纂四庫提要時在《西山集》提要中加以引用，並批駁眞德秀不知選人之趣。這個結論是正確的，但劉克莊對眞德秀的編選是否有不滿之意還需考量。現結合劉克莊的詩論將這段材料加以分析，看看劉克莊是否眞是在批評眞德秀不會選詩。

元代陸文圭《跋蔣民瞻詠史詩》又稱：「昔西山編《文章正宗》，歌詩一門委之劉潛夫，以世教民彝爲主，凡涉閨情宮怨者皆勿取，後劉潛夫自作《十臣》、《十佞》等五言百首，句簡而括，意深而確，前無此體。」〔註 85〕劉克莊《後村先生大全集》卷十四中有《雜詠》百首，皆爲詠史之作，以《十臣》爲首，這裏陸文圭似乎並不認爲劉克莊對眞德秀的嚴格不滿，反而認爲劉克莊有學習和受眞德秀薰陶的意思。其次，如果劉克莊所指的三謝是謝靈運、謝惠連和謝朓的話〔註 86〕，那麼《文章正宗》中也選了不少三謝的詩，謝靈運詩入選的有《登池上樓》、《石壁精舍》、《過始寧墅》、《初去郡》、《田南樹園》、《齋中讀書》、《石門新營》，謝惠連詩入選的有《秋懷》，謝玄暉詩入選的有《郡齋閒坐答呂法曹》、《夜發新林》、《之宣城》、《晚登三山望京邑》、《直中書省》、《觀朝雨》、《遊東田》，共十五首（以上詩題皆以《文章正宗》中出現者爲準），比起入選杜詩來說當然算少的，但比起其它詩人來說也不能算少。再其次，對於《秋風辭》，元代白珽《湛淵靜語》卷二：「《秋風辭》《史記》、《漢書・藝文志》皆不載，獨見之《文選・樂府》，文中子、晦翁附入楚辭，後至眞西山《文章正宗》黜之，豈有以乎？」〔註 87〕對眞德秀不選《秋風辭》又表示支持。劉克莊說：「西山先生眞文忠公遺書曰《西山讀書說》、曰《諸老集略》者綱目常篇帙多，其間或未脫稿，曰《文章正宗》者最爲全，書既成以受湯巾仲能、漢伯紀，某與焉，晚使嶺外，與常平使者李鑒汝明協力鋟梓以淑後學。是書行，選、粹而下，皆可束之高閣。」〔註 88〕可以看出劉克莊對《文章正宗》的編選評價是很高的，大有取代《文選》和《唐文粹》

〔註 84〕宋劉克莊《後村先生大全集》卷一七三，四部叢刊本。

〔註 85〕元陸文圭《牆東類稿》卷九，臺灣商務印書館景印文淵閣四庫全書 1986 年版集部，1194 冊第 646 頁下欄。

〔註 86〕宋唐庚《眉山唐先生文集》卷十五：「江左諸謝詩文，見《文選》者六人。希逸無詩，宣遠、叔源有詩不工，今取靈運、惠連、玄暉（朓）詩合六十四篇爲三謝詩。」四部叢刊本。可見宋人有以三謝指謝靈運、謝惠連、謝朓三人。

〔註 87〕元白珽《湛淵靜語》卷二，清知不足齋本。

〔註 88〕宋劉克莊《後村先生大全集》卷一百「文章正宗」條，四部叢刊本。

的意思。再者劉克莊於眞德秀持弟子禮，更不會隨便評價其老師的選本。所以劉克莊的那段話不能簡單地視爲批評《文章正宗》的話語，也不能視爲江湖派代表詩人批評道學家文選的證據，而是劉克莊稱讚眞德秀嚴格編選詩文的讚語，表示在他眼中眞德秀選文不苟且，嚴於去取。

明曹安稱：「宋眞西山集古之詩文曰《文章正宗》，其於詩必關風教而後取。廬陵趙儀可譏之曰：『必風教云乎，何不取六經端坐而誦之，而必於詩，詩之妙正在豔冶跌宕。』梁石門寅辯趙之言爲非，由是言之，詩學漢魏盛唐有關風教，去豔治跌宕等而上之，其惟三百篇乎，康衢之謠，虞廷賡歌，五子之歌，洪範數語，又三百篇之權輿，古詩之祖也，讀詩者不可不知。」〔註89〕可見明代已有人對眞德秀選詩產生爭議，趙儀可認爲眞德秀不瞭解詩歌的妙處，以風教爲準則使人性情拘束，毫無趣味，而贊同眞德秀者如梁寅，認爲詩中有不合乎儒家道德者，對讀者產生不好的影響，而他列舉的那些詩歌則爲詩之正教。

清代亦有學者對眞德秀選詩提出批評，如顧炎武也曾論及：「眞希元《文章正宗》其所選詩，一埽千古之陋，歸之正宗，然病其以理爲宗，不得選人之趣，且如《古詩十九首》，雖非一人之作，而漢代之風略具乎此。今以希元之所刪者讀之，『不如飲美酒，被服紈與素』何以異乎《唐詩・山有樞》之篇。」〔註90〕顯然顧炎武也注意到眞德秀選詩不能得詩人之趣這一特點，並舉眞德秀所刪之詩《古詩十九首・驅車上東門》一篇，其風旨與《詩經・唐詩・山有樞》無異，認爲眞德秀雖能一掃千古之陋，但不免拘泥。

詩歌既有本身的發展歷史，也同時承載了鮮活生動地反映歷史眞實面目的功能，以某種教條爲標準選詩，自然會限制編選的範圍。眞德秀以政治和道德的雙重標準來選詩，自然不外乎教化之意，但確有極端之嫌，最終被後人詬病。

3、關於編選宗旨

在《文章正宗》編選成書後，眞德秀將此書授予湯巾、湯漢（前舉劉克莊《後村先生大全集》卷一百中有言「書既成以受湯巾仲能、漢伯紀」），後來湯巾等人弘揚理學，《文章正宗》也得到傳播。至明代，《文章正宗》得到了皇家的重視，被定爲正統的詩文學習範本。清孫承澤：「萬曆中，管志道疏：

〔註89〕明曹安《讕言長語》卷上，基本古籍庫影民國景明寶顏堂秘笈本。

〔註90〕清顧炎武《日知錄集釋》卷三，上海古籍出版社1985年版第233頁。

『二祖始選庶吉士，皆令肄業文淵閣，讀中秘書，常親視校試驗，其進修務在通達國體，薰陶德性，以儲異日之用。自正統以後掄選多非出自聖意，而從閣臣議請舉行，亦不得讀中秘書，而以《唐詩正聲》、《文章正宗》爲日課，不知將來所以備顧問、贊機密者果用此糟粕否乎？事固有以祖宗宏深之美意而翻成末流偏重之敝習者，此舉是也。」〔註 91〕由此可見，明英宗時皇家的人才培養就以《文章正宗》爲教本。《文章正宗》變爲科舉用書，反而招致明代一些理學人士反對，他們抨擊《文章正宗》沒有能弘揚儒道，明代王雲鳳《書德華〈文章正宗〉辯後》：

> 宋西山眞氏集古人詩文作《文章正宗》，蓋爲專攻文詞者設也，與《昭明文選》、姚鉉《文粹》用心無異，至其自序乃曰：「學者所以窮理而致用也，文雖學之一事，要亦不外乎此，故今所取以明義理、切世用爲主。」則以儒者體用之學濟其說，而未免岐而二之。……眞氏生於諸儒之後，號爲大儒，而不能自拔於文詞陷溺之中，反又從而文之，孟子曰「惡紫之奪朱」，似是而非，有誤後學，非若昭明、姚鉉爲淺薄之士，而《文選》、《文粹》出於文家之手，固不足重輕也。
>
> 其辭命、議論、敘事德華辯之悉矣，其詩賦曰「三百五篇之詩，正言義理者無幾」云云，蓋詩者，人心之感物而形於言之餘也，人各言其志，故有是非之不同，而無工拙之可言。誦詩者諷詠之間既有以因其言之是非而知其心之邪正，以爲吾之所當取捨，然必窮理愼獨，眞有好惡之誠，省察之久，實能爲善去惡而後性情之正有可言者。故古人必十三誦詩，久而後能有所興起，其次第之不可紊，而功傚之難如此，今曰「諷詠之間，悠然得其性情之正，即所謂義理」，爲言亦傷易矣，又曰「後世之作，興寄高遠，讀之使人忘寵辱去繫吝，翛然有自得之趣」，此蓋後世耽吟之流溺意詩句之間，而不知其它，所謂「但覺高歌有鬼神，焉知餓死塡溝壑」者，實非有見於道、安於命，胸中自悠然灑落，而無寵辱繫吝之可言也。至若朱子詩有三變之說，蓋爲答鞏仲至之問，雖其論極盡詩之本末取捨，其意則以爲使今之作詩者能如此，亦庶乎不失古人遺意矣，豈可謂

〔註 91〕明孫承澤《春明夢餘錄》卷三十二《翰林院》條，臺灣商務印書館景印文淵閣四庫全書 1986 年版子部，868 冊第 421～422 頁。

> 詩乃朱子之所取，學者必不可不作而爲學之一事乎？且朱子嘗欲注莊文矣，使其書成，必能尋究其病根之所起，體貼其旨意之所在，而大有取捨於其間，蓋窮理者必如此然後是非功罪者可得而論也，亦將謂朱子教學者以學莊乎？況眞氏雖自謂以文公之言爲準，乃不分三等，兼失之矣。〔註 92〕

王雲鳳是明成化年間人，他認爲《文章正宗》是爲「專攻文詞者」而設的，使人陷溺於文詞中，其實眞德秀的本意並非如此，只是《文章正宗》被後世作爲科舉用書，在後世科舉中人眼裏已經異化爲一種工具，反而不能起到推廣理學的作用，所以王雲鳳如此說。王雲鳳對眞德秀選詩也持否定態度，認爲見道眞則「胸中自悠然灑落，而無寵辱繫吝之可言也」，令人想起程頤的話：「或問：『詩可學否？』曰：『既學時須是用工夫方合詩人格，既用功甚妨事。」〔註 93〕連眞德秀所說的那一點「自得之趣」也予以否定了。明莫如忠《答呂侍郎沃州》：

> 夫《文章正宗》之續編，僕平生正苦其繁蕪殊謬，於西山先生之旨至於尤竊恨者。以西山先生之見之卓，而於古人論文本指尚覺隔一谿徑，未敢遽質所疑於有識也。夫文以載道，其言出自拘。學若孔子則曰「文以足志」，又曰「辭達而已矣」。夫文者，言之辯而有理緒之謂也。《易》觀乎天文以察時變，此理緒之辯乎經緯者也，觀乎人文以化成天下，此理緒之辯乎德業者也，彼各有當爾，如必求文於發揮性命之原，潤飾太平之烈而後爲合轍，不已隘乎？故六經載道，亦即載事者也，諸史載事，亦即載道者也，百家技藝各載其學術，純駁雖不同科，而概以達辭足志云爾，則惡可廢也。西山先生之見則異是，取之必求其說理，析之必歸於引經，必差次仁義，必摽駁儒墨，而後曰文。彼文莫近乎秦漢，而先生自先秦策士之言各成其章者多擯不載，至《左》、《國》之取，又似濫觴而不精，皆僕之所未釋也。夫文章與時高下，先觀其氣之醇漓，定其格之今古，而片言合作咸屬品題，文斯備矣。若但泥於載道，則自六經以來文闕有間，而至宋儒訓詁之言出，其語性情心體特詳焉，若曰「文在

〔註 92〕清黃宗羲《明文海》卷二二二王雲鳳《書德莊〈文章正宗〉辯後》，清涵芬樓抄本。

〔註 93〕宋程顥、程頤《二程集》卷十八，中華書局 1981 年版第 239 頁。

> 茲矣」，即賈、董、韓愈氏之作，僅以數語合道，而幸存其不屏棄者幾何，此其説之未暢者也。西山先生之意毋亦以爲文壞於六朝，故所選取正矯《昭明文選》之弊，舉其言之支而麗者盡削之，似已然有《文選》所遺，而《正宗》未盡入，有《文選》之不可盡非者，而《正宗》削之，抑又何故？至敘事、議論之疏別，近世有辯之者，僕以爲非獨敘事、議論之過於疏別，而以辭命與敘事、議論析而三之，尤不倫也。豈不曰辭命不當例以文士之言，故特揭諸其首，而不知辭命乃文章之一體，與疏、奏、封事、論、贊、記、序等，分爲體裁則可，而與敘事、議論之凡例等，可乎？即辭命中亦孰非敘事、議論之互見乎？蓋凡史之記事皆敘事也，其記言皆議論也，此二者已足該文之義，而必參以辭命，幾於贅矣。〔註 94〕

莫如忠認爲眞德秀「取之必求其說理，析之必歸於引經」，以道學家眼光選文，拘泥迂腐，而對所選又不精，辭命類是一種文體，並非不能和文士之言同日而語，而且辭命是文體，而敘事和議論又是文章的用途，將三者並列不倫不類。莫如忠對眞德秀的編排體例的批評又進一步發揮了王維楨的觀點。對於眞德秀選文剪裁不當提出批評的還有何焯，清代王應奎說：「義門先生謂《文章正宗》只是科舉書，不但剪裁近俗，亦了未識《左》、《史》文章妙處。局於南宋議論，與韓、柳、歐、曾之學相似而實不同。又所選《國語》、《國策》之文，愚意只應就每篇首句爲題方爲得體，而希元必以己意另撰，大似小說標目，亦乖大雅。」〔註 95〕何焯的話也是批評《文章正宗》被當作科舉用書，剪裁俗而選不精。清紀昀則稱：「齊梁以下變而綺麗，遂多綺羅脂粉之篇，濫觴於《玉臺新詠》而弊極於《香奩集》，風流相尚，詩教之決裂久矣。有宋諸儒起而矯之，於是《文章正宗》作於前，《濂洛風雅》起於後，借詠歌以談道學，固不失無邪之宗旨，然不言人事而言天性，與理固無所礙，而於興觀群怨、發乎情止乎禮義者，則又大相徑庭矣。」〔註 96〕清代對眞德秀《文章正宗》的批評主要集中在不得選人之趣上，如顧炎武和四庫提要《文章正宗》提要中所說，而不再提《文章正宗》使人陷溺文詞的話頭。

〔註 94〕明莫如忠《崇蘭館集》卷十五《答呂侍郎沃州》，基本古籍庫影明萬曆十四年刻本。

〔註 95〕清王應圭《柳南續筆》卷一，中華書局 1983 年版第 148 頁。

〔註 96〕清紀昀《紀文達公遺集》卷九，清嘉慶刻本。

《文章正宗》誕生後，由於在明代被當作科舉用書，所以當時一些理學家批評《文章正宗》不能載道。有的學者又從文學本位出發，認爲《文章正宗》體例不當，選取不精。至清代，評價趨於客觀，主要集中在詩歌編選不當的問題上，對體例和編選宗旨則沒有更多關注。《文章正宗》編成後，金履祥又編《濂洛風雅》，在《濂洛風雅》的影響下，出現了宋季的道學詩派。錢鍾書說：「眞西山《文章正宗》尤欲規範詞章，歸諸義理。竊疑滄浪所謂『非理』之『理』，正指南宋道學之『性理』；曰『非書』，針砭『江西詩病』也，曰『非理』，針砭《濂洛風雅》也，皆時弊也。於『理』語焉而不詳明者，懾於顯學之威也；苟冒大不韙而指斥之，將得罪名教，『招拳惹踢』（朱子《答陳膚中》書中語）。方虛谷尊崇江西詩派，亦必借道學自重；嚴滄浪厭薄道學家詩，卻只道江西不是。」〔註 97〕誠然，道學成爲顯學後，士大夫中不少依附道學之士，選文或論文都以道學爲依歸，藉以自重，這個風氣首先就是從《文章正宗》開始的。

小　結

本章以眞德秀編選的《文章正宗》爲主要的研究對象，將之作爲眞德秀的文學活動的一面，來考察作爲士大夫的眞德秀的選文觀和對詩文發展歷史的看法，以揭示士大夫的文學活動的特徵。本章主要從四個方面對《文章正宗》進行研究。從體例上看，眞德秀以其政治文化觀念爲根據，將古代文體重新分類，打破了《文選》以來的以文體爲分類依據的傳統，創造了詩文總集體例編排的另一範例。其次，《文章正宗》是借鑒理學的教育文本。眞德秀在思想上堅持儒學正統，排斥異端思想，對董仲舒和韓愈的思想加以批評，以宋代理學的新觀念闡釋儒學的重要概念。從政治思想方面來看，眞德秀在編選過程中強調君主之德，反對權臣政治，爲南宋和後世封建王朝提供政治借鑒。最後，以文學的角度來考察眞德秀的《文章正宗》，其編選表現出對某些文體的獨特的鑒賞觀。就詩歌編選而言，眞德秀以朱熹的三等說爲依據，崇尚古體，反對近體，編選詩歌時以發揮君臣大義爲標準。這些都限制了眞德秀欣賞的趣味和編選的視野。最後考察了後世對《文章正宗》的批評。隨著《文章正宗》的用途和功能的變化，理學陣營內部對它的褒貶也體現出歷

〔註 97〕錢鍾書《談藝錄》，三聯書店 2001 年版第 555 頁。

時性變化的特徵，甚至一些理學家忽視了眞德秀選文的初衷，指斥《文章正宗》爲助人科舉而作，是「專攻文詞」的選本。對《文章正宗》的詩歌編選和體例安排上的指謫也很多，後人的批評反映了不同時代的不同文學觀念，但也比較切中這一選本的弊病所在。

眞德秀之後，王柏、金履祥、元代劉復等人相繼編選詩文選本，如《詩準・詩翼》、《濂洛風雅》、《風雅翼》，自眞德秀編《文章正宗》始，文章總集的編選史上便出現了前面四庫館臣所說的「談理一派」。南宋比眞德秀稍早的呂祖謙、樓昉等人也有詩文選本傳世，呂祖謙編《宋文鑒》、《古文關鍵》，樓昉編《崇古文訣》，謝枋得編《文章軌範》等，他們的選本多從文法的角度出發，分析文章寫作技巧和藝術特色。由南宋詩文編選歷史來看，《文章正宗》受理學文化影響而產生，並具有開風氣之先的作用。如果以眞德秀的文章編選作爲士大夫的文學活動來看，士大夫的文學活動深受其學術觀點影響，其著眼點不在詩文的藝術性，往往有其政治、學術方面的目的。但要強調的是眞德秀只是受理學影響，並不能完全算是道學家。

第四章　眞德秀、魏了翁詩歌的思想內容

眞德秀和魏了翁身處南宋中後期，在他們的一生中，南宋朝廷經歷了兩位權相的更迭，經歷了與金朝、蒙古的複雜鬥爭，逐漸呈露出衰敗之相。眞德秀和魏了翁的詩歌是這個風雨飄搖時代的眞實記錄，也是他們的生命歷程和思想變化的生動寫照。本章主要通過分析眞德秀和魏了翁詩歌的思想內容，來彰顯作爲士大夫文學代表的眞德秀和魏了翁詩歌的特色。

眞德秀的詩作較少，共兩卷左右，魏了翁的詩作較多，共十四卷。就詩歌題材而言，魏了翁詩的內容更爲豐富，所以在下文的論述中有的題材內容只論述魏了翁詩。眞德秀詩中涉及政治內容的非常少，只有少量的勸農和勸諭縣宰的詩作，對兩位權相和宋、金、蒙古之間的鬥爭很少提及。這可能與眞德秀不擅作詩有關。王邁爲程公許《滄州塵缶編》作序稱：「西山眞先生文忠公不喜作詩。」〔註1〕羅大經《鶴林玉露》丙編卷二「文章有體」條稱：「渡江以來，汪、孫、洪、周，四六皆工，然皆不能作詩，其碑銘等文，亦只是詞科程文手段，終乏古意。近時眞景元亦然，但長於作奏疏。」〔註2〕以上兩段材料就說明了這一點。

第一節　南宋中後期政局變化與魏了翁詩

魏了翁一生關心國事，忠正敢言，他兩次與權相進行鬥爭，並對宋、金、

〔註1〕宋程公許《滄州擊缶集》序，景印文淵閣四庫全書，臺灣商務印書館1986年版本。

〔註2〕宋羅大經《鶴林玉露》丙編卷二，中華書局1985年版第265頁。

蒙古之間關係有自己見解和思考，這在魏了翁的詩歌中都有所反映。南宋道學派與相黨的鬥爭持續不斷，自孝宗朝開始，歷光宗、寧宗、理宗三朝。魏了翁作爲傾向道學的士大夫，他在與權相的鬥爭過程中也同道學中人聲氣相通。獨特的文化背景使魏了翁的詩歌帶有了鮮明的時代特色。

一、第一次政爭：與韓侂胄的鬥爭

在南宋慶元年間（1195～1197），韓侂胄專權，禁錮道學，史稱「慶元黨禁」，這是道學派和官僚集團之間鬥爭達到頂峰的標誌，這次黨禁是朝中反道學潮流的一次爆發。韓侂胄的專權跋扈引起了當時士大夫的強烈反對，任逢就是其中之一。任逢，字千載，眉州青神（今四川省青神縣）人。南宋淳熙七年（1180 年）進士，因正直敢言見稱於後世。魏了翁爲任逢母史夫人所作墓誌中稱：「慶元初韓侂胄擅朝，權焰薰灼，道路以目。前隆慶守任侯逢以西充丞，較士於瀘，發策援漢王鳳事，語涉譏刺，言路欲抨擊之。」〔註 3〕魏了翁《跋黃尙書與任千載書後》一文也記載此事：「今嘉定通守任君當孽韓用事，時由西充丞考瀘川貢士，發策援漢王鳳事，頗切時政。任君踈遠小吏，何預朝廷末議，亦非有賣直要譽，特發於中心之不能已者，而鷹犬於韓者遂欲摘此以爲奇貨，幾爲所抨擊。」〔註 4〕魏了翁有《歌詩三十五韻送前知隆慶任侯逢赴召九月》：

向來虎豹蹲天關，啄噉人命無敢干。
任侯於時外小官，有筆如刀剸權奸。
權奸未夷胥先寒，有開天誅亂旋刊。
置我宗社於山安，忽焉倚伏不可摶。
天心克復理好還，是時增秩綸言攽。
扶竪義烈增壯顏，邇來十載國步艱。
思以吉士儀清班，侯今以選賜之環。
進退語默人所瞯，侯以時考以事觀。
慶元視今奚易難，浮駼妄轍紛多端。
大車檻檻長自閒，中原胡塵暗河山。

〔註 3〕宋魏了翁《鶴山先生大全集》卷一七《史夫人墓銘》，四部叢刊本。
〔註 4〕宋魏了翁《鶴山先生大全集》卷五十九《跋黃尙書與任千載書後》，四部叢刊本。

行人載書墨未乾，深仁大信而敢奸。
彼民玄黄走壺簞，我復翦刈如草菅。
惟皇上帝憫人寰，嗚呼言之鼻辛酸。
俟兮去去心體胖，允矣直道非俗觀。
士所欠者非朝冠，要令反覆耐久看。
前陳亟與攄肺肝，且使志士興長歎。
歡言此士嘗譏韓，始終激烈心如丹，
寘名大小任公間。〔註5〕

詩中讚揚了任逢的忠正剛勇，把權相韓侂冑比作「虎豹」，殘害忠良而朝中無人敢言，任逢雖爲小官卻敢譏刺權奸，令人十分欽佩。「忽焉倚伏不可摶」指一權奸就能使朝綱混亂，士風頹喪而無正氣。南宋朝廷的命運如風中之燭，倚伏無定。

嘉泰四年（1204），韓侂冑爲鞏固權位，決定伐金。開禧二年（1206）韓侂冑請下伐金詔，這次冒然進行的對金軍事鬥爭史稱「開禧北伐」，最終以失敗告終。魏了翁開禧元年時召試學士院，因諫邊事觸忤韓侂冑。魏了翁《被詔除禮部尚書內引奏事第四劄》中稱：「臣昔事先帝，正韓侂冑謀動干戈，以固權位之時。臣以博士召對玉堂，嘗言：『金雖病韃，然地廣形彊，未易猝圖，惟當急於內修，緩於外攘，以俟可爲之時。』是時，歲在乙丑，邊未有隙也，而舉朝附和者，皆欲收卞莊刺虎之功。」〔註6〕當時蒙古與金的鬥爭十分激烈，並且金政權內部也發生了叛亂，但金並非不堪一擊，其軍事力量仍然超過南宋，所謂的「卞莊刺虎之效」只是一廂情願罷了。從現實軍事戰爭的角度講，魏了翁反對韓侂冑的理由是充分的，也是正確的。由於此次上書，魏了翁觸怒了韓侂冑，在韓侂冑的指使下御史徐柟上章彈劾魏了翁。魏了翁《跋〈北山譺議〉》載及此事：「予自嘉泰三年冬造朝，道淮西，始識鄧伯允友龍，慨然以興復自任。明年，鄧召還，予意開邊之議已決。會明年春正月，召試玉堂，乃極陳權姦猾胥，債帥驕卒，必取禍辱，宜急於內修，緩於外攘，凡數千言。侂冑見之大怒，徐柟承望風指，擊之，侂曰：『得無成其去就之名乎？』乃止。是時張伯子、徐文子與地官侍郎王公皆先後以不合去，大抵皆徐疏也。

〔註5〕《全宋詩》第56冊，北京大學出版社1998年版第34887頁。
〔註6〕宋魏了翁《鶴山先生大全集》卷一九《被詔除禮部尚書內引奏事第四劄》，四部叢刊本。

丁侍郎常任亦能以條具異論去，極於錢伯同之謫上饒，自是莫敢有言者矣。錢、張、徐、丁之議，則固知之，若《北山戆議》則昉見乎此。嗚呼！何其直而暢，辯而不訐也。」〔註 7〕據《直齋書錄解題》卷二二《北山戆議》爲宋戶部侍郎王藨著，並稱其爲「開禧中諫用兵」所著。〔註 8〕王籥即魏了翁文中之「地官侍郎王公」〔註 9〕。由魏了翁的跋文可以看出，朝中還有反對北伐的，如張孝伯（字伯子）〔註 10〕、徐邦憲（字文子）〔註 11〕、錢象祖〔註 12〕、丁常任〔註 13〕、錢伯同〔註 14〕等。在魏了翁的詩中多次提到這次進諫，如《再和顚字韻時方議開邊》：「鼎象亨調戒在顚，或捐常饌美時鮮。鶩形不匿麐投麓，劍影虛張蛟繞船。壯觀要還全盛日，圖回須似中興年。掩關雷雹驚春夢，憂國丹心只自憐。」〔註 15〕野心勃勃的金和蒙古在窺伺著南宋，如凶鳥，如惡蛟，而開禧年間南宋民心不比中興時，所以冒然北伐只會以失敗告終。《夜直玉堂》：「金鑾坡上疏開邊，夢也非與三十年。世事煙埃緣手盡，正邪兩字在遺編。」詩下有自注：「開禧元年正月，予召試館職，於摛文堂上以力遏開邊之議，大忤韓氏。」〔註 16〕這是三十年後魏了翁回憶起此次進諫時所寫。

〔註 7〕宋魏了翁《鶴山先生大全集》卷六三《跋〈北山戆議〉》，四部叢刊本。

〔註 8〕宋陳振孫《直齋書錄解題》卷二二，上海古籍出版社 1987 年版第 640 頁。

〔註 9〕户部爲地官，户部侍郎即地官侍郎，參見龔延明《宋代官製辭典》，中華書局 1997 年版第 206～207 頁。

〔註 10〕《兩朝綱目備要》卷九《寧宗》：「鄧友龍皆進用兵之策，執政張孝伯、費士寅心知其難而未敢顯諫，皆出之。」清景印文淵閣四庫全書，臺灣商務印書館 1986 年版本。宋李心傳《建炎以來朝野雜記》乙集卷十八《邊防一》亦載：「淮漕鄧友龍皆進用兵之策，執政張伯子、費戒甫心知其難而未敢顯諫。」中華書局 2000 年版第 825 頁。

〔註 11〕宋劉時舉《續宋編年資治通鑒》卷十三《宋寧宗二》：「己酉知處州徐邦憲入見，請因立太子肆赦弭兵，侍御史徐柟劾罷之。」清景印文淵閣四庫全書，臺灣商務印書館 1986 年版本。

〔註 12〕宋魏了翁《鶴山先生大全集》卷十八《應詔封事》：「侂胄唱爲開邊之議，惟徐邦憲自處州召還，力陳彌兵之説，朝奏暮黜，臺官徐柟從而抨之，執政如錢象祖繼以議論謫信州居住，此皆臣所目擊。」，四部叢刊本。

〔註 13〕宋劉克莊《後村先生大全集》卷一百六十七《龍學行隱傳公》：「丁常任以嘗諫用兵牽復，公言常任始結曾覿，後結蘇師旦，前日之議非眞知兵之不可用，受教於師旦耳。」四部叢刊本。

〔註 14〕宋李心傳《建炎以來朝野雜記》乙集卷十八載：「二十四日乙巳，錢伯同罷參知政事，行諫疏也。」中華書局 2000 年版第 826 頁。

〔註 15〕《全宋詩》第 56 冊，北京大學出版社 1998 年版第 34922 頁。

〔註 16〕《全宋詩》第 56 冊，北京大學出版社 1998 年版第 34983 頁。

這次進諫是魏了翁與權相的第一次正面的衝突，而且是在魏了翁步入仕途不久，官微言輕，但魏了翁不顧這些，毅然直言進諫，表現出極大的勇氣。

魏了翁生父爲高孝墉，因魏家無後遂將魏了翁過繼給魏上行，高、魏兩家世代互相過繼，形成了一個龐大的家族〔註 17〕。魏了翁《跋先表叔留題鍾山西湖二詩後》：「了翁以嘉泰三年造朝，開禧二年補郡去，同產兄高稼皆得侍先表叔父大夫公東遊，聽言觀行，朝夕有所省發。了翁雖甚愚不肖，曲學阿世，以取忤權貴人，則大夫教忠之力也。」〔註 18〕文中的所說的大夫既其生父高孝嶹。魏了翁的跋文前有高孝嶹所作《題臨安西湖》一詩：「朱簾白舫亂湖光，隔岸龍舟檥夕陽，今日懽遊復明日，便將京洛看錢塘。」詩中諷刺南宋朝廷苟安現狀，全不顧祖宗蒙羞，中原淪陷。魏了翁生父的德行節操很大程度上影響了魏了翁和他的從兄弟，魏了翁也以自己的忠義行爲鼓勵和教育他的兄弟，如《送二兄三兄赴廷對》提到開禧元年的進諫，並且頗爲自豪的說：「天子龍飛春，了翁對軒陛。柄臣方擅朝，黨論如鼎沸。軋軋不能休，一揮三千字。」〔註 19〕《次韻□丞兄聞丁卯十一月三日朝報》組詩是魏了翁在韓侂冑殞命後所作，共二首：

> 龍章晨下九重關，帝敕元兇出羽山。
> 揭日行空破昏闇，乘風縱燎絕神奸。
> 須看文正昭陵日，孰與忠宣元祐間。
> 更願和平培浩體，儒臣千歲侍天顏。
>
> 倘來得喪本無關，或爲鴻毛加太山。
> 縱昔尹鼲寧有損，及今投裔枉爲奸。
> 公私界分分明甚，狂聖途程念慮間。
> 初學粗知眞富貴，從今克復願晞顏。〔註 20〕

尹鼲出自韓愈的《祭河南張員外文》中「我落陽山，以尹鼲猱」〔註 21〕一句，指官於蠻荒之地。這二首詩的作於開禧年間，事見魏了翁《跋晏元獻公帖》：

〔註 17〕見胡昭曦《詩書持家，理學名門——宋代蒲江魏氏家族研究》，載《胡昭曦宋史論集》，西南師範大學出版社 1998 年版。

〔註 18〕宋魏了翁《鶴山先生大全集》卷六五《跋先表叔留題鍾山西湖二詩後》，四部叢刊本。

〔註 19〕《全宋詩》第 56 冊，北京大學出版社 1998 年版第 34876 頁。

〔註 20〕《全宋詩》第 56 冊，北京大學出版社 1998 年版第 34923 頁。

〔註 21〕唐韓愈《韓昌黎文集校注》卷五，上海古籍出版社 1986 年版第 312 頁。

「開禧三年冬，聞權臣就殛，余表兄高東叔爲詩誌喜，余兄弟相率偕賦。大抵以去凶爲快，尙以函首請和爲國體慮也。」〔註 22〕可以說魏了翁與其家族兄弟都是反對韓侂冑專權的，並且互相勉勵以盡忠報國。値得注意的是第一首的三、四兩聯，宋仁宗陵墓爲永昭陵，北宋仁宗朝謚文正的有范仲淹和司馬光，忠宣指范純仁，魏了翁認爲應該像北宋仁宗朝那樣，培植治體，大臣先天下之憂而憂，協助君主共治天下。這顯然是針對韓侂冑專權而言。南宋自開禧年間至宋末，六十多年的時間裏，有三位權相把持朝政，實在不是一個偶然的現象，魏了翁認爲杜絕權臣政治的根本就是恢復仁宗朝的治體，培養提拔忠正的士大夫。魏了翁看到南宋權臣政治連續不斷，希望早日結束這一局面。

魏了翁與蘇大璋、趙大全、范子長三位理學人士有詩歌唱和，他們都是反對韓侂冑專權的。魏了翁《送蘇大著大璋知吉州分韻得章字》：

平生蘇太史，清姿秀球琅。異時玉堂對，歷歷漢興亡。
直作根本慮，不懷棄捐傷。修名望蓬島，軼軌抹扶桑。
中道忽回薄，飲馬以相羊。昔爲同年友，今爲同舍郎。
不肯三日別，況各天一方。我乞漢嘉綬，君懷廬陵章。
我無百何闕，君亦千里翔。懷賢慨時事，百憂結中腸。
願言保嘉猷，不愧歐公鄉。〔註 23〕

蘇大璋爲閩中理學家蒙谷先生邵整門人，《宋元學案》卷三十二：「(蘇大璋)慶元進士，爲道州教官，以闡揚正學爲己任。召試館職，除正字，遷著作郎。力言禁錮道學之非，忤大臣意，遂累章丐外，知吉州。」〔註 24〕蘇大璋是魏了翁的同年，他因反對韓侂冑禁錮道學而不容於朝中，遂自求爲地方官。「直作根本慮，不懷棄捐傷」勉勵蘇大璋堅持操守，不爲得失所惑，並稱讚蘇大璋的行爲不愧其鄉先賢歐陽修。另外兩首爲《送趙編修大全知眉州分韻得登字》：

炎煒爍穹昊，火雲助其烝。冠巾拂塵土，庭户喧蟲蠅。
便面不停舉，況欲塡吾膺。其間寂寞人，隨念生涼冰。
涼意方未透，一夕三四興。造物解人意，如叫呼得膺。

〔註 22〕宋魏了翁《鶴山先生大全集》卷六零《跋晏元獻公帖》，四部叢刊本。
〔註 23〕《全宋詩》第 56 冊，北京大學出版社 1998 年版第 34871 頁。
〔註 24〕清黃宗羲《宋元學案》中華書局 1986 年版第 1126 頁。

越鄉萬里回，令名作先登。固知棲棲者，得喪初何曾。
賢者於本朝，曉宿垂觚稜。今日送樞椽，明日辭禮丞。
采采不盈掬，引去何如陵。百憂結中腸，坐挑短檠燈。〔註25〕

《送范吏部子長知崇慶分韻行兮字》：

陽明迪性分，陰濁生塵泥。蛟龍薄九空，高逝縹縹兮。
使可縶而豢，何異犬與雞。長安有狹邪，曲曲復低低。
主人笑延客，雲棧登作梯。客辭以未能，所憂困多蹊。
乞麾下霄漢，萬里騎青霓。去留本常事，渠不喪所齎。
秋風鏘珮環，家在天之西。歸來拜三祖，歸路幸不迷。〔註26〕

趙大全、范子長和魏了翁在開禧年間上書一事見於《宋元學案》卷七二，《二江諸儒學案》稱：「嘉泰末，……先生（指范子長）與李仲衍、趙全道、魏鶴山皆上書極陳韓侂冑之惡，以爲爵及輿隸，權移主上，請退之。侂冑大怒，諸公相繼罷官。……鶴山之初志學也，由先生兄弟及薛符溪以得門戶。」〔註27〕二范爲南軒門人，與魏了翁有師生之誼。魏了翁也多次提及此事，《跋宋常丞送行詩後序》稱：「嘉泰末，余入學官，時柄臣擅朝將十年，士氣日削，陰伺風指者已密陳開邊之議……余时與李仲衍、范少才、趙全道先生同在學省，李、范及余大概謂今『爵及輿隸，權移主上』，趙所言數事亦切時病。」〔註28〕《故秘書丞兵部郎官潼川府路轉運判官張公墓誌銘》稱：「開禧二年秋，予以言事忤權奸，與范少才子長、趙全道大全相繼補外。」〔註29〕魏了翁在寫給趙大全的詩中勉勵他樹立名節，保全士大夫的政治操守，稱「越鄉萬里回，令名作先登。固知棲棲者，得喪初何曾。」在寫給范子長的詩中魏了翁譽范爲「蛟龍」，表達了對師長的崇敬，並讚頌了范子才堅守儒道獨立不屈的精神。

二、第二次政爭：與史彌遠的鬥爭

開禧三年（1207），南宋伐金失敗，史彌遠發動政變殺韓侂冑於玉津園，結束了韓侂冑的專權，並取而代之，直到湖州之變發生之前，史彌遠基本上與道學派官員相安無事。湖州之變是道學派反對史彌遠專權的導火線。寶慶

〔註25〕《全宋詩》第56冊，北京大學出版社1998年版第34970頁。
〔註26〕《全宋詩》第56冊，北京大學出版社1998年版第34871頁。
〔註27〕清黃宗羲《宋元學案》卷七二，中華書局1986年版第2411頁。
〔註28〕宋魏了翁《鶴山先生大全集》卷五九，四部叢刊本。
〔註29〕宋魏了翁《鶴山先生大全集》卷八二，四部叢刊本。

元年（1225），在史彌遠操縱下趙昀登上皇位，原來的皇子竑被封爲濟陽郡王，出居湖州。湖州人潘壬企圖擁立濟王，後被官府兵將剿滅。事平後史彌遠仍不放心，最終毒死了濟王趙竑。這一事件引起士大夫官員的強烈反對，他們相繼爲濟王鳴冤，張忠恕就是其中之一。《鶴山集》卷七七《故秘書丞兵部郎官潼川府路轉運判官張公墓誌銘》記載了張忠恕的奏章，這篇奏摺共論八事，最關鍵的兩事是關於濟王，現引文如下：

> 五曰陛下於濟王之恩，自謂彌縫曲盡矣。然不留京師，徙之外郡，不擇牧守，混之民居，一夫奮呼，闔城風靡，尋雖弭患，莫副初心。謂當此時，亟下哀詔，痛自引咎，優崇恤典，選立嗣子，則陛下所以身處者，庶幾無憾，而造訛騰謗者，靡所致力。自始至今，率誤於含糊，而猶不此之思，臣所不解也。〔註30〕

張忠恕認爲理宗對濟王沒有全兄弟之義，無所作爲。胡知柔《象臺首末》卷一載胡夢昱《寶慶乙酉詔求直言八月二十二日應詔上封事》〔註31〕，也爲濟王鳴冤。魏了翁和眞德秀對張忠恕和胡夢昱的行爲都表示支持，《宋史》張忠恕傳中還說魏了翁稱讚張忠恕：「植立名節，無瞶家聲。」〔註32〕眞德秀、魏了翁激賞胡夢昱，稱：「下僚乃有斯人，吾當端拜。」〔註33〕九月，胡夢昱削籍，羈管象郡，魏了翁爲之餞行（事見胡知柔《象臺首末》卷二《胡夢昱行狀》）。理宗即位是在史彌遠的扶持下得以成功的，對於本來應當繼承皇位的濟王，理宗亦欲除之而後快，所以默許了史彌遠行爲，對於大臣的抗議，理宗自然是站在史彌遠一邊了。史彌遠借臺諫之力對反對派予以打擊，魏了翁被追降朝請郎，靖州居住，《宋史》本傳稱：「右正言李知孝劾夢昱竄嶺南，了翁出關餞別，遂指了翁首倡異論，將擊之，彌遠猶外示優容。俄權尚書工部侍郎，了翁力以疾辭，乃以集英殿修撰知常德府。越二日，諫議大夫朱端常遂劾了翁欺世盜名，朋邪謗國，詔降三官，靖州居住。初，了翁再入朝，

〔註30〕宋魏了翁《鶴山先生大全集》卷七七《故秘書丞兵部郎官潼川府路轉運判官張公墓誌銘》，四部叢刊本。此文亦見元脫脫《宋史》卷四百九，中華書局1977年版第12330頁。

〔註31〕宋胡知柔《象臺首末》卷一，景印文淵閣四庫全書，臺灣商務印書館1986年版本。

〔註32〕元脫脫《宋史》卷四百九，中華書局1977年版第12330頁。

〔註33〕宋胡知柔《象臺首末》卷五《賜諡省劄》，景印文淵閣四庫全書，臺灣商務印書館1986年版本。

彌遠欲引以自助，了翁正色不撓，未嘗私謁。」〔註34〕《鶴林玉露》亦載：「寶慶初，當國者欲攻去眞西山、魏鶴山，朝士莫有任責，梁大成獨欣然願當之。遂除察院，擊搏無遺力。」〔註 35〕寶慶元年八月張忠恕出知贛州，了翁有詩送行，詩爲《送張匠監忠恕秘閣知贛州》：

西南間氣忠獻公，一生心事天與通。
才高志廣無處著，獨倚衡疑望關洛。
九州風露方漫漫，卷回殘夢歸餘干。
惟將一念遺孫子，長與世間立人紀。
宣公端明今在無，我生不識嘶非夫。
寧知中歲遇行甫，歷歷典刑猶父祖。
試從微處覘經綸，中邊玉潔無纖塵。
大河滔滔恣群飲，逡巡獨惜障泥錦。
曉庭戒仗喑無聲，掣纓振鬣時時鳴。
京師邸吏自相語，張公立朝我良苦。
不知書疏何所言，每一論奏人爭傳。
好名之人能遜國，而與豆羹見詞色。
反覆耐看不可瑕，此事無素能然邪。
我從同朝一千日，見公造次皆是物。
寄聲爲賀贛州民，朝廷爲汝輟爭臣。
卻須更問蕭太傅，中朝外郡誰當慮。〔註36〕

魏了翁讚頌了張忠恕的忠義之舉，並認爲其高尙氣節傳自於張忠獻公（南宋名臣張浚）。詩中將張忠恕比爲駿馬，廷臣皆喑啞無言時，張忠恕能「時時鳴」。進諫的目的是爲了朝廷大體和綱紀，如詩中所說「獨惜障泥錦」，此典原出《世說新語・術解》：「王武子善解馬性。嘗乘一馬，箸連錢障泥。前有水，終日不肯渡。王云：『此必是惜障泥。』使人解去，便徑渡。〔註37〕」魏了翁以障泥錦比喻朝廷的綱紀，暗指史彌遠的膽大妄爲已經損害了朝廷禮制。除了張忠恕外，魏了翁還與程叔運、高不妄有詩歌唱酬，如《送程叔運、高不妄西歸》：

〔註34〕元脫脫《宋史》卷四三七，中華書局 1977 年版第 12970 頁。
〔註35〕宋羅大經著《鶴林玉露》丙編卷二，中華書局 1983 年版第 274 頁。
〔註36〕《全宋詩》第 56 冊，北京大學出版社 1998 年版第 34898 頁。
〔註37〕南朝宋劉義慶《世說新語箋疏》，中華書局 1983 年版第 829 頁。

平生爲人謀，必以正學進。必以直道行，聞者或相靳。
子以正教我，而子坐排擯。跕鳶伴羈酸，再見渠陽閏。
吾心固曉然，其奈無以訓。紹定二年夏，臨軒策群俊。
似聞甲乙選，參錯吐忠藎。其間親與友，斯得及叔運。
俱負康時略，恥爲諧俗韻。後先來過我，雙璧墮清峻。
從容扣所言，何以承大問。聽之不盡篇，胠口復縮頸。
予方以是黜，子乃以是奮。靳者姑勿道，而予益自信。
人能位天地，人可爲堯舜。氣合如塗塗，道同如印印。
勿憂人不知，長恐己難盡。春情撩客夢，歸思不可忍。
各趨青油幕，新髮蒼梧軔。正學予所知，申言以爲贐。〔註38〕

此詩作於紹定二年。魏了翁自寶慶元年湖州之變後被貶居靖州，魏了翁門人程掌、從侄高斯得於紹定二年登進士弟，自京返蜀時至靖州看望魏了翁，魏了翁寫下此詩送行。高斯得字不妄，《宋史》有傳。《宋元學案》將程掌列爲鶴山門人，並載：「程掌，字叔運，眉之丹稜人，紹定二年進士，授揚州觀察推官，再調巴州教授，嘗徒步杖策訪魏鶴山於山中。」〔註39〕程掌的政治傾向與魏了翁一樣，反對史彌遠的專權，從詩中「予方以是黜，子乃以是奮。」一句可以看出這一點。詩的寫法也較有特點，前十句以自問自答的形式述自己的遭遇、志向，明言自己「固曉然」，雖遭貶黜而堅守正道不已。中間八句述高斯得和程掌二人事蹟胸襟，接下來寫了主賓的往來問答，最後寫送別。通篇以述志爲目的，通過自我的追問表達了堅定的信念和昂揚不屈的精神。

在這兩次與權相的鬥爭中，魏了翁與三類人物有詩作往來，一類是道學人士，如蘇大璋、范子才、趙大全、程叔運等，第二類是普通官員，如張忠恕、任逢，第三類是家族內親屬。魏了翁通過詩歌表明他的政治立場，與其它同道互相激勵，共同反對權相專權。王夫之《宋論》卷一三稱：「進李知孝、梁成大於臺省以攻眞、魏。而二公之進，彌遠固推轂焉。及濟邸難行，二公持清議以置彌遠於無可自全之地，而激以反噬，禍福生死決於轉移之頃，自非內省不疚者，未有不決裂以逞，而非堅持一意與君子爲難，無故而空人之國者也。故彌遠者，自利之私與利國之情，交縈於衷，而利國者不如其自利，

〔註38〕《全宋詩》第56冊，北京大學出版社1998年版第34904頁。
〔註39〕清黃宗羲《宋元學案》，中華書局1986年版第2681頁。

是以成乎其爲小人。」〔註 40〕其實史彌遠也是因爲濟王有意要除掉他才被迫反擊的，也有其難言之隱，而眞德秀和魏了翁等人也並非是作無謂的犧牲，他們反對史彌遠主要是由於史彌遠擅自廢立，致國體於不顧。魏了翁詩《次韻范少才在峽中寄李季允》：「朝綱人爲諸公喜，國體誰知志士愁。」〔註 41〕《將入靖州界適値肩吾生日爲詩以壽之》：「道亨初不關窮達，身健何須問去留。但願王明天地泰，此生長共國同休。」〔註 42〕可見魏了翁所關注的是國體，如果權臣的勢力過於膨脹，造成的結果往往是朝政混亂，君不能行其權，臣不安於臣位，國體就不存在了，滅亡則指日可待。前舉張忠恕奏疏就指出：「士習日異，民生益艱。第宅之麗，聲伎之美，服用之侈，餽遺之珍，向來宗戚、閹官猶或間見，今縉紳士大夫迨過之。公家之財，視爲己物。薦舉、獄訟、軍伎、吏役、僧道、富民，凡可以得賄者，無不爲也。至其避譏媒進，往往分獻厥餘。欲基本之不搖，殆卻行而求前也。」〔註 43〕朝政腐敗的原因很多，權臣專權納賄就是重要原因之一，如韓侂冑的黨羽陳自強，而史彌遠操縱臺諫，私廢濟王，已經和朝廷禮制、國體不合，所以眞德秀、魏了翁才會起而反對。士大夫的理想統治秩序是君與士大夫共治天下，這一點在北宋慶曆時期已經形成的政治文化傳統，並且在南宋還延續著，如與魏了翁同時代的曹彥約（1157～1229）《應求言詔上封事》稱士大夫爲「天下之共治者」，並說君主如能與賢士大夫「爭辨於是非之際，疑似於從違之末，則致治之效無時而可望矣。」〔註 44〕權相勢大，使君主權力被架空，這是士大夫所不能允許的。眞、魏等人反對韓侂冑以及史彌遠的根本原因即在於此。

三、宋、金、蒙古的鬥爭與魏了翁詩

在魏了翁生活的時代，南宋、金的對峙逐漸進入末期，蒙古崛起於北方，成爲金政權的強勁對手。在複雜的環境下，南宋政權經常做出錯誤的軍事、外交決策，如開禧北伐，聯蒙滅金，端平入洛，一系列的錯誤加劇了南宋政

〔註 40〕清王夫之《宋論》卷一三，中華書局 1964 年版第 236 頁。

〔註 41〕《全宋詩》第 56 冊，北京大學出版社 1998 年版第 34924 頁。

〔註 42〕《全宋詩》第 56 冊，北京大學出版社 1998 年版第 34965 頁。

〔註 43〕宋魏了翁《鶴山先生大全集》卷七七《故秘書丞兵部郎官潼川府路轉運判官張公墓誌銘》，四部叢刊本。

〔註 44〕宋曹彥約《昌谷集》卷五，景印文淵閣四庫全書，臺灣商務印書館 1986 年版本。

權的衰弱。魏了翁對南宋政權所面臨的形勢是有清醒認識的，並且在詩歌中提出了正確的鬥爭策略。對於金政權的威脅，魏了翁認為南宋應該採取守勢，內修朝政，鞏固軍事設施，不能輕易挑起爭端，如《送宇文侍郎知廬州》一詩中就提到與金鬥爭的策略：

和戎八十年，尺箠不施寸。彼方玄黃篚，此但青紫楦。
懷榮保妻子，是固人所賤。或者倖邊功，橫行請十萬。
問學不素講，利欲所薰爛。紅旗與黃紙，勇怯無定論。
淮浦唇大江，九重重分閫。容臺少常伯，忠孝在寢飯。
帝謂吾先正，嘗遺蠟書恨。汝今其聞孫，未報君父怨。
九旗下青冥，往為忠義勸。再拜亟祗命，當仁不敢遜。
黃金絡馬頭，茸纛立憲憲。先聲劘塞垣，虜師不足遁。
鄰里會方山，踈余且有獻。裴相昔守淮，董師征洄郾。
兵端寔蔡啓，深入非始願。況今狃承平，士氣方曼曼。
民力苦剜創，帥債未折券。如弱者禦盜，高墉守關楗。
破羌趙營田，勝楚何繕堰。但當強精神，勿與角勇健。
功名不入眼，兩鬥待其困。卻攜令名歸，太平待公建。〔註 45〕

宇文侍郎即宇文紹節，字挺臣，《宋史》有傳，並載韓侂冑方議舉兵北伐，紹節致書侂冑，認為：「公有復仇之志，無復仇之略；有開邊之害，而無開邊之利。不量國力，浪為進取計，非所敢知。」〔註 46〕在北伐問題上魏了翁和宇文紹節的觀點是一致的，都主張先自堅守，待機而動，加強戰爭準備，不宜輕於言戰，這是南宋的現實情況決定的。南宋民力虛弱，軍兵士氣低迷，只能採取守勢。〔註 47〕宇文紹節到廬州後，議「修築古城，創造砦柵，專為固圉計」〔註 48〕，也和魏了翁「高墉守關楗」的主張不謀而合。

其次，對於金、蒙古的鬥爭，魏了翁認為南宋不能報有漁翁得利的想法，妄圖從金國滅亡中得到好處，因為金雖亡了，蒙古卻是一個更可怕的對手。嘉定四年（1211），蒙古開始侵金，至端平元年（1234）滅金。其間南宋朝中一直有所謂「收卞莊刺虎之功」的說法（見前舉《被詔除禮部尚書內引奏事

〔註 45〕《全宋詩》第 56 冊，北京大學出版社 1998 年版第 34867 頁。
〔註 46〕元脫脫《宋史》卷三九八，中華書局 1977 年版第 12117 頁。
〔註 47〕見魏了翁的觀點《鶴山先生大全集》卷十六《論事變倚伏、人心向背、鄰寇動靜、疆埸安危、遠夷利害五》，四部叢刊本。
〔註 48〕元脫脫《宋史》卷三九八，中華書局 1977 年版第 12117 頁。

第四箚》〔註49〕)，就是想乘金國被蒙古困擾之際襲擊金國。魏了翁《董侍郎居誼生日》詩批判了這種觀點：

后皇一念根至仁，地雖南北民吾民。
一二指搯不可信，彼動此應關諸身。
人言犬戎相噬呑，彼蚌鷸耳吾漁人。
大國信誓方重申，時遣升勺蘇窮鱗。
有狼其心不我恩，囊書赤白驚嚴宸，
帝曰可矣予其征。臣某奉詔之淮濆，
臣某董師留漢濱。西南憂顧誰其分，
我有從橐之親臣。時其動靜制主賓，
自閫以外惟將軍。邊頭赤子方寢薪，
旆旌悠悠烏烏馴。將軍羽扇白綸巾，
且將沉靜弭放紛，邇來世道波沄沄，
士爲欲縛迷天眞。開禧戎首終身焚，
未聞先事人有言。大官一唱和者群，
前而和之後云云。厥今狂猘先狺狺，
事勢不與開禧倫。方拯摯獸招饑蚊，
此何爲者只自塵。志士憤惋三軍顰，
置之不治虎患存。治之不勝桃蟲拚，
勝之不盡窮獸奔。盡矣復與誰爲鄰，
譬諸白黑方交枰，彼據腹肋吾邊唇，
養成持勢猶不均。況彼攻奪吾逡巡，
局勢往往隨時新。不有妙手誰彌綸，
人才生世厥有因。帝齎天假崧降神，
一心可以位乾坤。浮雲軒冕何足論，
祝公早還要路津。並包眾智資多聞，
倡明大義清妖氛。攜持令譽歸麒麟，
蹇餘不能康世屯。浯溪有石高嶙峋，
倘能奔走東郭逡。〔註50〕

〔註49〕宋魏了翁《鶴山先生大全集》卷一九《被詔除禮部尚書內引奏事第四箚》，四部叢刊本。

〔註50〕《全宋詩》第56冊，北京大學出版社1998年版第34886頁。

董居誼曾在嘉定六年（1213）出使金國，嘉定七年爲四川制置使，嘉定十二年三月金人犯邊，四月四川發生兵變，董居誼處置不當，被罷官。〔註 51〕魏了翁對此表達了自己的看法，認爲董居誼是用人不當。〔註 52〕此詩應作於嘉定六年之前，董居誼還沒有被予以重任。金與蒙古鬥爭，南宋的選擇也陷入了兩難。「桃蟲拼」出自《毛詩正義・周頌・小毖》：「肇允彼桃蟲，拚飛維鳥。」毛疏：「桃蟲，鷦也鳥之始小終大者。」鄭箋云：「始者信以彼管、蔡之屬，雖有流言之罪，如鷦鳥之小，不登誅之，後反叛而作亂，猶鷦之翻飛爲大鳥也。」〔註 53〕魏了翁認爲對金國如果置之不理，則「虎患存」，如果治之不勝則會使其坐大，治之勝則如窮獸之奔，但金亡則南宋會與蒙古接鄰，總之，南宋的形勢已不容樂觀。值得注意的是魏了翁拿圍棋的棋理來比喻當時的形勢，顯得十分恰切。魏了翁很喜歡下圍棋，還有《羅五星善弈棋干詩》，談學棋經歷和對圍棋的理解，說：「少年不識棋，但見剝剝琢琢更相圍。有人指授予，衝關奪角劫復持。少年不識星，但見脂脂膊膊還如棋。亦有告予者，縮贏伏見元有期。七年五溪讀書暇，時把二事相悅怡……」〔註 54〕可見他對圍棋的喜愛。古人下棋重視「勢」，不大重視邊角實地，南宋李逸民《忘憂清樂集》〔註 55〕載宋張擬的《棋經十三篇》，其中「雜說篇第十三」又云：「夫棋，邊不如角，角不如腹。」《棋經十三篇》序引桓譚《新論》言：「世有圍棋之戲，或言是兵法之類。上者，遠其疏張，置以會圍，因而成得道之勝；中者，則務相絕遮要，以爭便求利，故勝負狐疑，須計數以定；下者，則守邊隅，趨作卦以自生於小地。」可見在宋朝時的圍棋觀與漢時相去不遠，都重視中腹勢力，不大在乎邊角實地。在這首詩裏，魏了翁把南宋與金的對峙比作下棋對壘雙方，南宋的情勢是只在邊角苟延殘喘，雖然北方蒙古興起並開始與金發生戰爭，而金在軍事力量對比上強過南宋，時時攻奪，而南宋則逡巡自守不暇，何來卞莊刺虎之利。

〔註 51〕據宋劉時舉《續宋編年資治通鑒》第一四至一六卷，景印文淵閣四庫全書，臺灣商務印書館 1986 年版本。

〔註 52〕據宋魏了翁《鶴山先生大全集》卷十八《應詔封事》稱：「自董居誼帥蜀，專倚王大才守護西邊，大才重貽虜帥而大言於中朝：『外梱保無邊患。』一旦虜乘虛深入，大才憂懼而死，居誼倉皇度劍，尚守密院風指，顯然下令有不得追襲過界之文，於是虜可以放我而我不可以襲虜。外三關既失，藩籬決壞，外訌內猘，不得已而用安丙。」四部叢刊本。

〔註 53〕《毛詩正義》卷十九，北京大學出版社十三經注疏本 1999 年版，第 1352 頁。

〔註 54〕《全宋詩》第 56 冊，北京大學出版社 1998 年版第 34916 頁。

〔註 55〕宋李逸民《忘憂清樂集》，蜀蓉棋藝出版社 1987 年版第 12 頁。

劉光祖是南宋名臣，比魏了翁年長，在劉光祖回歸故鄉簡州時，魏了翁作了《山河歎送劉左史歸簡州》這首長詩：

山河兩戒南北分，天地一氣華戎鈞。
譬諸指搐非害事，往往四體爲不信。
惟今醜虜相噬吞，人言雪恥茲其辰。
盍驅卞莊刺鬬虎，又嗾盧犹擒狡狻。
天王仁愛兼南北，猶遣升勺蘇窮鱗。
諸公亦復創前誤，閉户不肯顧鬥鄰。
流移降附莫皇恤，斬艾驅迫如窮麕。
誰知炎炎將及我，事體不與開禧倫。
竟因示弱啓狄侮，羽書赤白驚嚴宸。
天王坐朝色不怡，我非爾畏民吾民。
急從雨中徹桑土，更向火後移突薪。
大官亦復變前説，群而和者非一人。
制書丁寧示招納，符檄旁午申拊循。
臣某奉詔移江介，臣某董師留漢濱。
西南憂顧誰其寬，即授臣某留川秦。
夫何廷論忽中變，復議保境思和親。
迅雷烈風僅翻覆，明虹霽日俄逡巡。
敵人揶揄膽滿干，志士憤鬱齒穿齦。
東由海泗盡襄漢，西起梁沔連房均。
暴骸蹀血蔽原谷，奪險因糧空窖囷。
將軍憂恚或自斃，列校偃蹇不可馴。
縣徵吏賦不遺算，郡空少府無餘緡。
邊頭被兵甫屬耳，公私已屈憂方新。
靜惟人事百罔一，恃以亡恐惟蒼旻。
蒼旻茫茫君爲度，但見咎異來相因。〔註 56〕

詩共分兩個部分，首句至「蒼旻茫茫君爲度，但見咎異來相因」爲第一部分，主要敘述了南宋對外政策自開禧年至嘉定年的變化。剩下的是第二部分，主要寫南宋朝廷內政，詩長不錄。下面主要分析一下第一部分。詩的開頭先敘

〔註 56〕《全宋詩》第 56 冊，北京大學出版社 1998 年版第 35011 頁。

述了開禧年間用兵事。前舉《鶴山集》卷一九《被詔除禮部尙書內引奏事第四劄》中就說「舉朝附和者皆欲收卞莊刺虎之功」，詩中的「盍驅卞莊刺鬬虎，又嗾盧狁擒狡狻」一句就是指開禧北伐而言。南宋朝廷內主和與主戰派的對立自高宗朝就有了，主戰派以恢復雪恥爲由，主和派以保邦固本爲由。〔註 57〕開禧年間韓侂胄主政，以恢復爲名主張北伐。韓侂胄本以爲金國受困於蒙古，加之內亂和饑荒，正好是聯蒙滅金的好時機，「人言雪恥茲其辰」即指此，但是韓侂胄並未作好充分準備，只是聽信了鄧友龍的一面之詞就匆匆作出決定，北伐速敗之後韓侂胄身首異處，南宋朝廷屈辱求和。「天王仁愛兼南北」一句原出自高宗朝故事，眞德秀《劉文簡公神道碑》：「公（劉爚）言：『紹興間僞豫遣兵犯漣水，韓世忠迎擊，殪之，得脫者什一二，高宗諭曰：『淮北之民皆吾赤子，可令埋瘞。』御史周秘請還虜俘，復諭曰：『朕痛念西北人民，進爲主帥所戮，退爲劉麟所殘，不幸至此，所獲餘虜當給錢米遣之。高宗兼愛南北之民如此，烏乎仁哉！則彼之饑荒流離而無告者固宜一視而同仁也，願詔邊臣以祖逖、羊祜、陸遜爲法，使仁聲仁聞播於華夷，民心既歸，恢復在其中矣。」〔註 58〕此事雖然是旨在表現高宗對被俘的北方僞齊政權士兵的仁愛之心，但魏了翁用在此詩中卻有反諷之意，指南宋統治者的懦弱無能。開禧年間大官們人人高呼復仇，北伐失敗後「閉戶不肯顧鬥鄰」，作者用白描的手法表現出在宋金鬥爭中大官們變色龍式的表演，皇帝的懦弱無能、苟安求和，而邊境戰事之慘烈，將士處境之悲慘，百姓所受荼毒之深，都使人痛心疾首。

再其次，對於端平入洛這件事，魏了翁也提出了自己的看法。宋理宗端平元年（1234），金被蒙古滅亡後，蒙古北撤，理宗急於恢復河南，派兵進入中原，後被蒙古伏擊，大敗而回。魏了翁《次韻趙制置制勝軒詩》：

何年誤認貙作熊，力小知薄當戎衝。

級夷蕃拔牖户破，至今風色長如冬。

去年推轂以授公，單車飛度雙劍峰。

風棱犖犖膽氣雄，臨淮軍壘足跡重。

夜起攬衣瞻井絡，鑄鐵不知經幾錯。

揭來談笑上紋楸，龜頭局中虎口著。

〔註 57〕參見王夫之《宋論》卷一三，中華書局 1964 年版第 234 頁。

〔註 58〕宋眞德秀《西山眞文忠公文集》卷四一《劉文簡公神道碑》，四部叢刊本。

誰將輿柴誤戰塵，天戈一揮如砥平。
濯征玁狁威蠻荊，捷書夜上白玉京。
考成軒户適茲日，一吐十年胸怫鬱。
看詩又覺饒餘力，要殄餘憂寬旰食。
書生喜極還太息，天下憂端尚非一。
經營分表竟何益，盍護本根保成勳。〔註59〕

詩下有自注：「是時朝廷出師復三京。」證明此詩作於端平年。紹定六年，趙葵被授淮東制置使兼知揚州。端平元年，在趙葵、趙範兄弟的鼓動下，理宗決定出兵收復京、洛，結果大敗而回〔註60〕。詩中的趙制置應爲趙葵〔註61〕。首句「誤認貙作熊」，應當指開禧北伐，韓侂冑等人主動挑釁，最終落得喪師辱國，而金國滅亡導致了「級夷蕃拔牖戶破，至今風色長如冬」，宋喪失了金國這一抵禦蒙古的屏障，如同級夷蕃拔，完全暴露在蒙古鐵騎之前，此時只能嚴防死守，而朝廷卻要趙葵、趙範兄弟提師北上，所以魏了翁在詩中坦言「經營分表竟何益，盍護本根保成勳」，對北伐之事表示反對，認爲正確的策略應該是積極守衛，防蒙古入侵。

從魏了翁的政治詩主題來看，其一生的政治經歷及政治軍事思想都在詩歌寫作中留下了很深的印記。魏了翁曾任南宋朝廷的高官，是政治舞臺上的重要人物。如果以南宋中後期的江湖派詩歌爲參照物，可以看出魏了翁詩在思想內容方面的明顯的特點就是詩歌內容涉及到南宋的各種重大政治主題。江湖派由於社會地位低下，很少參與朝廷重要政策的制定，對朝廷中權力更迭和重要事件缺乏瞭解，所以江湖派的詩歌對於政治類的主題往往較少涉

〔註59〕《全宋詩》第56冊，北京大學出版社1998年版第34918頁。

〔註60〕《宋史》卷四百七十一《趙葵、趙範傳》：「端平元年，朝議收復三京，葵上疏請出戰，乃授兵部尚書、京河制置使，知應天府、南京留守兼淮東制置使。時盛暑行師，汴堤破決，水潦泛濫，糧運不繼，所復州郡，皆空城，無兵食可因。未及，北兵南下，渡河，發水牐，兵多溺死，遂潰而歸。」中華書局1977年版第12502頁。

〔註61〕宋魏了翁《鶴山先生大全集》卷三十一有《揚州趙制置》一文，從文中「侍郎近書至有援襄之議，卻又慮侍郎未有可付之人，則東淮一面未可高枕。」由上引《趙葵、趙範傳》中稱趙葵端平元年之前曾兼知揚州，趙範知揚州時兼江淮制置司參議官，故文中所稱「趙制置」爲趙葵，而遍兼《鶴山先生大全集》只有此一文提及「趙制置」，可見與魏了翁交往的是趙葵，詩中所指應爲趙葵，四部叢刊本。

及。因此，政治主題詩歌是士大夫詩歌中區別於江湖派詩歌的特質之一。魏了翁與道學派人士的交往十分頻繁，而與道學派人士的詩歌唱和使其政治主題詩歌有了特殊的意義，起到了與道學派人士互通聲氣、互相勉勵共同對抗權相的政治作用，這是士大夫詩歌區別與江湖派詩歌的特質之二。

第二節　眞德秀、魏了翁的學問詩

眞德秀和魏了翁在詩歌創作中有時以理學概念或學問爲題材，這類詩歌都可以看做是學問詩。眞德秀和魏了翁的詩歌創作與學術思想傾向、學術思想歷程之間有著內在的緊密聯繫。下面分析一下眞德秀和魏了翁的學問詩。

一、眞德秀、魏了翁學術思想與學問詩

眞德秀的學術思想主要沿襲了朱熹的學說，在理學的修養論方面發展了朱熹學說，在「心體」、「仁學」、「體用」等方面都曾論及，如蒙培元所說，眞德秀使朱熹理學中的一些概念更加明朗化，發揮了以「仁」爲核心的心體說，強調「反身而誠」的求仁說。〔註 62〕在眞德秀的學問詩主題較多地關注道德性命之學和修身成仁之道。以眞德秀《送湯伯紀歸安仁》爲例：

交情世豈乏，道合古所難。自我得此友，清芬襲芝蘭。
苦語時見箴，微言獲同參。相從仁義林，超出名利關。
此樂未渠央，忽告整征驂。索居可奈何，使我喟且歎。
至危者人心，易汩惟善端。苟無直諒友，戒謹空杅盤。
重來勿衍期，同盟有青山。聖經如杲日，群目仰輝耀。
利欲滑其中，雲霧隔清照。正須澄心源，乃許窺道妙。
周程千載學，敬靜兩言要。幾微察毫芒，根本在奧竅。
持此當弦韋，迂矣君莫誚。〔註 63〕

湯漢字伯紀，是南宋末的理學家，常與眞德秀講學討論〔註 64〕。在這篇贈詩中眞德秀寫到他與湯伯紀共同研討理學的心得，眞德秀認爲進學修德首先要辨清義利，去私欲，《問治國平天下章》：「義者天理之公也，利者人欲之私也，

〔註 62〕蒙培元《理學的演變》，福建人民出版社 1989 年版，第 150 頁。
〔註 63〕《全宋詩》第 56 冊，北京大學出版社 1998 年版第 34834 頁。
〔註 64〕宋眞德秀《西山讀書記》卷二十七《廣大學》提及湯伯紀，景印文淵閣四庫全書，臺灣商務印書館 1986 年版本。

二者如冰炭之相反。」〔註 65〕然後是「敬」、「靜」二字，爲修身之要，《問敬字》:「伊川先生言『主一之謂敬』，又恐人未曉一字之義，又曰『無適之謂一』，適，往也，主於此事則不移於他事，是之謂『無適』也，主者存主之義。……敬是人事之本，學者用功之要，至於誠則達乎天道矣。」〔註 66〕眞德秀還說：「南軒亦嘗言：『程子教人以敬，即周子主靜之意。』又曰：『一二年來頗專於敬字上勉力，俞覺周子主靜之意爲有味，程子謂：「於喜怒哀樂未發之前更怎生求，只平日涵養便是此意。」當深體之也。』南軒此言蓋合敬靜爲一，學者宜深味之。』」〔註 67〕敬、靜都是修養上的工夫，有此爲基礎才能進一步研幾窮理。此詩主要論理學修養關鍵之處在於去私欲和敬靜二字。另如《題李立父高遠樓》:「君家百尺樓，近在環堵室。室處豈不佳，暑溽厭煩鬱。著腳躡層梯，心眼便超軼。好風天外來，佳月雲端出。清明湛空闊，洞視了孅悉。豈徒快登臨，抑可驗學術。大哉天地心，昭然本如日。世人庳且隘，動以私見窒。未能脫塵凡，底處識微密。羨君有斯樓，發以靜春筆。知崇與禮卑，二義貫於一。獨理要高明，履道貴平實。庶幾足目俱，不但窺彷彿。工夫妙方寸，豈假身外物。此境未昭融，此屋空突兀。君看希聖徒，陋巷暗蓬蓽。」〔註 68〕其中也說私欲是修身最重要的障礙，克制私欲是進一步求道的基礎，踐履儒道貴在平實。眞德秀《詠仁》一詩論仁的內涵，詩曰：

程子精微談穀種，謝公近似喻桃仁。

要須精別性情異，方識其言親未親。〔註 69〕

「程子」指程頤，「程子精微談穀種」原出於《河南程氏遺書卷十八》:「問：『仁與心何異？』曰：『心是所主處，仁是就事言。』曰：『若是，則仁是心之用否？』曰：『固是。若說仁者心之用，則不可。心譬如身，四端如四支。四支固是身所用，只可謂身之四支。如四端固具於心，然亦未可便謂之心之用。』或曰：『譬如五穀之種，必待陽氣而生。』曰：『非是。陽氣發處，卻是情也。心譬如穀種，生之性便是仁也。』」〔註 70〕謝公指謝良佐，《上蔡語

〔註 65〕宋眞德秀《西山眞文忠公文集》三十《問治國平天下章》，四部叢刊本。
〔註 66〕宋眞德秀《西山眞文忠公文集》卷三一《問敬字》，四部叢刊本。
〔註 67〕宋眞德秀《讀書記》卷十九《敬》上，景印文淵閣四庫全書，臺灣商務印書館 1986 年版本。
〔註 68〕《全宋詩》第 56 冊，北京大學出版社 1998 年版第 34841 頁。
〔註 69〕《全宋詩》第 56 冊，北京大學出版社 1998 年版第 34839 頁。
〔註 70〕宋程顥、程頤《二程集》《河南程氏遺書》卷十八，中華書局 1981 年版第 183 頁。

錄》卷一：「仁者何也？活者爲仁，死者爲不仁，今人身體痲痹不知痛癢，謂之不仁，桃、杏之核，可種而生者，謂之桃仁、杏仁，言有生之意，推此仁可見矣。學佛者知此謂之見性，遂以爲了，故終歸妄誕。聖門學者見此消息必加功焉。」〔註 71〕眞德秀對此亦有辨析，如《問仁字》：「凡天下至微之物皆有個心發生，皆從此出，緣是稟受之初皆得天地發生之心以爲心，故其心無不能發生者，一物有一心自心中發出，生意又成無限物，且如蓮實之中有所謂幺荷者，便儼然如一根之荷，他物亦莫不如是，故上蔡先生論仁以桃仁、杏仁比之，謂其中有生意，才種便生故也。」〔註 72〕眞德秀《讀書記》卷七也說：「朱子曰：『桃仁、杏仁種著便生，不生便是死物，所以名之曰仁，以生意論仁，謝子得之。」〔註 73〕眞德秀也認爲以穀種和桃仁比喻心之體是恰當的，心之體包含了仁義禮智四端，由於後天私欲的遮蔽和阻隔，使此四端不能發生，正如人得病而四肢痲痹沒有感覺，也如種子喪失了生發能力，變成死物，仁義禮智四端皆是包含在人的性中，而喜怒哀樂之情則是人心接觸外物而生，與此四端迥異，所以眞德秀說只有明白此理才能知道那個比喻有多麼親切恰當。

魏了翁的學術活動比較複雜，他的一生發生了兩次思想學術轉變，在其詩歌中可以找到這兩次轉變的痕跡。先來說一下這兩次學術轉變。開禧元年（1205）魏了翁發生第一次學術轉向，由詞章之學轉向程朱義理之學。魏了翁在開禧元年之前主要活動爲居家求學，參加科舉考試。這一時期他對詞章之學頗感興趣，後來逐漸轉向義理之學。他在《上建康留守葉侍郎》說：「某邛之鄙人也，生長寒鄉，幼嘗有志於學，網羅經傳，涉獵書記，往往能以誦說詞章悅人耳目……年二十六來爲學官，始獲接四方之士而取師友焉。」〔註 74〕可見他少年時頗事記誦詞章並有少作，如十五歲作《韓愈論》，「抑揚頓挫有作者風」〔註 75〕。《宋元學案》記載理學家張栻門人范仲黼之子范蓀是魏了翁的老師，他教導魏了翁：「鶴山魏文靖公初爲考索記問之學，先生以『斂華

〔註 71〕宋謝良佐《上蔡語錄》卷一，清景印文淵閣四庫全書，臺灣商務印書館 1986 年版本。

〔註 72〕宋眞德秀《西山眞文忠公文集》卷三十《問仁字》，四部叢刊本。

〔註 73〕宋眞德秀《西山讀書記》卷七《仁》下，景印文淵閣四庫全書，臺灣商務印書館 1986 年版本。

〔註 74〕宋魏了翁《鶴山先生大全集》卷三二《上建康留守葉侍郎》，四部叢刊本。

〔註 75〕元脫脫《宋史》卷四三七本傳，中華書局 1977 年版第 12965 頁。

就實』語之。」〔註 76〕說明在理學人士眼中魏了翁愛好辭章有點華而不實了。這一時期內魏了翁對理學也有所涉獵，與理學人士亦有交往，如魏了翁在《朝請大夫利州路提點刑獄主管沖祐觀虞公墓誌銘》中說他與虞剛簡、范仲黻等人「相與切磋於義理之會，最後了翁試吏，佐西川幕府，傾蓋如故交。始猶以記問詞章相尚也，既皆幡然改之，曰：『事有大於此者也。』」〔註 77〕與理學人士的交往是魏了翁發生學術思想轉變的誘因之一。這一次轉變在魏了翁詩歌中有所反映，《和虞永康美功堂詩》：

我曾寄徑城南州，果杏纂纂香浮浮。
雲開千仞雪山白，月照萬古滄江流。
我時未得江山意，但愛高明甲西州。
十年重來是邪非，獨覺眞意爛不收。
虞侯著堂發幽悶，豈但清與耳目謀。
川流袞袞來不斷，雲物亹亹生無休。
既從靜壽識至樂，復於歎逝希前修。
遊人翕翕滿江頭，隨所適處心悠悠。
童子長佩搴江蘺，女兒縫裙學石榴。
沒人揚波白魚躍，舟子競渡蒼龍摎。
田翁野婦看兒戲，詠歸山暝風作秋。
固亦有誌感時節，欲起湘纍問靈修。
人人得處自深淺，江山於爾無顯幽。
堂上主賓亦復爾，各各會意風泠颼。
宇宙無窮本如此，我亦皓然希天遊。〔註 78〕

魏了翁初識虞永康在慶元六年（1200），時年二十三歲，魏了翁以僉書劍南西川節度判官試西川幕府，到成都就任。美功堂建於嘉定四年（1211），《永康軍花洲記》文曰：「」永康之城南曰『花洲』者，俗號果園，榴翳榛莽，歲久不治。陵陽虞仲易父來守是邦，更今名，而築堂於其上，取劉子臨河之歎曰『美功』，縱橫四仞。……嘉定之四年五月端午落成。」〔註 79〕從詩意來看，詩的

〔註 76〕清黃宗羲《宋元學案》卷七十二，中華書局 1986 年版第 2412 頁。

〔註 77〕宋魏了翁《鶴山先生大全集》卷七六《朝請大夫利州路提點刑獄主管沖祐觀虞公墓誌銘》，四部叢刊本。

〔註 78〕《全宋詩》第 56 冊，北京大學出版社 1998 年版第 34865 頁。

〔註 79〕宋魏了翁《鶴山先生大全集》卷三八《永康軍花洲記》，四部叢刊本。

前六句正是魏了翁描述他的學術思想轉變未發生之前的情形，「雲開千仞雪山白，月照萬古滄江流。我時未得江山意，但愛高明甲西州。」所謂的「未得江山意」正是指格物未能有所得時的情形，魏了翁嚮往儒道，欣賞虞剛簡的「高明」，觀物所得僅爲物之表象，並未懂得理學家觀物的樂趣和意義。嘉定四年，魏了翁已經比較長時間接觸理學了，此時觀物又有了變化，詩中說「十年重來是邪非，獨覺眞意爛不收」，此時觀物，體悟到的是「眞意」，萬物之生生不已，正是理學中所謂的天地之性在於生物，而物各有其性，各有其理，所以「隨所適處心悠悠」。從這首詩來看，魏了翁通過觀物感受的變化來表現其學問境界的變化。

從開禧元年（1205）至寶慶元年（1225）魏了翁進一步接觸理學。在寶慶元年魏了翁因爲湖州之變而被貶至靖州，在靖州魏了翁發生了第二次學術思想的轉變，從程朱義理之學轉向對先秦儒家經典進行研究，目的是探求先王禮樂刑政及經書中的義理。魏了翁對《易》及《三禮》用功尤深〔註 80〕，「參酌諸經，不一一襲其說，惟是之從。」〔註 81〕爲什麼會發生這樣的轉變呢？魏了翁在研讀先王禮樂刑政時說：「講學須一字一義不放過，則面前何限合理會處，如先王禮樂刑政，始變於厲、宣、幽、平，浸微於春秋、戰國，大壞於秦，不能復於漢，而盡亡於五胡之亂。今從殘編中搜討，於孔、孟、王、鄭、伏、杜諸儒訓注中參求。諸儒已是臆度，無三代以前規模在胸中，只在漢、晉諸儒腳迹下盤旋，終不濟事。程、邵、張諸公皆由此而充者。」〔註 82〕魏了翁認爲二程、邵雍、張載等人都是從經文入手探求義理，這是學問的根源，若無三代規模，終日在後人著作中盤桓，離聖賢之道相去已遠了。至此，魏了翁眞正找到屬於自己的學術路徑和方法，有了自我的學術追求。尤其值得注意的是，從學術史的內在理路上講魏了翁的學術路徑轉變透出了清代漢學的消息。余英時先生的《朱熹的歷史世界》序言中談到，程、朱與陸、王之間在形而上學層面的爭論到了山窮水盡時都不能不回到據以立說的原始經典〔註 83〕，可見這是學術史的必然選擇。魏了翁的詩中也有這次學術思想轉變的痕跡，《送王教授之官臨邛》：

〔註 80〕宋魏了翁《鶴山先生大全集》卷三六《答周監酒》魏了翁稱：「某向來多作《易》與《三禮》工夫。」，四部叢刊本。

〔註 81〕宋魏了翁《鶴山先生大全集》卷三六《答夔路趙運判》，四部叢刊本。

〔註 82〕清黃宗義《宋元學案》卷八十《鶴山學案》，中華書局 1986 年版第 2653 頁。

〔註 83〕余英時《朱熹的歷史世界》，三聯書店 2004 年版，第 2 頁。

賸喜人從義理趨，卻憂末習墮浮虛。

未通經術先談傳，祇送人言不識渠。

偶向簷頭覓桃李，徑從紙上索鳶魚。

君今去主師儒席，後倦先傳謹在初。〔註 84〕

詩裏指出眞正應該鑽研的是經書，還要結合自己的道德踐履才能有所得。第五句「偶向簷頭覓桃李」可以結合魏了翁的《答周監酒》一文中的一段話來理解，文曰：「向來多看先儒解說，不如一一從聖經看來。蓋不到地頭親自涉歷一番，終是見得不眞；又非一一精體實踐，則圖爲談辯文乘之姿耳。來書乃謂只須祖述朱文公諸書，文公諸書讀之久矣，正緣不欲於賣花擔上看桃李，須樹頭枝底方見活精神也。」〔註 85〕魏了翁把後人解經的文字比作賣花擔上的桃李，雖然顏色和枝頭的桃李相去無幾，但已經不是生香活色了，如以此爲眞，就不能眞正接觸到聖人之道。

以易理入詩是魏了翁詩的一大特色，在宋代詩人中是比較少見的。魏了翁以易理解釋物理、人事等等，範圍十分之廣。如《題溫泉》一詩：

廬山一滴水，雕盡詩人腸。道傍有溫泉，淺夫既閣筆，

知十亦括囊。或云匪難知，水火互陰陽。水根於天一，

至陽所潛藏。所以井生熒，亦有泉如湯。吾嘗謂或言，

子語未精詳。水實含內景，火乃無寒光。水將而不迎，

火迎而不將。君看月受日，又驗坤含章。吾言與邵語，

或可補詩亡。〔註 86〕

詩寫廬山的溫泉，卻沒有正面著墨來寫溫泉和周圍的環境，而是用學者的眼光來解釋溫泉的形成。魏了翁《答知常德袁提刑》：「區區之意不過謂乾變坤爲坎，坎中一陽，乃乾之正位，則明根乎中者也；坤索乾爲離，離中一陰，則麗乎乾，陽明見乎外者也。《洪範傳》曰：『水爲內明，故聽爲水，火外爲光，故視屬火。』而邵氏亦曰『天地間有溫泉而無寒火』，此可以見內外之辨矣。若更以耳目之體，男女之生於一身，水火之陞降，看之尤爲親切。』」〔註 87〕魏了翁參考了邵雍的說法，從易學和理學的體用觀出發來解釋溫泉的形成。另如《張義方得古井以木爲甃命曰亨泉而求余詩》：

〔註 84〕《全宋詩》第 56 冊，北京大學出版社 1998 年版第 34951 頁。

〔註 85〕宋魏了翁《鶴山先生大全集》卷三六《答周監酒》，四部叢刊本。

〔註 86〕《全宋詩》第 56 冊，北京大學出版社 1998 年版第 34919 頁。

〔註 87〕宋魏了翁《鶴山先生大全集》卷三五《答知常德袁提刑》，四部叢刊本。

井居安其地，井通會其時。地維人所宅，時乃天之爲。
方冬群動息，水德潛清漪。而隨春木升，環頂沃華滋。
性情固下潤，功用由上齊。孰若無事中，一降一騰之。
是理契天運，達觀正在茲。張侯得古井，妙製參皇犧。
其間相生意，似非俗人知。堙廢幾何年，而獨與侯期。
書來屬共賦，此理難下詞。但於井之象，發我深沉思。
且如初升五，泰通人所質。乃於巽入坎，中含兌承離。
通塞靡自遂，睽遇若有司。坎惟生於一，孚實以爲基。
世途自亨否，我德無成虧。屬侯善疏瀹，毋俾纖塵緇。
不食吾不即，食之吾不私。小大隨所汲，辯義而審施。
客來問出處，爲誦亨泉詩。〔註 88〕

魏了翁以《易經》中的泰卦、井卦所言之理入詩，水之性爲潤下，木之性爲生長，一降一升，正好是泰卦之象，上下交相感應。井卦之象是巽下坎上，其卦辭爲：「改邑不改井，無喪無得，往來井井。」〔註 89〕井又是固定的，人可以遷徙，但井不能挪動，井的特點是恒久，無喪無得，不管人們多汲少汲，或不汲，井都不爲之少或多，所以魏了翁說「不食吾不即，食之吾不私。」人修德有成，則不隨世途亨否而變化，這是魏了翁從井卦引申出來的道理。另如《書所見聞示諸友》其四：

金繒啗虜已無謀，況恃空言廢內修。
師卦在中惟九二，曾聞帷幄授成籌。〔註 90〕

詩題下有自注：「萬州岸下。」《續宋編年資治通鑒》卷十五：「嘉定十二年春正月戊辰朔，召董居誼赴行在，以聶子述爲四川制置使。庚辰金人犯湫池，……甲午陷鳳州，守臣雷震棄城去。州民與之巷戰。乃夷其城。乙未犯黃牛堡，吳震戰死。金人乘勝攻武休關。……三月，金人焚洋州城而歸。壬子，四川制置董居誼自利州遁去。」〔註 91〕《書所見聞示諸友》這組詩即作於此時〔註 92〕。此詩的首句講南宋多次與金講和，並送金帛歲幣給金國，十分屈辱，且

〔註 88〕《全宋詩》第 56 冊，北京大學出版社 1998 年版第 34889 頁。
〔註 89〕金景芳、呂紹綱著《周易全解》，上海古籍出版社 2005 年版第 375 頁。
〔註 90〕《全宋詩》第 56 冊，北京大學出版社 1998 年版第 34976 頁。
〔註 91〕景印文淵閣四庫全書，臺灣商務印書館 1986 年版本。
〔註 92〕此組詩中其三爲：「一從輕棄五邊州，所恃藩籬僅武休。又謂武休無足恃，並捐洋漢守金牛。」《全宋詩》第 56 冊，北京大學出版社 1998 年版第 34976 頁。

不圖自修，軍事上節節敗退。《易》《師卦》九二說：「九二，在師中，吉無咎，王三錫命。」〔註 93〕意思就是統軍之帥如能臨機處置，則會吉而無咎，必能成功，且能得到王之「三錫命」，即受爵、受服、受車門。魏了翁詩裏引師卦來表達自己的觀點，即朝廷用人不當才招致失敗，董居誼不能積極備戰，臨陣逃脫，是造成失敗的直接原因。

從眞德秀和魏了翁的學問詩可以看出幾點：首先，士大夫的學術傾向極大的影響了其學問詩的內容。自北宋以來，士大夫往往兼具文學家、官僚和學者三種角色，學問在士大夫的精神世界和現實生活中佔有非常重要的部分，就眞德秀和魏了翁來說更是如此。在南宋理學文化興盛之時，士大夫普遍地受到理學思想的影響，他們的詩歌中有關學問的部分也都與理學息息相關，但他們對理學的不同學派的接受和他們的自我學術追求也都是在詩歌的表現內容之中。眞德秀和魏了翁同爲程朱理學的繼承者，但由於學術趨向的不同而有了不同的學問詩。其次，學問詩還反映出詩歌創作者的學術歷程，記錄了詩歌寫作者的思想變化脈絡，這在魏了翁的詩歌中有明顯的反映。再次，士大夫以詩論學的形式也因每人的個性和性情而變得富有特色。如魏了翁，他以詩中觀物境界的不同表現學問的進境的變化，也十分有趣，豐富了詩歌描寫景物的方法。

二、眞德秀、魏了翁以詩論學現象及其成因

眞德秀、魏了翁的學問詩或辨析義理，或交流研討理學的感悟，這類詩多爲後人所詬病，認爲沒有藝術性，缺乏情趣。這種以詩論學的現象並非偶然，背後有其成因。

宋代詩人往往在詩中發議論，說道理，談學問，宋代以意爲主的詩學觀是形成這種現象的原因之一。清代劉熙載說：「唐詩以情韻氣格勝，宋蘇、黃皆以意勝。」〔註 94〕當今學者葛兆光《從宋詩到白話詩》認爲唐詩是表現感受與印象、埋沒意緒的「表現」型詩歌，宋詩是表達情感與意義、語序完整、意脈清晰的「表達」型詩歌。〔註 95〕都十分敏銳的指出了宋詩的一大特點是注重意義的表達。宋人詩話中以意爲主的提法很常見，如宋歐陽修《六一詩

〔註 93〕金景芳、呂紹綱著《周易全解》，上海古籍出版社 2005 年版第 91 頁。
〔註 94〕清劉熙載《藝概注稿》卷二《詩概》，上海古籍出版社 1978 年版第 68 頁。
〔註 95〕葛兆光《從宋詩到白話詩》，《文學評論》1990 年第 4 期。

話》中引梅堯臣之言：「詩家雖率意，而造語亦難。若意新語工，得前人所未道者，斯爲善也。必能狀難寫之景，如在目前，含不盡之意，見於言外，然後爲至矣。」〔註 96〕這是在宋代詩學觀上較早提到「意」的文字，這裏的「意」不只是作者要表達的意思、思想，也兼指詩人的心緒，體悟，等等。宋代明確地提出「以意爲主」詩學觀是劉攽，《中山詩話》云：「詩以意爲主，文詞次之，或意深義高，雖文詞平易，自是奇作。世效古人平易句而不得其意義，翻成鄙野可笑。盧仝云：『不即溜鈍漢』，非其意義，自可掩口，寧可傚之耶？韓吏部古詩高卓，至律詩雖稱善，要有不工者，而好韓之人句句稱述，未可謂然也。韓云：『老公眞個似童兒，汲水埋盆作小池。』直諧戲語耳。歐陽永叔、江鄰幾論韓《雪詩》，以『隨風翻縞帶，逐馬散銀盃』爲不工，謂『坳中初蓋底，凸處遂成堆』爲勝，未知眞得韓意否？永叔云：『知聖俞詩者莫如某，然聖俞平生所自負者皆某所不好，聖俞所卑下者皆某所稱賞。』知心賞音之難如是，其評古人之詩，得毋似之乎？」〔註 97〕在這裏的「意」主要是相對於「言」而言的，就是說在詩歌創作中語言是爲表達服務的。〔註 98〕劉攽所指的「意」，還可指詩人的在詩中要表現出的風骨、精神、意境等。在劉攽以後，「以意爲主」成爲宋人論詩時經常出現的話頭，如吳可《藏海詩話》：「凡裝點者好在外，初讀之似好，再三讀之則無味。要當以意爲主，輔之以華麗，則中邊皆甜也。裝點者外腴而中枯故也，或曰『秀而不實』，晚唐詩失之太巧，只務外華，而氣弱格卑，流爲詞體耳，又子由敘陶詩：『外枯中膏，質而實綺，臒而實腴』，乃是敘意在內者也。」〔註 99〕張表臣《珊瑚鈎詩話》卷一云，「詩以意爲主，又須篇中鍊句，句中鍊字，乃得工耳。以氣韻清高深眇者絕，以格力雅健雄豪者勝，元輕白俗，郊寒島瘦，皆其病也。」〔註 100〕可以說，在宋代，以意爲主的詩學觀是被大多數人普遍接受的，也是宋代詩歌特色之一，眞德秀和魏了翁的詩歌正是在這一詩學傳統的影響下產生的，這就爲他們的

〔註 96〕清何文煥《歷代詩話》本，中華書局 1981 年版第 267 頁。

〔註 97〕清何文煥《歷代詩話》本，中華書局 1981 年版第 285 頁。

〔註 98〕盧仝的「不即溜鈍漢」這句詩出自《揚州送伯齡過江》，全文如下：「伯齡不厭山，山不養伯齡。松顛有樵墮，石上無禾生。不忍六尺軀，遂作東南行。諸侯盡食肉，壯氣吞八紘。不唧溜鈍漢，何由通姓名。夷齊餓死日，武王稱聖明。節義士枉死，何異鴻毛輕。努力事干謁，我心終不平。」見《全唐詩》卷三八八，中華書局 1960 年版第 4381 頁。

〔註 99〕清丁福保《歷代詩話續編》本，中華書局 1983 年版第 331 頁。

〔註 100〕清何文煥《歷代詩話》本，中華書局 1981 年版第 455 頁。

以詩論學創造了條件，因爲所謂的「意」，當然包括義理，而理學也被稱爲義理之學，眞德秀和魏了翁把他們體悟到的義理寫入詩中，也就不奇怪了。

其二，從觀物的角度而言，眞德秀和魏了翁寫景寫物很少只描寫外部形態，而是以物觀理。魏了翁《和靖州判官陳子從山水圖十韻》其三《重湖汎月》：「水月皆內景，入秋倍清暉。世無善觀者，滔滔吾誰歸。」〔註 101〕如魏了翁《次韻黃侍郎海棠花下怯黃昏七絕》其三：「唐人春深題，用韻工車斜。逐逐語言去，誰歟眞識花。」〔註 102〕批評唐人只知用韻造語，不明義理。魏了翁的很多詩雖然是詠物詩，但並非刻畫描寫物態，反而去寫觀物之感和物中之理，很多的寫景寫物詩也成爲有韻腳的說理之文。在理學文化的影響下，眞德秀和魏了翁對客觀世界的關照只注重理性和知性，忽略感官世界的感受，所以不注重對自我感情的抒發和所見物態的刻畫。

其三，《毛詩》大序中對詩的本質和功能的界定影響了眞德秀和魏了翁的詩歌創作觀。內山精也《宋代士大夫的詩歌觀》：「對詩歌的諷諫作用或社會效能加以積極肯定的這一節，隨著《毛詩正義》被指定爲國子監以及州縣學的標準課本，而成爲唐宋士大夫間最爲普遍的詩歌觀之一。」〔註 103〕《詩經》既是儒家經典，又是一部文學作品，古人對它的理解也各有側重。魏了翁《毛詩要義》卷一上：「人正而後能感動，故先言正得失。《正義》曰：『上言播詩於音，音從政變，政之善惡，皆在於詩，故又言詩之功德也。由詩爲樂章之故，正人得失之行，變動天下之靈，感致鬼神之意，無有近於詩者。』……詩有三訓：承也，志也，持也。作者承君政之善惡，述己志而作詩，爲詩所以持人之行使不失墜，故一名而三訓也」〔註 104〕魏了翁認爲詩就是要反映現實政治中的善惡，幫助人反省自己行爲，影響世風教化。眞德秀說：「古之詩出於性情之眞。先王盛時，風教興行，人人得其性情之正。故其間雖喜怒哀樂之發微，或有過差，終皆歸於正理。故《大序》曰：『變風發乎情，本乎禮義。發乎情，民之性也，本乎禮義，先王之澤也。』三百篇詩，惟其皆合正理，故聞者莫不興起其良心，趨於善而去於惡，故曰興於詩。」〔註 105〕眞德秀和魏了翁的觀點相似，認爲詩歌就要「本乎禮義，發性情之正」，他們認爲

〔註 101〕《全宋詩》第 56 冊，北京大學出版社 1998 年版第 34911 頁。
〔註 102〕《全宋詩》第 56 冊，北京大學出版社 1998 年版第 34874 頁。
〔註 103〕沈松勤《第四居宋代文學國際研討會論文集》，浙江大學出版社 2006 年版。
〔註 104〕宋魏了翁《毛詩正義》，續修四庫全書本第 56 冊第 293 頁。
〔註 105〕宋眞德秀《西山眞文忠公文集》卷三一《問興立成》，四部叢刊本。

詩的功能首先是言志，是導人向善，影響他人和世風，入於儒家的禮義規範之內，因此眞德秀和魏了翁的詩中辨析儒學義理之作比比皆是。這是眞德秀和魏了翁大量寫作學問詩的原因之三。

第三節　眞德秀、魏了翁的生活題材詩

眞德秀和魏了翁的詩歌中有很多生活題材詩，寫得很有特點，表現出他們的幽默、風趣，顯示出他們在生活中的另一面。值得注意的是眞德秀和魏了翁詩中處理情感的方法，他們對於「情」的性質的認識限制了他們的詩歌創作的抒情範圍。

一、魏了翁生活題材詩中的情趣之作

魏了翁並不一直都是以嚴肅的面孔出現的，在生活題材類的詩歌創作中，魏了翁表現出的幽默、頑強、細膩，甚至「狂態」，都令人耳目一新，也呈現出他們平凡眞實的一面。魏了翁往往喜歡以詩來調侃戲謔，或表現出他幽默達觀的一面，對世相調侃中又有深刻的思考。魏了翁的《贈畫工王生》：

> 七年謫五溪，二年守三瀘。蠻煙瘴雨中，不改舊時吾。
> 此來懶看鏡，謂我衰且臞。王生忽肖像，氣貌何豐腴。
> 悔不賂王生，圖作一病夫。庶幾轉而上，聽我歸林廬。
> 及此未衰日，更讀幾年書。〔註 106〕

從詩意來看，詩爲謫居靖州時所作。被貶到靖州偏遠之處，魏了翁反而聲稱「不改舊時吾」，表現出頑強的抗爭精神。謫居到窮鄉僻壤，生活自然是十分清苦的，魏了翁的身體大概是枯瘦衰弱的，畫工王生卻把他畫得精神飽滿而且甚爲豐腴，魏了翁便拿自己調侃，反用了漢代昭君的典故，昭君之事中宮女向畫師行賂是爲了把自己畫得漂亮，這裏行賄的目的是想讓王生把自己畫成病夫，以便傳入朝廷中，當權者可以早點讓自己致仕，可見魏了翁的自嘲心態。還有一首《贈章相士》，也是與相士的調侃之作，詩爲：

> 我本三生人，寄身軟紅土。方困京華老，誰識新豐旅。
> 稠中有章生，道周忽會顧。謂余有奇骨，往往私告語。
> 許予無兩心，解後適相遇。聞余趨集英，一聲聳臚句。

〔註 106〕《全宋詩》第 56 冊，北京大學出版社 1998 年版第 34918 頁。

自謂吾術神，誦言詑儔侶。我無百金裝，生無箕帚女。

泚毫賦此詩，爲生郵梁楚。〔註107〕

魏了翁在慶元五年入京考進士，廷試前遇到章相士，相士說他有奇骨，也就是暗示他廷試會得中，結果魏了翁眞的中了進士，相士不免自誇說他的相術如何如何神驗，試圖贏得同行的敬服。魏了翁則開玩笑說自己沒有黃金百兩，而相士也沒有女兒可以嫁給自己，無以相報，只能寫詩一首，當作爲相士做的廣告了，戲謔之中對世相世情予以輕鬆幽默的調侃，十分有趣。有的詩戲謔中有深警之義，如魏了翁的《出劍門後日履危徑戲集轎兵方言》：

籃輿陟險隘，兀兀不停轍。主人眩頭目，僕夫困唇舌。

前疑樹梢拂，後慮崖石擦。方呼左畔蹺，復叫右竿捺。

避礙牢掛肘，沖泥輕下腳。或荊棘兜掛，或屋檐拐抹。

或踏高直上，或照下穩踏。斯須有不審，僨輿在目睫。

深淵固可畏，平地尤險絕。作詩告僕夫，審諸秋毫末。

識察既曉然，力行謹無忽。〔註108〕

這首詩作於出蜀過劍門之時，蜀道之險歷來爲人所知，詩人坐在轎上，生死就掌握在那幾個轎兵的手裏，稍有不愼就會跌入懸崖，作者也謹愼地告誡轎兵要處處小心，中間的幾聯對當時情態刻畫如在目前。「深淵固可畏，平地尤險絕。」非常富有哲理，作者隨口道出，反覺精警洗練。唐杜荀鶴《涇溪》：「涇溪石險人兢懼，終歲不聞傾覆人。卻是平流無石處，時時聞說有沉淪。」〔註109〕詩意與此相似。

魏了翁有的詩感情十分激昂，甚至露出「狂態」。如魏了翁《登冠山次瞻叔兄壁間舊韻》

又到黃昏別有天，落霞明水月銜山。

亂煙遠樹供詩卷，濁酒狂歌伴醉顏。〔註110〕

詩的後兩句寫自己濁酒狂歌的醉態，眞令人想像不到一位嚴肅的大儒還有這樣瀟灑豪放的舉動。

宋代蘇軾、黃庭堅也往往在詩中調侃，楊萬里詩充滿了諧趣，可以說戲

〔註107〕《全宋詩》第56冊，北京大學出版社1998年版第34865頁。

〔註108〕《全宋詩》第56冊，北京大學出版社1998年版第34875頁。

〔註109〕《全唐詩》卷六九三，中華書局1999年版第8052頁。

〔註110〕《全宋詩》第56冊，北京大學出版社1998年版第34939頁。

謔、諧趣是宋詩的一個特色，魏了翁詩中的戲謔之作也可以說是延續了這一傳統。魏了翁的戲謔之作中有超越世情的高蹈，有閒雅自適的豪放，情懷灑脫，又顯得深邃而超然。

二、眞德秀、魏了翁生活題材詩中情感處理與表現性情的關係

眞德秀和魏了翁詩中不乏抒情之作，如愛國憂民，感慨歷史興衰，比較豐富地表現了他們的感情世界。下面看幾首眞德秀和魏了翁的詩作，然後再分析他們在情感處理與表現性情的關係。

眞德秀詩中流露的感情的地方不多，主要爲惜別或哀挽友人，如《挽竹齋》:「無奈斯文墜不興，煢煢吾黨又凋零。白雲寒鎖洪崖頂，一度翹瞻一愴情。」〔註 111〕另如《送吳定夫西歸》其四:「麻源在何許，茫茫白雲端。悽其一布裘，何以御風寒。歸來有餘師，興盡當知還。便好斸空谷，牓種青琅軒。」〔註 112〕除此之外則很少有抒情的作品。

魏了翁的詩中抒情之處頗多，如《過虎頭狼尾灘避險，出陸至譚晉仲故居，有謝公昌國、劉公德修、薛公仲章詩，用謝韻有賦》其二:「紛紛操罟入山林，我自終朝不獲禽。遠物只知肥遁利，窮幽不問濬恒深。畢逋啼日滿荒戍，款段行雲供醉吟。宇宙窮空歲遲暮，平沙獨立數寒金。」〔註 113〕第四句下有自注:「市西有荒壘，或云即安蜀壘，或云陳後主嘗戍此。」荒草斷壘，興亡成敗，寒秋中詩人獨立江邊，思緒悠悠，抒發了對世事紛紜和歷史興衰的感慨。另如《萬杉寺》這首詩:「萬杉深處著僧廬，中有昭陵飛帛書。想像承平心似醉，小亭佇立看跳珠。」〔註 114〕這首詩看似平常，不過表示作者對太平盛世的嚮往，然而並非如此。這首詩寫於作者寫於端平三年，就是作者去世前一年，這年作者督師京淮軍馬，看似爲朝廷重用，其實是爲人所算計。《宋史紀事本末》卷九五《眞魏諸賢用事》:「二月，召魏了翁還。時廷臣多忌了翁，故謀假出督以外之，再二旬，復以建督爲非，召之還，而帝不悟。於是了翁固辭求去。」〔註 115〕而不久襄陽主將王旻、季伯淵等投降蒙軍，襄

〔註 111〕《全宋詩》第 56 冊，北京大學出版社 1998 年版第 34857 頁。
〔註 112〕《全宋詩》第 56 冊，北京大學出版社 1998 年版第 34839 頁。
〔註 113〕《全宋詩》第 56 冊，北京大學出版社 1998 年版第 34976 頁。
〔註 114〕《全宋詩》第 56 冊，北京大學出版社 1998 年版第 34984 頁。
〔註 115〕明陳邦瞻《宋史紀事本末》卷九五《眞魏諸賢用事》條，中華書局 1977 年版第 1064 頁。

陽失守，責任雖不全在魏了翁，但卻難辭其咎，在等待朝廷處罰的時候魏了翁路過廬山，遊覽了萬杉寺。表露心跡之處全在「想像承平心似醉」一句，雖貌似平常但下語極爲沉痛，作者表面意思是嚮往承平，實際上是表達了對國家局勢的憂慮之情。有的詩感慨家國寥落，人事無常，如《十一月九日新灘李□示余開禧三年四月九日所跋外舅楊憲使灘字韻詩爲次韻》:「憶從筮仕歲涒灘，三十餘年閱暑寒。撫事無成人潦倒，懷人有夢涕汍瀾。家山擾擾膠膠裏，廟社譆譆出出間。欲上青天愁險絕，誰能爲我斬樓蘭。」〔註 116〕

眞德秀和魏了翁詩在感情處理方面有這樣幾個特點：一，他們很少在詩中寫愛情，也很少寫自己與家人之間的感情，魏了翁僅有《長女生日》〔註 117〕《仲女挽詩》〔註 118〕二首，眞德秀則沒有。魏了翁在詩歌中也寫到夫婦之情和愛情，讚美美好青春，如《譙申甫惠詩有隨緣婚嫁之語因次韻贊之》:「幾見三星掛屋榮，人生難得是青春。已驚梅實盈筐筥，方待河魴下釣綸。乃事未能超俗見，感時寧不念天倫。隨緣婚嫁君言是，且把乖逢付大鈞。」〔註 119〕但是對私情或不合禮教的男女之情是反對的，如魏了翁《余既賦詩坐客請以唐人家花車斜韻同賦醉中作五十六言》:「人生偶被浮名誤，往往貪程不識家。醉眼亂穿青草屐，狂心長戀碧桃花。舉頭大道平如掌，人鬢韶光轉似車。是乃吾憂今贈子，情親語直字欺斜。」〔註 120〕二，寫友情和親情時也和國家朝政、學問聯繫在一起，很少單純地感情抒發。三，寫人生無常、感慨歲月消逝也總與國勢日衰聯繫，身世之憂併入家國之思。四，酬贈、唱和之詩較多。

眞德秀和魏了翁對詩歌中的情感抒發有怎樣的認識呢？眞德秀說：「古之詩出於性情之眞。先王盛時，風教興行，人人得其性情之正。故其間雖喜怒哀樂之發微，或有過差，終皆歸於正理。故大序曰：『變風發乎情，本乎禮義。』發乎情，民之性也，本乎禮義，先王之澤也。三百篇詩，惟其皆合正理，故聞者莫不興起其良心，趨於善而去於惡，故曰『興於詩』。」〔註 121〕魏了翁也說：「詩者，人之詠歌，情之發憤，見善欲論其功，覩惡思言其失。」〔註 122〕

〔註 116〕《全宋詩》第 56 冊，北京大學出版社 1998 年版第 34975 頁。
〔註 117〕《全宋詩》第 56 冊，北京大學出版社 1998 年版第 34978 頁。
〔註 118〕《全宋詩》第 56 冊，北京大學出版社 1998 年版第 35008 頁。
〔註 119〕《全宋詩》第 56 冊，北京大學出版社 1998 年版第 34840 頁。
〔註 120〕《全宋詩》第 56 冊，北京大學出版社 1998 年版第 34951 頁。
〔註 121〕宋眞德秀《西山眞文忠公文集》卷三一《問興立成》，四部叢刊本。
〔註 122〕宋魏了翁《毛詩要義》卷一八上，續修四庫全書第 56 冊第 735 頁。

也就是說，在詩歌產生這一根本問題上，眞德秀和魏了翁都同意「情」的作用，但是對情的性質他們是有區分的。眞德秀認爲心兼具性和情，性有兩種，一種是人心中合於理的部分，稱爲天地之性，因有此性便有了是非善惡的分辨能力，一種是由人的氣質之性而來，於是有食色之性。眞德秀說：「蓋在天則爲元、亨、利、貞，而在人則爲仁、義、禮、智。元、亨、利、貞，理也；生、長、收、藏，氣也，有是理則有是氣。仁、義、禮、智，性也；惻隱、羞惡、辭讓、是非，情也，有是性則有是情，天人之道，吻合如此，又曷嘗有二邪？」〔註 123〕由於氣質之性中夾雜著私欲的成分，所以必須克制私欲，才能體仁，才能致知。眞德秀所說的情是指儒家的道德觀指導下人的情感表現，愛情在他看來與私欲有關，自然應該避免克制。第二章中提到，魏了翁以邵雍《擊壤集序》中的一句話來讚揚陶淵明，即：「以物觀物而不牽於物，吟詠情性而不累於情。」可見魏了翁也是主張詠詩不能陷溺於情感之中，傷於義理。這就是說，眞德秀和魏了翁都認爲詩中的情感表達或者會動搖心性，或者會萌生私欲，都在摒除之列。眞德秀和魏了翁在詩歌寫作中抒情範圍有限，和他們對情感的認識有很大的關係，他們的詩除了表達愛國憂民之情比較強烈之外，其它的情感表達都比較淡泊，也不很豐富。

第四節　眞德秀、魏了翁的自然題材詩

眞德秀和魏了翁的詩歌中涉及到自然題材的作品很多與「觀物」有關。觀物是理學家觀照自然的方式，不同於一般詩人的寫景狀物式的觀照。眞德秀和魏了翁受理學思想影響，他們的詩中也有不少觀物詩，當然他們的學術傾向不同，其觀物所得也各有不同。

一、眞德秀、魏了翁自然題材詩中的超世感

在眞德秀詩中，往往會流露出超然出世的願望。眞德秀《遊鼓山》：「老我故倦遊，軒冕非所娛。會須脫塵鞿，來依懶瓚居。」〔註 124〕表達了厭倦宦海浮沉，願老山林之間的願望。另如《題來青館》：「客夢成時夜向闌，幽泉

〔註 123〕宋眞德秀《大學衍義》卷五《格物致知之要一》，景印文淵閣四庫全書，臺灣商務印書館 1986 年版本。

〔註 124〕《全宋詩》第 56 冊，北京大學出版社 1998 年版第 34845 頁。

挾雨響潺潺。清魂便覺超塵世，何況眞棲岩石間。」〔註 125〕魏了翁在詩中也往往有飄然出世之思，如《次韻虞退夫除夕七絕句》其六：「虞倩思親感歲年，歸心巫峽暮雲前。乖逢逝止那能料，靜倚閒雲看大川。」〔註 126〕另如《約任千載大卿同王萬里、楊仲博汎湖任賦二詩和其韻》：「翠舫青簾白玉舟，風輕日淡相茲遊。芙蓉覆地錦衾爛，楊柳雕空印篆繆。月上酒痕渾未覺，山撩詩思浩難酬。頗憐此會何時又，相伴江湖永未休。」〔註 127〕

歷來歸隱與入仕、入世和出世都是儒家士大夫在內心深處糾結著的一大問題，詠歸之作文學史上已經屢見不鮮了，有不被用而隱，有厭世而隱，有因朝政腐敗而隱。眞德秀和魏了翁對儒學的信仰要求他們要有道的承擔和現實的責任，要求他們積極入世，而對官場中種種醜惡又使他們厭倦和憎惡，如魏了翁《曾參政》稱：「蓋自三十四年間，上下相徇，以大言誇詡爲能，以至誠懇惻爲頓。開禧諸臣盛陳備禦，自詭克復，訖於失軍亡將，城邑丘墟，嘉定、寶慶以來，此敝猶如，一日張小勝而匿大屻，矜虛美而蹈實害，蔽蒙架漏，給取官職。」〔註 128〕南宋朝廷已經是苟延殘喘了，吏治腐敗可想而知，眞德秀和魏了翁對官場的厭惡和痛恨自在情理之中，這也是他們產生超然出世之思的一大誘因。當然眞德秀和魏了翁並非要歸隱田園，而是精神超脫於官場和世俗糾纏之外，從根本上講他們還是主張積極用世的。其二，眞德秀和魏了翁二人更爲看重士大夫的立身之德和對義理天道的追求，得君則行其道，不得則抱道而終，不汲汲於官位，這是他們產生超然出世之思的另一誘因。如眞德秀的《贈岳相師》：「平生慣讀橫渠銘，不讀許負天綱書。窮通歡戚若有二，天之玉女元非殊。但應內省無所疚，何必從君問休咎。北窗燕坐寂無言，時聽幽禽弄晴晝。」〔註 129〕從詩中可知眞德秀追求的是不悖於義理，對命運中的窮通休咎是不關心的，如果朝政混亂不允許他實現理想，那麼退居山林就是當然的選擇了。其三，對日常現實的超脫和對物質需要的淡漠，也是原因之一。如前所舉魏了翁詩：「聲色於渠何有哉，銀潢刷羽雪皚皚。天邊亦是閒遊耳，爭向人間問去來。」聲色就是代表著物質世界的誘惑。眞德秀和魏了翁雖然有超世之思，但他們並不提倡歸隱，甚至反對隱逸。眞德秀

〔註 125〕《全宋詩》第 56 冊，北京大學出版社 1998 年版第 34845 頁。
〔註 126〕《全宋詩》第 56 冊，北京大學出版社 1998 年版第 34972 頁。
〔註 127〕《全宋詩》第 56 冊，北京大學出版社 1998 年版第 34961 頁。
〔註 128〕宋魏了翁《鶴山先生大全集》卷三七《曾參政》，四部叢刊本。
〔註 129〕《全宋詩》第 56 冊，北京大學出版社 1998 年版第 34840 頁。

《題湖山清隱》詩：「西湖南山和靖廬，西山東湖清隱居。皇天從來具老眼，勝地不肯棲凡夫。眼中四時風月景，胸次萬古皇王書。夫君豈是終隱者，要學川雲時卷舒。」〔註 130〕魏了翁《題桃源圖》：「隱者寧無人禮義，武陵獨匪我山川。若將此地爲眞有，亂我彝倫六百年。」〔註 131〕對林逋和傳說中的桃花源，眞德秀和魏了翁都不認同，表現出強烈的用世之志。因此，眞德秀和魏了翁的超世只是表現對官場污濁之氣的厭惡和對世俗的超脫，雖然他們終不能脫離於官場。

二、眞德秀、魏了翁詩中的自然意象——以梅、鶴的意象爲例

宋人在詩中往往賦予了自然物以濃厚的人文氣息，這一點是宋詩的一個特點。周裕楷《宋代詩學通論》稱：「自然意象在宋詩中具有人文化的傾向，也就是說，自然意象因受宋詩人接受心態的制約而轉換爲人文意象。」〔註 132〕而且由於不斷賦予某種特定物以層累的意義時，就使某種特定事物帶有獨特的內涵。宋詩中某幾個特定的意象，如梅、鶴，被後人不斷賦予新的意義。程傑《宋代梅花審美認識的發展及其成就》就考察了梅花在宋代審美認識中發生的變化，並指出南宋中期以後，對梅花的審美意義的認識逐漸成爲廣泛的社會共識，江湖之士賞梅重在一個「清」字，而理學之士賞梅在體察天理流行，並稱：「雖不免於理學道德化、概念化的傾向，但也洋溢著仁者樂物的情感意趣，體現著理學仁德先知，化成天下的胸襟抱負。〔註 133〕張鳴先生也提出在南宋道學派興起之後，道學家觀物的更深層的目的是從自然事物中體察天道義理。〔註 134〕在眞德秀和魏了翁的詩裏，也涉及到這兩個意象，下面來分別論述他們賦予這兩個意象以怎樣的新內涵。

1、真德秀、魏了翁詩中「鶴」的意象

鶴的描寫最早可以追溯到先秦，《周易》、《詩經》中都出現鶴的身影，其象徵的意義也頗多，如象徵離別、情義、清高、隱逸、神仙、長壽。〔註 135〕

〔註 130〕《全宋詩》第 56 冊，北京大學出版社 1998 年版第 34839 頁。

〔註 131〕《全宋詩》第 56 冊，北京大學出版社 1998 年版第 34947 頁。

〔註 132〕周裕楷《宋代詩學通論》，上海古籍出版社 2007 年版第 106 頁。

〔註 133〕莫勵鋒主編《第二屆宋代文學國際研討會論文集》，江蘇教育出版社 2002 年版第 61～64 頁。

〔註 134〕參見張鳴先生《即物即理，即境即心——略論兩宋理學家詩歌對物與理的觀照把握》，載陳平原、陳國球《文學史》第 3 輯，北京大學出版社 1996 年。

〔註 135〕劉柏康等《鶴與文學》，《文獻》1986 年第 3 期。

宋代林逋的梅妻鶴子使鶴成爲高潔的隱士生活的象徵。蘇軾詩文中也有鶴的意象出現，如《後赤壁賦》、《放鶴亭記》《鶴歎》，鶴具有「清遠閒放，超然於塵垢之外」〔註136〕的品格。在眞德秀和魏了翁的詩歌中也有多處出現鶴這一意象，那麼在他們的詩中，鶴又被賦予怎樣的獨特意蘊呢？

眞德秀《舞鶴亭歌》這樣寫鶴：

> 舞鶴亭空亭，舞鶴胡爲名。亦如西山賦招鶴，無鶴可招也不惡。何必玄裳縞袖二八眞娉婷，想像標致更足使人毛骨清。仙翁好鶴非徒爾，鶴德從來比君子。坡仙自謂吾不如，今翁與坡岂其殊。蒼苔白石有餘樂，一似簞瓢甘澹泊。笑殺飛鳶太不靈，貪腥嗜腐譁然爭。九皋一唳醒人耳，又如片言之善應千里。更笑荒林老木終日號畢逋，說吉說凶誰聽渠。仙翁愛鶴愛其德，我讀翁詩三歎息。便好從翁痛飲醉倒斯亭邊，振袂起舞學胎仙。〔註137〕

眞德秀詩中有「坡仙自謂吾不如」一句，原出自蘇軾《鶴歎》一詩，詩中說：「戛然長鳴乃下趨，難進易退我不如。」〔註138〕眞德秀把自己與蘇軾相比，蘇軾把自己與鶴相比，都在感歎自身的不如意。飛鳶比喻權相控制下的官僚集團中那些貪名逐利之輩，以此反襯鶴之高蹈超然。「九皐一唳醒人耳，又如片言之善應千里」則出自《詩經．鶴鳴》：「鶴鳴于九皐，聲聞於天。」〔註139〕《詩經》中以鶴比君子。《周易》中《繫辭傳．上》以鶴鳴比善言：「『鳴鶴在陰，其子和之，我有好爵，吾與爾靡之。』子曰：『君子居其室，出其言善，則千里之外應之。況其邇者乎？居其室，出其言不善，則千里之外違之，況其邇者乎。』」〔註140〕可以看出眞德秀詩中鶴的意象著重於以鶴喻人，比喻君子的超然、高潔。

魏了翁詩中的鶴意象的內涵比較複雜，魏了翁號鶴山，就表明在魏了翁心目中鶴的特殊意義。魏了翁《黃太史文集序》：

> 極於紹聖、元符以後，流落黔戎，浮湛於荊、鄂、永、宜之間，則閱理益多，落華就實，直造簡遠，前輩所謂黔州以後句法尤高。

〔註136〕宋蘇軾《蘇軾文集》中華書局1986年版第360頁。
〔註137〕《全宋詩》第56冊，北京大學出版社1998年版第34838頁。
〔註138〕宋蘇軾《蘇軾詩集》中華書局1982年版第2003頁。
〔註139〕《毛詩正義》卷十一，北京大學《十三經注疏》點校本，1999年版第668頁。
〔註140〕《周易正義》卷七，北京大學《十三經注疏》點校本，1999年版第276頁。

雖然，是猶其形見於詞章者然也。元祐史筆，守正不阿，迨章、蔡用事，摘所書王介甫事，將以瑕眾正而殄焉，公於是有黔戎之役。鼪狖之所嗥，木石之與居，間関百罹，然自今誦其遺文，則慮淡氣夷，無一毫憔悴隕獲之態，以草木文章發帝杯機，以花竹和氣驗人安樂，雖百歲之相後，猶使人躍躍興起也。……張文潛之詩曰：「黃郎蕭蕭日下鶴，陳子峭峭霜中竹」。〔註141〕

魏了翁在評價黃庭堅詩文的特點時特地引用了張耒的這句詩，可見他對張耒的評價是認同的。魏了翁文中所引張耒詩原題爲《贈李德載二首》其二：「長翁波濤萬頃陂，少翁巉秀千尋麓。黃郎蕭蕭日下鶴，陳子峭峭霜中竹。秦文篬藻舒桃李，晁論峥嶸走金玉。六公文字滿人間，君欲高飛附鴻鵠。」〔註142〕魏了翁的序文中認爲黃庭堅不應僅僅以詩爲世所重，其德性操守更爲可貴，他面對塵俗利祿棄之如敝屣，這種清雅脫俗正是鶴這一意象的特質。魏了翁《再和招鶴》詩共四首，集中展現了「鶴」這一意象的風姿：

仰看翔翮俯遊鱗，物意容容各自春。
遙想滄江五君子，長身玉立伴閒人。
聲色於渠何有哉，銀潢刷羽雪皚皚。
天邊亦是閒遊耳，爭向人間問去來。
蒼苔散啄旁清江，被服委蛇未肯忙。
清唳九皋天聽在，也知雅意笑鵜梁。
蓬萊雲近綺疏明，鶴砌分茶午夢晴。
何似林間看不足，併呼鷗鷺狎齊盟。〔註143〕

由以上幾首詩來看，鶴彷彿已經是魏了翁的化身，逍遙於天地之間，沒有一絲塵俗之氣，人亦鶴，鶴亦人。魏了翁詩《送楊仲博歸蜀》：「江頭送客雪初晴，木葉脫盡山空明。天高地迥著行客，昂昂野鶴相似清。曉空霜唳三兩聲，扶木枝上陽烏驚。豈無枯蚓若殘粒，寧肯俛首雞鶩爭。」〔註144〕寫鶴是虛寫，也是實寫。鶴閒雅雍容，不汲汲於世務，魏了翁詩《將至古渝虞憲以三絕同端午節見寄用韻爲謝》：「故山朱果恰離離，翠竹青蒲護眾菲。夢裏不知身造

〔註141〕宋魏了翁《鶴山先生大全集》卷五三《黃太史文集序》，四部叢刊本。
〔註142〕宋張耒《張耒集》中華書局1990年版第214頁。
〔註143〕《全宋詩》第56冊，北京大學出版社1998年版第34933頁。
〔註144〕《全宋詩》第56冊，北京大學出版社1998年版第34897頁。

闕，閒隨白鶴照江衣。」〔註145〕魏了翁寫夢中自己隨白鶴戲遊於江畔，逍遙自在。宋王邁有《春月白鶴吟寄魏鶴山》：

> 鶴去兮渠陽，雪衣兮相羊，啄芳洲兮飲碧湘，如青城之棲兮流矢中傷。鶴來兮錢塘，朱頂兮昂藏，浴太液兮下建章，如九皐之唳兮聲徹上蒼。鶴歸兮臨卭之崗，嗥朔風兮立曉霜，捫參歷井兮水雲鄉，如遼東之返兮華表飛揚。昔者去兮，狂梟毒獍相賀乎偃月堂，迨其來兮，文鸞祥鳳相得乎漢未央，今其歸兮，馴鷗狎鷺相待乎午橋莊，善類無依兮，若空乎振鷺之行，留行無語兮，誰挀乎群烏之吭。歸去來，於鶴何加損兮關世道之否臧。有雁兮南翔，翼短兮心長，避矰弋兮飽稻粱，望胎仙兮天一方，思騫産兮結中腸。此仙之壽兮未易量，天若祚宋兮當復來而爲治世之祥。〔註146〕

王邁與魏了翁有所交往，他對魏了翁的經歷也十分瞭解，「昔者去兮，狂梟毒獍相賀乎偃月堂」就指魏了翁兩次被貶的政治經歷，歐、鷺恰恰也在前舉《再和招鶴》其四中出現，鶴不僅是清高的，還有同道相伴。鶴的意象寄託了魏了翁的超然物外的情懷和閒適清雅的情趣。魏了翁賦予鶴的自由逍遙，實際上也是他自我內心嚮往的境界，他把鶴看作自由的化身，如《虞萬州生日》：「春風吹我遊錦官，客眸飽作滄江觀。鶴飛自由白日靜，山來不斷平野寬。」〔註147〕鶴又是能知天地之心的靈物，鶴之鳴上通於天聽。魏了翁也每每以窺天地之心爲自期，如《寄李考功》：「虛靈天地心，亹亹萬化機。幾形有動靜，誠盡無顯微。人惟不自信，稷顏有相違。」〔註148〕這些都是魏了翁內心深處的嚮往，他努力踐行儒道，探求眞知，關係世事，是他入世的一面，他的另一面是逍遙自由，無拘無束的生活，兩個相反的方面凝聚成一個眞實的魏了翁。

2、魏了翁詩中「梅」的意象

在南宋時賞梅已經成爲社會風氣，但在魏了翁的詩中，梅又有了新的內涵。魏了翁賞梅究竟有什麼獨特之處呢？主要有以下三點。

〔註145〕《全宋詩》第56冊，北京大學出版社1998年版第34954頁。

〔註146〕宋王邁《臞軒集》卷一三《春月白鶴吟寄魏鶴山》，景印文淵閣四庫全書，臺灣商務印書館1986年版本。

〔註147〕《全宋詩》第56冊，北京大學出版社1998年版第34886頁。

〔註148〕《全宋詩》第56冊，北京大學出版社1998年版第34874頁。

第一點，魏了翁賦予梅以人性的智慧。魏了翁《十二月九日雪融夜起達旦》這首詩比較受到後人注意：

遠鐘入枕雪初晴，衾鐵棱棱夢不成。

起傍梅花讀周易，一窗明月四簷聲。〔註 149〕

清代厲鶚《宋詩紀事》就收入此詩，並引《梅澗詩話》：「後二句寄興高遠，人所傳誦。」〔註 150〕可見此詩頗受好評。宋代羅大經也注意到這首詩，《鶴林玉露》甲編卷六引此詩並接著說：「後貶渠陽，於古梅下立讀易亭，作詩云：『向來未識梅花時，繞溪問訊巡簷索。絕憐玉雪倚橫參，又愛青黃弄煙日。中年易裏逢梅生，便向根心見華實。候蟲奮地桃李妍，野火燒原葭炎茁。方從陽壯爭門出，直待陰窮排闥入。隨時做計何太癡，爭似此君藏用密。』推究精微，前此詠梅者未之及。」〔註 151〕後面引的這首詩題爲《肩吾摘傍梅讀易之句以名吾亭，且爲詩以發之，用韻答賦》，原詩爲：

三時收功還朔易，百川斂盈歸海□。

誰將蒼龍掛秋漢，宇宙中間卷無迹。

人情易感變中化，達者常觀消息處。

向來未識梅花時，繞谿問訊巡簷索。

絕憐玉雪倚橫參，又愛青黃弄煙日。

中年易裏逢梅生，便向根心見華實。

候蟲奮地桃李妍，野火燒原葭炎茁。

方從陽壯爭門出，直待陰窮排闥入。

隨時做計何大癡，爭似此君藏用密。

人官天地命萬物，二實五殊根則一。

囿形闢闔渾不知，卻把眞誠作空寂。

亭前擬繪九老圖，付與人間子雲識。〔註 152〕

詩後有自注：「五老峰前訪梅招鶴，合余、肩吾作九。」桃李和候蟲不過是隨著陰陽二氣的運行生生滅滅，並無獨特之處，梅卻能「藏」，在冬雪到來之前收藏好精華，能「用」，春寒料峭時奮然怒放，在魏了翁看來梅不僅是文人筆下美的化身，還是有靈氣的，有智慧的，不隨著自然的陰陽變化而渾渾噩噩

〔註 149〕《全宋詩》第 56 冊，北京大學出版社 1998 年版第 34957 頁。
〔註 150〕清厲鶚《宋詩紀事》卷五八，上海古籍出版社 2008 年版第 1473 頁。
〔註 151〕宋羅大經《鶴林玉露》甲編卷二，中華書局 1983 年版第 109 頁。
〔註 152〕《全宋詩》第 56 冊，北京大學出版社 1998 年版第 34900 頁。

地生滅。魏了翁喜歡梅，正是因爲梅具有人的某種品德。魏了翁眞正讚頌的是人的理性和智慧。

第二點，梅能知天地陰陽消長之機。魏了翁詠梅之處多出現「易」，在魏了翁看來兩者有著緊密的聯繫。《和虞永康梅花十絕句》其十：

世間無物可談空，開落榮枯實理同。

百樹好花一編易，主人立處儼當中。〔註 153〕

同前面引的《十二月九日雪融夜起達旦》那首詩一樣，《易》和梅是魏了翁最親密的兩個夥伴。魏了翁對《易》興趣最濃，並且終其一生都在鑽研《易經》。魏了翁深於易理，與朱熹、邵雍相比，更注重從易道中體察天理生生不息之意。魏了翁《四明胡謙易說序》:「古之易道者，雖分古今、越宇宙，而義理之會若合符節……聖人之道如置尊衢中，取之不禁，隨其淺深高下，皆足以有得，寧可限以一律？然而盈宇宙間，莫非太極流行之妙，而人物得之，以各正性命，則『易』固我之所自出，無須臾可離者也。學易者要在內反諸心，精體實踐。近之則遷善遠罪之得，充之而至於位天地、立生民、命萬物，皆分之所得爲者。」〔註 154〕在魏了翁通過「易」來體察太極流行，來體察人之「性」和天之「道」，內發本性之善，外可以立生民。魏了翁以易道觀梅，梅在《易經》裏對應的是復卦。魏了翁詩《和靖州判官陳子從山水圖十韻》其九《載酒尋梅》:「松竹貫寒暑，而梅時往來。不知姤復意，隨人謾徨徊。」〔註 155〕《汪漕使即梅圃作浮月亭追和古詩餘亦補和》:「又從晏陰後，仍作來年復。」〔註 156〕復卦之前是剝卦，剝卦爲坤下艮上，只有上九一爻爲陽，陰盛極而陽生，所以復卦就緊隨剝卦之後，卦象爲震下坤上，只有初九一爻爲陽，其它全爲陰爻。《序卦傳》:「物不可以終盡，剝窮上反下，故受之以復。」〔註 157〕復就是反本，是陰極陽反，一陽初生之象，從人事上講就是君子之道消至極點，就要復生了。復卦《彖傳》:「復其見天地之心乎」〔註 158〕就是說從復卦中可以看見自然和社會的永恒規律，就是變易不拘，物極必反。姤卦恰與復卦相反，是陽盛極而陰生之象，陰漸長而陽漸消，姤是遇的意思，陰陽、君

〔註 153〕《全宋詩》第 56 冊，北京大學出版社 1998 年版第 34925 頁。
〔註 154〕宋魏了翁《鶴山先生大全集》卷五三《四明胡謙易說序》，四部叢刊本。
〔註 155〕《全宋詩》第 56 冊，北京大學出版社 1998 年版第 34911 頁。
〔註 156〕《全宋詩》第 56 冊，北京大學出版社 1998 年版第 34891 頁。
〔註 157〕金景芳、呂紹綱《周易全解》上海古籍出版社 2005 年版第 617 頁。
〔註 158〕金景芳、呂紹綱《周易全解》上海古籍出版社 2005 年版第 213 頁。

臣相遇，此時，事物的消極面逐漸產生，人就要愼重對待，即尊重客觀規律又要有所作爲。梅正是嚴冬陰極盛而衰的狀態下出現的一點陽春的信息，所以對應到易經中的復卦。那麼，在魏了翁眼裏觀梅其實是觀察陰陽消長之機，如《海潮院領客觀梅》:「梅邊認得眞消息，往古來今一屈伸。」〔註159〕

第三點，以梅來體悟天地之「生意」。魏了翁詩《次韻郭方叔諸公借胡致堂賞梅至夜賦詩》:

> 玄陰作秋冬，殺氣寓風雪。土深候蟲閉，山靜飛鳥絕。誰知無邊春，萬古長不滅。或暢然以舒，或凝然以結。或聚爲融和，或散爲騷屑。又嘗以此觀諸人，生意不斷長如薰。咸陽宮殿氣成霧，忽作芒碭山澤雲。神爵甘露來紛紛，畫堂已入王政君。人從動後觀變態，誰於起處探絪緼。淺者若爲見，夜氣長如神。倘知起滅幻，便省消息眞。如何天機之淺者，但識人間桃李春。〔註160〕

梅也正是具有「生意」才能傲然獨放於冰雪之中，魏了翁從梅那裏還看到太極的流行，從永恒的變化中體察「生意」，這個「生意」對於天地而言就是造物生物，萬物皆有天地生之養之，對於人而言就是人的「仁」。這層意思來自於程朱理學，《二程遺書》卷三：「周茂叔窗前草不除去，問之，云：『與自家意思一般。』」卷十一：「『天地之大德曰生』，『天地絪緼，萬物化醇』，『生之謂性』，萬物之生意最可觀，此元者善之長也，斯所謂仁也。人與天地一物也，而人特自小之，何耶？」〔註161〕魏了翁《和虞永康梅花十絕句》其五：「輕寒玉蓓試新妝，已識微酸一點黃。生意溶溶無間斷，何須聞笛爲沾裳。」〔註162〕其六：「重陰浩瀚渺無濱，草木摧殘見本眞。誰識江南一枝信，明年春事正催人。」可以說，魏了翁對於梅的觀照已經不同於詩人的觀照，魏了翁觀梅之生意同道學家一般，從理學的性命說出發，發現自我之仁性，觀梅即是體仁。

小　結

眞德秀和魏了翁作爲南宋中後期的士大夫，爲官從政、創作詩文和理學探究是他們一生中的主要活動，他們的詩歌創作的思想內容相比江湖派而言

〔註159〕《全宋詩》第56冊，北京大學出版社1998年版第34953頁。
〔註160〕《全宋詩》第56冊，北京大學出版社1998年版第34882頁。
〔註161〕宋程顥、程頤《二程集》《二程遺書》卷二，中華書局1981年版第60頁。
〔註162〕《全宋詩》第56冊，北京大學出版社1998年版第34925頁。

有著鮮明的特點。首先，江湖派詩人大多數社會地位較低〔註 163〕，很少參與朝中大政，對朝廷中的權力更迭和重要事件缺乏深度的瞭解。以眞德秀和魏了翁爲代表的士大夫是南宋中後期政治舞臺的主角之一，不同程度地參與朝廷政策的制定和執行，對南宋中後期的政局有比較深入的瞭解，具備了以詩歌反映朝廷中政治鬥爭的客觀條件。魏了翁的詩歌政治主題涉及到南宋中後期政治的各個方面，如南宋朝廷中的道學派與權相的對立以及南宋的軍事和外交政策。這是以眞德秀和魏了翁爲代表的士大夫詩歌區別於江湖派詩歌的特點之一。其次，江湖詩派中很多詩人宗尚晚唐，反對江西派的資書以爲詩，詩中很少談論學問。眞德秀和魏了翁的學術思想很大程度上影響了他們詩歌創作，他們有些詩的主題就是探討理學觀念，有些詩以學術觀念來思考生活中的事物。這是眞德秀和魏了翁爲代表的士大夫詩歌區別於江湖派詩歌的特點之二。再其次，江湖派詩人多爲布衣、遊客，詩中表達的情感多爲江湖之悲，羈旅之苦。眞德秀和魏了翁在詩歌中抒發的感情大多都是在儒家道德範圍之內的，他們對情和欲的認識限制了他們在詩歌中對情感的表達。這是眞德秀和魏了翁爲代表的士大夫詩歌區別於江湖派詩歌的特點之三。最後，江湖派的詩歌寫自然景物多是客觀地描寫，而眞德秀和魏了翁在詩中描寫自然景物並不僅僅是刻畫形貌，他們往往賦予了自然景物以濃厚的人文氣息，通過觀察自然意象來體認天理流行。這是眞德秀和魏了翁爲代表的士大夫詩歌區別於江湖派詩歌的特點之四。總之，眞德秀和魏了翁的詩歌具有自身的特質，應該成爲宋代文學史的一個組成部分。

〔註 163〕張宏生《南宋江湖詩派》認爲江湖派詩人主要以布衣和謁客爲主，《文獻》1990 年第 2 期。

第五章　眞德秀、魏了翁詩歌藝術特色

眞德秀和魏了翁的詩歌從主題內容、體裁選擇、語言運用上講都有其特質，他們的詩歌風格平淡，質樸，沒有華麗的詞藻，當然，他們的平淡和四靈及江湖派的平淡是有所區別的，他們的詩歌對體裁的選擇受其文學思想影響，如眞德秀輕律體，魏了翁則有不少律體詩。眞德秀和魏了翁都大量寫作了酬贈唱和類的詩歌等。眞德秀和魏了翁的詩歌在藝術手法上對同類主題的表現手法有趨同的程序化跡象，而對語言和詩歌句式的運用則不避重複，化用典故和前人詩句比較直接。

第一節　學者之詩對平淡詩風的追求

宋代理學家提出了學者之詩的概念，這一概念也可以用以概括眞德秀和魏了翁的詩歌，他們的詩歌吟詠道學義理，具備學者之詩的特質。從風格上講眞德秀和魏了翁詩風屬於平淡詩風，在道學文化的影響下，他們的平淡詩風有了新的內涵。

一、眞德秀、魏了翁的學者之詩及其詩風的異同辨析

眞德秀和魏了翁的詩歌有以議論爲詩的傾向，而且都是以論理論學爲旨歸，不是單純的在詩中賣弄學問，所以他們的詩都帶有學者之詩的色彩。宋代道學家張栻最早提出了學者之詩的概念，他說：「讀著似質，卻有無限滋味，涵泳愈久，愈覺深長。」〔註1〕而詩人之詩「不耐咀嚼」。什麼是「學者之詩」

〔註1〕元盛如梓《庶齋老學叢談》卷中之下，知不足齋叢書本。

呢？清張伯行重編《濂洛風雅》，張文炅在序中說理學家詩：「其間天性流露，情累頓忘，風雲月露曾不芥蒂於胸中，故諷詠感興，不必與風人爭衡，而即境即心，即物即理，亦風人之所不能與爭也。」〔註2〕可以說，學者之詩這一概念能較好的概括眞德秀和魏了翁詩的特質。雖然表達的都是悟道的心得，但所悟之道又各不相同，眞德秀所悟之道是以道學中的修養論和本體論爲核心的道，魏了翁所悟之道較爲豐富，他並不僅僅以道學中的格物致知來束縛自己的思想，他所探求的道包括對先王禮教和三代的制度的思考，對國家興衰的探求。下面試舉二人的詩爲例來說明，眞德秀《閒吟》：

閒中意趣定何如，靜把陳編自卷舒。

希聖希賢眞事業，潛天潛地細工夫。

林泉有分吾生足，鍾鼎無心世味疏。

政使一貧眞到骨，不妨陋巷樂顏臒。〔註3〕

魏了翁《和李參政龍鶴菴廬二首》：

古往今來一貉丘，行藏有道坎還流。

鳳凰池上春風夢，龍鶴山頭夜月秋。

閒曳深衣聊獨樂，有懷連璧賦三遊。

何人得與余心會，野水黏天一片鷗。〔註4〕

眞德秀在詩中說自己的志向是成聖成賢，格物致知，樂孔顏之樂。魏了翁詩中「閒曳深衣聊獨樂，有懷連璧賦三遊。」一句化用了北宋司馬光的典故，「深衣聊獨樂」一句出自《邵氏聞見錄》卷十九：「司馬溫公依《禮記》作深衣，冠簪、幅巾、縉帶，每出，朝服乘馬，用皮匣貯深衣隨其後，入獨樂園則衣之，常謂康節曰：『先生可衣此乎？』康節曰：『某爲今人，當服今時之衣。』溫公歎其言合理。」〔註5〕作者在歷史的光影中思考人生，如果能仿傚司馬光一般體道獨樂，行藏有道，那也是十分理想的境界了。眞德秀和魏了翁都表達了對儒道的嚮往，都有樂道的情懷，他們的詩都有理學人士吟詠性情、安貧樂道的那種境界，都是學者之詩。另如魏了翁的《過虎頭狼尾灘避險，出陸至譚晉仲故居，有謝公昌國、劉公德修、薛公仲章詩，用謝韻有賦》其二：

〔註2〕宋金履祥《濂洛風雅》卷首，景印文淵閣四庫全書，臺灣商務印書館1986年版本。

〔註3〕《全宋詩》第56冊，北京大學出版社1998年版第34848頁。

〔註4〕《全宋詩》第56冊，北京大學出版社1998年版第34920頁。

〔註5〕宋邵伯溫《邵氏聞見錄》，中華書局1983年版第210頁。

紛紛操罟入山林，我自終朝不獲禽。

遠物只知肥遁利，窮幽不問濬恒深。

畢逋啼日滿荒戍，款段行雲供醉吟。

宇宙窮空歲遲暮，平沙獨立數寒金。〔註6〕

第四句下有自注：「市西有荒壘，或云即安蜀壘，或云陳後主嘗戍此。」荒草斷壘，興亡成敗，寒秋中詩人獨立江邊，思緒悠悠，國家的興亡，人生的遲暮和有限，彷彿縈繞徘徊在作者的腦海中。由這兩首詩可以看出，魏了翁詩在吟詠性情之外，還有著深厚的歷史感慨和哲人之思。

學者之詩和學人之詩是兩個比較重要的概念，學者之詩的提出在宋代，清代又有人提出了學人之詩的概念。明末清初時，一些思想家和詩人學者如顧炎武、錢謙益等人對明代的公安、竟陵詩派的詩學觀加以批評，提倡學問對詩歌的重要性。在清代初期和中期，有以錢載爲代表的秀水派和翁方綱等人，以學問入世，如錢鍾書所舉，殆同書抄。清代的宋詩派也提倡學人之詩，但他們所說的學與翁方綱等人所說的學又有不同，如陳衍所說的學泛指古代文化的學習，要求詩人要具備古代的文化修養，作詩才能深醇爾雅，不流於淺薄。〔註7〕學者之詩和學人之詩這兩個概念的內涵有著比較細微的區別，有時混爲一談，有時又各不相干，下面試對這兩個概念的內涵稍加辨析。第一種提法是將學人之詩與學者之詩的內涵大部分重疊，即以學人之所學涵蓋了學者之詩所詠的道學義理和經史學問。清代理學家李顒稱：「詩於士雖非急務，要亦在所不廢也，然有學者之詩，有詩人之詩：養深蓄厚，發於自然，吟詠性情而無累乎性情，此學者之詩也；雕句琢字，篇章是工，疲精役慮而反有以累乎性情，此詩人之詩也。」〔註8〕李顒的看法與張文旻的看法很相似，對學者之詩帶有贊許欣賞之意。所謂「學者之詩」，其特徵爲作者深於理學修養，以詩歌吟詠性情，由觀照自然之物來體會天理流行。清朱景英《蘿村詩選序》：「有學人之詩，有才人之詩，有詩人之詩……若夫學人之詩，上薄風騷，根極理要，採經史子集之菁華，味興觀群怨之旨趣，必有爲而作，無不典之辭，庶幾司空表聖所謂

〔註6〕《全宋詩》第56冊，北京大學出版社1998年版第34976頁。

〔註7〕參見錢仲聯《清代學風和詩風的關係》，《夢苕庵論集》中華書局1993年版第182～195頁。

〔註8〕清李顒《二曲集》卷十九《三冬紀遊弁言》，中華書局1996年版第225頁。

大用外腓，眞體有內充者乎。然操此以求，詩人恒接迹，才人亦稍稍出，惟學人則少所概見矣。」〔註 9〕清章學誠稱：「大抵學人之詩，才人之詩，詩人之詩，文人之詩，各有所長，亦各有其流弊，但要醞釀於中，有其自得而不襲於形貌，不矜於聲名，即其所以不朽之質。」〔註 10〕章學誠對學人之詩的評價是「不朽之質」，其實這裏所說的學人之詩與李顒所說的大致相等，也既是前面張文炅所說的學者之詩，李顒和章學誠把它與詩人之詩和文人之詩對等，著重指出學人之詩（或學者之詩）的特點是吟詠性情。第二種提法是視學人之詩爲江西派的後學。清人將宗尚江西派詩歌主張的詩人作品稱爲「學人之詩」，清周中孚評諸錦《絳跗閣詩簒》：「作詩以山谷後山爲宗，而不免近於澀悶，所謂學人之詩。」〔註 11〕對於諸錦詩，袁枚也說到：「陸陸堂、諸襄七、汪韓門三太史，經學淵深，而詩多澀悶，所謂學人之詩，讀之令人不歡。」〔註 12〕這裏所說的學人之詩著重強調「澀悶」，這批詩人學江西派的詩歌寫作方法，詩歌不易被人讀懂。第三種提法則認爲學人之詩單純的以學問入詩，在詩中賣弄生僻的典故和辭藻，以之爲學者嫌學問淺，以之爲詩人則乏性靈趣味，但並不認爲他們與江西派有關係。錢鍾書《談藝錄》論錢載詩：「然其詩每使不經見語，自注出處，如《焦氏易林》、《春秋元命苞》、《孔叢子》等，取材古奧，非尋常詞人所解徵用。原本經籍，潤飾詩篇，與『同光體』所稱『學人之詩』，操術相同，故大被推挹。夫以撏石之學，爲學人則不足，而以爲學人之詩，則綽有餘裕。此中關捩，煞耐尋味。鍾記室《詩品・序》云：『大明、泰始，文章殆同書抄，拘攣補衲，蠹文已甚。雖謝天才，且表學問。』學人之詩，作俑始此。……同光以前，最好以學入詩者，惟翁覃谿；隨園《論詩絕句》已有夫己氏『抄書作詩』之嘲。而覃谿當時強附學人，後世蒙譏『學究』。以詅癡符、買驢券之體誇於世曰：『此學人之詩』，竊恐就詩而論，若人不得爲詩人，據詩以求，亦未可遽信爲學人。」〔註 13〕可以看出，錢鍾書認爲自魏晉以來就有的學人之詩的特點是以學問入詩。

〔註 9〕清朱景英《佘經堂詩文集》卷四，清乾隆刻本。
〔註 10〕清章學誠《校讎通議》外篇，章氏遺書本。
〔註 11〕清周中孚《鄭堂讀書記》卷七一集部一之下，嘉業堂叢書本。
〔註 12〕清袁枚《隨園詩話》卷四，人民文學出版社 1982 年版第 118 頁。
〔註 13〕錢鍾書《談藝錄》，三聯書店 2001 年版第 464 頁。

如果更精確的講，學者之詩和學人之詩是應該加以區分的，學人之詩的寫作主旨與學者之詩的主旨是不相同的，學者之詩重在吟詠性情，發於自然，不在意詩藝的高低，很少精心鍛鍊詞句，而學人之詩則以學問入詩，遣詞用語都自有淵源，甚至以古奧生僻自矜。學者之詩和學人之詩都離不開一個「學」字，學者之詩的作者深於理學，所吟詠著爲天道性理，而學人之詩的作者則泛覽博採，學爲詩用。

魏了翁學究天人，知識十分廣博，他的詩有吟詠性情之作，也有以學問入詩之作，所以他的詩歌兼具學者之詩和學人之詩的特點。如《八月七日被命上會稽，沿途所歷拙於省記，爲韻語以記之舟中，馬上隨得隨書，不復敘次》第十五首：「吳會元從二郡呼，今將吳會指姑蘇。自注：孫賁、朱欽諱傳皆有吳會二郡字，蓋以吳郡與會稽耳。稽山當取舊經說，自注：按《職方氏》：『東南曰揚州，其山鎮曰會稽，乃與衡陽、岱嶽並稱。』志謂在縣東南十二里，疑不止此。舊謂周回三百五十里者得之。禹穴難憑遁甲圖。自注：禹治水，得玉匱書於此。《吳越春秋》引《黃帝中經》云：『禹得金簡玉書字，唐元白詩中皆信此說。』」〔註 14〕魏了翁引經據典的考證了會稽的所在位置，並舉例說明了歷史上以訛相傳的例子，很典型地體現出魏了翁的考據癖好。魏了翁詩中往往化用前人的詩句典故，有時還給人以生澀難懂的感覺，當然這與前面所說的平淡詩風並不矛盾，平淡是指詩的審美風格，魏了翁雖然用一些比較生僻的詞句，但並不是刻意追求生新的表達效果。

二、眞德秀、魏了翁平淡詩風的特質

平淡是宋人討論詩歌時常見的提法，北宋梅堯臣詩開宋調平淡之風，之後蘇軾、黃庭堅、朱熹、陸游、楊萬里等人對平淡說都有所闡發，平淡成爲宋人標誌性的詩歌審美觀，這一點當代學者多有闡發，汪湧豪《中國文學批評範疇及體系》：「這種『平淡』美與魏晉六朝的縟采密麗不同，與盛唐的淵厚華碩不同……它以深刻的思理爲內核，以人格美的追求爲基礎，在揭示創作主體精神自由的同時，更賦予文學以反映人深層的德性修養的重要功能。」〔註 15〕王順娣《宋代詩學平淡理論研究》也說：「宋代詩學的『平淡』既表徵了宋人的人格理想和精神境界（人），又成爲他們詩學的最高審美理想（文），同時也是『道』的本體性特徵（道），實現了人、文、道的三位合一，形成一

〔註 14〕《全宋詩》第 56 冊，北京大學出版社 1998 年版第 34958 頁。
〔註 15〕汪湧豪《中國文學批評範疇及體系》，復旦大學出版社 2007 年版第 168 頁。

套理論體系，具有重要地位。」〔註 16〕可見當代學者在對宋人平淡詩風的解讀上都注意到了詩歌所富含的人文精神和人格氣象。眞德秀和魏了翁推崇平淡詩風，首先體現在他們的作品論和作家論中。眞德秀《宋通直范君墓誌銘》：「其詩清新雅澹，妙達理趣。」〔註 17〕魏了翁《題彭山宋彥祥詩卷》：「宋彥祥前年過我，褎出八詩，有擊壤集中氣脈，今年又求予友肩吾書之，索予題識，詩造平澹，此豈易得，第擇理容有聖門所未道者，如點檢精時管甚人與事，事安排要以渠等語更當商略，而了翁方治東歸之裝，未暇也。」〔註 18〕魏了翁《答遂寧李侍郎》：「詩思平淡而緻密，記體詳縝而粹明。」〔註 19〕由這些評價來看，眞德秀和魏了翁在詩學觀上推崇平淡自然、不事雕琢的詩風和文風，而這種平淡源自儒學修養深厚而形成的人格之美和樸素自然的審美意識，是理精義明、格物致知之後對天地自然和社會人性的達觀和淡泊。

爲了更好地說明眞德秀和魏了翁詩歌的平淡詩風，現各舉江湖派詩人戴復古、道學家邵雍和朱熹的詩歌一首來作爲參照。戴復古也是推崇平淡的，他的《昭武太守王子文日與李賈、嚴羽共觀前輩一兩家詩及晚唐詩，因有論詩十絕，子文見之謂『無甚高論』，亦可作詩家小學須知》一詩中說：「曾向吟邊問古人，詩家氣象貴雄渾。雕鎪太過傷於巧，樸拙惟宜怕近村。」〔註 20〕戴復古認爲詩歌要氣象雄渾，作詩要對詞句仔細推敲，一絲不苟，但又不能太過尖巧，應該似樸素而實有味，似拙笨而實用心深刻，稍有過分便又顯得村俗。戴復古對於質樸平淡詩風的喜好是就詩歌藝術的審美角度而論。眞德秀和魏了翁則認爲追求技巧會影響言志功能，詩歌作者應該具備深厚的儒學修養和樸素自然的人生觀和審美官，而不能刻意用心去追求詩歌的表現力和詩藝的精益求精。下面舉眞德秀、魏了翁和戴復古的三首同題詩來說明，眞德秀《遊上天竺》：

> 事事不可了，還須入此山。遙尋黃葉路，迥出白雲間。
>
> 瀹茗止煩渴，談空得笑閒。飄飄有餘興，歸去掩柴關。〔註 21〕

魏了翁《遊上天竺》：

〔註 16〕王順娣《宋代詩學平淡理論研究》，巴蜀書社 2009 年版第 7 頁。

〔註 17〕宋眞德秀《西山眞文忠公文集》卷四三《宋通直范君墓誌銘》，四部叢刊本

〔註 18〕宋魏了翁《鶴山先生大全集》卷六五《題彭山宋彥祥詩卷》，四部叢刊本。

〔註 19〕宋魏了翁《鶴山先生大全集》卷三六《答遂寧李侍郎》，四部叢刊本。

〔註 20〕《全宋詩》第 56 冊，北京大學出版社 1998 年版第 33608 頁。

〔註 21〕《全宋詩》第 56 冊，北京大學出版社 1998 年版第 34859 頁。

風波滿平地，世路繞羊腸。急欲逃塵網，遙登選佛場。

雲深午猶暝，竹密夏生涼。興逸忘歸去，高眠借石床。〔註22〕

戴復古《遊天竺》：

好山看不了，遂借上方眠。酒渴傾花露，詩清瀉澗泉。

生無適俗韻，老欲結僧緣。睡覺鐘聲曉，窗騰柏子煙。〔註23〕

這三首詩都是記遊，而且都是寫遊覽佛寺的經過。從詩意來看，這三首詩都是切合他們身份的，眞德秀開口既言世事繁多而不可了，上山可以偷閒，顯然是宦海中人口吻，魏了翁上天竺也是欲逃塵網，借一方石床獲片刻清閒，然而他們最終還是要復歸於塵網中的，透露出仕宦之人既厭煩世俗事務，又很難脫身的矛盾心理。戴復古上天竺則是因爲欣賞自然美景而入山，而且他宣稱自己「生無適俗韻」，一副清狂的江湖詩客面貌。再看對天竺山景物的描寫，眞德秀詩寫到黃葉路，寫到天竺佛寺高出白雲間，就這兩句而已，而且並非單爲寫山路和山高，而是順承詩意，作爲進山的過渡。魏了翁寫山中雲深霧繞，竹林掩映之下頓消煩暑，也只此兩句。戴復古詩中，山花、山中的澗泉以及鐘聲、柏樹，都能給讀者以很深的印象，因爲作者寫這些景物時並不是簡單道出，而是伴隨著詩人遊玩的路程一一出現，與詩人密切相關，詩人對這些景物也充滿了感情，它們彷彿已經融入到詩人的感官世界裏，融入到詩人的生命體驗之中，詩中對景物的描寫一點也不生澀，自然清新。從詩歌運用語言上講，戴復古的詩顯然比較精巧，尤其是第二聯中「酒渴傾花露，詩清瀉澗泉」一句。同爲渴而求飲，戴復古不是直接說出，而要說酒後思飲，因爲人在酒後煩熱，必然渴望有清涼的泉水，作者細膩體貼地寫出人在酒後的一個普遍的心理和動作，生動自然，且所飲之水爲花露，構思奇特，又用泉水的流動比喻詩思的清新流暢，也很貼切。相比而言，在佛教勝地，眞德秀則說「瀹茗止煩渴」，又所飲者爲茶而非酒，莊重而矜持，而飲茶也非爲品茶，不過是要止煩渴而已，平平寫出，戴復古所飲爲酒，雖不能說不敬，但也表現了詩人的不拘禮法和俗套。眞德秀和魏了翁詩的末句都是直道脫塵網羈絆的意思，直白顯豁，戴復古也說要「結僧緣」，但結句一聯沒有直說，而是寫悠揚的鐘聲和細細的煙靄，言有盡而意不盡。眞、魏二人的詩簡單的記錄了遊天竺的經歷，語言平淡，很少寫景，即使有寫景之處也多是白描，而

〔註22〕《全宋詩》第56冊，北京大學出版社1998年版第35013頁。
〔註23〕《全宋詩》第54冊，北京大學出版社1998年版第33477頁。

且他們的心眼都被道學義理所規範，中規中距，情思淡泊。戴復古的詩則費心思，巧安排，將遊歷的過程、所感受的美景巧妙的寫出，自然而細緻，平淡中有機巧。

道學家中邵雍和朱熹的詩歌創作比較多，在作詩不追求語言技巧、詩風平淡這兩個方面，眞德秀和魏了翁同這兩位道學家是一樣的。邵雍詩平易自然，用詩語記錄他觀照自然時所悟之道，沒有多少情感表露，也不在乎語言格律的束縛。朱熹詩歌則注重體制，他說：「古今之詩，凡有三變。蓋自書傳所記虞夏以來及漢魏自爲一等。自晉宋間顏謝以後，下及唐初自爲一等。自沉宋以後定著律詩，下及今日又爲一等。然自唐初以前，其爲詩者固有高下而法猶未變，至律詩出而後詩之古法皆大變矣。故嘗欲抄取經史諸書所載韻語，下及《文選》古詩以盡乎郭景純、陶淵明之作，自爲一編而附於三百篇楚詞之後，以爲詩之根本準則，又於其下二等之中擇其近於古者，各爲一編以爲之羽翼輿衛，其不合者則悉去之，不使其接於胸次，要使方寸之中無一字世俗語言意思，則其爲詩不期於高遠而自高遠矣。……來喻所云『漱六藝之芳潤以求眞澹』，此誠極至之論，然恐亦須先識得古今體制，雅俗鄉背，仍更洗滌得盡腸胃間夙生葷血脂膏，然後此語方有所措，如其未然，竊恐穢濁爲主，芳潤入不得也。」〔註 24〕很顯然朱熹是以唐代以前的古詩爲學習的榜樣，唐代的詩歌在他看來已經體制大變了。朱熹認爲學道之人本不用學詩，如非要學則應從先秦漢魏晉間古詩入手，方是正道。因此朱熹詩中較少以文爲詩和以議論爲詩的習氣，借自然山水以喻道之作也很含蓄，自然平易，以物起興，寓妙理於客觀意象之中，沒有眞德秀和魏了翁那麼直白。眞德秀和魏了翁在詩中談所悟之道時則很直接地以議論之語出之，下面試舉幾例，邵雍《暮春吟》其二：

梁間新燕未調舌，天末歸鴻已著行。

自問心源何所有，答云疎懶味偏長。〔註 25〕

朱熹《寄籍溪胡丈及劉恭父二首》其二：

翁牖前頭翠作屏，晚來相對靜儀刑。

浮雲一任閒舒卷，萬古青山只麼青〔註 26〕

〔註 24〕宋朱熹《晦庵集》卷六四《答鞏仲至書》第四書，四部叢刊本。
〔註 25〕宋邵雍《邵雍集》，中華書局 2010 年版第 227 頁。
〔註 26〕《全宋詩》第 44 冊，北京大學出版社 1998 年版第 27498 頁。

朱熹《觀書有感》其二：

昨夜江邊春水生，蒙衝巨艦一毛輕。

向來枉費推移力，此日中流自在行。〔註27〕

眞德秀的《登南嶽上封寺》：

好風一夜掃陰霖，湧出群山紫翠深。

眼界豁然因有覺，六塵空後見眞心。〔註28〕

魏了翁《次韻黃侍郎海棠花下怯黃昏七絕》：

醉妃索南內，玉奴斃東昏。所以觀物心，皇皇妙無門。〔註29〕

這幾首詩都是絕句詩，而且都是表現觀物有所得。道學家往往愛用自然現象來說明理學的體用關係，與詩人觀照景物的方式迥異〔註30〕，但表現方式則各有不同，邵雍和眞德秀、魏了翁的詩說理都是比較直白，如詩中直言心「何所有」，「見眞心」，「觀物心」，而朱熹詩中就沒有這些字眼，而是巧妙地把所言之理寓於物象之中，眞德秀的那首詩和朱熹的《寄籍溪胡丈及劉恭父二首》其二所言之理很相似，都是說剔除遮蔽人心的欲望後見到人的本性，但朱熹沒有完全挑明這層意思，他的詩完全可以當作描寫現實景象的詩來讀，說理而不離物象，以巧妙的比喻來說明所悟之理，很富有理趣。莫礪鋒先生認爲朱熹的理趣詩「富有啓發意義」，表現方式是完全訴諸藝術形象的〔註31〕。眞德秀的詩則明言此理，一覽無餘。魏了翁詩以醉妃爲楊玉環，〔註32〕玉奴指南朝齊東昏侯妃子潘氏（也有以玉奴稱楊玉環者，但此處應指潘氏〔註33〕），都形容海棠的豔麗，但一說「索南內」，一說「斃東昏」，則作者所詠並非海棠花，而是人生際遇的無常，美麗的事物總是很容易被毀滅，這是魏了翁借花來詠史觀物，所言之理已十分明顯的表露在詩中。

〔註27〕《全宋詩》第44冊，北京大學出版社1998年版第27501頁。

〔註28〕《全宋詩》第56冊，北京大學出版社1998年版第34857頁。

〔註29〕《全宋詩》第56冊，北京大學出版社1998年版第34872頁。

〔註30〕參見張鳴先生《即物即理，即境即心——略論兩宋理學家詩歌對物與理的觀照把握》，載陳平原、陳國球《文學史》第3輯，北京大學出版社1996年。

〔註31〕莫礪鋒《理學家的詩情——論朱熹詩的主題特徵》，《中國文化》2001年第十七期。

〔註32〕宋惠洪《冷齋夜話》卷一：「東坡海棠詩曰……《太眞外傳》曰：『上皇登沉香亭，詔太眞妃子，妃子時沉醉未醒，命力士從侍兒扶掖而至，妃子醉顏殘妝，鬢亂釵橫，不能再拜，上皇笑曰：「豈是妃子醉，眞海棠睡未足耳。』」津逮秘書本。

〔註33〕清俞樾《茶香室叢抄》卷四「玉奴」條，中華書局1995年版第115頁。

眞德秀和魏了翁的詩風趨於平淡，但是他們的平淡詩風卻有著獨特的內涵，他們吟詠性情，不注重寫景寫物，也不注重遣詞造語的工拙，這一點與道學家詩十分相似。相比朱熹而言，眞、魏二人的詩著重以議論爲詩，也沒有對漢魏古詩的模仿，而體現出宋人詩歌的典型特徵，「以筋骨思理見勝」〔註 34〕。

第二節　眞德秀、魏了翁詩歌的主題和體裁的選擇

眞德秀和魏了翁的詩歌充分地反映了他們的士大夫生活，他們的詩以酬贈唱和詩爲主，有不少應制類詩。眞德秀和魏了翁對詩歌體裁的選擇也有一定偏好，如眞德秀輕視律體，多寫古體詩，魏了翁則兼擅古律。本節通過從數量上分析他們詩歌的主題和他們對體裁的選擇。

一、眞德秀和魏了翁的詩歌主題

眞德秀和魏了翁的詩歌主題大概可以分爲下表中所列幾類：

	政事詩	山水遊覽寫景詩	題詠詩	書畫題跋詩	學問詩	入朝應制詩	送別詩	酬贈詩	哭挽詩	雜事詩	唱和詩
真德秀	13 首 8%	6 首 4%	18 首 11%	2 首 1%	2 首 1%	60 首 37%	24 首 15%	32 首 20%	1 首 1%		3 首 2%
魏了翁		7 首 1%	43 首 4%	4 首 0.4%		10 首 1%	52 首 5.3%	96 首 9.8%	142 首 14.5%	132 首 13.4%	361 首 37.1%

從上表可以看出，眞德秀的入朝應制類詩數量較多，占其詩歌總數近四成，這主要是因爲他創作了大量的帖子詞，這類帖子詞有一定的體制，主要爲五絕體和七絕體，眞德秀創作了五十六首帖子詞和四首致語口號。帖子詞的寫作內容大多是歌頌祥瑞和君主皇后盛德，或隱含規勸進諫之意，多作於節慶或慶祝皇帝或皇后誕辰。吳訥《文體明辯序說・帖子詞》云：「按帖子詞

〔註 34〕錢鍾書《談藝錄》，三聯書店 2001 年版第 3 頁。

者，宮中黏貼之詞也。古無此體，不知起於何時，第見宋時每遇令節，則命辭臣撰詞以進，而黏諸閣中之戶壁，以迎吉祥。觀其詞乃五七言絕句詩，而各宮多寡不同，蓋視其宮之廣狹而爲之，抑亦以多寡爲等差也。」〔註 35〕帖子詞主要是由學士院應制創作，〔註 36〕眞德秀博學宏辭科出身，嘉定六年權直學士院，帖子詞中有幾首的題目就是《嘉定六年皇后閣春帖子詞五首》。

眞德秀和魏了翁詩中酬贈唱和之作不少，但眞德秀的酬贈詩有 32 首，占總數的 20%，而唱和詩卻很少，只有 3 首。魏了翁唱和詩實際上有 386 首（加上附表歸入其它類者），占總數的 40%。可見魏了翁的交友圈之廣以及詩友之多。總體上說，二人的酬贈唱和類詩歌都達到了相當的比率，眞德秀兩類詩占總數的 20%，魏了翁兩類詩則占 50%，這就說明在士大夫的詩歌主題當中交往酬贈之作是一個很重要的部分。

從眞德秀和魏了翁所缺少的主題類型看，眞德秀較之魏了翁缺少雜事詩一項，而魏了翁則缺少政事詩和學問詩一類，僅從詩歌題目而言是這樣的，並不能說明兩人的詩歌中就完全沒有涉及到相關主題。從這個現象來看，眞德秀很少以生活中的雜事作爲歌詠的主題，而魏了翁則較富有生活情趣，有不少寫生活中瑣碎小事的詩作，如賞花之作有《約客木犀下有賦》、《李參政約客訪西郊海棠予以齋禁不與》、《萬州守潘叔豹拉登魯池觀荷華荔枝》等，戲謔之作有《出劍門後日履危徑戲集輀兵方言》。眞德秀詩中有學問詩和政事詩兩項，詩題爲《詠仁》、《衛生歌》和《浦城勸糶》、《會三山十二縣宰》，魏了翁則沒有這兩類詩歌，可以看出眞德秀認爲對詩歌採取實用化態度，一些主題不大適合用詩歌形式表現的題材也寫入詩中。

眞德秀的詩中除去送別、酬贈、應制等類詩之外，興盛於魏晉和唐代的山水遊覽和寫景詩在眞德秀詩歌中是少之又少，只有 6 首，魏了翁也只有 7 首山水遊覽詩，這說明在士大夫詩歌中的人文景象成爲主導，而對自然景象的描寫則逐漸減少。張宏生先生的《江湖詩派研究》提出，江湖派的詩歌主題主要爲四類，即表現憂國憂民之懷，行謁江湖之悲，羈旅之苦，和友誼之求等。〔註 37〕張瑞君《四靈詩歌藝術檢討》一文也指出四靈的詩歌主題主要

〔註 35〕明吳訥《文體明辯序說》，人民文學出版社 1962 年版第 168 頁。

〔註 36〕《宋史全文》卷二十一中：「紹興十三年……辛丑立春節，學士院始進帖子詞，百官賜春幡勝，自建炎以來久廢，至是始復之。」景印文淵閣四庫全書，臺灣商務印書館 1986 年版本。

〔註 37〕張宏生《江湖詩派研究》，中華書局 1995 年版。

爲描寫山居、談禪、等名士山人的生活，反映比較狹窄。〔註 38〕相比江湖詩派和四靈，眞德秀和魏了翁的詩歌主題則充分反映了士大夫的生活，論道學和論學問的詩佔了較大的比重，論政事和時勢的詩也有不少。與江湖派和四靈詩派相比，眞德秀和魏了翁的詩歌寫作方法、藝術技巧與江湖派和四靈詩派有很大不同，如寫作方法上他們的詩多爲酬贈唱和所作，在風格上典雅莊重，用語工穩妥帖，他們有的政事詩寫得意思明白清楚，不追求詩歌的藝術表現，這些都決定了他們詩歌的獨特風貌。

二、眞德秀、魏了翁的詩歌體裁選擇

眞德秀和魏了翁創作的詩歌數量上不算很多，他們選擇的詩歌體裁也主要是五言和七言詩，現根據《全宋詩》及《全宋詩訂補》〔註 39〕將兩人詩歌按主題和體裁分類，製成統計表格，見附錄。下表爲眞德秀、魏了翁詩歌體裁選擇的數量統計表（表一）：

	五古	五律	五絕	七古	七律	七絕	詩歌總數
真德秀	31 首 19%	3 首 2%	24 首 15%	12 首 7%	16 首 10%	76 首 46%	164 首
魏了翁	113 首 12%	126 首 13%	38 首 4%	51 首 5%	324 首 33%	321 首 33%	974 首
《南宋六十家小集》	五古 498 首 9%	五律 1194 首 23%	五絕 176 首 3%	七古 358 首 7%	七律 1063 首 20%	七絕 1972 首 37%	5261 首

說明：魏了翁集中有代作兩首：《黃夫人之葬某新有喪不得爲文以侑虞殯命兒沖代賦》、《成都杜五一府君之葬某新有喪不得爲文以侑虞殯命兒沖代賦》（《全宋詩》頁 34998）。另有六言詩兩首：《次壁間韻題懷安道上三州王氏亭》（頁 34944）。

從眞德秀和魏了翁的詩歌主題與詩歌體裁選擇的關係看，則可以得出以下兩個表格：

〔註 38〕張瑞君《四靈詩歌藝術檢討》，《山西師範大學學報》1991 年第 4 期。

〔註 39〕陳新等編《全宋詩補》，大象出版社 2005 年版第 524～525 頁。

真德秀詩歌主題與詩體選擇分析表（表二）：

	五古	五律	五絕	七古	七律	七絕
政事詩	2				1	10
山水遊覽寫景詩	2	1		2		1
題詠詩	2	0	0	3	2	11
書畫題跋詩	1	0	0	1	0	0
學問詩	0	0	0	1	0	1
入朝應製詩	0	0	24	0	4	32
送別詩	18	2	0	0	2	2
酬贈詩	6	0	0	5	4	17
哭挽詩	0	0	0	0	0	2
唱和詩	0	0	0	0	3	0

魏了翁詩歌主題與詩體選擇分析表（表三）：

	五古	五律	五絕	七古	七律	七絕
山水遊覽寫景詩	1	1	0	2	0	3
題詠詩	7	0	6	3	13	14
書畫題跋詩	0	0	0	0	3	1
入朝應製詩	0	0	0	0	3	7
送別詩	15	2	0	14	10	11
酬贈詩	16	0	1	7	29	43
哭挽詩	1	105	0	0	30	6
雜事詩	12	2	1	13	33	71
唱和詩	54	16	30	10	90	161
詠史懷古詩	1	0	0	0	0	0
入朝應製詩	0	0	0	0	3	7

從詩歌主題來看，士大夫的詩歌主題以酬贈和唱和詩爲主，而他們創作這兩類詩歌選取的體裁爲七絕。魏了翁的七絕詩中唱和詩頗多，達 161 首。眞德秀的詩歌中除去應製詩以外，酬贈詩以七絕爲主，數量也不少，

有 17 首之多。相比其它詩歌體裁來說，眞德秀和魏了翁詩歌寫作以七絕爲主，眞德秀達到 46%，魏了翁達到 33%。這就可以說明在士大夫的詩歌寫作中，主要體裁爲七絕，且佔有重要的位置，其原因主要是七絕短小易制，便於寫作。

眞德秀和魏了翁對於近體詩和古體詩這兩種體裁有沒有較明顯的取向呢，答案是肯定的，尤其是眞德秀，他對詩體的選擇還受道學派詩歌觀念的影響。爲說明這一問題，下面以江湖派、道學派對詩體的態度和選擇作爲對比，來考察眞德秀和魏了翁對古近體詩的不同選擇有何內在原因。關於江湖派的詩體選擇，張宏生先生的《江湖詩派研究》〔註 40〕中提出，文學史上一般都認爲江湖只能寫近體，不能寫古體（文中引方回《婺源黃山中吟卷序》及《學詩吟十首》說明），爲證明此觀點，張宏生先生統計了《南宋六十家小集》中各體詩歌的數量（其中五古爲 498 首，五律爲 1194 首，五絕爲 176 首，七古爲 358 首，七律爲 1063 首，七絕爲 1972 首，還有四言和六言詩若干首，現將各題詩計入上面表一加以比較，後面總數爲這六種詩體總數，不包括其它詩體），張文又稱：「江湖詩人的才氣一般都比較小，較難把握五、七言古體，特別是長篇，即使偶有所作，也很難出色，因此，他們揚長避短，自覺地在五、七言律詩、特別是絕句上下工夫，正是適合於自身特點的選擇。」其實從南宋中後期詩學發展的歷程來看，古體詩和律體詩的選擇不僅僅是關乎才氣大小的問題，當時不同的詩派對詩體的選擇有很大的傾向性，詩體不僅是詩人根據自己才性所作的選擇，還是一種審美風尚的選擇，並受不同詩學觀念的影響。眞德秀和魏了翁處於南宋中後期，這個時代正是當時人對古體和律體產生分歧的時代。前面所引朱熹的《答龔仲至第四書》中就提到，朱熹是尊尚古體詩的，以漢魏詩爲模範而反對律體詩，這一觀點也被眞德秀所繼承，眞德秀在《文章正宗》中就幾乎沒有選律詩。四靈則是尊尚唐詩，劉克莊《宋希仁詩》：

> 近世詩學有二：嗜古者宗《選》，縛律者宗唐。……余謂詩之體格有古、律之變久之，情性無今昔之異。……蓋四靈抉露無遺巧，君含蓄有餘意。余不辨其爲《選》爲唐，要是世間好詩也。〔註 41〕

〔註 40〕張宏生《江湖詩派研究》，中華書局 1995 年第 90～91 頁。

〔註 41〕宋劉克莊《後村先生大全集》卷九七《宋希仁詩》，四部叢刊本。

劉克莊所說的縛律者就是指四靈，他們的詩歌是尊唐的，而劉克莊本人似乎調停其中，主張不必區別古體與律體，只要是好詩就行。林希逸《方君節詩序》中說：

> 詩有近體，始於唐，非古也。今人以繩墨矩度求之，故江西長句，紫芝有詩論之譏。蓋紫芝於狹見奇，以腴求瘠，每曰：「五言字四十，七言字五十六，使益其一，吾力匱焉。」其法嚴如此。今集中古作絕少，亦尚友選家摩括極其苦，淘滌極其瑩。雖然，渾雄之氣視其缺矣。前此我朝諸大家數，律之精莫如半山，有楊、劉所不及；古之奧莫如宛陵，有蘇、黃所不及。中興而後，放翁、誠齋兩致意焉。〔註 42〕

林希逸也認爲四靈中的趙師秀尊尚律體，而很少創作古體詩，極盡苦吟之能事，而雄渾之氣少。這就說明四靈詩派對律體詩，尤其是五律詩的創作有著明顯的喜好和偏愛。反對四靈的道學派和依附道學的詩論家如方回等人則重視古體，輕視律體，前面提到張宏生文中稱引方回的幾段話也說明了這一點，方回《婺源黃山中吟卷序》中說：「今之詩人，專尚晚唐，甚者至不復能爲古體。」〔註 43〕《學詩吟十首》：「葉水心獎提永嘉四靈，而天下江湖詩客學許渾、姚合，僅能爲五、七言律，而詩格卑矣。」〔註 44〕以上材料說明，道學派在詩學觀念上是崇尚古體的，四靈則是喜愛以律體寫作，江湖派則站在中間，側重於律體也不輕視古體，對古體和律體持調合的態度。這三派在詩學觀和詩歌審美風尚存在巨大的差異。在現實的詩歌創作過程中則又因人而異，喜愛古體的並非絕不作律體詩，甚至有的道學中人的律體詩寫作還多於古體詩寫作，這一方面是因爲理論和創作之間存在距離，另一方面也是由於人的才性不同。絕句體因爲短小易制，各派都創作了不少數量的絕句詩。爲說明這一問題，現將四靈中的趙師秀、道學派中的朱熹、張栻以及江湖派的姜夔四人的詩歌體裁統計如下表：

〔註 42〕宋林希逸《鬳齋續集》卷十二《方君節詩序》，景印文淵閣四庫全書，臺灣商務印書館 1986 年版本。

〔註 43〕元方回《桐江集》卷三《婺源黃山中吟卷序》，景印文淵閣四庫全書，臺灣商務印書館 1986 年版本。

〔註 44〕元方回《桐江續集》卷二八《學詩吟十首》，景印文淵閣四庫全書，臺灣商務印書館 1986 年版本。

	五律	七律	五絕	七絕	五古	七古	總計
趙師秀	101	34	0	15	7	0	157
姜夔	33	17	5	82	21	10	168
張栻	112	38	57	233	90	5	535
朱熹	228	190	174	487	297	17	1393

說明：雜言、樂府、騷體詩因素量極少，且無可比性，故不計入。表中總計一欄指前六種體裁詩的數量總數，因其它體裁詩歌數量極少，所以也可以約等於各家詩歌創作的總數。

由上表來看，四靈派詩人趙師秀的詩歌中五律和七律詩占絕對多數，約占 85%左右，而五古和七古總共只有 7 首，占 0.04%，數量相差實在是懸殊，可見四靈詩派對律體詩的偏愛。江湖派詩人姜夔的律體詩數量爲 50 首，占總數的 30%左右，而五古和七古共 31 首，占總數的 18%，是比較傾向於律體詩的。道學派的張栻律體詩共 150 首，占 28%左右，五古和七古共 95 首，占 17%，而絕句詩則較多，共 290 首，占總數的 54%。朱熹詩歌中律體詩也有很多，共有 418 首，占總數的 30%，而古體詩也僅有 314 首，遠遠少於律體詩。而且朱熹詩中的七古很少，與張栻相比，他們的絕句體的創作都占絕對多數，朱熹絕句詩共 661 首，占總數的 47%，說明道學家對於絕句體的偏愛。從以上數據的統計來看，道學家在詩學觀念上雖然推崇古體詩，但在實際的詩歌創作中卻有不少的近體詩傳世。眞德秀的詩歌創作中古體詩占總數的 26%，律體詩占總數的 12%，魏了翁古體詩占總量的 17%，律體詩占總量的 46%。這就說明眞德秀在學術思想和詩學觀上很大程度受道學派的影響，重古體而輕律體，而魏了翁對詩體的選擇更接近於江湖派，對律體和古體不分軒輊，兼而用之。眞德秀《文章正宗》中不選律詩，創作的律詩也只有三首，充分說明了他對律體的排斥。魏了翁五言體詩中創作較多的是五律，七言體詩中創作較多的是七律和七絕。

三、眞德秀和魏了翁各種詩體的風格

自南宋至明清，關於古詩和律詩的討論和認識在不斷深入和展開，直至明清，關於詩體的風格特徵逐漸加以定格和規範。南宋較早的如楊萬里已經開始討論古體詩的特點，他說：「七言長韻古詩，如杜少陵《丹青引》、《曹將軍畫馬》、《奉先縣劉少府山水障歌》等篇，皆雄偉宏放，不可捕捉。……唐律七言八句，句句皆奇，一句之中，字字皆奇，古今作者難之。……五言長韻古詩，如白樂天《遊悟眞寺一百韻》，眞絕唱也。五言古詩，句雅淡而味深長者，陶淵明、柳子厚也。」〔註 45〕楊萬里指出七古的範本是杜詩，其風格特點是雄偉宏放，五古的特點則是雅淡而味深長，沒有提到律詩。朱熹的《答鞏仲至第四書》中說到作詩要知古今體制，影響也很大，魏慶之《詩人玉屑》詩法篇開篇就提到朱熹的這段話，在後來的眞德秀和王柏等人編選詩文時就不取律詩，視律詩爲近體而不予編選。〔註46〕姜夔提到作詩要有體面，《白石道人師說》:「大凡詩，自有氣象、體面、血脈、韻度。氣象欲其渾厚，其失也俗；體面欲其宏大，其失也狂；血脈欲其貫穿，其失也露；韻度欲其飄逸，其失也輕。」〔註 47〕在姜夔列舉的作詩四個重要標準中還沒有關於詩歌體裁的規定。包恢《書撫州呂通判開詩稿後》:「說詩者以古體爲正，近體爲變。古體尚風韻，近體尚格律，正變不同調也。然或者於格律之中而風韻存焉，則雖曰近體而猶不失古體，特以入格律爲異爾。蓋八句之律，一則所病有各一物一事斷續破碎，而前後氣脈不相照應貫通，謂之不成章；一則所病有刻琢痕跡，止取對偶精切，反成短淺而無眞意餘味，止可逐句觀，不可成篇觀，局於格律，遂乏風韻，此所以與古體異。」〔註 48〕包恢認識到古體和律體的區別古體尚風韻、近體尚格律，而律體詩的寫作要求前後氣脈相貫通，相互照應。至嚴羽則明確提出詩歌需有體制，《滄浪詩話・詩辨》:「詩之法有五，曰體制，曰格力，曰氣象，曰興趣，曰音節。」〔註49〕元代楊載《詩法家數》稱五古:「須要寓意深遠，託詞溫厚，反覆優游，雍容不迫。」七古詩:「要鋪敘，要有開闔，有風度，要迢遞險怪，雄俊鏗鏘，忌庸俗軟腐。」〔註 50〕

〔註45〕宋楊萬里《楊萬里集箋校》卷一百十四，中華書局 2007 年版第 4351、4354、4359 頁。

〔註46〕《詩準・詩翼》四卷原爲兩書，分別爲何無適、倪希程編，後朱熹再傳弟子王柏合爲一書，王柏序中說:「昔紫陽夫子考詩之原委，嘗欲分作三等，別爲二端……友人何無適、倪希程前後相與編類，取之廣，擇之精，而又放黜唐律，法度益嚴。」景印文淵閣四庫全書，臺灣商務印書館 1986 年版本。

〔註47〕宋姜夔《白石詩詞集》人民文學出版社 1959 年版第 66 頁。

〔註48〕宋包恢《敝帚稿略》卷五《書撫州呂通判開詩稿後》，景印文淵閣四庫全書，臺灣商務印書館 1986 年版本。

〔註49〕宋嚴羽《滄浪詩話校釋》，中華書局 1961 年版第 7 頁。

〔註50〕清何文煥《歷代詩話》中華書局 1981 年版第 731 頁。

楊載已經認識到五古和七古的不同的風格特徵。明徐師曾《文章辨體序說》論五古詩：「宋初，崇尙晚唐之習，歐陽永叔痛矯『西崑』陋體而變之。並時而起，若王介甫、蘇子美、梅聖俞、蘇子瞻、黃山谷之屬，非無可觀；然皆以議論爲主，而六義益晦矣。馴至南渡，遞相循襲，不離故武。獨考亭朱子以豪傑之材，上繼聖賢之學，文辭雖其餘事，然五言古體，實宗風雅，而出入漢魏陶韋之間。至其齋居感興之作，則盡發天人之蘊，載韻語之中，以垂教萬世，又豈漢晉詩人所能及哉？」論七言古詩：「七言古詩貴乎句語渾雄，格調蒼古」〔註 51〕論律詩：「大抵律詩拘於定體，固弗若古體之高遠；然對偶音律，亦文辭之不可廢者。故學之者當以子美爲宗。其命辭用事，聯對聲律，須取溫厚和平不失六義之正者爲矜式。若換句拗體、粗豪險怪者，斯皆律體之變，非學者所先也。」〔註 52〕從徐師曾的表述中可以看出所謂以議論爲詩和以文爲詩主要是指五古這種詩體而言，與楊萬里相同，徐師曾也認爲律體的範式應以杜甫爲宗。至清人方東樹在《昭昧詹言》中對五古和七古及律詩有大量的論述，詳細地總結了不同詩體的特徵。

在上述的詩體認識的進程中，南宋中後期恰好處於詩學界對各體詩的特點進行歸納提煉的時期，眞德秀和魏了翁對各體詩歌特點的認識應該不會超越於當時人之上，所以說，他們在不同詩體的創作中並未有意識地遵循某種原則，仍然延續著前代的創作方法，如眞德秀尙古體，但是他的古體詩並未像朱熹所提倡的那樣以漢魏古詩爲模範，他的五古和魏了翁的五古中就有不少如徐師曾所說的以議論爲詩的作品，如眞德秀五古《送湯伯紀歸安仁》：

交情世豈乏，道合古所難。自我得此友，清芬襲芝蘭。
苦語時見箴，微言猶同參。相從仁義林，超出名利關。
此樂未渠央，忽告整征驂。索居可柰何，使我喟且歎。
至危者人心，易汩惟善端。苟無直諒友，若謹空杅盤。
重來勿愆期，同盟有青山。聖經如杲日，群目仰輝耀。
利欲滑其中，雲霧隔清照。正須澄心源，乃許窺道妙。
周程千載學，敬靜兩言要。幾微察毫芒，根本在奧竅。
持此當弦韋，迂矣君莫誚。〔註 53〕

〔註 51〕明徐師曾《文章辯體序說》，中華書局 1962 年版第 32 頁。
〔註 52〕明徐師曾《文章辯體序說》，中華書局 1962 年版第 56 頁。
〔註 53〕《全宋詩》第 56 冊，北京大學出版社 1998 年版第 34834 頁。

魏了翁五古《中秋領客》：

秋中無常期，月望無常歷。況於月之房，歲十有二集。
云胡三五夜，賞玩著今昔。我觀魏晉前，未有娛此夕。
豈由夕月禮，承訛變淫液。天行至東北，陽升乃朝日。
日月向南來，三務趨朔易。則於陰之反，順時報陰魄。
古人敬天運，隨處察消息。俗學踵謬迷，更以擬科級。
廣寒八萬户，桂樹五千尺。文人同一辭，只以驚俗客。
墨墨數百年，月如有冤色。爲作反騷吟，聊以補載籍。〔註54〕

從上面所舉兩首詩來看，他們都延續了蘇軾、黃庭堅以來以議論爲詩的士大夫詩歌傳統，如第一首自「至危者人心」以後皆是討論修道正心源。魏了翁的詩倒像一篇押韻的翻案文章。再看一首朱熹的五言古詩：

中夏辭故里，涉秋未停車。賓友坐離闊，田園想榛蕪。
感茲風露朝，起望一煩紆。眷彼忘言子，郁郁西齋居。
俯飲蒼澗流，仰詠古人書。名應里閭薦，心豈榮利俱。
琅然撫枯桐，幽韻泉谷虛。褰裳欲往聽，乖隔靡所如。
（《懷子厚》）〔註55〕

朱熹的這首詩從遣詞用語、感情抒發上看都很明顯有模仿漢魏古詩的痕跡，和眞德秀、魏了翁的寫法大不相同。從上面元代楊載的話裏可以看出在元代大致對五古的特徵定性爲要「寓意深遠，託詞溫厚，反覆優游，雍容不迫」，從這個角度講，眞德秀和魏了翁仍然延續了北宋等詩家的五古做法，以議論爲主，並不在意深遠溫厚，反而是直抒見解，放言高論。

眞德秀的七古詩中最多的是自然山水詩，風格雄奇雅健，很符合楊載所說「雄俊鏗鏘」的特徵，如《題金山》：

江來朱方注之東，海潮怒飛日夕相撞舂。天將古來義士骨，化作狂瀾中央屹立之青峰。孤根直下二千尺，動影嫋窕沖融中。黃金側布蘭若地，鑿翠面面開窗櫳。雙橈伊軋破浪屋，怳忽置我高巃嵸。是時千山雪新霽，水面月出天清空。濤聲四起人籟寂，毛髮蕭爽琉璃宮。披衣明發躡煙靄，決眥俯入歸飛鴻。襟前渤敛暝色，袖裏岷

〔註54〕《全宋詩》第56冊，北京大學出版社1998年版第34914頁。
〔註55〕《全宋詩》第44冊，北京大學出版社1998年版第27479頁。

峨吹曉風。越南燕北但一氣，塵埃野馬何時窮。蒼梧虞舜不可叫，

王事更恨歸匆匆。〔註 56〕

這首古體詩寫金山的孤高雄奇，以及作者登上金山的獨特感受。作者將狂瀾中屹立的金山看作是古來義士之骨化成，巍然立於江心。詩寫的氣勢雄偉，暢達明快，寥寥幾句就寫出了金山的奇特景觀。這首詩先寫遠看金山時金山的孤高雄奇，後寫作者登臨金山過程中所見奇景，後寫登至山頂後俯瞰所見，視角隨作者行蹤而變化，這一點很像歐陽修的詩作《廬山高贈同年劉中允歸南康》，歐陽修也是先寫望廬山，次寫登廬山，個別句法還很相似，如此詩第二句「海潮怒飛日夕相撞舂」與歐詩的「洪濤巨浪日夕相舂撞」。蘇軾有《題金山寺》一詩，同爲寫冬季的金山，蘇軾寫夜景，觀察細緻而且比喻豐富，如「微風萬頃靴文細，斷霞半空魚尾赤。」幻景與現實相結合。眞德秀詩寫景爲即目所見，較少想像和虛幻的成分，極力寫金山的「高」、「奇」，用筆不似蘇詩那麼細緻，而著眼於金山的整體氣勢和特點。眞德秀的詩寫出了金山的孤高雄奇，筆法凝練，是眞德秀七古中作得較好的。下面看魏了翁的七古詩。魏了翁《題大安軍楊寶謨旌忠廟》：

范陽一夕鞞鼓鳴，莽然河朔惟孤城。

姓名徹聞帝猶謂，我乃不識顏眞卿。

人才所用非所養，自昔然矣奚獨神。

肘間銀黃掛三組，腰間犀玉圍萬釘。

養癰護疾皆此輩，事危先及城郭臣。

求仁得仁性情正，可死無死分義明。

豈徒一時折群醜，將與萬世開太平。

我嘗辱交於神者，寤寐精爽如平生。

過祠解後日端午，昌歜之酒芬兮清。

要呼湘累徑同醉，毋使二子稱獨醒。〔註 57〕

楊震仲在吳曦叛亂時英勇殉國，入《宋史》忠義傳，史載：「楊震仲字革父，成都府人。蚤負氣節，雅有志當世。……辟興元府通判，權大安軍。吳曦叛，素聞震仲名，馳檄招之，震仲辭疾不行。時軍教授史次秦亦被檄，謀於震仲，震仲曰：『大安自武興而來，爲西蜀第一州，若首從其招，則諸郡風靡矣。顧

〔註 56〕《全宋詩》第 56 冊，北京大學出版社 1998 年版第 34874 頁。

〔註 57〕《全宋詩》第 56 冊，北京大學出版社 1998 年版第 34875 頁。

力不能拒，義死之。教授非城郭臣，且有母在，未可死，脫去為宜。』因屬次秦曰：『吾死，以匹絹纏身，斂以小棺足矣。』曦遣興州都統司機宜郭鵬飛代震仲，趣其行益急。鵬飛宴震仲，終飲不見顏色，歸舍，然燭獨坐，夜露至三鼓，呼左右索湯，比至，震仲飲毒死矣。次秦如其言，斂而置於蕭寺，闔郡為之流涕。」〔註 58〕魏了翁以當時顏眞卿比楊震仲，他們所守的孤城都陷於叛軍的包圍之中，而都選擇了從容就義。魏了翁有《哭楊寶謨文》一篇稱頌楊震仲：「世降道微，義理不競，而士之拔然自立，不污不屈者，則昭昭然揭節義之稱於天下矣。」〔註 59〕這段評論正好對應了詩中的「人才所用非所養，自昔然矣奚獨神。肘間銀黃掛三組，腰間犀玉圍萬釘。養癰護疾皆此輩，事危先及城郭臣。」六句，南宋朝廷平日所養的官吏享受高官厚祿，而實際上卻不為朝廷辦事，眼看弊政百出卻嘿默無言，事情到了危急之處卻又只能依靠被冷落忽略的仁義之士。魏了翁才學富贍，見識獨到，長於議論縱橫，善於將鋪敘和議論很好的結合在一起，風格沉雄渾厚，這是魏了翁七古詩的特點。

眞德秀七律詩中多有以議論為詩的，如《會長沙十二縣宰》：「從來守令與斯民，都是同胞一樣親。豈有脂膏供爾祿，不思痛癢切吾身。此邦祗似唐時古，我輩當如漢吏循。今夕湘春一巵酒，直煩散作十分春。」〔註 60〕較為可讀的是《使都梁次韻》這首詩：

> 第一山前路半蕪，憑欄小立撚吟鬚。
> 雲橫紫塞無來雁，冰斷黃流不渡狐。
> 此日都梁聊共醉，向來夷甫可長籲。
> 淮山那管人間事，依舊青青出畫圖。〔註 61〕

都梁山在淮南，眞德秀是在嘉定六年（1213）冬觸怒史彌遠後被命出使金國的，劉克莊《宋資政殿學士贈銀青光祿大夫眞公行狀》載：「時相當國既久，言路遍置私人，耆舊盡去，都司胡、薛之徒始用事，鈔法楮令既行，告訐繁興，吏民坐新書抵罪者眾，公首上是奏，直聲動朝野。……時相不樂，都司尤切齒，……時相患公與左史李公埴數論事，於是二公俱出疆。」〔註 62〕行

〔註 58〕元脫脫《宋史》卷四四九，中華書局 1977 年版第 13228 頁。
〔註 59〕宋魏了翁《鶴山先生大全集》卷九十《哭楊寶謨文》，四部叢刊本。
〔註 60〕《全宋詩》第 56 冊，北京大學出版社 1998 年版第 34846 頁。
〔註 61〕《全宋詩》第 56 冊，北京大學出版社 1998 年版第 34857 頁。
〔註 62〕宋劉克莊《後村先生大全集》卷十五《宋資政殿學士贈銀青光祿大夫眞公行狀》，四部叢刊本。

至盱眙因道路不通而還，途中眞德秀留意兩淮山川險易及邊境情況，爲異日之備。這首詩就作於此時。詩中夷甫應指晉王衍（字夷甫），在這首詩裏應暗指王安石，在眞德秀看來北宋王安石變法是失敗的，導致了吏治腐敗和蔡京等人禍亂朝政，最終導致北宋滅亡〔註63〕。詩三四句寫黃河兩岸的蕭颯景象，五六兩句感慨興亡，情與景較好地融合在一起，末句餘韻悠揚，喻感慨不盡之意。此詩曾被刻石於都梁山上供後人傳唱〔註64〕。另如《別湯升伯》:「二十年前忝舊遊，論交今日始從頭。我如潦盡寒潭水，君似天空明月秋。夜雨幾時重話舊，故山聞早共歸休。臨岐贈別無他祝，莫忘鄒陳爲國憂。」〔註65〕清人方東樹曾論七律:「不知詩之諸體，七律爲最難，尙在七言古詩之上。……七律束於八句之中，以短篇而須具縱橫奇恣開闔陰陽之勢，而又必起結轉折章法規矩井然，所以爲難。」〔註66〕眞德秀的七律作品整體來看少有佳作，用字遣詞偏於平淡，章法句法變化不多，時有通篇議論之作。下面再看魏了翁《送侯成甫歸蜀》

雁聲砧杵霜滿洲，高桅大舶行清秋。

長安白日誤雙鬢，故國青山明兩眸。

前宵大江半歸壑，來歲候蟲已壞齋。

無蹤天馬常往還，不信人間有終屈。〔註67〕

詩中一「明」字，一「誤」字，運用反襯手法表現出對故鄉的思念和宦海誤人的悔恨，寫景開闊雄渾。另如《次韻李參政見謝遊龍鶴山詩》

北山嘗乞草堂靈，娓娓高談析理精。

潑眼溪光無間斷，入懷月色太鮮明。

〔註63〕宋眞德秀《西山眞文忠公文集》卷二《戊辰四月上殿奏箚》二:「自王安石、蔡京之徒相繼用事，樂趣和同己之論，用險膚亡行之人士，有不爲利疚不爲勢怵者則目之好異，目之好名，摧折沮挫不遺餘力，波流橫潰至於崇、宣，遺親後君之習成，伏節死義之風泯，其禍可勝道哉!」，四部叢刊本。

〔註64〕明儲巏《柴墟文集》卷十《晞髮集引》末附此詩，詩題爲《遊第一山》，後記:「宋南渡後與金人畫淮爲界，聘問之使於盱眙館焉，此西山眞公出使之詩，感憤之意溢於言外。公嘗有疏謂『金人方偪蒙古之難，請絕其幣』，豈在此詩後乎?巏過都梁，陳少卿大章、張別駕禧邀予遊第一山，誦及是詩，謂當與茲山並傳，因命刻之於石。」基本古籍文庫影明嘉靖四年刻本。

〔註65〕《全宋詩》第56冊，北京大學出版社1998年版第34847頁。

〔註66〕清方東樹《昭昧詹言》卷十四通論七律一，人民文學出版社1961年版第375頁。

〔註67〕《全宋詩》第56冊，北京大學出版社1998年版第34894頁。

寒毛絡石清可數，暝靄蒸山濃欲傾。

相對悠然無語處，古今成敗一空枰。〔註68〕

中間兩聯寫景逼眞，「潑「字寫出溪水流動之中反射得月光十分明亮，富有動感，用詞非常貼切生動。月色似乎十分可愛，又似乎十分頑皮，把月光寫得如活物一般。山霧濃到欲「傾」，似乎霧已經成爲液體狀，借助了通感手法來突出了景物的特徵。這些都說明作者的用心，寫景不止爲寫景，而是爲了構成某種意境而作。結句感概世事紛紜，發人深思。魏了翁的七律詩縱橫開闔，用字用詞有其獨特之處，有較高的藝術價値。

眞德秀的絕句詩較少，如《贈夏宗禹》:「虎頭自合取封侯，好爲明時立雋功，做了玉關班定遠，卻陪芝嶺夏黃公。」〔註 69〕《贈葉子仁》:「花正紛紅俄駭綠，月才掛壁又沈鈎。世間萬事都如此，莫遣雙眉浪自愁。」〔註 70〕如《題黃氏貧樂齋》:「濂洛相傳無別法，孔顏樂處要精求。須憑實學工夫到，莫作閒談想像休。」〔註 71〕議論比較平淡，也缺少情韻。魏了翁的絕句詩比較清新淡雅，尤其是一些佳篇被廣爲傳頌，多是信筆而書的平易淡雅之作，如：

柳梢庭院杏花牆，尚記春風繞畫梁。

二十四番花信盡，只餘蕭鼓賣餳香。

《翌日約客有和者再用韻四首》〔註72〕

夢餘不省臥山城，猶記封章入殿榮。

蚤雨蠻風喚蘇醒，譙南殘點一聲聲。

《次韻譙仲甫致政聞南遷見寄》〔註73〕

遠鐘入枕雪初晴，衾鐵棱棱夢不成。

起傍梅花讀周易，一窗明月四簷聲。

《十二月九日雪融夜起達旦》〔註74〕

〔註68〕《全宋詩》第 56 冊，北京大學出版社 1998 年版第 34926 頁。
〔註69〕《全宋詩》第 56 冊，北京大學出版社 1998 年版第 34849 頁。
〔註70〕《全宋詩》第 56 冊，北京大學出版社 1998 年版第 34849 頁。
〔註71〕《全宋詩》第 56 冊，北京大學出版社 1998 年版第 34848 頁。
〔註72〕《全宋詩》第 56 冊，北京大學出版社 1998 年版第 34943 頁。
〔註73〕《全宋詩》第 56 冊，北京大學出版社 1998 年版第 34966 頁。
〔註74〕《全宋詩》第 56 冊，北京大學出版社 1998 年版第 34957 頁。

第一首寫作者對春天的追憶和留戀，結尾餘韻悠揚，春天歸去後只留蕭鼓聲和飄蕩在空氣中的飴糖的香氣。第二首寫作者因反對史彌遠被貶至蠻荒的靖州，夜裏夢到過去，猶能記得當年的榮耀，但也僅僅存在於夢餘短短的刹那，等意識徹底蘇醒後窗外的風雨聲終於讓自己明白是在哪裏。最後一絕第四章已經討論過，宋代就已經被人稱頌，成爲魏了翁的名作。另如《次韻李參政秋懷十絕》其五：「月華如水恰中庭，烏鵲枝頭棲復驚。晚暑三亭隨雨過，秋聲一半在蟲鳴。」〔註 75〕寫得很有趣味，寥寥幾筆刻畫出了秋月之夜的清寂幽遠，尤其後兩句，寫出了初秋新雨一洗煩熱，令人神氣清爽，蟲聲唧唧，使人敏鋭地感覺到秋的臨近，月光，枝頭烏鵲，小蟲細鳴反襯出夜的寂靜，畫面富有詩意。詩還寫出了視覺、觸覺、聽覺的感受，全面立體地描寫了秋給人的印象，筆觸十分細膩，語言簡潔凝練。另如第三組其八：「犀鎮簾帷風綽開，當庭恰似剪花回。眉間一點看渾似，笑領江南春信來。」〔註 76〕「眉間」一句暗用壽陽公主梅花妝的典故，以人喻花，即花即人，對江南春天的期盼和對花之美的欣賞都凝在這一聯，很富有情趣。總體來看，魏了翁的絕句詩佳作不少，而且藝術價值較高。魏了翁的情趣廣泛，能抓住事物美的瞬間寫入詩中，作品餘韻悠揚，耐人尋味，富有生活情趣。

第三節　眞德秀、魏了翁詩歌寫作方法和語言運用及藝術缺陷

眞德秀和魏了翁是受道學思想影響的士大夫，他們的文學思想和觀念不僅影響了他們的詩歌創作內容，也影響著他們的詩歌寫作手法和語言運用藝術，他們的詩歌從藝術形式上講區別於一般詩人的作品。

一、不事比興——眞德秀、魏了翁詩歌寫作手法的探討

魏了翁《某偶爲木犀有賦，遂蒙別駕諸丈光和盈軸，因惟晉以後名科第曰「折桂」，兩無相關，至近世則又以木犀之別種有岩桂之名，其實非桂也，遂併爲一物，輒爲二木訟冤，呈諸丈一笑》一詩中這樣寫道：「澹雲明露立蒼蒼，不識從來聲利場。晉人習浮輕興喻，唐人承誤轉周章。高談天上兔蟾影，

〔註 75〕《全宋詩》第 56 冊，北京大學出版社 1998 年版第 34936 頁。
〔註 76〕《全宋詩》第 56 冊，北京大學出版社 1998 年版第 34934 頁。

卑擬人間龍麝香。犀桂自殊苦相累，都將榮進溷眞芳。」〔註 77〕這首詩當然有戲作的成分，意謂晉人習俗浮薄，輕於興喻，而唐人則延續這個習俗，將桂花大加比擬。魏了翁以爲魏晉至唐的詩歌中著重於事物的外部形態，以之取象興譬，而對事物的本性、本質不那麼重視。反映在詩歌創作的手法中，眞德秀和魏了翁詩歌創作的一個重要特點就是很少使用比喻和興象的傳統手法，而是多用賦體，直接鋪陳。眞德秀爲數不多的詩中幾乎沒有使用比興之體的。試以魏了翁的詠物詩說明這一特點。魏了翁詠物詩中以詠梅詩爲最多，如《汪漕使即梅圃作浮月亭追和古詩餘亦補和》：

一元播群卉，其氣清以馥。詩人競稱許，胡然於梅獨。
黄宮播雷鼗，玉管動葭轂。惟梅命於陽，清豔照樸樕。
正冬白堆牆，初夏黄繞屋。純乾稟自高，奚止香百斛。
又從晏陰後，仍作來年復。番君爲築亭，揮弄月盈掬。
可敬不可玩，醉語懼三瀆。〔註 78〕

詩中對梅花的外部形態很少描寫，稱梅「命於陽」，是純乾之體，梅中有春的消息，是天地陽氣回覆的一個徵候。魏了翁著重在表達他對梅的認識，不談梅花之美。另如《次韻李參政、李提刑見和雁湖觀梅》：「春事何須羯鼓催，好春全看未花時。雨餘庭院湖光濕，人倚闌干夕暝遲。正會意時俄赳赳，到忘言處謾期期。雁湖飲散人歸後，曾問梅花復幾枝。」〔註 79〕這首詩裏也沒有對梅花的形態的描寫，對梅的精神象徵意義的看法也和前面那首詩一樣，都把梅花看做陽氣復生的象徵。缺少比喻和興象正是魏了翁作詩的一個特徵，並非他不會運用這種手法，而是他有意的規避，他不滿於詩人詠物只重外形，不重精神內涵的做法，而他對事物的象徵意義也總是聯繫到道學的義理上去。歷代詠梅之作不少，現以詠梅中的名篇唐代柳宗元《早梅》和宋陸游的《西郊尋梅》作一對比來說明魏了翁詠梅詩的這一特點。唐代柳宗元《早梅》：

早梅發高樹，回映楚天碧。朔風飄夜香，繁霜滋曉白。
欲爲萬里贈，杳杳山水隔。寒英坐銷落，何用慰遠客。〔註 80〕

〔註 77〕《全宋詩》第 56 冊，北京大學出版社 1998 年版第 34971 頁。
〔註 78〕《全宋詩》第 56 冊，北京大學出版社 1998 年版第 34891 頁。
〔註 79〕《全宋詩》第 56 冊，北京大學出版社 1998 年版第 34931 頁。
〔註 80〕唐柳宗元《柳河東集》卷四三，上海古籍出版社 2008 年版第 731 頁。

陸游《西郊尋梅》：

西郊梅花矜絕豔，走馬獨來看不厭。
似羞流落蒙市塵，寧墮荒寒傍茆店。
翛然自是世外人，過去生中差一念。
淺顰常鄙桃李學，獨立不容鶯蝶覘。
山礬水仙晚角出，大是春秋吳楚僭。
餘花豈無好顏色，病在一俗無由砭。
朱欄玉砌渠有命，斷橋流水君何欠。
嗟予相與頗同調，身客劍南家在剡。
淒涼萬里歸無日，蕭颯二毛衰有漸。
尚能作意晚相從，爛醉不辭杯瀲灩。〔註81〕

柳宗元詩中第二、三兩句都是對梅的氣味、顏色的描寫，末尾詩人借物起興，感慨梅花銷落和羈旅愁思。陸游詩中的梅成為詩人獨立不羈的人格象徵，將梅的精神通過擬人、反襯的手法烘託出來，詩人的主觀行為也與梅之精神相迎合，梅如詩人一般孤高，詩人如梅一般不俗。魏了翁詩中的梅則是作為客觀世界陰陽消息變化的一個表徵出現，不注重表現梅的外形和梅的品格。眞德秀雖然說「以詩人比興之體發聖門理義之秘」〔註82〕其實他的詩中用比興之體的地方少之又少，魏了翁則稱：「自離騷作而文辭之士與世之以聲律為文者，傅會牽合，始與事不相麗。」〔註83〕對比興的手法也很少用到，倒是多以詩記事說理。總體來看，眞德秀和魏了翁詩歌寫作手法的一個重要特點就是不事比興，多以「賦」的手法鋪敘。比和興是自《詩經》中就有的詩歌寫作手法，自先秦以來就有歷代詩人不斷加以使用，而且比喻也是文學創作中十分常用的寫作方法，為什麼眞德秀和魏了翁有意放棄比興之體的運用呢？

詩人詠物敘事，往往喜歡用比的手法，廣泛設譬，窮形盡象，以期能準確地描繪出事物的形象和特徵，要做到這一點，就必須借助比的手法。詩人要抒發心中之情，也要借助於客觀環境的烘託，才能方便表達，總之，詩人對感官感受和現象世界的描述是他們表達所必須的途徑，因此，自《詩經》以來，詩人對比興之體的運用屢見不鮮，而讀者欣賞其作品，在很大程度上

〔註81〕宋陸游《劍南詩歌校注》卷三，上海古籍出版社2005年版第292頁。
〔註82〕宋眞德秀《西山眞文忠公文集》卷二七《詠古詩序》，四部叢刊本。
〔註83〕宋魏了翁《鶴山先生大全集》卷六二《跋胡復半埜詩稿》，四部叢刊本。

也是對巧妙運用比興所達到的藝術效果和所塑造境界的欣賞。《文心雕龍》中就說：「詩人比興，觸物圓覽。物雖胡越，合則肝膽。」〔註 84〕眞德秀和魏了翁的詩歌寫作中則不事比興，他們的認識彷彿忽略了感官世界，以儒家的概念和範疇來表達對客觀事物的認識。

二、眞德秀、魏了翁詩中語言的運用

眞德秀和魏了翁詩歌中有很多語言模仿或化用前人詩句的地方，他們運用典故或前人詩句不像江西派那樣廣博搜求，費心安排，而且比較直接地引入詩中。下面試舉幾例。

眞德秀詩中多有對杜詩的點化，如「決眥俯入歸飛鴻」與杜甫《望嶽》：「決眥入歸鳥」，末句「蒼梧虞舜不可叫，王事更恨歸匆匆。」與杜甫《同諸公登慈恩寺塔》：「回首叫虞舜，蒼梧雲正愁。」都是化用杜詩。還比如《送裘司值得請西歸》中：「白鷗沒浩蕩，蒼鶻在指呼」一句〔註 85〕化用杜甫《奉贈韋左丞丈二十二韻》中的「白鷗沒浩蕩，萬里誰能馴。」

魏了翁詩歌創作對前人詩句、典故化用之處甚多，取材範圍也廣。化用《詩經》中句子的如《次韻黃侍郎海棠花下怯黃昏》：「何花春不紅，何草冬不黃。」明顯是化用《詩經・大雅》中《何草不黃》一章中的「何草不黃，何日不行」，化用《論語》中語句的如《和靖州判官陳子從山水圖十韻》：「世無善觀者，滔滔吾誰歸。」〔註 86〕化用《論語・微子》中：「滔滔者天下皆是也」與《先進》章中的「微斯人，吾誰與歸」句，化用唐詩的如《送趙茶馬東歸》：「檻開岷嶺半天雪，簾卷峨眉千丈崗。」〔註 87〕化用杜詩《絕句四首》中的「窗含西嶺千秋雪，門泊東吳萬里船。」另如《楊仲博生日》：「是日江風吹倒山，船頭白浪高黏天。」〔註 88〕則化用李白《橫江詞》：「一風三日吹倒山，白浪高於瓦官閣。」化用宋詩的如魏了翁詩《次韻虞果州泛雪》：「黃雲靉靆風雪天，欲之霸橋尋浪仙。爐中榾柮繫寒客，縱慾燒愁能得然。撥灰嚼句不忍吐，竟日南望雙眸穿。」〔註 89〕其中撥灰一句就出自黃庭堅詩，《山

〔註 84〕范文瀾注《文心雕龍》卷八，人民文學出版社 1958 年版第 603 頁。
〔註 85〕《全宋詩》第 56 冊，北京大學出版社 1998 年版第 34834 頁。
〔註 86〕《全宋詩》第 56 冊，北京大學出版社 1998 年版第 34911 頁。
〔註 87〕《全宋詩》第 56 冊，北京大學出版社 1998 年版第 34882 頁。
〔註 88〕《全宋詩》第 56 冊，北京大學出版社 1998 年版第 34897 頁。
〔註 89〕《全宋詩》第 56 冊，北京大學出版社 1998 年版第 34877 頁。

谷詩集注》卷十六《次韻高子勉十首》「寒爐餘幾火，灰裏撥陰何」句下注：「言作詩當深思苦求，方與古人相見也。《傳燈錄》：『百丈謂潙山曰：「汝撥鑪中有火否？」師撥云：「無火。」百丈躬起，深撥得火，舉以示之，云：「此不是火？」師發悟，禮謝。』呂蒙正詩：『撥盡寒爐一夜灰。』老杜詩：『試學陰何苦用心。』謂陰鏗、何遜。」〔註 90〕。

從上面的例子可以看出眞德秀和魏了翁化用前人詩句和典故的特點。李白、杜甫、黃庭堅的詩在當時應該是家喻戶曉的，而《詩經》、《論語》更是人人皆知的，眞德秀和魏了翁並不在意是否所引爲人熟知，大多直接用在詩中，一方面是因爲眞德秀和魏了翁反對玩弄辭藻，重視詩歌現實功用的文學觀念導致了他們對詩歌藝術的忽視，不願在運用語言上花費心思，這在一定程度上降低了他們詩歌的藝術質量。宋代江西詩派的一個重要的創作方法就是以故爲新，點化前人詩句，而魏了翁則對這一方法不以爲然，他的《注黃詩外集序》中說：「予嘗讀三禮，於生子曰『詩負於祝嘏』，曰『詩懷乃知。』詩之爲言，承也。情動於中，而言以承之，故曰：詩非有一毫造作之工也。而後世顧以纂言比事爲能，每字必謹所出，此詩注之所以不可已。」〔註 91〕魏了翁認爲詩是要表情達意的，過多的關注於辭藻的運用技巧，是有造作之嫌，所以他的詩中雖有用典故的地方，但並非有意追求表達上的感覺和語言上的技巧，所以只要對典故略有瞭解，詩意也就了然了，眞德秀的詩雖有引用前人詩句，但也並無生僻的出處。可以說，眞德秀和魏了翁的語言對前人詩句和典故的化用都比較明白易懂，服從於表達的需要，但又不是刻意的追求運用技巧。從宋詩發展的進程來看，在江西派之後，中興詩人和江湖派都逐漸背離了以故爲新的創作方法，從某種程度上講，眞德秀和魏了翁也是順應了這一詩歌發展趨勢，他們的詩歌寫作，也可以看做是對江西詩派創作方法的一種反撥，雖然在詩與學的問題上，他們和江西派有一致的一面，就是強調「學」在詩歌創作中的重要作用，但眞德秀和魏了翁所說的學卻是指儒家義理，所學並不是爲了把詩寫好。眞德秀和魏了翁的士大夫生活免不了不少的贈答酬應，詩歌就是他們與同僚、朋友交往的工具，創作時間上不免受到限制，而且也沒有更強烈的內心情感表達的需要，所以以前人詩句、典故入詩，雖不完全是湊泊之作，但也有此嫌疑。

〔註 90〕宋黃庭堅《山谷詩集注》，上海古籍出版社 2003 年版第 392 頁。
〔註 91〕宋魏了翁《鶴山先生大全集》卷五五《注黃詩外集序》，四部叢刊本。

三、眞德秀、魏了翁詩歌藝術上的缺陷

1、魏了翁詩歌中的詞句重複使用現象

張文利的《魏了翁文學研究》中指出魏了翁的詞中詞句重複雷同者極多〔註92〕，其實在魏了翁詩中這個現象也是存在的，下面簡要列舉一些：

A1、《送宋常丞知閬州》：「方騎將軍馬，旋闖師氏闈。」〔註93〕

A2、《送陳大著知蘄州分韻得輝字》：「三十搴殊科，尋闖師氏闈。」〔註94〕

B1、《送曾尚右知信州分韻得州字》：「溫陵有佳士，清姿秀琅球。」〔註95〕

B2、《送周架閣以浙東提幹歸平江》：「周君海內秀，清姿競球琅。」〔註96〕

C1、《王總領生日》：「波濤沄沄逐風靡，山色澹澹憂陵夷。」〔註97〕

C2、《和虞永康美功堂詩》：「川流袞袞來不斷，雲物亹亹生無休。」〔註98〕

D1、《次韻李參政湖上雜詠錄寄龍鶴墳廬》：「木落天宇空，野迴江水碧。」〔註99〕

D2、《約眉之寓公飲郡圃梅下分韻得動字》：「野迴山色枯，木落天宇空」〔註100〕

E1、《次韻李參政湖上雜詠錄寄龍鶴墳廬》：「古人爲己學，不以遇不遇。」〔註101〕

E2、《送二兒三兒赴廷對》：「古人爲己學，何有於富貴。」〔註102〕

F1、《續和李參政湖上雜詠》：「虛靈一寸心，攻者十七八。」〔註103〕

〔註92〕張文利《魏了翁文學研究》，中華書局2008年版第97頁。
〔註93〕《全宋詩》第56冊，北京大學出版社1998年版第34868頁。
〔註94〕《全宋詩》第56冊，北京大學出版社1998年版第34870頁。
〔註95〕《全宋詩》第56冊，北京大學出版社1998年版第34871頁。
〔註96〕《全宋詩》第56冊，北京大學出版社1998年版第34872頁。
〔註97〕《全宋詩》第56冊，北京大學出版社1998年版第34878頁。
〔註98〕《全宋詩》第56冊，北京大學出版社1998年版第34865頁。
〔註99〕《全宋詩》第56冊，北京大學出版社1998年版第34879頁。
〔註100〕《全宋詩》第56冊，北京大學出版社1998年版第34877頁。
〔註101〕《全宋詩》第56冊，北京大學出版社1998年版第34879頁。
〔註102〕《全宋詩》第56冊，北京大學出版社1998年版第34877頁。

F2、《贈僧南遊》:「虛靈一寸心,無賢愚聖狂。」〔註104〕

F3、《題尹商卿自信齋》:「虛靈一寸心,至遠而至近。」〔註105〕

G1、《大理曾少卿欲見余近作……讀余文而愈因次其韻》:「俯看滄海環九州,仰視青雲行白日。」〔註106〕

G2、《送秦秘監以顯謨知潼川》:「俯瞰大江流,仰看蒼雲移。」〔註107〕

H1、《送吳門葉元老歸浮光》:「牛羊凍臥鴻酸嘶,九州博大君安之。」〔註108〕

H2、《次韻永平令江叔文鶴山書院落成詩》:「投沙屈賈占所歸,九州博大歸何之。」〔註109〕

從以上所列舉的詩句來看,魏了翁詩中的句式、詞語重複雷同者極多,而且主要是集中在酬贈、唱和一類主題的詩中。魏了翁與當時的士大夫酬應往來極爲頻繁,而且多以詩歌唱和表情達意,所作既多則不能求精,況且魏了翁也不太重視詩藝的鍛鍊,所以他對詩句的運用不避重複,這無疑影響了他的詩歌表現力和藝術價值。

2、真德秀、魏了翁詩歌寫作方法的程序化

眞德秀和魏了翁對詩歌創作持實用的態度,眞德秀推崇「以詩人比興之體發聖門理義之秘」〔註110〕魏了翁則稱:「自離騷作而文辭之士與世之以聲律爲文者傅會牽合,始與事不相儷。」〔註111〕眞德秀和魏了翁寫詩往往是寫出所見之理,或所論之事,較少對環境的細膩描寫,缺少強烈的情感表達,他們對藝術手法是不太講究的,對字句的鍛鍊也不太在意,情思平淡,章法缺少變化,多直書其事,很少虛構幻想之作,而一些程序化的寫作方式和習慣性的寫作手法也時時在他們的詩中出現,而且對一些固定的主題有著相似的寫作方法。

〔註103〕《全宋詩》第56冊,北京大學出版社1998年版第34880頁。
〔註104〕《全宋詩》第56冊,北京大學出版社1998年版第34873頁。
〔註105〕《全宋詩》第56冊,北京大學出版社1998年版第34903頁。
〔註106〕《全宋詩》第56冊,北京大學出版社1998年版第34895頁。
〔註107〕《全宋詩》第56冊,北京大學出版社1998年版第34898頁。
〔註108〕《全宋詩》第56冊,北京大學出版社1998年版第34906頁。
〔註109〕《全宋詩》第56冊,北京大學出版社1998年版第34901頁。
〔註110〕宋眞德秀《西山眞文忠公文集》卷二七《詠古詩序》,四部叢刊本。
〔註111〕宋魏了翁《鶴山先生大全集》卷六二《跋胡復半埜詩稿》,四部叢刊本。

先看眞德秀和魏了翁的題詠詩，他們的題詠詩都是就所題詠之物生發議論，而議論也多以義理爲主，如前舉眞德秀《題李立父高遠樓》〔註 112〕，《送王子文宰昭武》〔註 113〕，《贈盱江張平仲》〔註 114〕等，都是在勸人以履道平實，做官要清廉等。魏了翁的《題東甌王友直尙友堂》〔註 115〕也純論義理，不大寫所見之景和心中所感。

再試以魏了翁的七律詩中的送別主題詩考察，《送唐述之赴廷對》、《送劉類元奉對闕庭》二首詩都是送人至帝京的，寫法有什麼不同呢？

快著青冥輭玉鞭，穩騎穩騎騄耳踏雲煙。

便持全蜀無雙譽，去聽賓臚第一傳。

衆所望君皆爾耳，人之好我豈云然。

古來名下無虛士，試玩盈科放海篇。（《送唐述之赴廷對》）〔註 116〕

突爭修名磊魄胸，一鳴冠蜀未酬公。

十年解瑟無調瑟，百載張弓未弛弓。

剝啄門邊誰主客，畢逋城上孰雌雄。

引吭爲作朝陽瑞，攜取香名壽乃翁。（《送劉類元奉對闕庭》）〔註 117〕

第二首中「解瑟」指劉類元行爲縝密〔註 118〕，「剝啄」一句出自韓愈詩《剝啄行》〔註 119〕，應指劉類元刻苦讀書，不急於世祿功利。這兩首詩的前三聯都是對被送之人的讚揚，最後表達對被送別者的期望。《送王教授之官臨邛》〔註 120〕、《通泉李君以廷試卷漏結塗注自三甲降末甲賦詩以送其歸》〔註 121〕兩首詩的章法相似，純爲論學而作。總體而言，魏了翁因爲官場或世俗交往中的應酬很多，所以有時詩歌寫作也是爲了應景，章法、詞句都有很多類似之處，程序化的寫作幾成常套，往往有千篇一律的感覺，總不外乎忠孝禮義，從思

〔註 112〕《全宋詩》第 56 冊，北京大學出版社 1998 年版第 34841 頁。
〔註 113〕《全宋詩》第 56 冊，北京大學出版社 1998 年版第 34842 頁。
〔註 114〕《全宋詩》第 56 冊，北京大學出版社 1998 年版第 34842 頁。
〔註 115〕《全宋詩》第 56 冊，北京大學出版社 1998 年版第 34907 頁。
〔註 116〕《全宋詩》第 56 冊，北京大學出版社 1998 年版第 34929 頁。
〔註 117〕《全宋詩》第 56 冊，北京大學出版社 1998 年版第 34942 頁。
〔註 118〕宋朱熹《朱子語類》卷十六《大學》三：「問解瑟爲嚴密。是就心言，抑就行言。曰是就心言。問心如何是密處。曰只是不粗疏，恁地縝密。」中華書局 1985 年版第 321 頁。
〔註 119〕唐韓愈《韓昌黎詩繫年集釋》卷六，上海古籍出版社 1994 年版第 662 頁。
〔註 120〕《全宋詩》第 56 冊，北京大學出版社 1998 年版第 34951 頁。
〔註 121〕《全宋詩》第 56 冊，北京大學出版社 1998 年版第 34962 頁。

想內容上講就不可能有新意迭出的可能，而語言表達上他們又不是很講究形式和技巧，詩歌寫作的數量一多，就不免雷同和重複。

小　結

從詩歌風格上講，眞德秀和魏了翁的詩歌風格以平淡爲主，他們的平淡不同於一般詩人的平淡，而是以儒學修養爲基礎的樸素人生觀和審美觀的結合。眞德秀和魏了翁的詩歌有學者之詩的特質，魏了翁詩還有學人之詩的色彩。在眞德秀和魏了翁的詩歌體裁選擇上，他們各有不同的取向，詩歌主題也多以酬贈唱和爲主。在不同體裁的詩歌寫作中，眞德秀和魏了翁的創作方法和風格是不同的，魏了翁的絕句詩藝術價值較高，富有情趣。

在南宋中後期，中興四大詩人已經開始擺脫江西派的窠臼，江湖派和四靈更是直接反對江西派詩法。在眞德秀和魏了翁的時代，詩歌發展彷彿到了一個交叉路口，既有四靈向唐代詩歌的回歸，也有江湖派對江西派的反撥，還有道學詩派的形成。在這個詩學觀念分歧較大的時代，眞德秀的詩學觀與道學派的詩歌觀較爲接近，崇尚古體而輕視律體，在五言古詩的創作方法上又延續了北宋以來以議論爲詩的習慣。魏了翁則兼重古體和律體，沒有明顯的傾向。

由眞德秀和魏了翁的詩學觀來看，他們都反對過分追求辭藻的華麗和章法的精巧，反對虛幻的想像，注重儒家所要求的道德品質和士大夫的立朝大節，這些觀念影響了詩歌創作方法，他們的詩歌比較質實平淡，用語樸實無華，章法也不大講究，因此影響了藝術表現力和詩藝的提高。

第六章　眞德秀、魏了翁的文章創作

眞德秀和魏了翁終身在宦海漂泊，文章寫作是他們發表政見的主要方式，也是他們擅長的創作方式。眞德秀和魏了翁與南宋不同學派之間有著種種聯繫，學派的文章風格也影響了他們的文章寫作，他們對一些傳統的文章體裁的作用加以改造，使之具有了新的內容，他們文章中的人物形象不同於文人筆下的人物形象，有一些特點值得探討。

第一節　作爲士大夫和學者的文章寫作與時代的關係

在南宋，不同學派相互辯難，相互影響，眞德秀和魏了翁對學派之間的論爭雖然保持了一定的距離，但他們對不同學派的偏好和接受是不同的，在文章創作方面對不同學派的文風有所繼承。

一、眞德秀、魏了翁文章寫作的政治內容和現實價值

眞德秀和魏了翁的時代是南宋由中興走向末路的時期，他們作爲士大夫提出了很多有益於國家的政見，發揮了巨大的社會影響力，《宋史》眞德秀傳載：「四方人士誦其文，想見其風采。及宦遊所至，惠政深洽，不愧其言，由是中外交頌。都城人時驚傳傾洞，奔擁出關曰：『眞直院至矣！』果至，則又填塞聚觀不置。時相益以此忌之輒擯不用，而聲愈彰。」〔註1〕他們已經成爲朝廷中正直的士大夫的代言人，與權相作堅決的鬥爭。

〔註 1〕元脱脱《宋史》卷四三七，中華書局 1977 年版第 12964 頁。

眞德秀和魏了翁文章寫作中的政治內容可以分爲幾個類：第一類論朝廷具體的軍事和政策。魏了翁《眞公神道碑》載：「嘉定九年，遷博士，首言：『權臣開邊，南北塗炭，今聞小行人之遣，凡虜所欲，如增歲幣之數，函姦臣之首，與稱謂犒軍及歸附流徙之民，一惟其意，獨不滋嫚我之意乎？況使未越境而動色相慶，臣恐盟好既成，志氣愈惰，願君臣之間朝夕儆戒於此也。』次論『比年以好異好名疑士大夫，今改弦之初，當先鑒此。』」〔註 2〕魏了翁所舉眞德秀的奏箚爲《戊辰四月上殿奏箚一》〔註 3〕，專論南宋對金不應卑躬屈膝，使金人更加驕縱。另如眞德秀《使還上殿箚子》論兩淮的軍事防禦。魏了翁的奏疏如《十一月二十三日輪對箚子二道專論擇人分四重鎭以備金夏韃事》〔註 4〕、《論州郡削弱箚子》〔註 5〕分別論西蜀防禦和州郡自治權力削弱的問題。這一類奏疏都從具體問題出發，以儒家義理爲根據，結合具體的實際情況有的放矢，爲朝廷積極獻言獻策。這一類奏疏是眞德秀和魏了翁作爲士大夫勇於承擔責任、敢言善言的具體表現。第二類是與權相鬥爭，支持道學的奏疏。眞德秀、魏了翁論朝廷風氣，用人，開放言路等問題的奏疏廣爲傳播，這些問題往往與道學的崇黜聯繫在一起，與反抗權臣專權聯繫在一起，所以這部分奏疏往往引人關注，發揮了巨大的作用，是他們的文章寫作的政治內容的核心部分。眞德秀的奏疏如《庚午六月十五日輪對奏箚一》論：「公議，天道也，侂冑違之，則違天矣，天其可違乎？故善爲國者，畏公議如畏天，則人悅之，天助之，何事功不立之憂哉！陛下更化以還，至公之理，蓋嘗少伸於久鬱之後矣，臣愚伏願朝廷之上兢兢保持，勿失初意，用人立政，一以天下公議爲主，而不累於好惡黨偏之私。盡公極誠，如對上帝。」文中所說公議，主要還是指道學派對相黨的批評，韓侂冑試圖以慶元黨禁扼殺道學派正直人士，結果身首異處，史彌遠執政後便乖巧許多，至少表面上尊崇道學了。魏了翁的《眞公神道碑》中說眞德秀的奏疏：「公數年之間，論奏狠狠，無慮數千萬言，權相爲之側目，而海內人士抄傳誦詠，於是藹然公輔之望，中外無異詞矣。」〔註 6〕可見眞德秀的這類奏疏影響力之大，雖然眞德秀

〔註 2〕宋魏了翁《鶴山先生大全集》卷六九《眞公神道碑》，四部叢刊本。
〔註 3〕宋眞德秀《西山眞文忠公文集》卷二《戊辰四月上殿奏箚一》，四部叢刊本。
〔註 4〕宋魏了翁《鶴山先生大全集》卷十六《十一月二十三日輪對箚子二道專論擇人分四重鎭以備金夏韃事》，四部叢刊本。
〔註 5〕宋魏了翁《鶴山先生大全集》卷十五《論州郡削弱箚子》，四部叢刊本。
〔註 6〕宋魏了翁《鶴山先生大全集》卷六九《眞公神道碑》，四部叢刊本。

不是完全意義上的道學家，但他在朝堂之上聲援道學派，就得到了很多的儒生和道學中人的支持，使他的聲望達到頂點。魏了翁的奏疏如《乙酉上殿箚子三》〔註7〕、《直前奏六未喻論及邪正二論》〔註8〕、《五乞祠申省狀》〔註9〕等奏疏都是針對權相史彌遠而發，他和眞德秀一樣在對抗權臣的運動中獲得了正直的士大夫、儒生及道學中人的崇敬。第三類是論國勢、國運及士風的作品，如眞德秀《直前奏箚一》：「蓋嘗深惟今日之勢必也君臣上下皆以祈天永命爲心，然後可以安元元、固社稷，銷未形之變，迓將至之休。」〔註10〕眞德秀以「祈天永命」爲說，希望朝廷能挽迴天心民意，延長宋祚。

二、眞德秀、魏了翁文章中的學術思想表達與風格

眞德秀和魏了翁的學術思想傾向與他們的散文風格有很大的聯繫。眞德秀爲朱子再傳，劉克莊稱：「公生後於朱文公，而自謂受先生罔極之賜，資深守固，異說不能入。」〔註11〕眞德秀恪守程朱道學，尤其注重修養論，文章風格平易和緩，娓娓而談，論理詳盡，轉折迂曲，醇雅典正，很少激烈的批評。魏了翁對心學和永嘉之學都有所接受，注重史學和考據，文風縱橫恣肆，雄瞻博辯，筆端常帶鋒芒。下面以眞德秀和魏了翁的兩篇記體文作一比較，來彰顯他們的不同文風，眞德秀《南雄州學四先生祠堂記》：

> 寶慶三年某月，南雄州始立周子、二程子、朱子之祠於學，教授三山陳應龍以書屬建人眞某爲之記。
>
> 某曰四先生之道高矣，美矣，抑某之愚，未能窺其藩也，何詞以記之？雖然，昔嘗聞其略矣。道之大原出於天，其用在天下，其傳在聖賢，此子思子之中庸，所以有性、道、教之別也，蓋性者，智愚所同得，道者，今古之共由，而明道闡教，以覺斯人，則非聖賢莫能與。故自堯、舜至於孔子，率五百歲而聖人出，孔子既沒，曾子、子思與鄒孟氏復先後而推明之，百有餘歲之間，一聖三賢更相授受，然後堯、舜、禹、湯、文、武、周公之所以開天常、立人

〔註7〕宋魏了翁《鶴山先生大全集》卷一六《乙酉上殿箚子三》，四部叢刊本。
〔註8〕宋魏了翁《鶴山先生大全集》卷一七《直前奏六未喻論及邪正二論》，四部叢刊本。
〔註9〕宋魏了翁《鶴山先生大全集》卷二四《五乞祠申省狀》，四部叢刊本。
〔註10〕宋眞德秀《西山眞文忠公文集》卷三《直前奏箚一》，四部叢刊本。
〔註11〕宋劉克莊《後村先生大全集》卷一六八《西山眞文忠公行狀》，四部叢刊本。

紀者，粲然昭陳，垂示罔極。然則天之生聖賢也，夫豈苟然哉！不幸戰國嬴秦以後，學術泮散，無所統盟，雖以董相、韓文公之賢，相望於漢、唐，而於淵源之正、體用之全，猶有未究其極者，故僅能著衛道之功於一時，而無以任傳道之責於萬世。

天啓聖朝，文治休洽，於是天禧、明道以來，迄於中興之世，大儒輩出，以主張斯文爲已任。蓋孔孟之道至周子而復明，周子之道至二程子而益明，二程之道至朱子而大明。其視曾子、子思、鄒孟氏之傳，若合符節，豈人所能爲也哉，天也。然四先生之學，豈若世之立奇見、尚新説，求出乎前人所未及耶，凡亦因乎天而已。蓋自荀、楊氏以惡與混爲性，而不知天命之本，然老、莊氏以虛無爲道，而不知天理之至實，佛氏以劃滅彝倫爲教，而不知天敘之不可易。周子生乎絕學之後，乃獨深探本，原闡發幽，祕二程子見而知之，朱子又聞而知之，述作相承，本末具備，自是人知性不外乎仁義禮智，而惡與混非性也，道不離乎日用事物，而虛無非道也，教必本於君臣父子夫婦昆弟，而劃滅彝倫非教也，闡聖學之户庭，祛世人之矇瞶，千載相傳之正統，其不在茲乎？嗚呼！天之幸斯文也，其亦至矣。

南雄爲郡，邈在嶠南，士習視中州號稱近厚，夫以近厚之資，迪之以至正之學，必將有俛焉自力者。然陳君之所望於學者，果焉屬耶？天之命我，萬善具全，一毫有虧，是曠天職。昔之君子，凜然淵冰，沒世弗懈者，凡以全吾所受焉耳，嗟後之世，何其與古戾也。利欲之風，深入肺腑，理義之習，目爲闊迂，已之良貴，棄置如弁髦，而軒裳外物，則決性命以求之，弗捨也，吁！是可不謂之大惑乎？志於道者，其將奚所用力乎？緬觀往昔，百聖相傳，敬之一言，實其心法，蓋天下之理，惟中爲至正，惟誠爲至極，然敬所以中，不敬則無中也，敬而後能誠，非敬則無以爲誠也，氣之決驟，軼於奔駟，敬則其銜轡也，情之橫放，甚於潰川，敬則其隄防也，故周子主靜之言，程子主一之訓，皆其爲人最切者，而子朱子又丁寧反覆之，學者倘於是而知勉焉，思慮未萌，必戒必懼，事物既接，必恭必欽，動靜相因，無少間斷，則天德全而人欲泯，大本之所以立，達道之所以行，其不由此歟？陳君幸以爲然，則願以此刻於祠之壁，爲學者觀省之助，若夫誦其言而不反諸躬，惟其名之趨而匪實之踐，是豈四先生立教之意哉，又豈陳君所望於南邦之士者哉。〔註 12〕

眞德秀的祠文中寫到了道學統序，列聖相傳的性、道、教，至宋由周子、二程子而覆命，朱子總其大成，大明於天下。敘述道統的發展歷史時，眞德秀指出道統與異端存在著鬥爭和較量，道統正是在晦而復明的過程中戰勝了一切而大明於天下的。接著眞德秀轉述南雄州學，士習近厚正是一個好的開端，那麼接著如何引導就是最重要的了，而當時學風則與古相戾，利欲之風入人肺腑，所以從學的路徑首先就是主敬主靜，立大本，遏人欲。可以看出，眞德秀的文章從道統的發展歷史入手，開宗明義地揭示了正學所在，接著又從南雄州的實際情況出發，指出從學路徑，細緻委屈，十分鮮明地體現出西山文章的風格。

接下來看魏了翁的《成都府學三先生祠記》一文：

開禧三年，蜀道既平，詔遣刑部侍郎長沙吳公獵諭蜀，始至，則以崇化善俗爲大務，既遂，以制置使治成都。朔望，即學官，見諸生，講授經義，退語僚屬曰：「古之教者，既爲之建學立師，而有道有德者，皆得祠於學。成都典治爲西南劇，鼓篋學官者，蓋六十州之士咸在，顧倡明絕學，以承孔孟，如濂溪周先生、河南二程先生，乃未有像設，甚非古人祠有道德者之意。」會余表兄高文卿亦有書請於公，且曰：「三先生之祠徧天下，況周子嘗任合陽，傳謂蜀之賢人君子皆喜稱之，二程先生則嘗侍大中公，遊於廣漢，成都最後。伊川久居涪，著錄甚眾，今其遺風餘澤猶被諸人，春秋奉祠，安可獨後？」則以屬知華陽縣度正、郡教授楊寅恭新、簡州教授王祖孫，度地於漢文翁高朕石室之西祠焉，以建安朱氏、廣漢張氏配，而屬某爲之記，某固謝不敢，教授以公意復來請，不得辭也。

竊嘗妄論天命不已，物生無窮，人惟獨得夫陰陽五行之秀，以成乎兩間，靜虛動直，萬理咸備，有仁義禮知之性焉，有惻隱羞惡恭敬是非之心焉，有口鼻耳目四支之用焉，有君臣父子兄弟夫婦朋友之倫焉，是數者，析而言之，若弗齊，合而言之，其極則一。皇

〔註 12〕宋眞德秀《西山眞文忠公文集》卷二六《南雄州學四先生祠堂記》，四部叢刊本。

王以來，生不並世而行乎中國，若合符節者，率是道也。堯以天下與舜，舜授禹，曰：「人心惟危，道心惟微。」夏德既衰，湯告民於亳，首曰：「惟皇上帝，降衷於下民。」殷既厥命，周誓眾於孟津，首曰惟人萬物之靈。曰道心、曰衷、曰靈，凡皆三王有天下之初，首明此義，相後各數百歲，如出一口，至於成王言生厚，尹吉甫言秉彝，三代之衰，有劉子言天地之中，孔子言性與天道，子思言誠，孟子言善，不以世之相去有久近與，口授面命，曾不少殊，益以見性命之源，清明純粹，可以參天地、宰萬物而關百聖者在此，雖天下之生，一治一亂，而是理必不可殄滅也。孟軻氏沒，學者失其傳，務記覽爲詞章者，沈痼於卑陋，既不足與語此。其虛無寂滅者，自以爲高明，又不肯事此。是理雖卒不加損，惟大本之不究，則惑世誣民者，得以潛驅一世，倀倀冥行於無所存主之中。蓋降周秦以迄五代，治少亂多，君不得爲堯舜之君，民不得爲堯舜之民，凡以是焉耳。

藝祖造宋，首崇經術，加重儒生，列聖相承，後先一揆，感召之至，七八十年之間，豪傑並出，周先生奮乎千有餘載之下，超然自得，建圖立書，本於易之太極、子思子之誠，以極乎陰陽五行造化之賾，而本之以中正仁義，貫顯微，該體用，二程先生親得其傳，相與闡發精微，凡堯、舜、禹、湯、文、武、至於孔子、子思、孟子授受之道，至是復皦然大白於天下，使學者皆得以求端用力於斯焉。嗚呼！元氣之會，而天運人事之相參，乃至如此，猗其盛哉！由是異人輩出，又爲之推衍究極，至於朱氏、張氏，而三先生之蘊亦幾於發露無餘矣。由三先生而來，雖不克皆顯於時，究極其用，然其嗣往開來，潛輔治理，以建萬世太平之源，則孔孟氏而下，未之有也。淳熙以後，學者浸盛，氣數不無屈信，至慶元，學禁已密，正理不競，卒之士習日卑，極於內患外變之相仍，則斯道也，至是益信，夫不可一日不明於天下也，決矣。

吳公受學於廣漢張氏者，故能尊其所聞，以淑諸人，既祠三先生，又刻其遺書於學。蜀自昔號多士，學於京師者，至此比齊魯，繼自今登斯堂、拜遺像，退而伏讀其書，以索三先生之所以爲學者何事，而反求諸己，幸而得之，則弗措焉，其必有興起者矣。顧余

至愚極陋，何足以進此，而幸嘗有志，敢述所聞，以告郡教授，使復於吳公，且以自厲云。〔註13〕

魏了翁認爲自有天地就有性和道，道由堯開始傳承，至周子和二程子復明，而朱子闡發此道更精微，而不是集大成（眞德秀認爲是朱子集大成）。可以看出，魏了翁所說的道與眞德秀的道統還是有區別的，魏了翁所說的道是人性與人類社會發展合一的道，是符合人類理性價值觀的社會發展規律。眞德秀的文章有三分之一左右是講道學修養，由敬而誠，克制私欲和情感，側重人的道德自覺和道德理性自律，而魏了翁則以深邃的史學眼光觀照整個社會和歷史的進程，燭理精深。這兩篇都是祠記，而且都是爲道學先賢所寫的祠記，從這兩篇祠記可以看出他們的不同學術傾向和風格，總體來看，眞德秀的文章論事說理多注重於道學修養論，如老師長者娓娓而談，一步一步道出從學路徑，魏了翁如哲人宗匠，放眼千古，探尋大道所在，豪贍雅健。

再各舉眞德秀和魏了翁的學記來說明這個問題。眞德秀《鉛山縣修學記》一文，眞德秀開篇介紹了縣學的修建過程，然後以朱子的一段話爲引子，闡述了自己對學的看法，認爲學與事一：

試相與闡繹其義，可乎？蓋古者學與事一，故精義所以致用，而利用所以崇德，後世學與事二，故求道者以形器爲粗迹，而圖事者以理義爲空言，此今古之學所以不同也。自聖門言之，則灑掃應對，即性命道德之微，致知格物，即治國平天下之本，體與用未嘗相離也。自諸子言之，則老莊言理而不及事，是天下有無用之體也，管商言事而不及理，是天下有無體之用也。異端之術，所以得罪於聖人者，其不以此歟？世降益末，爲士者一以辭藝爲宗，內無窮理盡性之功，外無開物成務之益，此子朱子所爲深憂而屢歎也。今之學者，誠知學不外乎事，事必原於學，講論省察，於二者交致其力，則其業爲有用之業，及其至也，其材皆有用之材，其仁足以成己，其智足以成物，然後爲無負於巨人碩師之教，而亦賢大夫所蘄於士也。若夫群居終日，惟雕鏤琢刻是工，於本心之理不暇求，當世之務不暇究，窮居無以獨善，得志不能澤民，平生所習，歸於無用而已，是豈朱子立言開教之指，亦豈吾侯所爲作成爾士之意哉！〔註14〕

〔註13〕宋魏了翁《鶴山先生大全集》卷三六《成都府學三先生祠記》，四部叢刊本。
〔註14〕宋眞德秀《西山眞文忠公文集》卷二五《鉛山縣修學記》，四部叢刊本。

眞德秀指出人之所學應爲道德性命之學，此爲體，也就是義理，學成後能從事於各種活動，建立功業，這是用，體用合一，所學與所事表裏相應，內外一致。眞德秀站在道學的立場上正面闡述對學與事一的看法，並以老莊和管商爲對比，指出他們的短處正在與學與事分，體用相離，文章的中心在於以道學中的體用二個概念來分析學與事的關係，爲學者指示學的意義所在。魏了翁的《夔州重建州學記》一文則不同，文章開頭交代了修建縣學的過程，接著說：

> 嘗聞之斯民也，三代之所與共學者也，然而古今異俗，則亦有幸不幸焉。三代建學立師之制，於周爲詳，今《周官》所述，惟大司樂成均之法，師氏王宮之教，鄉遂屬民讀法之節，而他未有考焉。參之諸書，則自二十五家之閭爲塾，以里居之，有道德者爲左右師，所以合國人弟子，導以幼學之節，而養其良知之本，由是外之，黨庠升之術序，升之國學，不特王公、大夫、士之子也，鄉之俊選，莫不咸在。不特小樂正教以威儀也，大樂正迪之以義理，不特齒及賓介也。郊人之疏賤，亦取爵於堂上之尊以相旅，不特三歲而案比也，中年而校其進否，不特六鄉興賢也。自遂以降，至三等之國，亦如鄉制。蓋曰天之生斯民也，仁義禮智之性，父子君臣夫婦長幼朋友之倫，民所同有也，而行之不著，習矣不察，是故立之。後王君公，承以大夫、師長，建之學校庠序，則所以爲之耳目，導其所向，使充是四端，行諸五典，有親有義，有別有序，有信而無不盡其分焉。是先覺先知者之責，至重而不輕也，又慮其篤近而遺遠，詳貴而略賤也，則聯以井牧，書以比閭，合以射鄉，考以節授，盈天地間，無尺地一民不相屬焉。夫然，故民生其時，出入有教，動息有養，所謂人有士君子之行者，非虛語也。
>
> 自上失其道，莫知所以君之師之，上以權謀利祿爲操世之具，下以揣摩迎合爲取寵之資，於是小有才者捷出，居近利者速化，至科目之設，則士自童習，已有計功求獲之志，而俗日以卑。其間豈無不待文王而興者，然不能皆爾。而況小有才則溺愈深，居近利則壞愈速，記覽而謂之學，詞采而謂之文，虛無而謂之道，襲訛承陋，不自覺知。甚者則有口談儒術，心是異端者焉。夫後王、君公、大夫、師長、學校庠序，本所以爲時人之耳目，使知有廣居可居，正

位可位，大道可行也，而於百年間爲之耳目者，反有以誤其所向，俾之曠安宅、捨正路，倒行逆施，倀倀然無所歸。

蓋至於本朝之盛，諸儒迭出，正學中興，然後士識所趨，知有人己義利之辨。然而二百年間，篤信而力行者，猶可枚數，則以染濡旣久，自奮維艱。嗚呼，生於三代者，果何其甚罕邪，周始於后稷，夏商終於杞宋，皆二千餘季，有國聖賢後先治化休盛，明倫立本，其效固若是，而秦漢以下，亂浮於治，土鮮常心，則爲人耳目者，亦嘗思其故乎？

夔地雖陋，而接壤二蜀，蜀之學者目先漢之初，已能方駕齊魯，故史謂巴蜀好文雅，今夔之諸郡，則己之故壤也，重以孔明、子美之所薰漬，質實而近本，況今幸生諸儒之後，理義精明，乃牧乃監，又相與爲之耳目，以導之使趨，然則如前所謂揣摩迎合爲利祿計者，士旣知所恥矣，則反其性之所自有，盡其分之所得爲，士亦知所勉哉，謹以是復於侯，而識諸往。〔註15〕

文章開頭交代了三代時設立學校的本意是教育，使百姓養成良知，知義理和人倫，後代設立學校卻是以功名利祿爲誘餌，讀書人爲了做官求仕而入學校，而所學科目則又不過是文章辭采，以記覽爲功，以虛無爲道，遠不同於先王設教之意。魏了翁的文章充滿了激烈的批判精神，對後代以利祿誘惑籠絡天下讀書人的做法十分痛恨，魏了翁在《李次琮墓誌銘》一文也說：「國朝以學校育材，以科舉取士濟時貽後，亦云盛矣。然而篤信好學，守節勵志之士有不必盡由此選，蓋其敝上以權謀利祿爲操世之具，下以揣摩迎合爲攫寵之資，以位天地、育萬物之身，顧爲小小得失驅迫噈使，以終其年，然則毋惑乎？」〔註16〕魏了翁對上古三代的制度有很深入的研究，對當時社會的批判也多根據於他所理解的先王之道。眞德秀論事論理多由道學概念出發，從修養論和體用論的角度著眼，文章以辯析事理爲主，而魏了翁的文章則以三代時理想的儒家政治爲標準，以史家的眼光和儒道衛士的精神來批判社會的弊政和種種的不合理之處，或深醇雅正，或激昂慷慨，與西山文大異其趣。

〔註15〕宋魏了翁《鶴山先生大全集》卷四七《夔州重建州學記》，四部叢刊本。
〔註16〕宋魏了翁《鶴山先生大全集》卷七九《李次琮墓誌銘》，四部叢刊本。

三、南宋學派與眞德秀、魏了翁的文章寫作

南宋學派林立，如朱熹爲代表的閩學學派，呂祖謙爲代表的婺學學派，陳亮爲代表的永康學派，葉適爲代表的永嘉學派，這些學派對南宋散文的發展有著深遠的影響，當代學者熊禮彙對此已有論述〔註 17〕。那麼眞德秀、魏了翁和這些學派有何內在聯繫呢？當代學者大多將眞德秀和魏了翁劃入閩學流派，認爲他們的散文深受朱熹閩學學派影響，但也小有異同，熊禮彙、閔澤平將眞德秀和魏了翁同列爲朱熹再傳〔註 18〕，馬茂軍認爲眞德秀「融彙了閩學與永嘉之學的觀點」〔註 19〕，楊慶存認爲眞德秀和魏了翁同爲「道學辭章派」〔註 20〕，朱迎平認爲南宋後期的散文可分爲學者之文和文士之文，眞德秀和魏了翁的散文都可以看做是理學家之文，也就是學者之文〔註 21〕。

眞德秀的散文，筆者也認爲他受閩學學派影響，但魏了翁的散文是否完全能劃入閩學派，則有探討的餘地。南宋吳淵這樣評價魏了翁：

> 竊惟公天分穎拔，早從諸老遊，書無不讀，而見道卓、守道約，故作爲文，率深衍閎暢，微一物不推二氣五行之所以運，微一事不述三綱九法之所以尊，言己必致知力行，言人必均氣同體，神怪必不語，老佛必斥攘，以至一紀述、一詠歌必勸少諷多，必情發禮止，千變萬態，卒歸於正。及究其所以作，則皆尚體要而循法度，浩乎如雲洶空而莫可狀，凜乎如星寒芒而莫可幹，蔚乎如風谷波而皆自然也，其理到之言歟，其有德之言歟，程、張之問學而發以歐、蘇之體法歟。公文視西山，理致同，醇麗有體同，而豪贍雅健，則所自得，故近世言文者曰「眞、魏」，要皆見道君子歟。〔註 22〕

〔註 17〕參看熊禮彙《南宋學派之爭和散文流派的形成》一文，《中國古代散文藝術史論》湖北人民出版社 2005 年版第 233 頁。

〔註 18〕熊禮彙《中國古代散文藝術史論》中《南宋學派之爭和散文流派的形成》一文，湖北人民出版社 2005 年版第 249 頁，閔澤平《南宋理學家散文研究》，齊魯書社 2006 年版第 160 頁。

〔註 19〕馬茂軍《宋代散文史論》，中華書局 2008 年版第 273 頁。

〔註 20〕楊慶存《宋代散文研究》，人民文學出版社 2002 年版第 186 頁。

〔註 21〕朱迎平《宋文論稿》中《南宋散文發展論略》一文，上海財經大學出版社 2003 年版第 174 頁。

〔註 22〕宋魏了翁《鶴山先生大全集》序，四部叢刊本。

不難看出，吳淵認爲魏了翁的文章同眞德秀的文章都是以歐、蘇體法發程、張問學的，「豪贍雅健，則所自得」顯然認爲魏了翁的文章寫作中的獨特之處爲其自得，而南宋吳潛也稱：

> 潛竊謂渡江以來，文脈與國脈同其壽。蓋自高宗喜司馬文正公《資治通鑒》，謂有益治道，可爲諫書；自孝宗爲《蘇文忠公文集》御製一贊，謂忠言讜論，不顧身害。洋洋聖謨，風動四方，於是人文大興，上足以接慶曆、元祐之盛。至乾、淳間，大儒輩出，朱文公倡於建，張宣公倡於潭，呂成公倡於婺，皆著書立言，自爲一家。凡仁義之要，道德之奥，性理之精微，所以明天理而正人心，立人極而扶世教，使天下曉然知人之所以異於禽獸，中國之所以異於殊域，吾道之所以異於佛老，有君臣、有父子而不蝕其綱常之正者，功用弘矣。永嘉諸老如陳止齋、葉水心之徒，則又創爲制度器數之學，名曰實用，以博洽相誇，雖未足以頡頏二三大儒，然亦有足稽者。寥寥四五十載，我公嗣之。識照古今，而不自以爲高；忠貫日月，而不自以爲異。物望在生民，名望在四夷，文章之望在天下後世，蓋所謂兼精粗、一本末，集乾、淳之大成者也。惜其位不稱德，命不待時，不及相明天子以興禮樂、致太平，而斯文之澤，所見俾止於此，悲夫！〔註23〕

可以看出，吳潛認爲魏了翁的文章是「兼精粗、一本末，集乾、淳之大成者也」，也就是說魏了翁的文章並非只是師法程、朱學派的文風，而是轉益多師，對朱熹、張栻、呂祖謙以及永嘉學派的葉適和陳傅良都有所師法。魏了翁對永嘉之學和心學都有所接受，他在《上建康留守葉侍郎》一文中說：「某邛之鄙人也，生長寒鄉，幼嘗有志於學，網羅經傳，涉獵書記，往往能以誦說詞章悅人耳目……年二十六來爲學官，始獲接四方之士而取師友焉。職分既專，始獲肆力於學，漸習既久，時有新得。明年爲館職，始獲盡見中秘書，取帝王所以繼天立極，及聖賢明德止善之要，研習體察，而又即夫河南諸子所以講學次第以推原尋流，而後知夫天地間有可愛可求者，莫不有之，……侍郎方以道學正宗，倡明後進，幾有以警誨之，俾得以循是而思所以立焉，不勝幸甚。」〔註 24〕可見在魏了翁年輕時也曾對永嘉之學有所接觸，並稱葉適爲

〔註23〕宋魏了翁《鶴山先生大全集》後序，四部叢刊本。
〔註24〕宋魏了翁《鶴山先生大全集》卷三二《上建康留守葉侍郎》，四部叢刊本。

「道學正宗」，可見魏了翁並非是專尊程朱之學的。再其次，從文風來看，魏了翁的文章也體現出不主故常，豪贍雄博的特點，尤其是論時政之弊，十分尖銳，如魏了翁《曾參政》〔註 25〕一文批評朝廷官員苟且因循，筆端不無憤激之情，與閩學派的平易文風有較大的區別。因此，魏了翁的文章正如吳潛所說的，兼有乾、淳諸儒的風範。

第二節　眞德秀、魏了翁文章寫作藝術

眞德秀和魏了翁的文章寫作主要以詔令、奏疏、題跋以及記體文爲主。眞德秀以博學宏詞科出身，擅長詔令和奏疏的寫作，而南宋人對他的文章也多有稱道。眞德秀和魏了翁的題跋和記體文以論事說理見長。

一、眞德秀、魏了翁的詔令、奏疏的寫作藝術

眞德秀長於寫作詔令、奏疏二種文體，他一生都在朝爲官，發表政見，勸諫皇帝都要求他善於寫作這兩種文體。眞德秀以詞科中進士，又受到南宋名臣倪思的點撥教誨，所以寫作詔令文有獨到之處，周密《齊東野語》卷一《眞西山》條記載：「時倪文節喜獎借後進，且知其才，意欲以詞科衣鉢傳之。每假以私淑之文，輒一二日即歸，若手未觸者。文節殊不平曰：『老夫固不學，然賢者亦何所見，遽不觀耶？』西山悚然對曰：『先生善誘後學，何敢自棄。其書皆嘗竊觀，特不敢久留耳。』文節謾扣一二，皆能成誦，文節始大驚喜。於是與之延譽於朝，而繼中詞科，遂爲世儒所宗焉。」〔註 26〕眞德秀的詔令文屢屢被後人稱道，南宋葉寘《愛日齋叢抄》卷四中提及：

> 嘉定間，眞希元草詔招諭淮東、湖南、江西群盜，體雖偶儷，辭極坦明，以之宣佈，能不感動。其文有云：「頃緣誤國之臣，妄動開邊之釁。科役煩重，人不聊生。旱蝗頻仍，吏弗加恤。使吾赤子多轉徙以無依，而彼奸民因誘怵而爲盜。靜言致寇，敢昧責躬。」又云：「言念脅從之眾，豈皆好亂之氓。弄潢池之兵，諒非爾志；烈昆岡之火，亦豈予心。與其假息以偷生，孰若轉禍而爲福。在昔乾道、淳熙之際，有若李金、陳峒之徒，雖暫結於峰屯，卒莫逃於鯨

〔註25〕宋魏了翁《鶴山先生大全集》卷三七《曾參政》，四部叢刊本。
〔註26〕宋周密《齊東野語》卷一，中華書局 1983 年版第 12 頁。

戮。自有宇宙，至於今日，未聞盜賊得以全軀。」至紹定間，盜起汀、卲，公貽部使者書，言乞黃榜宥徒黨，使自縛其酋，且謂曩歲在禁林，曾被旨草撫諭淮東、湖南、江西盜賊詔，或謂詔辭甚文，豈賊人所能曉，曷若明降黃榜，使讀者皆知逆順禍福之爲愈乎。其說甚當，恨不以之告之廟朝。蓋猶因或者之論，以前詔爲慊。公書又云：「但要歷落分明，聞著皆曉，又須誠意激切，可以感人，此等文字，要當守兩語以爲法度。」公當時爲招撫司，作《論賊文》在集中，文皆四言，如云：「白頭之賊，自古所無。力能拔山，終亦誅鉏。作賊爲逆，殺賊爲忠。反掌之間，禍福不同。」豈不誠實分明激切，稱其言哉。〔註27〕

這段記載說明，眞德秀草擬詔令的兩個重要原則是歷落分明和誠意感人，歷落分明就是讓讀詔令之人能一目了然，沒有過多的文字障礙，誠意感人就是讓讀者能心悅誠服。這兩點在招撫叛亂的百姓時，更顯得重要。葉寘所舉「頃緣誤國之臣」一句出自眞德秀所作詔令《其餘脅從等人，並從原貸，許以自新，各令復業，仍仰州縣多方賑卹詔》：

勑門下：朕以眇身，君臨方夏，明有未燭，德有未孚。頃緣誤國之臣，妄動開邊之釁，科役煩重，人不聊生，旱蝗頻仍，吏弗加恤，使吾赤子多轉徙以無依，而彼奸民因誘怵而爲暴。靖言致寇，敢昧責躬。近而承楚兩郡之間，遠則江湖數邑之地，生齒或遭其蹂躪，屋廬或至於毀焚，惕若興懷，爲之旰食。今禁旅揚威而並進，鄉豪戮力以爭先，震疊無前，蕩平有日。言念脅從之衆，豈皆好亂之氓，弄潢池之兵，諒非爾志，烈昆岡之火，亦豈予心？與其假息以偷生，孰若轉禍而爲福？在昔乾道、淳熙之際，有若李金、陳峒之徒，雖暫結於峰屯，卒莫逃於鯨戮。自有宇宙，至於今日，未聞盜賊得以全軀，想惟爾衆之習知，豈待朕言而後諭。今則宏開禁網，誕布寬盡，推予不殺之仁，畀爾更生之路，倘復舊業，即爲良民。乘兵弩，持鉤鉏，苟知捨逆而效順；問田疇，卜居宅，當俾去危而即安。尚惟郡縣字人之官，共宣朝廷惠下之澤，亟除民瘼，庸副朕心。其楚州衡、郴，吉州南安軍等處，盜賊作過，除賊首合行收捕

〔註27〕宋葉寘《愛日齋叢抄》卷四，中華書局2010年版第94頁。

外，其餘脅從等人，如能解散歸投，並從原貸，各令復業，許以自新，仍仰州縣多方賑恤，故茲詔示，想宜知悉。〔註28〕

詔文起始便先代皇帝自責，由於韓侂冑等誤國之臣妄開邊釁，導致百姓科役煩重，民不聊生，而地方官員不能勤加恤撫，因此才導致了叛亂發生。這當然是眞德秀的個人看法，他代皇帝自責，說明眞德秀有很大的勇氣，對叛亂問題也有清醒認識。然後寫皇帝的態度，表明將對各種問題認眞對待，這是恩撫的一面。接著眞德秀寫到朝廷天威降臨，鄉紳們戮力爭先，爲叛亂者指明對抗朝廷的出路就是死路一條，並以孝宗時李金等人爲例說明自古叛亂者「莫逃鯨戮」，這是威逼的一面。最後眞德秀指出叛亂者只要願意歸順，朝廷即網開一面，只抓賊首，脅從不問，指出自新之路，誘使叛亂者歸順。整篇文章結構精巧，文字曉暢得體，體現了眞德秀所說的辭氣藹然、深厚爾雅的特點。眞德秀編選《文章正宗》時，以詔令爲辭命類中一個重要部分，他歷選《尚書》、《左傳》及漢代的詔令，強調詔令要以《左傳》中的聖人遺意爲準，辭氣藹然且深厚爾雅，要求文質相符（詳見第三章相關論述）。從上面的詔令中看，在眞德秀爲皇帝草擬的詔令文中也體現了他的這一寫作思想和指導原則。羅大經《鶴林玉露》乙編卷二也稱讚眞德秀的詔令文：「近時眞西山批答參政樓鑰乞致仕不允云：『夫七十致仕，雖著於經，二三大臣，難拘此制。卿昔代言，嘗以是卻臣鄰之請矣，豈今日遂忘斯誼乎？』此又切矣。」〔註29〕樓鑰與眞德秀也有交往，眞德秀以其道還施其人之身，以樓鑰任代言之職時拒絕大臣致仕之請來反勸樓鑰留任，可以說是很巧妙的辭令。

眞德秀長於作奏疏，這是當時人就有的看法，羅大經《鶴林玉露》丙編卷二「文章有體」條稱：「渡江以來，汪、孫、洪、周，四六皆工，然皆不能作詩，其碑銘等文，亦只是詞科程文手段，終乏古意。近時眞景元亦然，但長於作奏疏。」〔註30〕宋王邁也說眞德秀：「每一諫疏，草一制詔，朝大夫與都人爭相傳寫。」〔註31〕如眞德秀的《館職策》〔註32〕，文章起始便指出國

〔註28〕宋眞德秀《西山眞文忠公文集》卷十九《其餘脅從等人，並從原貸，許以自新，各令復業，仍仰州縣多方賑卹詔》，四部叢刊本。

〔註29〕宋羅大經《鶴林玉露》乙編卷二，中華書局1983年版第144頁。

〔註30〕宋羅大經《鶴林玉露》丙編卷二，中華書局1983年版第265頁。

〔註31〕宋王邁《臞軒集》卷五《眞西山眞文忠公文集後序》，景印文淵閣四庫全書，臺灣商務印書館1986年版本。

〔註32〕宋眞德秀《西山眞文忠公文集》卷三二《館職策》，四部叢刊本。

勢的危殆：「竊惟今日事勢有深可畏者二，亟當圖者三，有不足慮者四。」接著眞德秀指出圍繞一系列的政治、軍事問題，應該緊緊抓住國勢人心這個根本所在：「嘗泛觀古今之變，大抵盛衰強弱之分，不在兵力而在國勢，不在財用而在人心，誠使國勢尊安，人心豫附，運掉伸縮，唯所欲爲，以之治兵則兵可強，其機易回，而其事易察也。」並以寶元、慶曆年間西夏騷擾邊境而仁宗「迄成萬世之安」爲例，說明國勢人心的重要性。如何整起國勢人心呢？軍事上要嚴於律軍，大興屯田，整肅吏治以挽救楮幣之失，從這三方面來著手解決國勢日衰、人心散失的問題，議論鞭闢入裏，振聾發憒，高屋建瓴式得指出問題的根本所在，並提出具體的施政措施，可以說是眞德秀奏疏中的代表作。魏了翁稱讚眞德秀：「大抵公前後論奏，誠積而氣和，辭平而理暢，其於是非邪正之辨，言人所難，而聞者不敢怨；至於敵情之眞僞、疆場之虛實，蓋出於素講夙定，非剽襲流聞之比。故自嘉定以來，凡所論建，至端平後，炳知蓍蔡之先幾，故一言之出，天下望而信之。」〔註 33〕通過這篇《館職策》來看，確實如魏了翁所言。另如眞德秀的《問內外八事》〔註 34〕，《問人才國計民力邊防四事》〔註 35〕都是切中時弊的。眞德秀的奏疏往往不務空言，對具體的事情有具體的分析，而且能抓住問題的關鍵和核心，所以他的奏疏多爲人所稱道。

魏了翁雖不是詞科出身，但他起草的詔令也有特點。魏了翁善於引用前代故事，巧妙比喻，或引經據典，文辭古雅可喜，或揣摸人心，親切動人。如魏了翁《賜淮東制置趙葵乞遂退閒不允詔》：「朕惟用人之法，蓋非一途。昔晉用荀林父，秦用百里視，人始疑而終信之，雖然，抑可以爲難矣。使須暇三年，終無以自見也，晉景、秦穆不得爲，遂非乎？以卿世篤忠孝，肆排群議，倚殿東淮而新疆未固，蹙境喪師，需章復來，固請閒佚，今秋防孔邇，豈卿閒佚時邪！其爲朕量國力，固封守，明邦諜，糾蒐匿，察相翔，先爲自治之圖，以杜必至之患，尙有以雪殽、邲之恥也。」〔註 36〕趙葵就是端平年

〔註 33〕宋魏了翁《鶴山先生大全集》卷六九《參知政事資政殿學士致仕眞公神道碑》，四部叢刊本。

〔註 34〕宋眞德秀《西山眞文忠公文集》卷三二《問內外八事》，四部叢刊本。

〔註 35〕宋眞德秀《西山眞文忠公文集》卷三二《問人才國計民力邊防四事》，四部叢刊本。

〔註 36〕宋魏了翁《鶴山先生大全集》卷十四《賜淮東制置趙葵乞遂退閒不允詔》，四部叢刊本。

間力主收復京洛的南宋將領，事敗後請退休閒居。魏了翁在詔書中先以晉景公用荀林父和秦穆公用百里奚二件事作比，說明用人之法在於不念舊過，一方面表明朝廷的態度，另一方面希望趙葵能效法那兩位將領，異日雪恥，接著魏了翁說明朝廷正在危急存亡之時，蒙古大軍虎視在側，需要趙葵爲國出力，最後點明朝廷同趙葵的共同期望，希望將來能洗刷端平之恥。這篇詔令有理有據，既曉之以理，又善於撫慰，以情動人，誠爲佳作。另如《賜左丞相鄭清之乞上印綬不允詔》鄭清之因事請辭，魏了翁以《易》中節卦的卦理說服鄭清之：「節之爲義，剛柔分而剛得中，蓋止所當止，非直以一退爲諒也。澤上有水，或過或不及，皆不得謂之節。」〔註37〕《易》彖辭中有：「節，亨，剛柔分而剛得中。」一句，意謂有剛有柔，而能適時適度，則吉。魏了翁認爲鄭清之過於勇退，不可稱爲剛。此詔巧妙引用了《易經》，寥寥幾句就將道理說得很明白。魏了翁的《賜洪咨夔辭免除吏部侍郎兼給事不允詔》：

> 朕俶操大權，卿首以忠清蠲滌垢玩，躋乃辟於成憲，乃有非謀非彝，以肆期間，迨更掌書命，攝貳選曹，猶幾糾逿慭違昭，乃辟之汝庸也，而書詔塡委，以沴節宣之和數，以告念茲庸，擢正貳卿，晉兼瑣闥，蓋官雖要重而事簡於前，其庶乎可留，以汔濟乃辟矣。始卿以元祐望我，間爲朕言曰：「今元祐絕望。」朕聞之愓然，若遽捨去，其果無望也夫。〔註38〕

洪咨夔是與魏了翁同時的名臣，與眞德秀和魏了翁等人共同反對權相專權，所以這篇詔書雖然是以皇帝的名義寫就，但也包含了魏了翁的一片心意。洪咨夔希望辭去吏部侍郎的職位，皇帝擢升他希望能留任，這也是魏了翁所希望的，詔文末尾更有意味。洪咨夔曾經期望皇帝能像北宋仁宗一樣有所作爲，而後來看到國事日非，所以說「元祐絕望」，可謂沉痛之極，而皇帝也爲之愓然，現在魏了翁重提此事，並說如果洪咨夔辭歸，則眞無望也，勉勵洪咨夔作最後的努力，挽狂瀾於即倒。整篇詔文雖然是例行公事，但卻不拘常套，言語之間流露出對同僚的愛惜和對國事的哀痛，情親意切。

魏了翁的奏疏也爲當時人所稱道，羅大經《鶴林玉露》丙編卷二引楊子

〔註37〕宋魏了翁《鶴山先生大全集》卷十四《賜左丞相鄭清之乞上印綬不允詔》，四部叢刊本。

〔註38〕宋魏了翁《鶴山先生大全集》卷十四《賜洪咨夔辭免除吏部侍郎兼給事不允詔》，四部叢刊本。

濡之言：「魏華甫奏疏亦佳，至作碑記，雖雄麗典實，大概似一篇好策耳。」〔註 39〕魏了翁對於時政有十分敏銳的洞察力，而且能以史爲據，雄辯博肆，發人所未見。如《論州郡削弱之弊》〔註 40〕，提出歷代之弊常起於救弊之初，如漢代爲削諸王而行推恩令，最後導致王室弱而外戚強，唐安史之亂後裂地授諸將，終至藩鎭強而王室弱，宋初爲救此弊，收天下之權而歸中央，最終州郡削弱。這一論斷確實抓住了漢唐以至宋代的歷史發展脈絡，制度執行太久不加變更就必然會生出弊端，而這弊端又往往是由此制度的弱點生發，接著魏了翁例舉王禹偁、富弼二人言論援以爲據，說明這一問題自宋初已露端倪，接著舉王倫之變、靖康之變、吳曦之變時州郡無兵拒敵，致使叛亂頻仍，論據充分，不能不使人信服。下面再舉魏了翁《論黃陂叛卒》一文：

唐憲宗時，裴度上疏云云，淮西蕩定，河北底寧，承宗斂手削地，韓弘輿疾討賊，豈朝廷之力能制其命哉！直以處置得宜，能服其心耳。臣謂憲宗承唐綱積弛之餘，藩臣阻兵，帥不庭授，蓋自夏、蜀、山東、澤潞、易定、魏博、貝、衛、澶、相，朝廷之令所不能加，視今日之事，難易絕不侔，而淮西之役，處置得宜，遂能使頑悍革心，梗強效順，信知折衝禦侮，不盡在於國勢之強弱、兵威之眾寡，顧吾所以處之耳。

邇來邊帥不和，朝廷但知委曲覆護，聽其相傾相軋，以養成亂本，而不知所以處之。始焉，淮西制閫治黃州，匪但控扼要害，實以兼總黃陂克敵一軍也，既命楊恢分閫，恢而可任邪？則軍未潰以前，其戮叛將苑青，不必付之湖廣總領何元壽，軍既叛以後，其招來陳溫等，又不必付之荊鄂都統王旻。今捨制閫不付，而付之它司，臣所未諭也。觀楊恢之詞，謂旻有誘叛之迹，繼而旻之告諭陳溫，許其來德安境內劄寨，是旻果使之矣。孟珙招納備，據叛酋陳溫之詞，謂若斬楊恢，用孟馬帥爲制置，則我輩就招，此何語也！而珙公然見之，公狀不以爲嫌，殆有嘗試朝廷之意，是珙亦可疑者矣。恢之不能綏禦，以至於此，坐以虎兕出柙之罪，恢尚何詞，然使旻以誘叛，而獲厚賞，珙以述叛酋之悖語，而獲遷除，則是唐末藩鎭諸軍自擇主帥之風成矣，今朝廷不問可否，而一切聽之，尚謂之處

〔註 39〕宋羅大經《鶴林玉露》丙編卷二，中華書局 1983 年版第 265 頁。
〔註 40〕宋魏了翁《鶴山先生大全集》卷十五《論州郡削弱之弊》，四部叢刊本。

置得宜乎？苟幸無事，養癰護疾，不如誘叛而受賞，襲跡而動，則長此安窮，惟陛下與二三大臣力圖之。〔註41〕

文章開頭提到唐末藩鎮諸將自作威福，朝廷之令不能行，而軍事鬥爭並不是最重要的，關鍵是朝廷如何應對藩鎮，如果姑息遷延，必使其坐大。接著以淮西陳溫之亂爲例，陳溫叛亂是發生在淮西境內，理應由楊恢去招降，楊恢不應授意王旻招降，王旻也不能接受這一請求，而最終王旻卻得到厚賞。陳溫提出投降的條件是斬楊恢，這本來無禮之極，而孟珙卻卻公然把陳溫之語上奏朝廷，並不害怕朝廷猜疑是否爲他所指使。最富於戲劇性的結果卻是孟珙卻得到陞遷，朝廷的處置眞是不可理喻，這樣作必然會失去朝廷威信，難以控制地方將領，那麼唐末之鑒就不遠了。魏了翁著眼的不止是淮西陳溫之亂一事，而是國家的法紀和朝廷的治體，抓住了問題的重點。魏了翁的奏疏或洋洋萬言，汪洋恣肆，或鞭闢入裏，論事精到，涉及到朝政、軍事、文化、學術、民政等等方面，在當時產生了很大的影響。

眞德秀和魏了翁一生爲官，在漫長的仕宦生涯裏，他們作爲士大夫，草擬詔令和寫作奏疏都是常用的文章寫作方式，所以他們擅長這兩種文體的寫作都在情理之中，他們詔令和奏疏往往以議論見長，注重說理論事，文字言語都明白清楚，文章結構層次分明，入情入理，較大程度的發揮了這兩種文體的功用。

二、眞德秀、魏了翁題跋文寫作的新趣向

題跋文在宋代獲得了前所未有的發展，今人朱迎平的《宋代題跋文的勃興及其文化意蘊》〔註42〕一文指出宋代題跋文達6000多篇，折射出宋代學術文化的全面昌盛，展現了宋代士大夫的豐富的精神世界，他將宋代題跋文大致分爲學術類題跋和文學類題跋兩大部分。南宋如樓鑰、周必大、劉克莊等都大量寫作題跋，並有很高的藝術成就。

眞德秀和魏了翁所作題跋文也較多，眞德秀有題跋文三卷，魏了翁有題跋七卷。題跋文的特點是「簡勁」〔註43〕，眞德秀和魏了翁的題跋也符合這

〔註41〕宋魏了翁《鶴山先生大全集》卷二二《論黃陂叛卒》，四部叢刊本。

〔註42〕朱迎平《宋代題跋文的勃興及其文化意蘊》，《文學遺產》2000年第4期。

〔註43〕明徐師曾《文體明辨序說》題跋類序：「按題跋者，簡編之後語也。……其詞考古訂今，釋疑訂謬，褒善貶惡，立法垂戒，各有所爲，而專以簡勁爲主，故與序引不同，學者數玩所列之數篇，亦庶乎得之矣。」人民文學出版社1962年版第137頁。

一特點，大多數題跋文都篇幅短小，戛然而止，題材內容也豐富多樣。由於受到道學文化的影響，在眞德秀的題跋文中有一種新的傾向，題跋文的主題多爲修身悟道，這可以看做是區別於學術類題跋和文學題跋之外的一個新類型。

眞德秀的題跋文中滲透了強烈的道學氣息和說理成分，議論多以修身養德，爲學悟道爲主，如眞德秀《任漢州發策本末》一文中認爲任、陳、林三君子抗爭權臣：「愛君之誠，偪塞於中，有不能自己者爾，此即孟氏所謂惻隱之心，天理自然之妙也，完而養之勿雜，則異時格君事業，特自是允之而已。」〔註 44〕眞德秀認爲任逢等人反抗權臣專政是發端於仁者之心，即孟子所說的惻隱之心，仁又是人之性，是天理流行體現於人的結果。其實忠君行爲是封建社會士大夫的基本道德，不一定非有這種道學體悟才能產生，眞德秀則對這一行爲從道學天理的層面加以昇華。另如眞德秀《東坡書歸去來辭》：

> 東坡謫嶺南，故舊少通問者，在蜀惟巢元修，在吳則僧契順，皆徒步萬里訪之於荒陬絕徼之外，元修以是登名青史，號稱卓行，契順亦託此以傳，眞可敬哉！契順之言曰「惟無所求，故來惠州」。蓋有求則有欲，有欲則失其本心，是非顚倒，有不自知者，世之小人疾視君子，至欲擠之死者，豈皆其本心，正坐有欲故爾。趙公珍藏此帖，間出以示人，所補多矣。己卯歲除前十日書於南昌郡齋。
>
> 近歲有嘗登大儒先生之門者，既而黨末論起，其人畏禍匿跡，過門不敢見，則以書謝曰：「非不願見也，懼爲先生累耳。」先生答曰：「予比得一疾，奇甚，相見則能染人，不來甚善。」聞者代爲汗下。吁，之人也，蓋以通經學古自名，而其行義顧出一浮屠下，昌黎墨名儒行之說，渠不信然，因戲書於後，以發千古一笑。〔註 45〕

劉克莊《西山與李用之書》：「先生自禮侍免歸也，流言方譁，後禍叵測，道遇某尚書被召，謁之，其人辭以疾，不出見，某舍人，先生故吏也，入都不敢由浦城，迂途取上饒而西。是時天子初無怒先生意，其所交遊，萬無連坐之理，而人情過於避就如此。洞齋乃於是時從先生講學質疑，執子弟禮，後先生召歸，亦不翕翕趨附。」〔註 46〕通過這則記載可以得知，眞德秀也恰好

〔註 44〕宋眞德秀《西山眞文忠公文集》卷三四《任漢州發策本末》，四部叢刊本。
〔註 45〕宋眞德秀《西山眞文忠公文集》卷三四《東坡書歸去來辭》，四部叢刊本。
〔註 46〕宋劉克莊《後村先生大全集》卷一百一《西山與李用之書》，四部叢刊本。

遭遇了蘇軾曾經遭遇過的情景，眞德秀只是被免官，而世態已然如此。眞德秀這篇跋文由蘇軾被構陷一事來慨歎人心被私欲蒙蔽，失其本心，是非善惡顚倒，以道學觀念來看待蘇軾被陷害一事。蘇軾被陷害當然不能僅僅理解爲惡人所爲，其背後還有複雜的學術背景和政治背景，眞德秀有這樣的看法正是道學文化影響下的結果。末尾諷刺那些望風趨附的人，也表現出眞德秀對蘇軾的幽默風趣和高尚品德的崇敬之情。另如眞德秀《跋周子德穎齋記》以稼穡比喻爲學工夫：「方其播植之始，芽之茁者栗如也，逮其少長，苗之發者鍼如也，積培壅之功，飽雨露之潤，歷三時之久，涼風一秋，萬頃雲偃，此豈朝夕力邪？」〔註 47〕強調爲學要善加培植，不能求速。從題跋文的發展來看，眞德秀的題跋文不能簡單的歸入學術類或文學類，他的題跋中考證訂古或抒發性情的作品較少，而多借題跋來闡述道學見解和修身的心得。這可以說是在道學文化興盛的影響下題跋文寫作的又一新特點。

魏了翁學博才贍，他的題跋文的題材範圍更廣，內容也更加豐富，而且藝術成就也很高，如他的《跋六安縣尉顧士龍詩卷》：

> 開禧初，正余以職事課諸生，射於右癢，或挽石五弓，神色閒雅，若無意於射中，而未嘗有虛鏃者。或挽不及石而汗顏掉腕，其發不能以三十步者，或既取其大引不能滿而易其次者，又易其下者，齊量之深淺，氣格之高下，毫末不能以強。余方舍然有感於爲文之法，顧爲同僚語，會顧六安以一編詩求跋，因爲書目前所見以贈顧君。今能挽強矣，其必如無意於射者而後止也。〔註 48〕

文章雖然寥寥幾句話，卻寫得搖曳生姿。前面兩句非常形象的描寫出課諸生時所見，有善射而力足者「神色閒雅」，開五石弓而若不經意，而力不足者一石弓尚不能開，射又不能三十步，便羞愧的放下弓箭，魏了翁很細緻地刻畫出善射者的意態，並通過對比說明人與人之間天賦和能力的不同。最後說「必如無意於射者而後止也」則意味深長，希望顧六安不要刻意追求詩藝，而應該工夫在詩外，無意而爲，方能寫出好詩。

魏了翁學識廣博，見解獨到，對北宋興亡十分留意，常有論及，這一傾向也表現在題跋文的寫作中，這也是題跋文寫作的又一新的類型——以史論爲題跋文。如對北宋的臺諫制度，魏了翁《跋劉御史帖》一文中論及：「嗚呼，

〔註 47〕宋眞德秀《西山眞文忠公文集》卷三五《跋周子德穎齋記》，四部叢刊本。
〔註 48〕宋魏了翁《鶴山先生大全集》卷五九《跋六安縣尉顧士龍詩卷》，四部叢刊本。

許以風聞而無官長，此先朝任臺諫舊制，今劉公不肯承望，宰執雖於臺長不惟無所關白也，又從而並擊之，眞可畏而仰哉！介甫既開其端，後來之柄國者又爲介甫所不敢者矣。」〔註 49〕北宋設立臺諫制度的初衷正是以臺諫之力制約相權，避免宰相專權，因此許臺諫官風聞言事，劉述是神宗朝的諫官，《宋史》有傳，他極力維護臺諫制度的獨立性，並反對王安石變法。王安石爲推行新法打擊反對自己的諫官，爲之後的宰相打擊反對自己的臺諫勢力開了先例，蔡京、秦檜等人則更進一步，將臺諫變爲專政的工具，魏了翁《跋羅文恭公後省繳駁稿》〔註 50〕一文就提到這一點。至南宋，權臣如韓侂胄、史彌遠等人，也傚仿蔡、秦故伎，把諫官變成自己的代言人，借臺諫之力鞏固權位，打擊政敵。從這一意義上說，王安石對臺諫制度的破壞，正是兩宋政治興衰的一個關鍵，魏了翁很敏感地認識到了這一點。魏了翁認爲關鍵在熙寧、元豐之間，王安石變法不但沒有成功，反而將仁宗朝養成的良好的政風破壞殆盡，之後反反覆覆，宣和年間達到頂點，魏了翁《跋何丞相家所藏欽宗御書》一文〔註 51〕就指出靖康之禍起於熙、豐，成於紹聖，極於宣和。《跋任諫議帖》中說：「合眾君子扶持之且不能以成建中靖國期年之化，一小人乘間抵巇，引用非人，遂能轉移人主，爲崇、觀、政、宣以貽後日無窮之禍，所謂一言喪邦，一人僨國，吁，其可畏矣夫！」〔註 52〕指出王安石爲變法而引用非人，最終造成北宋的衰亡。

眞德秀和魏了翁的道學感悟和史論寫入題跋文，開拓了題跋文的寫作題材範圍，使這一傳統文體生發出新的功用，更爲廣泛的表現出士大夫的精神世界。眞德秀和魏了翁的題跋也是在道學文化的影響下出現的，帶有明顯的時代文化特徵。

三、眞德秀、魏了翁的記體文

記體文在眞德秀和魏了翁的散文寫作中佔有較大的比重，他們的記體文是以理學思想運用於分析具體事物和事理，所以說理往往陷入理學窠臼，沒有多少新意。從題材範圍看，他們的記體文多爲勸人忠孝勤學而作，所以寫

〔註 49〕宋魏了翁《鶴山先生大全集》卷六一《跋劉御史帖》，四部叢刊本。

〔註 50〕宋魏了翁《鶴山先生大全集》卷六三《跋羅文恭公後省繳駁稿》，四部叢刊本。

〔註 51〕宋魏了翁《鶴山先生大全集》卷六一《跋何丞相家所藏欽宗御書》，四部叢刊本。

〔註 52〕宋魏了翁《鶴山先生大全集》卷六零《跋任諫議帖》，四部叢刊本。

作了很多學記、道學先生的祠堂記或忠孝祠記，語言質樸平淡，文字簡潔。如眞德秀《潮州貢院記》〔註 53〕先以問答的方式描述了貢院的改建的原因，然後描寫貢院周圍環境的特點，地理位置的獨特，以及改建費用的籌措，最後申述了學子需用力於修德，明於義利之分。《懿孝坊記》記述了呂氏女的孝行，並寫到孝行能動天地：「時譙門鼓再通，群鵲繞屋飛噪，仰視空中有大星三爗，煜如月，正照櫚楹間，精魄森然，若有鬼神異物陰相之者，越翌日而父瘳，十日而遂復。」〔註 54〕《忠孝祠記》〔註 55〕前半以問答的方式說明建祠的原因，後半揭示忠與孝的必然聯繫。眞德秀的記體文大都以道德勸勵人，說教的意味很重。下面眞德秀的《溪山偉觀記》爲例來說明：

延平據山爲州，軍事判官庁處其山之半，後枕崇阜，前挹大溪。溪之南，九峰森羅，雄峙天表。庁事之西，故有小亭，對溪山最佳處。予之爲判官也，因而葺焉，時方習詞學科，規進取，退自幙府，輒几坐亭中，翻閱古今書，口不輟吟，筆不停綴，間一舉首，則澄光秀氣，噴入几席，令人肺肝醒然。去之垂三十年，回憶舊遊，未嘗不炯焉心目間也。

比歲楊君修來，爲北官扁其亭，曰「宏博舊觀」，陳君傳祖繼至，顧眂西偏老屋十數楹，岌岌將壓，獨舊觀稍加葺，餘皆撤而新之，爲堂曰「見山樓」，其上曰「溪山偉觀」，樓之前爲臺，即舊觀之北爲軒，軒有小池，剖竹引泉，淙潺可愛，則以「聽雨」名之，又爲亭曰「仰高」，環其四旁植梅與桂，間以修竹。循坡登山，結茅古樟之下，於是鐔川勝概盡在目中矣。然君爲此未幾，則後元戎以出，汎埽汀樵之遺孽，及改鎭富沙，君又從焉，其居於是才數月爾，而發揮山川之勝如恐不及，蓋賢者之心，於事之當爲，亟起而圖之，不必爲己，凡皆若是也。

柳子嘗言氣煩則慮亂，視雍則志滞，君子必有遊息之物，高明之具，使清寧平夷，然後理達而事成，世以爲名言。以予觀之，詎止是哉！天壤之間，橫陳錯布，莫非至理，雖體道者不待窺牖而粲焉畢覩。然自學者言之，則見山而悟靜壽，觀水而知有本，風雨霜

〔註 53〕宋眞德秀《西山眞文忠公文集》卷二四《潮州貢院記》，四部叢刊本。
〔註 54〕宋眞德秀《西山眞文忠公文集》卷二四《懿孝坊記》，四部叢刊本。
〔註 55〕宋眞德秀《西山眞文忠公文集》卷二四《忠孝祠記》，四部叢刊本。

露接乎吾前，而天道至教亦昭昭焉可識也。蓋嘗升高而寓目焉，仰太虛之無盡，俯長川之不息，則吾之德業，非日新不可以言盛，非富有不足以言大，非乾乾終日不能與道爲一，其登覽也，所以爲進修之地，豈獨滌煩疏壅而已邪！若予之區區於科目，則既陋矣，陳君乃存其舊而表章之，可無愧乎？故嘗謂天下有甚宏且博者，而非是之謂也。予老矣，久有子雲之悔，方痛自澡磨，以庶幾萬一，而君於斯道，尤所謂有志焉者，安得相從偉觀之上，笑談竟日，以想像春風沂水之樂乎？

是役也，起紹定四年二月之庚申，而成於四月之甲子。君字清卿，三山人，以州從事兼招捕使司屬官，於幕畫與爲多云。〔註56〕

南宋嘉定二年（1209），南劍州知州陳宓仿白鹿洞書院在延平建立書院，延平書院成爲南宋的著名書院之一〔註57〕。眞德秀於嘉泰二年（1201）知南劍州，開禧元年（1205）中博學宏詞科後，離開延平。文中所說的陳傳祖應爲陳韡，他於紹定三年（1203）年任南劍州知州。文章的第一段就是眞德秀追憶自己任判官廳讀書時的情形，「間一舉首，則澄光秀氣，噴入几席，令人肺肝醒然」這句，非常生動的描寫了作者攻讀之餘抬頭看到雄奇秀美的山水時的感受，但是也僅僅這一句而已，對三十年前往事的追憶和感慨終被文中的議論取代。針對柳宗元的議論，眞德秀加以批判，最終歸結到天地之間皆爲正理，君子日新盛德。

魏了翁的記體文也有類似於眞德秀記體文的特點，文章最終歸之於道學議論，如《永康軍花州記》：

永康之城南曰花州者，俗號果園，榗翳榛莽，歲久不治。陵陽虞仲易父來守是邦，更今名而築堂於其上，取劉子臨河之歎曰美功，縱廣四仞，其衡之長如縱而加一，以嘉定之四年五月端午落成，賓朋翕合，憑檻縱觀，逝川騰輝，列巘獻狀，嘉卉輸秀，古木樛翠，危堞突立，長橋臥空，奇雲落霞，泉日霽月，隨境變態，應接不暇。

客曰：「嗚呼，噫嘻，此天地之閟，若有待焉者。韓文公記燕喜亭，所謂斬茅而嘉木列，伐石而青泉激，天作而地藏，以遺其人者，

〔註56〕宋眞德秀《西山眞文忠公文集》卷二四《溪山偉觀記》，四部叢刊本。
〔註57〕盧亨強《福建最早的官辦書院——延平書院》，《福建史志》2009年第5期。

蓋不是過也。」余曰：「是則然矣。自有宇宙，便有此江山，高明傑特，天地初無隱乎尔，而亦豈私於虞侯也？山徑之蹊，人惟不用耳，用之而成路，於介然之頃，夫豈自外求哉，山之所固有者然也，惟人亦然，與天地並立而爲三才，居廣居也，位正位也，萬物備具，無少欠闕，人惟由之而不知其道，故私意橫生，自爲町畦，而失其所以爲廣且正焉，有能一日克己復禮，而有以洞見全體，則將隨處充裕不假外求，胸次浩然，直與天地萬物上下同流者矣。今余於是洲也，亦以是觀焉。不然，久矣其爲洲也，胡昔之昧而今之章？昔也，過者弗顧，而今遽爲部南之勝，豈侯之力所能襲而致之邪？侯瞿然曰：「非子不能發此，子其遂以斯言記斯洲也。」是爲記。侯名某，乾道宰相雍公之仲孫。余則臨卭魏某也。〔註58〕

文章寫花州四周景物十分奇特壯觀，然後論天地之無私，「自由宇宙，便有此山」，很像蘇軾《前赤壁賦》中的議論，但魏了翁則進而引申出克己復禮，無私意則能與天地萬物同流，與眞德秀如出一轍。魏了翁的一些記體文論治民治國的道理，卻頗有見地，如《眉州新開環湖記》記述開湖的緣起和經過，寫湖景生動：「翠筠蒼樛，參差蔽虧，柔荑華芳，夾道綺靡，周閣曾楹，倒影參錯，雙鵠乘鳧，浮深戲廣，纖鱗巨介，並首莘尾。」〔註59〕接著用客主答問的形式提出自己的治民治國思想，治民要『因其固有而導之』，治國如乘航，「航安而人斯安。」

總體看來，眞德秀和魏了翁的記體文中很少景物描寫和情感抒發見長，多以理學中的概念和義理爲據，就某人某事生發議論，但理學概念和義理往往束縛了他們的思想，沒有更警醒、更深刻的議論，往往停留在概念的層面，不能鞭闢入裏的解析，而對人情物理，他們的觀察又以弘揚道德教化爲目的，不能曲盡地刻畫人情世態，所以他們的記體文顯得陳腐，其原因就在於此。

第三節　眞德秀、魏了翁散文中的人物形象

眞德秀和魏了翁的散文中有不少人物形象的書寫值得注意，在這些人物形象的塑造中，眞德秀和魏了翁在記人的同時，更注重人物的道德品質，或

〔註58〕宋魏了翁《鶴山先生大全集》卷三八《永康軍花州記》，四部叢刊本。
〔註59〕宋魏了翁《鶴山先生大全集》卷四零《眉州新開環湖記》，四部叢刊本。

把他們作爲勤政愛民的典型，或作爲恪守儒道的模範，充分體現出他們的文以鳴道的文學觀。

一、眞德秀散文中人物形象的特點

眞德秀的散文中記人之處不少，文筆潔淨，簡而不陋，以人物的某一道德品質爲特點，進行鋪張渲染。如眞德秀的《樂安縣治記》寫當地的縣令很有趣，極爲百姓愛戴：

> 樂安之爲縣，百四十有某年十，今斯民蒙累聖涵濡之澤，休養生息，日庶以蕃。爲令者得與田野相安於無事。紹定之三年，不幸盜發，鄰壤燬雩都、蹂宜黃，乘間搗虛，出吾不意。於是信安張侯謂叟之爲宰未閱月也。報始聞，侯命勵射士、糾民兵，未集而寇大至，吏與民四出以避其鋒，寇退，侯自悼至官晚，不得豫飭守備，以全吾民，則請於州，丐罷去邑，人聞之者，皆曰：「吾邑之令，賢令也，其可捨諸的？」則相與白州，求侯還故官。侯曰：「民不能捨吾，吾亦不忍忘吾民也。顧無屋以居，奈何？」邑之士陳氏曰：「吾令賢者也，令而還，吾請任營建之責。」侯又曰：「有屋矣，無財奈何？」曾氏曰：「吾令賢者也，令而還，吾請致鐱粟之助郡。」太守黃公歎口.「民之愛令，一至此乎？然非兵無以衛吾民，則命簡銳卒五百戍其境，以壯境之形勢。侯乃還治其人，遺民之脫於蜂鏑者亦扶老攜幼以歸，侯疚心拊摩，若己瘝恫，凡若干月，里廬之殘毀者浸復，呻吟者浸息，而縣廳事之堂，若燕私之室，亦相踵告成，蓋靡錢緡若干，其凡出於某氏而眾又協助焉。方侯之遇盜也，縣民有繫於獄者，盜問之，民紿曰：「非令也。」侯遂免。昔高柴嘗刖人，既而以難出奔，而其免己者，前之所刖也。蓋因罪用刑，吾無心焉，此高柴之所以免，而孔子之所以歎也。張侯之釋於難，其亦若是乎？至官寺之營建，又一惟民是賴，嗚呼，觀乎此，則知民之秉彝好是懿德，今未嘗有異乎古也，雨我公田，遂及我私，古未嘗不可復於今也。然則謂禮樂教化不足善其民者固謬，而以弭筆之名醜江右之俗者，又益謬也。
>
> 縣治故有室名不欺，侯復其舊扁，日處於中，思所以答其民之望，而書來請識，本未予謂侯之至官屬，爾民何以知其賢而免之，

> 又何以知其賢而經營其居若不及，傳曰「微之顯，誠之不可掩」如此。夫侯天資懿實，履踐素篤，故未施信而民信之，今將有以答其民，亦曰盡吾誠而已爾。先儒有言：「無妄者，誠而不欺，其次也。」蓋無妄，天之道，不欺者，人之道，悠久不息，則人而天矣，侯其勉乎哉！不欺於己，斯不欺於民，不忍欺其民，民亦不忍欺其上矣，此余之所望也。若曰發擿以爲明，鷙擊以爲威，而欲民之不我欺，侯固弗忍爲，繼侯者亦當知所擇也。陳氏名某，以恩授某官。曾氏名某，以恩授某官。侯今爲奉議郎，姓黃名炳，今以提舉常平兼知撫州。〔註60〕

文章寫了一位深受百姓愛戴的縣官黃炳，他剛上任時就發生了平民叛亂，他「自悼」之餘請求免職，而百姓不忍一位好縣令被免，紛紛提供房屋和財物，幫助縣令完成守禦準備。文章通過百姓的對話來表現縣令的賢德，生動細緻。眞德秀散文中的人物形象多是品德高尚的人物，很少寫那些有奇行異志的、不合乎儒家道德的人物，而且往往都要把人物的某一重要品德和儒家的道德聯繫起來加以昇華，如《永春大夫御史黃公祠記》〔註61〕中寫黃瑀的仁義果敢：「丞有女病，若有憑之者，巫曰：『故邏卒某也，死而役於城皇之神，實爲祟。』公怒曰：『是安敢然，杖其土偶而投之溪流，女病即愈。」文中抓住黃公仁義這一特點濃墨渲染，大書特書，並寫百姓因之被教化，顯示出孔孟仁義之道的現實功用。《蕭正肅公祠堂記》〔註62〕中記述了蕭公的耿直無私，並聯繫到中庸的「誠而無欲」。

眞德秀散文中的人物形象書寫的特徵充分表現出他的體用合一的道學觀，所謂體用合一，就是前面所舉的那篇《鉛山縣修學記》中所闡述的觀點，眞德秀以養成儒家道德爲體，現實的社會活動爲用，所以他筆下的人物形象多是有體於中，具備儒家所要求的德行，然後爲官做事，爲世所用，這類人物是眞德秀理想中的人物，他寫這類人物有弘揚儒家教化的意思，希望能起到挽回頹靡士風、改良社會風氣的作用。

〔註60〕宋眞德秀《西山眞文忠公文集》卷二四《樂安縣治記》，四部叢刊本。

〔註61〕宋眞德秀《西山眞文忠公文集》卷二四《永春大夫御史黃公祠記》，四部叢刊本。

〔註62〕宋眞德秀《西山眞文忠公文集》卷二四《蕭正肅公祠堂記》，四部叢刊本。

二、魏了翁散文中的人物形象

相比較眞德秀而言，魏了翁能比較細緻地寫出人物的特點，如《直煥章閣淮西安撫趙君綸墓誌銘》一文，塑造了趙綸的善於用兵的形象：

> 嘉定九年守信陽，金虜元帥高乞將步騎二十萬入冦，煥章公馳至郡，繞城濬隍，蒐軍實，勵將士，脱袁海於囚，拔董思明於野，皆授以師。虜薄城下，公擐胄乘城，矢石如雨，虜氣沮，拔柵尋火，攻甚急，密遣統制官康孝先率死士間徑抵虜帳，斃其酋，注首槊上，虜棄攻具走，然猶擁兵復進，士殊死戰，公趣其弩至，以安眾心，調遣兵，待糧蔡息間，曰：「楚城砦公以飛虎義士克敵，信效諸軍列柵淮壖間，出遊騎以誘之。」一日，與虜遇，乘勝逐北，一舉而盡俘之，於是開納降附，弱者贍衣食，壯者隸軍伍。厥明年正月，諜言虜治兵，公乃以鄂軍及信效義勇諸軍專守禦，以飛虎軍爲游擊城，諸砦土豪各保其地，而身率郡僚，分隅爲城守備。二月，虜盛兵先犯羅山，尋縱燎迫郡城，公登，授方略，遣飛虎統領許用先揚精鋭出城，及其未定，急擊之，殺傷甚眾。虜猶以步騎二萬環城，分萬人阻城東諸山而陣。公臨督將士，無不一當十，虜敗走。〔註63〕

文中寫趙綸面對二十萬鐵騎，絲毫沒有畏懼，積極進行防禦，並選拔軍事人才，親冒矢石，數次擊敗強敵，十分英勇。趙綸還及時調整軍事策略，以防禦戰和游擊相結合，以遊騎騷擾敵軍，最終取得勝利。

魏了翁在他的文章中多次提到他在靖州時的生活境況和心理活動，通過互相印證，他對自我謫居靖州時的形象描述便躍然紙上。分析這一時期他的心理活動和形象特徵，有助於我們更深入的瞭解魏了翁的內心世界。下面以魏了翁謫居靖州時的散文來考察魏了翁對自我形象的描寫。

魏了翁被貶到靖州，起因是湖州之變後他同眞德秀等人上書，因此得罪了權相史彌遠，這在前文已有交待。魏了翁到靖州後的生活現狀怎樣呢？魏了翁的《跋趙安慶所藏東坡帖》中說：

> 予昔遷靖，與廣西爲鄰，廣郡牧守多故舊，時以方物問予，如蘇公遺墨及海魚、黎洞、沈椰子酒、吉貝、黎莫之等，率中州所罕見，黎莫如青綦布，夕可以覆體，雖然，飲食之物則非靖比也，靖

〔註63〕宋魏了翁《鶴山先生大全集》卷七三《直煥章閣淮西安撫趙君綸墓誌銘》，四部叢刊本。

之米斗百泉（錢），羊豕爲斤十，減米之二，蔬笥又不論也。常閱蘇公帖，自謂「衣食之奉，視蘇子卿啖氊食鼠爲大靡麗」，以予居靖言之，視文忠公之靡麗又加一等。詩曰：「君子于役，苟無饑渴。」吾儕勉諸。上親政之歲魏某書於瀘州官舍。〔註64〕

這篇文章比較蘇軾被貶至海南與自己被貶至靖州的生活環境，並自認爲是比蘇軾生活的更加靡麗。雖然如此說，但靖州的生活可想而知，靖州相比於臨安，是蠻荒落後的地方，屬今湖南境內，與貴州、廣西接壤，爲苗、侗等少數民族聚居區，南宋劉宰有《送魏華甫侍郎謫靖州》一詩中就寫了靖州的風物：「靖州風物最五溪，佘田歲入人不饑，淘沙得金遨以嬉。瘴煙不逐嶺雲西，六花瑞臘春臺熙，尤便逐客過往稀。」〔註65〕劉宰說靖州沒有瘴氣，而且百姓歲入頗豐，似乎爲爲了翁慶幸，又或在安慰魏了翁。魏了翁身處落後貧困的靖州，心胸淡泊平和，還以蘇軾自比，認爲自己的境遇比蘇軾好很多，可見他的樂觀豁達。魏了翁的《答蘇伯起》一文寫他謫居靖州的生活：

某囚山三載，土風民俗，久益安之。靖爲郡百二十七年，布鬘跣足之風，未之有改，城中不滿四十家，氣象蕭條，蓋可想見。然自非四方友朋書問碑銘之相撓，則終日書案，極天下之至樂。偶有帶行書冊，再三尋繹之外，工夫盡矣，從兩三郡士友家宛轉偕得諸經義疏，重別編校，益歎從前涉獵疏鹵，使無是役，亦泯泯此生矣。城之東得隙地，爲屋數間，亭沼華水略具，號鶴山書院，距寓館不數十步，時時攜友往來其間，未必如水竹莊之勝，然而主人心安樂，華竹有和氣，則何地而不適其適也。〔註66〕

文中寫了靖州少數民族的風俗和城市的蕭條氣象，魏了翁卻慶幸自己終於得到了讀書的時間和環境，得以重新整理諸經，也正是這是他的學問進入了一個新的境界，可見文中所言不虛。文末寫心中安樂，和氣能影響花竹，而魏了翁對黃庭堅的評論中恰好也有「以草木文章發帝杼機，以花竹和氣驗人安樂」〔註67〕一句，魏了翁似乎以黃庭堅爲榜樣，儘量做到心平氣和。通過以上列舉的幾篇文章可以看出，魏了翁有意塑造一個安樂平和的謫居人形象，

〔註64〕宋魏了翁《鶴山先生大全集》卷六四《跋趙安慶所藏東坡帖》，四部叢刊本。
〔註65〕《全宋詩》第56冊，北京大學出版社1998年版第33408頁。
〔註66〕宋魏了翁《鶴山先生大全集》卷三六《答蘇伯起》，四部叢刊本。
〔註67〕宋魏了翁《鶴山先生大全集》卷五三《黃太史文集序》，四部叢刊本。

表明自己沒有一絲怨言和憤怒。在魏了翁看來，爲人臣者須盡忠盡節，不得志亦不須抱怨，否則就是不忠。魏了翁批評蘇軾被貶後有怨謗之意：「不知君臣義重，家國憂深，聖賢去魯、去齊，不若是恝者，非以一去爲難也。〔註 68〕這從反面說明魏了翁心目中的謫臣應該是安然樂道，不應該因爲被貶而譏諷朝廷。然而魏了翁內心是處在矛盾焦慮中的，他雖然謫居於靖州，但並不眞的平靜，魏了翁《答喬尚書》一文：

某曩者幸甚，螭坳起部，獲接青雲之武，尚書誤謂其可進，獎飾假借，義鈞骨肉，而愚不適時，忽貽罪戾，竄在蠻荊，尚書又追送而𢭏存之，銜戢恩意，於今五年。愚分自循，不敢以一字入都，故雖知愛之厚如尚書，亦自取棄絕，然乃心鄉（向）往，曷日弭忘。

山中於黜涉理亂了無相關，溫尋舊讀，粗有新得，誦君子于役之亂，聊以自適焉，不足爲長者道也，惟是有不能忍然忘言者。今中外之所責望於尚書，蓋以望實昭著，人情交孚，雖潛救密移，如易所謂「巽稱而隱」，爲功不爲小矣。然濡迹已久，未能自明君子之所存。惟救時行道之務，所謂心跡之不能自明，此特一身之事，庸何恤。然揆時度義，亦恐終不能以有所正救，寧若言所當言，猶庶幾萬一之補，從違去就，則有義有命焉，不猶愈於因循歲月，浸負雅志，終孤時望者乎？某廢於五年，未有生還之日，豈不欲緘口低首以冀苟免，顧君臣義重，若不可以一朝居者。〔註 69〕

魏了翁對自己一身之遭遇毫不在意，他所顧慮的是心跡不能自明，而對時局不能有所正救，雖在江湖之遠而仍舊心繫國家安危，這正是魏了翁所說的君臣義重，而這裏的君可以從廣義上理解，不僅包括趙姓王室，更準確的說應該是指國家和民族。由以上分析可見，魏了翁在謫居靖州期間對自我的描寫帶有這樣的特點：心繫朝政，守道不屈，不以一身爲慮，同時又要求自己心平氣和，泰然自處。魏了翁從儒家的忠恕之道出發，要求自己忠於君，忠於國，但又苦於形跡不能自明，對權臣的痛恨和要求自己心平氣和，形成了兩對矛盾。我們彷彿看到一個表面上平淡從容的人，內心卻有著種種的焦慮和不安，這恰好構成了一種奇特的張力，可能這就是儒家士大夫內心世界的眞實寫照。

〔註 68〕宋魏了翁《鶴山先生大全集》卷三五《答葉子》，四部叢刊本。
〔註 69〕宋魏了翁《鶴山先生大全集》卷三六《答喬尚書》，四部叢刊本。

小　結

眞德秀受閩學散文流派的影響，文章風格平易典正，論事以道學義理爲依歸，魏了翁對各學派兼容並包，獨闢蹊徑，豪贍雅健。眞德秀和魏了翁的文章寫作成就集中在詔令、奏疏的寫作上，這兩種文體是士大夫擅長寫作的領域，他們也通過這兩種文體的寫作來表現他們的政治思想和文學修養。眞德秀和魏了翁的詔令和奏疏論理詳盡，敘事有法，深醇爾雅。在記體文和題跋的寫作中，眞德秀和魏了翁以題跋論事、論史，努力做到文爲世用，不務虛空，因而文章也多顯得質實而缺少靈動和波瀾。眞德秀和魏了翁的散文中一些人物形象的塑造很有特點，對多以儒家的忠孝仁義來作爲道德要求的標準。

眞德秀和魏了翁的文章創作無論從題材、體裁還是文章的風格來講都充分的表現出士大夫的散文寫作的特點，題材上多以朝政大事、道學活動以及官員百姓的善德善行作爲書寫對象，擅長仕宦生涯中比較嫻熟的詔令和奏疏，而文章風格上表現得典正，醇雅。眞德秀和魏了翁的散文是在道學文化影響下產生的，同時又是他們作爲士大夫文學寫作的一個重要部分。

從宋代散文發展歷程來看，北宋歐、蘇等大家的創作取得了巨大的成就，至南宋，各個學派辯難往復，不同學派的散文又有著不同的特色。眞德秀和魏了翁身處於後朱熹時代，他們的文章不再以論理和辯難見長。作爲士大夫，眞、魏二人更關注世風和教化，因此，他們以道學義理爲準繩，強調道學義理的現實應用，說教的意味越來越重，文學價值亦隨之減少。

結　語

眞德秀和魏了翁是南宋中後期的士大夫，他們對當時的政治、文化都產生了很大的影響。眞德秀和魏了翁的詩文創作區別於當時文壇的主要流派江湖詩派和四靈，也區別於道學派人士的文學創作，他們的文學思想和文學創作有自己特點，受到當時文學風潮的影響，也受到道學文化的影響，這些問題在上面的論述中都已經涉及到了，下面重點談一談眞德秀和魏了翁的異同。

對於眞德秀和魏了翁，他們被並稱爲「二山」，由於他們具有較多的相似之處，如他們的號中都有「山」，生年相同，中科舉之時相同，都尊崇道學，政治主張相似，但二人還有一些異同，下面分幾點來說。

在政治思想方面，眞德秀和魏了翁面對憂患叢生的南宋政權，他們積極思考這一時代的重大問題並提出了自己的見解，在政治上，他們反對權相專制，主張廣開言路，整頓吏治，並展開與權相的積極鬥爭；在軍事上，他們主張積極防禦，抵禦外族入侵，注重軍事的防禦，希望朝廷用人得當；在經濟上，他們反對濫發楮幣，主張嚴懲腐敗；內部存在著種種聯繫，程朱理學深深地影響了他們的思想，他們也爲程朱理學的正統化做出極大的努力，他們與權相的鬥爭離不開理學人士的支持，他們也因此在當時以及後世獲得了很高的聲譽。這都是二人相同之處。對歸正人問題，眞德秀從民族大義的角度出發主張接納歸正人，魏了翁則從現實的軍事問題考慮，主張謹愼的對待歸正人；眞德秀極力推崇理學，成爲程朱理學的信徒，而魏了翁則不斷求索，對程朱理學和心學都有所接受，他不受學派的束縛，能尋本溯源，從先秦儒家典籍入手，開闢出新的學術路徑。

在文學思想方面，眞德秀和魏了翁看重作品所蘊含的義理，更看重作家本人的道德和節操，強調積極用世、作者的人格氣象之美，在對作品的風格鑒賞和藝術技巧的評析方面，他們都沒有太多的興趣。眞德秀和魏了翁論作家時都強調有本，所謂本就是儒學修養，他們認爲有本對於詩文寫作而言是具有重要意義的，本又和志、學聯繫在一起，志孔顏之志，學孔顏之學。在眞德秀和魏了翁對詩文作品的欣賞和審美中，他們持樸素的審美觀，反對偶儷，反對雕飾，反對追求聲韻和形式的技巧。眞德秀的文學思想和道學家的文道觀不一致，如眞德秀所持的貫道說，在氣論範疇吸取了儒家經典《禮記》中的稟氣說和孟子的養氣說。魏了翁的學術思想主要還是依據於先秦的儒家經典，嚴守詩教，以天地人文爲最廣泛的文的外延，還接受了《易經》和《文心雕龍・原道》中的文學思想。

在詩歌創作內容方面，眞德秀和魏了翁的學術思想很大程度上影響了他們詩歌創作，他們有些詩的主題就是探討理學觀念。眞德秀和魏了翁在詩歌中抒發的感情大多都是在儒家道德範圍之內的，他們對情和欲的認識限制了他們在詩歌中對情感的表達。眞德秀和魏了翁在詩中描寫自然景物並不僅僅是刻畫形貌，他們往往賦予了自然景物以濃厚的人文氣息，通過觀察自然意象來體認天理流行。眞德秀詩作較少，也很少涉及政論方面，魏了翁的詩歌政治主題涉及到南宋中後期政治的各個方面，如南宋朝廷中的道學派與權相的對立以及南宋的軍事和外交政策。

在詩歌風格方面，眞德秀和魏了翁注重儒家所要求的道德品質和士大夫的立朝大節，這些觀念影響了詩歌創作方法，他們的詩歌比較質實平淡，用語樸實無華，章法也不大講究，因此影響了藝術表現力和詩藝的提高。他們的詩歌主題也多以酬贈唱和爲主，風格以平淡爲主。由眞德秀和魏了翁的詩歌寫作手法來看，他們都反對過分追求辭藻的華麗和章法的精巧。就眞德秀和魏了翁詩風的相異之處來說，他們的詩歌都有學者之詩的特質，魏了翁還有所謂「學人之詩」的色彩。在不同體裁的詩歌寫作中，眞德秀和魏了翁的創作方法和風格是不同的，魏了翁的絕句詩藝術價值較高，富有情趣。眞德秀的詩學觀與道學派的詩學觀較爲接近，崇尚古體而輕視律體，但在五言古詩的創作方法上又延續了北宋以來以議論爲詩的習慣。魏了翁則兼重古體和律體，沒有明顯的傾向。

在文章寫作方面，眞德秀和魏了翁多以朝政大事、道學活動以及官員百姓的善德善行作爲書寫對象，體裁上擅長仕宦生涯中比較嫺熟的詔令和奏疏，他們的文章風格典正，醇雅，多顯得質實而缺少靈動和波瀾。眞德秀、魏了翁散文中一些人物形象的塑造很有特點，以儒家的忠孝仁義來作爲道德要求的標準。眞德秀和魏了翁的散文寫作受南宋學派的影響。眞德秀受閩學散文流派的影響，文章風格平易典正，論事以道學義理爲依歸，魏了翁對各學派兼容並包，獨闢蹊徑，豪贍雅健。

文學作品的接受和解讀，首先在於對作家的認知和瞭解，宋代的詩、文、詞等等文學樣式的作品，其創作主體主要是士大夫，因此也可以說，宋代文學史的主流就是士大夫的文學創作史，所以對士大夫的身份和作品的認識，就成爲理解宋代文學歷史的一把鑰匙。士大夫作爲詩文創作的主體，他們的創作必然會反映他們的政治見解、宦海浮沉的感受和學術思想的傾向。北宋歐陽修、蘇軾、黃庭堅等士大夫的創作既是如此，他們的作品因爲具有較高的藝術價值而爲後人所重視。南宋士大夫的創作隨著政治環境的變化和學術風潮的變遷，有了新的特點和內容，表現手法和創作技巧也有了新的變化。所以，從這一角度考察眞德秀和魏了翁的文學創作，某種意義上是延續了以宋代士大夫爲創作主體的觀察視角，以此來敘述士大夫的文學創作發展演變的歷史。眞德秀和魏了翁的詩文創作中反映出的新問題，如內容上受理學文化的影響，創作手法上對宋代以來的文學傳統慣例的變革和揚棄，以及眞德秀對文學編選體例的顚覆等等，在論文中有所闡釋，目的是以此種種細部的描述和考察，來探討作爲南宋中後期士大夫代表的眞、魏二人，在特定時代下的思想和經歷到底使他們的文學創作具有了怎樣的特質，呈現了哪些現象，這些現象背後隱藏了哪些具體的成因，以及對當時的文化和文學領域產生了哪些影響，是否以及在多大程度上對中國古代文學發展的走向有所影響，等等，這些問題，有的在論文中得到了部分的解決，但不少問題還有待將來去探究。

附表一：眞德秀詩體分類統計表

體裁	五古（31首）	五律（3首）	五絕（24首）	七古（12首）	七律（16首）	七絕（76首）
政事詩（13首）	《浦城勸糶》（34843）、《會三山十二縣宰》（34844）。共2首。				《會長沙十二縣宰》（34846）	《長沙勸耕》（共十首，34847）
山水遊覽、寫景詩(6首)	《登南嶽山》（34833）、《遊鼓山》（34845）。共2首。	《遊上天竺》（34859）		《題金山》（34834）、《挹仙亭》（34844）。共2首。		《登南嶽上封寺》（34857）
題詠詩（18首）	《題全氏三桂堂》（34837）、《題李立父高遠樓》（34841）。共2首。			《題隱者蘇翁事蹟》（34839）、《泉州貢闈慶成》（34835）《舞鶴亭歌》（34838）共3首。	《題湖山清隱》（34839）、《壬午春……》（34835）。共2首。	《泉州貢院舉梁八詠》（共八首，34845）《題來青館》（34845）《題黃氏貧樂齋》（34848）、《題南嶽》（34857）。共11首。

體裁	五古（31首）	五律（3首）	五絕（24首）	七古（12首）	七律（16首）	七絕（76首）
書畫題跋詩（2首）	《題八君子圖後》（34834）			《跋蔡節齋爲題張生所畫文公像》（34857）		
學問詩（2首）				《衛生歌》（34858）		《詠仁》（34839）
應制詩（60首）			《端午貼子詞·皇帝閣》（共三首，34852）、《端午貼子詞·皇后閣》（共兩首，34852）、《端午貼子詞·皇太子宮》（共兩首，34853）、《皇后閣春貼子詞》（共兩首，34853）、《皇后閣端午貼子詞》（共兩首，34853）、《春貼子詞·皇帝閣》（共三首，34854）、《春貼子·皇后閣》（共兩首，34854）、《春貼子·東宮》（共兩首，34855）、		《金國賀正旦使人到闕紫宸殿宴致語口號》（共兩首，34856）、《瑞慶節集英殿宴致語口號》、《金國報登位使到闕集英殿宴致語口號》。共4首。	《端午貼子詞·皇帝閣》（共三首，34852）、《端午貼子詞·皇后閣》（共三首，34852）、《端午貼子詞·皇太子宮》（共三首，34853）、《皇后閣春貼子詞》（共三首，34853）、《皇后閣端午貼子詞》（共三首，34854）、《春貼子詞·皇帝閣》（共三首，34854）、《春貼子·皇后閣》（共三首，34854）、《春貼子·東宮》（共三首，34855）、

體裁	五古（31首）	五律（3首）	五絕（24首）	七古（12首）	七律（16首）	七絕（76首）
應制詩（60首）			《皇后閣端午貼子詞》（共兩首，34855）、《嘉定六年皇后閣春貼子詞》（共兩首，34855）、《皇后閣端午貼子詞》（共兩首，34956）。共24首。			《皇后閣端午貼子詞》（共三首，34855）、《嘉定六年皇后閣春貼子詞》（共三首，34855）、《皇后閣端午貼子詞》（共兩首，34956）。共32首。
送別詩（24首）	《送湯伯紀歸安仁》（34834）、《送裘司值得請西歸》（34834）、《送林白知自幕中歸常寧》（34836）、《司理弟之官岳陽相別於定王臺悽然有感爲賦五詩以餞其行》（共5首，34836）、《送吳定夫西歸》（共四首34835）、《送王子文宰昭武》（共五首，	《送曹晉伯令尹之官》（共兩首，34851）			《別湯升伯》（34847）、《送永嘉陳有輝》（34848）。共2首。	《送張曜之》（共兩首，34846）

體裁	五古（31首）	五律（3首）	五絕（24首）	七古（12首）	七律（16首）	七絕（76首）
送別詩（24首）	34842）、《贈梓潼袁君西歸》（34844）。共18首。					
酬贈詩（32首）	《長沙贈高年陳氏母子》（34835）、《長沙新第呈諸學士》（34836）、《志道生日爲詩勉之》（34837）、《壽楊龢父》（34838）、《以青氈與志道》（34841）、《贈盱江張平仲》（34841）。共6首			《贈岳相師》（34840）、《壽外舅楊開國》》（34841）《贈小鐵面王相士》（34840）、《七峰行爲外舅壽》（34840）、《新橋行》（34839）。共5首。	《賀外舅轉官》（34848）《壽楊龢父》（34849）、《壽楊龢父》（34850）、《贈陳子長》。共4首	《淨谿持缽求度爲說偈言》（34848）、《贈夏宗禹》（共兩首，34849）、《贈葉子仁》（共三首、34849）、《贈徐碧鑑》（共兩首，34849）、《贈黃君貧樂齋》（34849）、《贈張童子》（共兩首，34850），《贈邵邦傑》（34850）、《壽陳宰》（共兩首，34850）、《詩寄淮西王路分》34850）、《贈吳景雲》（共兩首，34850）。共17首。
哭挽詩（1首）						《挽竹齋》（共兩首，34857）

體裁	五古（31首）	五律（3首）	五絕（24首）	七古（12首）	七律（16首）	七絕（76首）
唱和詩（3首）					《和侍讀祕監餞行嚴韻》（34846）、《和趙章泉》（34847）、《使都梁次韻》（34857）。共3首。	

說明：詩歌統計來源爲《全宋詩》及《全宋詩訂補》，詩題後數字爲該詩在《全宋詩》中頁碼。《全宋詩訂補》中錄眞德秀兩首詩，《城隍生日》與《題梓潼廟鼓上》，頁524，大象出版社2005年版，因不易歸類，只計入總數中。

魏了翁詩體分類統計表：

體裁	五古 共113首	五律 共126首	五絕 共38首	七古 共51首	七律 共324首	七絕 共321首
山水遊覽詩（共7首）	《夏港僧舍》（35013）	《遊上天竺》（35013）		《飛雪亭》（34889）、《南閣行》（35010）		《青玉峽》（34984）、《萬杉寺》（34984）、《三峽橋》（34984）
題詠詩（共43首）	《寄題雅州胥園》（34865）《題蔡氏叢桂堂》（34867）《題沈氏書堂》（34872）《題劍門》（34874）《題尹商卿起宗自信齋》（34903）《題東		《寄題王才臣南山隱居六首》（共6首，34875）	《題大安軍楊寶謨旌忠廊》（34875）、《題潼川倅廳先得月樓》（34883）、《四川茶馬牛寶章修楊子墨池以書索題詠》（34909）（共3首）	《題袁天將追遠亭》（共2首，34923）、《題梓潼廟》（34928）、《題李彭州南亭》（34935）、《題潼川賈伯用崇雅閣出入體》（34944）、《題賈伯	《題石興宗讀書岩》（34870）、《題上亭驛》（34928）、《題三衢於艮室》（34935）、《書遂寧何氏穩與齋》（34942）、《題蘇文忠與鄧安惠西山唱

體裁	五古 共113首	五律 共126首	五絕 共38首	七古 共51首	七律 共324首	七絕 共321首
題詠詩（共43首）	甌王友直尚友堂》（34906）《題溫泉》（34919）（共7首）				用大龍阡》（34947）、《題成都憲江公廉勤謹忠信和緩八箴》（34948）、《題洪崖安道人墳菴》（34964）、《題南叔兄藏修閣息遊觀》（34967）、《題外舅提刑楊大夫墓》（34981）、《寄題李季衡東樓》（34982）、《題王巴州傳經樓》（34982）、《題石洞》（35013）（共13首）	和》（34964）、《題陳庸仲眞希元詩卷贈蕭道士蕭善爲詩亦解鼓琴》（共3首，34968）、《題趙昌父太社寄桃源何道士》（34972）、《題羅年能六友堂》（34972）、《題峽州三遊洞》（共2首，34973）、《題王氏聚遠樓》（34983）、《題歸宗寺》（34984）（共14首）
書畫題跋詩（共4首）					《題桃園圖》（34947）、《題謝耕道一犁春雨圖》（34870）、《墨梅》（35012）	《題米南宮雲山掛幅》（35013）
詠史懷古詩（共1首）	《過屈大夫清烈廊下》（34912）					

體裁	五古 共113首	五律 共126首	五絕 共38首	七古 共51首	七律 共324首	七絕 共321首
入朝應制詩（共10首）					《恭和聞喜宴賜毛自知以下御製》（34922）、《己未唱第後謝恩詩》（34930）、《恭和聞喜宴御製》（34982）	《十八日上壽退賜坐十九日貢院賜宴二十一日紫宸殿御筵即事》（共7首，34956）
送別詩（共52首）	《送宇文侍郎知廬州》34867《送徐校書知處州》34868《送王考功江東漕》34868《送宋常丞知閬州》34868《送曾尚右知信州分韻得州字》34869《追送劉侍郎以寶制帥湖北》34869《送程左史以右撰知夔州分韻得重字》34869《送陳大著知蘄州分韻得輝字》34870《送蘇大著大璋知吉州	《送李梁山之官》（共2首，34935）		《餞章郎中以浙東倉歸湖州》34867《歌詩三十五韻送前知隆慶任侯赴召》34887《送楊尚書知瀘州》34894《送任大卿知漢州張少卿知眉州》34895《送杜兵侍以華文待制知遂寧府》34897《送楊仲博歸蜀》34897《送黃宜州之郡》3489《送張匠監以秘閣知贛州》34898《送高才卿出守嘉定》	《送趙茶馬東歸》（34881）、《送侯成甫歸蜀》（34894）、《送唐述之赴廷對》（34929）、《別東叔西叔二兄於遂寧門外》（34938）、《送劉類元奉對闕庭》（34942）、《送王教授之官臨邛》（34951）、《通泉李君以廷試卷漏結塗注自三甲降末甲賦詩以送其歸》（34962）、《送李季允赴召》（共3首，34980）共10首	《送安同知赴闕》（共5首，34932）、《送從子令憲西歸》（共6首，34967）共11首

體裁	五古 共113首	五律 共126首	五絕 共38首	七古 共51首	七律 共324首	七絕 共321首
送別詩（共52首）	分韻得章字》34870《送趙編修大全知眉州分韻得登字》34869《送范吏部子長知崇慶分韻行兮字》34870《送周架閣以浙東提幹歸平江》34872《送袁都官知徽州》34894《送秦秘監以顯謨知潼川》34898《送二兄三兄赴廷對》34876共15首			34913《送吳門葉元老歸浮光》34906《兄子高斯得赴廷對》34903《送遊吏部赴召》34917《送張總卿護餉益昌》35010《山河歎送劉左史歸簡州》35011共14首		
哭挽詩共142首	《高龍學挽詩》(35009)	《任宜人挽詩》34985《支大監挽詩》34985《嘉興張寺丞挽詩》34985《丹稜楊子金挽詩》34985《楊經母范氏挽詩》34986《賜冠帔楊氏挽詩》共兩首34986《			《韓主薄挽詩》(34985)、《馮校書挽詩》(34985)、《郭孺人挽詩》(34989)、《廖巴州挽詩》(34991)《史制幹晦甫挽詩》(34991)、《崇慶通判楊君挽	《於眉州挽詩》(共三首，34986)、《韓少謨挽詩》(共三首，34989)共6首

體裁	五古 共 113 首	五律 共 126 首	五絕 共 38 首	七古 共 51 首	七律 共 324 首	七絕 共 321 首
哭挽詩共 142 首		李參政夫人張氏挽詩》共兩首 34987《王寶謨挽詩》共三首 34987《郭宣教挽詩》34987《蟠龍孫通直挽詩》34987《何府君挽詩》共兩首 34988《袁參政挽詩》共三首 34988《欒府君挽詩》共兩首 34988《趙廣安挽詩》共三首 34989《譙修職挽詩》34989《陳隱君挽詩》34990《宇文瀘州挽詩》共兩首 34990《陳總領挽詩》34990《潼川孫監稅挽詩》34990《王處士挽詩》34991《計處士挽詩》34992《楊隆慶挽詩》34992《孫夫人挽詩》			詩》（34991）、《羅承事挽詩》（34991）、《張隆州挽詩》（34992）《致政宋君挽詩》（34992）《程節推挽詩》（34992）《從事郎致仕史挽詩》（34993）《雅州教授杜君挽詩》（34993）、《唐昌文挽詩》（34994）、《羅監廟挽詩》（34996）、《馬少卿挽詩》（34996）、《樊仲恂母太碩人李氏挽詩》（34997）、《江州司馬安君挽詩》（34997）、《臨邛張夫人之葬……代賦》（34998）、《吳府君挽詩》（34998）、《王宜人挽詩》（34999）	

體裁	五古 共 113 首	五律 共 126 首	五絕 共 38 首	七古 共 51 首	七律 共 324 首	七絕 共 321 首
哭挽詩共 142 首		34992《成都教授史君挽詩》34993《楊脩撰挽詩》共三首 34993《宇文樞密挽詩》共兩首 34994《通直郎史君挽詩》34994《劉少監挽詩》34994《遊監丞挽詩》共兩首 34995《張運判之母呂宜人挽詩》共兩首 34995《高承事挽詩》34995《家涪陵挽詩》34995《費參政挽詩》共三首 34996《虞萬州妻趙安人挽詩》共兩首 34996《范聖問之母孺人史氏挽詩》34997《李懷安挽詩》34997《張隱君挽詩》34997《史宜人挽詩》349			、《李德邁挽詩》（34999）《楊處士挽詩》（35001）、《黎州安撫趙公庇挽詩》（35002）、《蔡推官之父母與伯父母挽詩》（35003）、《天台張氏兄弟挽詩》（35004）、《度周卿之母蹇太宜人挽詩》（35005）、《朱邵州挽詩》（35005）、《樊迪功挽詩》（35006）、《趙德安挽詩》（35007）、《高開國挽詩》（35009）共 30 首	

體裁	五古 共 113 首	五律 共 126 首	五絕 共 38 首	七古 共 51 首	七律 共 324 首	七絕 共 321 首
哭挽詩共 142 首		98《家承事挽詩》34998《史致政挽詩》34999《知崇慶府致政何君挽詩》共兩首 34999《任重慶挽詩》34999《前利路運判沖祐李君挽詩》共兩首 35000《楊仲遠挽詩》35000《程隱君挽詩》35000《通直致政姚君挽詩》35000《樂隱君挽詩》35000《許侍郎挽詩》共兩首 35001《峨眉主簿樂嘩挽詩》35001《高公權之母郭氏挽詩》35001《教授致政李君挽詩》35001《魏撫幹挽詩》35002《韓聖問挽詩》35002《知廣安軍勾				

體裁	五古 共 113 首	五律 共 126 首	五絕 共 38 首	七古 共 51 首	七律 共 324 首	七絕 共 321 首
哭挽詩共 142 首		侯挽詩》34002《家夫人挽詩》35003《知敘州史侯挽詩》35003《齊安郡向夫人挽詩》35003《馮夫人挽詩》35003《費華文挽詩》共兩首 35003《張運判挽詩》35004《李郎中挽詩》共兩首 35004《武康主簿吳泳挽詩》35004《袁侍郎挽詩》共兩首 35005《恭挽寧宗皇帝》共兩首 35005《吳府君挽詩》35005《陳寺丞挽詩》共三首 35006《敘州弟挽詩》共三首 35006《楊子禮挽詩》35007《楊叔介挽詩》35007《張運判挽詩》				

體裁	五古 共113首	五律 共126首	五絕 共38首	七古 共51首	七律 共324首	七絕 共321首
哭挽詩共142首		35007《魚耶孫氏挽詩》35008《仲女挽詩》35008《武康軍僉判師君挽詩》350008《楊極父挽詩》35008《史合州挽詩》35008《孺人譙氏挽詩》35008《李順慶挽詩》35009共105首				
酬贈詩共96首	《贈章相士》34865《虞永康生日》34866《贈僧南遊》34873《寄李考功》34874《謝安大使見遺白玉環》34876《虞知府生日》34878《李參政生日》共2首34882《王總領生日》34887《張義方得古井以木爲甃命曰亨泉而		《贈術士龔恢乙》（34947）	《安大使生日》（34866）、《王總領生日》（34878）、《梁運判生日》（34880）、《虞萬州生日》（34886）、《董侍郎生日》（34886）、《楊仲博生日》（34897）《贈造琴道士劉發運劉亦解致雷》（34907）共7首	《李德秀致政以其生日前一日約士友至長慶院訪梅花山茶因以爲壽》（34927）、《虞萬州生日》（共3首，34938）、《董侍郎生日》（共3首，34938）、《王總卿生日》（共2首，34938）、《贈相士郭灝》（34945）、《安宣撫生日》（共2首，	《贈廬陵術士馮椿》（34881）、《李參政生日》（共6首，34948）、《李參政生日》（共6首，34952）、《漕帥曹太博生日四首》（共4首，34953）、《楊仲博生日》（共3首，34956）、《西叔兄生日》（共4首，34961）、《將入靖州界適值肩吾生日

體裁	五古 共113首	五律 共126首	五絕 共38首	七古 共51首	七律 共324首	七絕 共321首
酬贈詩共96首	求余詩》34889《送程叔運高不妄西歸》34904《贈曾醫》34909《壽四川制置李侍郎》34913《贈畫工王生》34918《贈畫工王三錫傳神》34918《安大使生日》34925共16首				34949)、《嘉甫弟生日》(34953)、《安總領生日》(共2首，34978)、《楊尚書生日》(共2首，34978)、《李制置生日》(共2首，34979)、《魏茶馬生日》(共2首，34979)、《遂寧家知府生日》(共2首，34979)、《潼川路施運判生日》(共2首，34979)、《制置丁少卿生日》(共2首，34981)、《燕新利路李運使致語口號》(35012)、《燕孫節推致語口號》(35012)共29首	爲詩以壽之》(共3首，34965)、《肩吾生日以三絕爲壽》(共3首，34967)、《肩吾生日三絕句》(共3首，34968)、《肩吾生日》(共3首，34969)、《虞退夫生日(八月二十三日)》(共2首，34971)、《虞退夫生日》(共2首，34975)、《長女生日》(共3首，34978)共43首
雜事詩共132首	《出劍門後日履危徑戲集轎兵方言》	《茂叔兄還鄉北郊酌別》(34946)、《自長	《過大安軍黑水阻漲憩崇道觀以需漲	《約許侍郎諸公酒半宋正仲至自都城》	《李參政見招遊龍鶴山歸途有作》(共2	《趙深甫年七十有親九十貧無以養索

體裁	五古 共113首	五律 共126首	五絕 共38首	七古 共51首	七律 共324首	七絕 共321首
雜事詩共132首	34875《浣花即席》34881《臨川過永叔植慈竹義木於庭乃榜其堂曰慈義索余詩》34884《潼川憲司拓圃築亭取康節語名以四春得古詩十二韻》34884《遂寧社稷……某偶攝郡事因爲隨事釐正》34885《約書院諸友過石洞津檢校隄役》34892《洪士龍以洪舜俞考功所作竹洲精舍記見問》34907《中秋領客》34914《永嘉林君誼父得英石名其室曰研齋予易以介室》34915《奉謝資陽謝純夫	寧阡過靈泉兄墓爇黃經從隈支以歸》共2首	落乃濟》（34875）	34883《鶴山書院前爲荷塘三即其小嶼築亭久矣春後八日始榜曰「夫容州」》（34901）《再韻》34902《扶州崇仁縣玉清觀道士黃石老工古篆以李公父書來問字》34902《七夕南定樓飲同官》34914《上巳領客》34914《丁大監文伯得余近作讀之疾愈以詩見貽》34903《湖北提刑林寺丞赴召以書索詩》34905《至左綿書懷呈榮州綿州二兄》34912《羅五星善奕棋幹詩》34916《七夕有賦》34916	首，34921）、《九月八日類試別所與同事飲而痁作》（34928）、《燕新進士》（34929）、《燕孫節推》（34932）、《人日約李提刑、李參政登蟆頤馬上醉書》（34933）、《李參政約客訪西郊海棠予以齋禁不與》（34934）、《上巳日約同僚過蟆頤晚視新開橫江堰》（34935）、《南郊祖帳賦五十六言呈劉左史》（34937）、《赴遂寧進士期集即席賦》（34942）、《二月二日遂寧北郊迎富故事》（34942）、《臨發潼上許侍郎提刑餞於	賦》34935《二月十九日席上賦》共4首34943《昨有禱於社稷及境內山川是夕枕上聞雨》共2首34943《以使事過成都……遂謁朱祭酒祠即事賦》共4首34944《元夕卜油溪故事》共2首34946《春社日祀事既畢輴中得三絕》共3首34950《萬州守潘叔豹拉登魯池觀荷華荔枝》34954《艤舟琵琶亭次福士張元龍以詩代柬韻》共2首34955《十二月九日雪融夜起達旦》34957《十日夜聞風聲》34957《八

體裁	五古 共113首	五律 共126首	五絕 共38首	七古 共51首	七律 共324首	七絕 共321首
雜事詩共132首	……期而未至》34917《偶成》(其一35013共11首，另據《全宋詩訂補》補入《壬子歲再過此作詩》524頁。			《黃成之求虛舟詩》34916《中秋有賦》34916共13首	東山賦詩留別》(34944)、《約客木犀下有賦》(34945)、《八月十四日夜約客月下有賦》(34945)、《人日南山寺約汪憲》(34949)、《正月九日北山雍熙寺約同官》(34949)、《觀南堤》(34950)、《余既賦詩坐客請以唐人家花車斜韻同賦醉中作五十六言》(34951)、《八月十四夜月用舊作韻呈諸友》(34952)、《海潮院領客觀梅》(34953)、《史倉使……翠微亭史倉索賦》(34956)、《曾少卿約飲即席賦》(34958)、《眞除	月七日被命……馬上隨得隨書不復敘次》共20首34958《後殿侍立》共3首34961《射殿引諸班出官人拽垜子》共2首34962《講筵侍立》共3首34963《十二月二十七日宰執率百官請大行皇帝諡於南郊日寧宗紀事》共4首34964《書所見聞示諸友》共5首34976《將作監栽竹徐直翁清叟俾予書植賢亭三大字以詩見貽》共3首34983《夜直玉堂》共2首34983《四月癸巳發潯陽館過濂溪飯於杏溪謁清

體裁	五古 共113首	五律 共126首	五絕 共38首	七古 共51首	七律 共324首	七絕 共321首
雜事詩共132首					後謾記所見》（共2首，34962）、《夏至日祀閼伯於開元宮前三日省中齋宿》（共3首，34963）、《某偶爲木犀有賦……輒爲二木訟冤呈諸丈一笑》（34970）、《建士施霆亨自夔以詩相迓》（34975）、《北郊勞農歸路五十六言》（34978）、《瀘貢士二十人……歌鹿鳴以遺之》（34980）、《嘉泰二年題資州……登山用前韻》（共2首，34981）共33首	虛庵宿太平宮》共4首34983《丙申攜客自康王觀東北行十里觀谷簾泉》共2首34984《口占》35012《偶成》共二35013共71首
唱和詩共361首	《和虞永康美功堂詩》34865《次德先韻》34873	《和范少才詠雪》（共3首，34921）、《次韻黃侍	《次韻德先步月答所問語》（共3首，34872）、《	《次韻虞果州泛雪》（34877）、《登元祐閣次韻李	《次程少逸餞楊叔禹教授》（34920）、《和李參	《次韻史少莊竹醉日移竹》共4首34866《次韻張

體裁	五古 共113首	五律 共126首	五絕 共38首	七古 共51首	七律 共324首	七絕 共321首
唱和詩共361首	《次韻虞永康廬居生芝》34873《韓叔沖約客泛舟滄江分韻得落字》34873《和李致政花石山詩》34874《次韻李參政湖上雜詠錄寄龍鶴墳廬》共13首34879《續和李參政湖上雜詠》共7首34879《西郊訪梅約李提刑、李參政八客分韻得爾字》34880《再和浣花韻呈李彭州、李參政》34881《次韻劉左史王亭觀梅》34883《次韻張太傅得余所遺二程先生集辯二程戲邵子語》34885《頒客君子軒木芙	郎生子》(34928)、《和李參政正旦聞邊報》(34946)、《次韻李參政見寄》(共3首,34950)、《次韻李參政見遺生日》(共3首,34951)、《和崔侍郎送行詩韻》(共2首,34954)、《臘日同舍郎即湖上送諸葛吏部赴湖北常平次汪吏部韻》(34957)、《次韻王常博題贈江陵樂德佐》(共2首,34973)共16首	次韻黃侍郎海棠花下怯黃昏七絕》(共7首,34874)、《和靖州判官陳子從山水圖十韻》(共10首,34910)、《和史少莊登山韻三首》(共3首,34920)、《和胡秘書雪中釋奠》(共2首,34923)、《次韻李參政龍鶴山廬》(共4首,34947)、《和王太博齋宮夢中絕句》(34964)共30首	左史所和范瀘州詩》(34884)、《大理曾少卿欲見余近作錄數篇寄之以詩爲謝……因次其韻》(34895)、《肩吾摘傍梅讀易之句以名吾亭且爲詩以發之用韻答賦》(34900)、《次韻永平令江叔文鶴山書院落成詩》(34900)、《生朝李肩吾貽詩次韻爲謝》(34901)、《先立春一日電雷雪交作程叔運賦詩次韻》(34904)、《朝字韻詩諸丈倡酬未已再次韻》(34904)、《張永平錯作亭於渠河之右	政龍鶴菴廬二首》(共2首,34920)、《和張大著顛字韻》(共2首,34922)、《張大著以韓持國綠樽紅妓事再和見戲復次韻》(共2首,34922)、《再和顛字韻時方議開邊》(34922)、《次韻費同叔解嘲》(共2首,34923)、《次韻叔衍兄賀生子》(34867)、《次韻丞兄聞丁卯十一月三日朝報》(共2首,34923)《次韻虞永康題滄江書院》(共2首,34924)、《次韻虞永康讀易有作》(34924)、《再次滄江韻》(共2首,	太傅見貽》共2首34885《再次韻》共2首34885《和李校書沐川三絕》共3首34920《次韻外舅楊崇慶以詩相招》共3首34921《和虞永康梅花十絕句》共10首34925《次韻虞永康十月海棠》共2首34926《次韻黃侍郎滄江海棠六絕》共6首34927《次韻王茶馬海棠四絕》共4首34927《次韻眉山胡宰喜雪》34931《和別駕喜雨四絕》共4首34931《次韻李彭州乞鶴於虞萬州》共4首34932《李提刑李參政再

體裁	五古 共113首	五律 共126首	五絕 共38首	七古 共51首	七律 共324首	七絕 共321首
唱和詩共361首	蓉盛開分韻得紅字》34888《重九後三日……各賦一品某探題得桃花菊》34888《次韻薛祕書見遺玉臂格謝書則堂扁額》34889《重陽分韻得放字》34890《補和李季允去秋所寄淩霄觀詩》34891《汪漕使即梅圃作浮月亭追和古詩餘亦補和》34891《約客十有二人汎舟東山分韻得大字》34891《次韻西叔兄日食地震詩》34892《至後再見大雪楊尙書約登天開圖畫閣分韻得平字》34892《閣學袁			……用韻和答》(34907)、《次韻趙制置制勝軒詩》(34918)共10首	34924)、《次韻范少才在峽中寄李季允》(共2首，34924)、《次韻虞永康謝余過滄江》(34925)、《次韻李參政見謝遊龍鶴山詩》(共2首，34926)、《次韻監試潼川提刑張兵部有懷家山木犀》(34929)、《次韻李參政、李提刑見和雁湖觀梅》(34931)、《次韻李參政上劉舍人閣學》(34931)、《再和》(34934)、《次韻虞萬州滄江海棠》(34934)、《魯提幹以詩惠分茶椀用韻爲謝》(34937)、《次韻虞萬	和招鶴詩再用韻以謝》共4首34933《再和招鶴》共4首34933《李參政折贈黃香梅與八詠俱至用韻以謝》共8首34934《次韻李彭州訪山居三絕》共3首34935《次韻李參政秋懷十絕》共10首34936《次韻李參政賦蟆貽新堰》共3首34936《登冠山次瞻叔兄壁間舊韻》共2首34939《次韻李參政和薛祕書詩見寄》共5首34940《次李參政所和五絕句韻因以爲壽》共5首34941《再和前韻答賦》共5首

體裁	五古 共 113 首	五律 共 126 首	五絕 共 38 首	七古 共 51 首	七律 共 324 首	七絕 共 321 首
唱和詩共 361 首	侍郎以朝鯉篆龍兩圖見寄索和》共 2 首 34893《十二月二十日領客登介亭分韻得梅字》34895《四月二十日……分韻得東字》34896《約漕使泛舟東郊坐客十人分韻得江字》34899《次韻李肩吾讀易亭山茶梅》34901《再賦》34901《通道朱宰求時齋字李肩吾賦詩次韻》34902《中秋無月分韻得狂字》34905《九月分韻得寒字》34906《次韻廬陵劉時見懷》34908《次韻蘇和父自郫見寄》34913《重				州見寄除夕江村餞臘》(共 2 首，34937)、《許侍郎同飲郊外王氏亭分韻得風字》(34937)、《次韻遂寧府宴貢士即席賦》(共 2 首，34938)、《與劉左史同別楊少卿於南郊舟中用宋兵部韻》(34939)、《再用宋兵部韻送劉左史》(34940)、《譙申甫惠詩有隨緣婚嫁之語因次韻贊之》(34940)、《次韻瀘帥范郎中再和所送李季允韻見寄》(共 2 首，34941)、《次虞萬州韻送曹簡夫守宣城》(34943	34942《翌日約客有和者再用韻四首》共 4 首 34943《李微之聞其弟貫之西歸以詩迓之劉左史和韻屬余同賦》共 6 首 34946《李參政約至井監偶得三絕》共 3 首 34948《正月九日川上之遊楊季穆以酬唱見寄走筆次韻》34950《次韻蘇和甫雨後觀梅》34952《將至古渝虞憲以三絕同端午節見寄用韻爲謝》34954《高不疑與客登梁昭明釣臺李肩吾和前詩見遺用韻謝之》34956《楊尚書和晴字韻詩適趨部

體裁	五古 共113首	五律 共126首	五絕 共38首	七古 共51首	七律 共324首	七絕 共321首
唱和詩共361首	陽領客以老杜舊日重陽日詩分韻凡賓主十八人得不字》34914《端平三年春三月……了翁得雲字》34918《江東漕使兄約遊鍾山分韻得泠字》34919《李德秀致政即席賦五言十韻用韻答之》34927共54首				)、《即席自和》(34945)、《八月十五日夜月……因次其韻》(34945)、《翌日對客雨中再和》(34945)、《次王萬里愁霖》(34947)、《和楊仲禹送史子修特奏赴吏部注闕》(34949)、《和除夕前一日南叔兄會楊仲博、楊季穆詩》(34949)、《應提刑以十五日和韻見示再次韻》(34952)、《九月丁亥秋祀畢勞農北郊蘇提幹以疾不往以詩見寄因次其韻》(34952)、《舟至合江度周卿以詩相迓次韻》(34953)、《即席	宿再韻謝之》共2首34958《袁都官同前韻賦二詩一章問易邊賦唐律二章索奏箚錄本》共2首34958《次韻楊尚書立春》共2首34958《王常博寄示沌路七詩李肩吾用韻爲予壽因次韻》共7首34965《次韻譙仲甫致政聞南遷見寄》共2首34966《次李肩吾送安恕父回長沙韻》34966《再用韻》共4首34966《和虞退夫韻》共3首34970《子益教授再用韻賦弈有審機從諫之誨某復和呈》共3首34970《次韻虞

體裁	五古 共 113 首	五律 共 126 首	五絕 共 38 首	七古 共 51 首	七律 共 324 首	七絕 共 321 首
唱和詩共 361 首					和丁夔帥送行詩韻》（共 2 首，34954）、《和夔漕王觀之韻》（共 2 首，34955）、《生日和辛江陵即席韻》（共 2 首，34955）、《李季允作呑雲樓索詩和總漕韻答之》（共 2 首，34955）、《李池州和韻見寄再賦以答之》（34956）、《和楊尚書韻送藺恭甫歸永康》（34957）、《約任千載大卿同王萬里楊仲博汎湖任賦二詩和其韻》（共 2 首，34961）、《領客汎西湖客賦詩次韻》（34962）、《次韻樊武仲致政見貽》	退夫除夕七絕句》共 7 首 34971《和虞退夫見貽生日詩韻》共 5 首 34973《次韻虞退夫除夕七絕句》共 7 首 34976《送李蒲江歸簡池用高榮州韻》34978《次韻丁制置遠迎三絕》共 3 首 34982 共 161 首

體裁	五古 共113首	五律 共126首	五絕 共38首	七古 共51首	七律 共324首	七絕 共321首
唱和詩共361首					（共2首，34966）、《次韻黃判官喜雪》（34968）、《次韻丁大監見懷》（共2首，34969）、《次韻儿華葉賔見思鶴山書院詩》（34969）、《次韻中秋風雨中約客葉元老有詩》（34971）、《用眞希元韻題豫章朱正父湖山清隱詩卷》（34971）、《嘗爲趙太社作章泉二字及匹紙寫詩二十二首趙一再有詩因次韻》（共2首，34972）、《次韻靖州貢士鹿鳴宴二首》（共2首，34972）、《和蔣成甫見貽生日韻》（共2	

體裁	五古 共113首	五律 共126首	五絕 共38首	七古 共51首	七律 共324首	七絕 共321首
唱和詩共361首					首，34974）、《用蔣成甫韻賀虞退夫生子且以相名之》（34975）、《十一月九日……跋外舅楊憲使灘字韻詩為次韻》（34975）、《過虎頭狼尾灘……用謝韻有賦》（共2首，34976）、《用樊武仲致政韻餞黃戶部》（34977）、《次韻荊門張守寺……告敕不願仕》（共2首，34977）、《六月十四次韻樊武仲喜雨》（34977）、《李尚書被召……次韻以謝》（34981）、《新繁縣禾登九穗嘉甫弟有詩索和》（34963）	

體裁	五古 共 113 首	五律 共 126 首	五絕 共 38 首	七古 共 51 首	七律 共 324 首	七絕 共 321 首
唱和詩共 361 首					、《某曩在遂寧……用韻再賦呈諸友》（34970）、共 90 首	
其它共 25 首	《登萬象樓和計次陽韻》34965《送黃考功廣東運判分韻得漢字》34868《約眉之寓公飲郡圃梅下分韻得動字》34877《重陽前一日……分韻賦詩某得字》34878《送劉寺丞赴浙西提舉分韻得霄字鹽官縣以海漂蕩命劉措置》34893《遊北岩之疇昔……請以是爲韻予分鬢字》34915 共 6 首			《送鄭侍郎四川制置分韻得蓋字》（34894）、《六月十四日……分韻得西字遂書以贈行》（34896）共 2 首	《用李致政韻題臨邛陳氏所居呂仙所留回道人來四字》（34929）、《送李左史郊外和范瀘州贈李韻》（34937）、《題牟節叟介壽堂和劉左史韻》（34941）、《次肩吾慶生日韻（戊子）》（共 2 首，34968）、《次肩吾慶生日韻（己丑）》（共 2 首，34969）、《用張子益教授韻送虞退夫西歸》（34972）、《次韻知常德袁尊固監丞送別四詩》（共 4 首，	《用黃侍郎韻題宇文發運瑞萱亭》（共 2 首，34929）、《用大禮楊少卿韻題馮君山莊圖》（共 2 首，34932）共 4 首

體裁	五古 共 113 首	五律 共 126 首	五絕 共 38 首	七古 共 51 首	七律 共 324 首	七絕 共 321 首
					34974）、《送楊子有赴敘倅用高縈州韻》（34977）共 13 首	

說明：1、詩題後數字爲該詩在《全宋詩》中頁碼。

2、其它類指兼有兩類及以上的詩歌，如《送黃考功廣東運判分韻得漢字》既爲唱和詩，也爲送別詩，故歸入其它類。

3、六言詩兩首：《次壁間韻題懷安道上三州王氏亭》（共 2 首，34944）

4、魏了翁集中有代作兩首：《黃夫人之葬某新有喪不得爲文以侑虞殯命兒沖代賦》、《成都杜五一府君之葬某新有喪不得爲文以侑虞殯命兒沖代賦》（34998），不單列入表中。

參考文獻

古籍文獻

史料類

1.（明）陳邦瞻撰《宋史紀事本末》，中華書局 1977 年。
2.（宋）陳騤《南宋館閣錄・續錄》，中華書局 1998 年。
3.（宋）江少虞《宋朝事實類苑》，上海古籍出版社 1981 年。
4.（宋）李心傳《建炎以來繫年要錄》，中華書局 1956 年。
5.（宋）李心傳《建炎以來朝野雜記》，中華書局 2000 年。
6.（宋）李燾《續資治通鑒長編》，中華書局 1992 年。
7.（宋）羅大經《鶴林玉露》，中華書局 1983 年版。
8.（宋）馬端臨《文獻通考》，中華書局 1986 年版。
9.（宋）邵伯溫《四朝聞見錄》，中華書局 1989 年版。
10.（元）脫脫等撰《宋史》，中華書局 1985 年。
11.（宋）魏泰《東軒筆錄》，中華書局 1983 年版。
12.（宋）吳廷燮《北宋經撫年表・南宋制撫年表》，中華書局 1984 年。
13.（清）徐松輯《宋會要輯稿》，中華書局 1957 年影印。
14. 丁傳靖輯《宋人軼事彙編》，中華書局 1981 年。
15.（宋）徐自明《宋宰輔編年錄》，中華書局 1986 年。
16.（宋）葉紹翁《四朝聞見錄》戊集，中華書局 1989 年版。
17.（宋）葉寘《愛日齋叢抄》，中華書局 2010 年版。
18.（宋）周密《齊東野語》，中華書局 1983 年版。
19.（宋）趙汝愚編《宋朝諸臣奏議》，上海古籍出版社 1999 年。

詩話類

1.（清）丁福保《歷代詩話續編》，中華書局 1983 年。
2.（明）胡應麟《詩藪》，上海古籍出版社 1979 年。
3.（宋）胡仔纂集，廖德明校點《苕溪漁隱叢話前後集》，人民文學出版社 1962 年。
4.（清）劉熙載著《藝概》，上海古籍出版社 1978 年。
5.（宋）劉克莊《後村詩話》，中華書局 1983 年。
6.（清）王士禎《帶經堂詩話》，人民文學出版社 1963 年。
7.（宋）魏慶之編《詩人玉屑》，上海古籍出版社 1978 年。
8.（宋）阮閱編，周本淳校點《詩話總龜》，人民文學出版社 1987 年。
9.（清）葉燮著，霍松林校注《原詩》，人民文學出版社 1979 年。
10.（宋）嚴羽《滄浪詩話校釋》，人民文學出版社 1983 年。
11.（宋）朱弁《風月堂詩話》，中華書局 1991 年。
12.（清）何文煥《歷代詩話》，中華書局 1981 年。

文集類

1.（唐）韓愈《韓昌黎繫年集釋》，上海古籍出版社 1994 年。
2.（唐）柳宗元《柳河東集》，上海古籍出版社 2008 年。
3.（宋）陳師道《後山詩注補箋》，中華書局 1995 年。
4.（宋）黃庭堅《黃庭堅詩集注》，中華書局 2003 年。
5.（宋）黃庭堅《豫章黃先生文集》，四部叢刊初編本。
6.（宋）陸游《劍南詩稿校注》，上海古籍出版社 2005 年。
7.（宋）樓鑰《攻媿集》，叢書集成初編本。
8.（宋）呂祖謙《呂東萊文集》，叢書集成初編本。
9.（宋）李壁箋注《王荊文公詩箋注》，上海古籍出版社 1993 年影印本。
10.（宋）劉克莊《後村先生大全集》，四部叢刊本。
11.（宋）歐陽修《歐陽修全集》，中華書局 2001 年。
12.（宋）秦觀《淮海集編年箋注》，上海古籍出版社 1994 年。
13.（宋）蘇轍《欒城集》，上海古籍出版社 1987 年。
14.（宋）蘇舜欽《蘇舜欽集》，上海古籍出版社 1981 年。
15.（宋）蘇軾《蘇軾詩集》，中華書局 1982 年。
16.（宋）蘇軾《蘇軾文集》，中華書局 1986 年。
17.（宋）司馬光《溫國文正司馬公文集》，四部叢刊初編本。

18.（宋）魏了翁《鶴山先生大全集》，四部叢刊本。
19.（宋）王安石《臨川先生文集》，四部叢刊初編本。
20.（宋）楊萬里著，辛更儒箋校《楊萬里集箋校》，中華書局 2007 年。
21.（宋）張耒著、李逸安點校《張耒集》，中華書局 1990 年。
22.（宋）眞德秀《西山先生眞文忠公文集》，四部叢刊本。
23.（宋）曾鞏著，陳杏珍、晁繼周點校《曾鞏集》，中華書局 1984 年。

理學著作

1.（宋）程顥、程頤《二程集》，中華書局 1981 年。
2.（宋）胡宏《胡宏集》，中華書局 1987 年。
3.（宋）羅從彥《羅豫章集》，叢書集成初編本。
4.（宋）李侗《李延平集》，叢書集成初編本。
5.（宋）李心傳《道命錄》，叢書集成初編本。
6.（宋）陸九淵《陸九淵集》，中華書局 1980 年。
7.（宋）黎靖德編，王星賢點校《朱子語類》，中華書局 1985 年。
8.（宋）葉適著，劉公純、王孝魚、李哲夫點校《葉適集》，中華書局 1961 年。
9.（宋）張九成《橫浦先生文集》，中華再造善本第 195 種影印宋刻本。
10.（宋）張栻《張南軒先生文集》，叢書集成初編本。
11.（宋）朱熹著，郭齊箋注《朱熹詩詞編年箋注》，巴蜀書社 2000 年。
12.（宋）朱熹《伊洛淵源錄》，叢書集成初編本。
13.（宋）朱熹、呂祖謙《近思錄》，上海古籍出版社 1994 年。
14.（宋）朱熹著，朱傑人、嚴佐之、劉永翔主編《朱子全書》，上海古籍出版社 2002 年。
15.（宋）朱熹《朱文公文集》，四部叢刊初編本。
16.（宋）朱熹著《四書章句集注》，中華書局 1983 年。

總集目錄類

1.（明）陳暐編《吳中金石新編》，臺灣商務印書館景印文淵閣四庫全書 1986 年版。
2.（清）黃宗羲原著，全祖望補修，陳金生、梁運華點校《宋元學案》，中華書局 1986 年。
3.（清）厲鶚《宋詩紀事》，上海古籍出版社 2008 年版。
4.（宋）金履祥編《濂洛風雅》，金華叢書本。

5.（清）紀昀等編《四庫全書總目提要》，中華書局 2005 年版。
6.（明）錢穀編《吳都文粹續集》，臺灣商務印書館景印文淵閣四庫全書 1986 年版本。
7.（清）吳之振、呂留良、吳自牧選、清管庭芬、蔣光煦補《宋詩鈔》，中華書局 1986 年。
8.（宋）眞德秀《文章正宗》，臺灣商務印書館景印文淵閣四庫全書 1986 年版本。
9.（宋）眞德秀《續文章正宗》，臺灣商務印書館景印文淵閣四庫全書 1986 年版本。

專 著

1. 北京大學古文獻研究所編《全宋詩》，北京大學出版社。
2. 包弼德著《斯文——唐宋思想的轉變》，江蘇人民出版社 2001 年。
3. 陳植鍔《北宋文化史述論》，中國社會科學出版社 1992 年。
4. 鄧廣銘《鄧廣銘治史叢稿》，北京大學出版社 1997 年。
5. 陳來《宋明理學》，華東師範大學出版社 2004 年。
6. 陳來《中國近世思想史研究》，商務印書館 2003 年。
7. 蔡方鹿《魏了翁評傳》，巴蜀書社 1993 年版。
8. 杜海軍《呂祖謙文學研究》，學苑出版社 2003 年版。
9. 高令印、陳其芳《福建朱子學》，福建人民出版社 1986 年版。
10. 郭紹虞輯《宋詩話輯佚》，中華書局 1980 年。
11. 郭紹虞《宋詩話考》，中華書局 1979 年。
12. 關長龍《兩宋道學命運的歷史考察》，學林出版社 2001 年。
13. 葛兆光《中國思想史》（第 2 卷），復旦大學出版社 2001 年。
14. 黃寬重《南宋史研究集》，臺灣新文豐出版公司 1985 年版。
15. 何俊《南宋儒學的建構》，上海人民出版社 2004 年。
16. 侯外盧等《宋明理學史》，人民出版社 1984 年版。
17. 姜廣輝《理學與中國文化》，上海人民出版社 1994 年版。
18. 姜廣輝《西山鶴山合論》，《中國哲學史研究》1984 年第 3 期。
19. 景紅錄《劉克莊詩歌研究》，上海古籍出版社 2007 年版。
20. 栗品孝《南宋軍事史》，上海古籍出版社 2008 年版。
21. 羅立剛《史統、道統、文統：論唐宋時期文學觀念的轉變》，東方出版中興 2005 年。

22. 劉子健著，趙冬梅譯《中國轉向內在——兩宋之際的文化內向》，南京：江蘇人民出版社 2002 年。
23. 莫礪鋒編《第二屆宋代文學國際研討會論文集》，江蘇教育出版社 2003 年。
24. 莫礪鋒《江西詩派研究》，齊魯書社 1986 年沈松勤《北宋文人與黨爭》，人民出版社 1998 年。
25. 莫礪鋒著《朱熹文學研究》，南京大學出版社 2000 年。
26. 蒙培元《理學的演變》，福建人民出版社，2007 年版。
27. 馬東瑤《蘇門六君子研究》，北京大學出版社 2005 年。
28. 馬東瑤《文化視域中的北宋熙豐詩壇》，陝西人民教育出版社 2006 年。
29.（日）內山精也《傳媒與眞相——蘇軾及其周圍士大夫的文學》，上海古籍出版社 2005 年。
30. 彭東煥《魏了翁年譜》，成都：四川人民出版社 2003 年版。
31. 齊治平《唐宋詩之爭概述》，嶽麓書社 1984 年。
32. 漆俠《宋學的發展和演變》，石家莊：河北人民出版社 2002 年。
33. 錢鍾書選注《宋詩選注》，人民文學出版社 1958 年。
34. 錢建狀《南宋初期的文化重組與文學新變》，廈門大學出版社 2006 年。
35. 沈松勤《南宋文人與黨爭》，人民出版社 2005 年。
36. 沈松勤主編《第四屆宋代文學國際研討會論文集》，浙江大學出版社 2006 年。唐圭璋編《全宋詞》，中華書局 1965 年。
37. 石明慶《理學文化與南宋詩學》，中國社會科學出版社 2006 年。
38. 田浩（美）《朱熹的思維世界》，陝西師範大學出版社 2002 年版。
39. 田浩《功利主義儒家：陳亮對朱熹的挑戰》，江蘇人民出版社 1997 年。
40. 吳文治主編《宋詩話全編》，江蘇古籍出版社 1998 年。
41. 伍曉蔓《江西宗派研究》，巴蜀書社 2005 年。
42. 王述堯《劉克莊與南宋後期文學研究》，東方出版中心 2008 年版。
43. 王水照主編《首屆宋代文學國際研討會論文集》，復旦大學出版社 2001 年。
44. 王水照《王水照自選集》，上海教育出版社 2000 年。
45. 王水照主編《新宋學》（第 1、2 輯），上海辭書出版社 2001、2003 年。
46. 蕭慶偉《北宋新舊黨政與文學》，人民文學出版社 2001 年。
47. 余英時著《朱熹的歷史世界——宋代士大夫政治文化研究》，三聯書店 2004 年。

48. 趙齊平《宋詩臆説》，北京大學出版社 1993 年。
49. 張鳴選注《宋詩選》，人民文學出版社 2004 年。
50. 張海鷗《宋代文化與文學研究》，中國社會科學出版社 2002 年。
51. 張毅《宋代文學思想史》，中華書局 1995 年。
52. 張廷傑編《第三屆宋代文學國際研討會論文集》，寧夏人民出版社 2005 年。
53. 張文利《魏了翁文學研究》，中華書局 2008 年版。
54. 張文利《魏了翁文學思想初探》，《東南大學學報》2008 年第 2 期。
55. 朱鴻林《理論型的經世之學——大學衍義之用意及其著作背景》，見於《中國。
56. 近世儒學實質的思辨與習學》，北京大學出版社 2005 年版。
57. 祝尚書《宋代科舉與文學考論》，大象出版社 2006 年。
58. 祝尚書《宋代文學探討集》，大象出版社 2007 年。田浩編《宋代思想史論》，社會科學文獻出版社 2003 年。
59. 諸葛憶兵《宋代文史考論》，中華書局 2002 年。
60. 周裕鍇《宋代詩學通論》，巴蜀書社 1997 年。
61. 周裕鍇《文字禪與宋代詩學》，高等教育出版社 1998 年。
62. 鄒永賢編《朱子學派治國綱領試探——兼析眞德秀〈大學衍義〉》，《朱子學研究》，廈門大學出版社，1989 版。
63. 曾棗莊、劉琳主編《全宋文》，上海辭書出版社 2006 年。
64. 查洪德《理學背景下的元代文論與詩文》，中華書局 2005 年。

期刊、論文

1. 蔡方鹿《張栻、魏了翁的實學思想及對湘蜀文化的溝通》，《湖南大學學報》2005 年第 1 期。
2. 蔡方鹿《魏了翁在宋明理學史上的地位》，《成都大學學報》社科版 1994 年第 4 期。
3. 蔡方鹿、賈順先《魏了翁與宋代理學》，《社會科學研究》1985 年第 1 期。
4. 蔡方鹿《魏了翁集宋代蜀學之大成》，《文史雜誌》1993 年第 2 期。
5. 蔡方鹿《魏了翁與宋代蜀學》，《社會科學研究》1992 年第 6 期。
6. 丁瑋《魏了翁詩歌研究》，四川師範大學 2003 年碩士論文。
7. 段有成《宋代流民問題研究》，西北師範大學 2004 年碩士論文。
8. 傅小凡《貫通形上形下的努力——試論眞德秀對朱子理學本體論的發展》，《合肥學院學報》（社會科學版）2007 年 5 月第 3 期。

9. 葛金芳、常徵江《宋代錢荒原因再探》,《湖北大學學報》2008 年第 2 期。
10. 鞠巍、王小丁《獨特的理欲觀——試論胡宏對魏了翁思想的影響》,《船山學刊》2008 年第 1 期。
11. 鞠巍《魏了翁的理氣觀》,《零陵學院學報》2005 年第 3 期。
12. 金生楊《魏了翁研〈易〉歷程考》,《四川師範學院學報》2003 年第 3 期。
13. 金勇強《兩宋紙幣流通的地域變遷與區域差異》,《開封大學學報》2007 年第 1 期。
14. 金生楊《論魏了翁的易學思想》,《周易研究》2003 年第 3 期。
15. 姜廣輝《略論眞德秀的理學思想及其歷史地位》,《福建論壇》1983 年。
16. 林日波《眞德秀年譜》,華中師範大學 2006 年碩士論文。
17. 李範鶴《魏了翁的先賢諡號奏請和理學官僚的登場》,《中國古代社會與思想文化研究論集》第二輯。
18. 李弘毅《〈文章正宗〉的成書、流傳及文化價值》,《西南師範大學學報》1997 年第 2 期。
19. 李俊清《眞德秀論爲官之德》,《政府法制》1999 年 07 期。蘭宗榮《眞德秀「仁政」思想述評》,《南平師專學報》2001 第 3 期。
20. 李秋華《宋代流民問題及其社會調控》,南昌大學 2005 年碩士論文。
21. 雷家宏《眞德秀新論》,《江漢論壇》1994 年 7 期。
22. 仝超《魏了翁理學思想評析》,東北師範大學 2009 年碩士論文。
23. 石明慶《論眞德秀的詩歌理論批評》,《湖州師範學院學報》2006 年 12 月第 6 期。
24. 孫先英《論眞德秀〈詩經〉評點的政教觀》,《廣西大學學報》(哲學社會科學版)2007 年 6 月第 3 期。
25. 孫先英《論朱學見證人眞德秀》,四川大學博士論文,2005 年 3 月。
26. 孫先英《從〈文章正宗〉看眞德秀的陶詩觀》,《九江學院學報》2007 年第 5 期。
27. 孫先英《眞德秀〈詩經〉評點的「性情之正」說》,《貴州大學學報》2007 年第 3 期。
28. 王嬋《眞德秀評點中的公文本體論與文體論》,《河南師範大學學報》2006 年 11 月第 6 期。
29. 謝桃枋《論魏了翁詞》,《天府新論》1996 年第 1 期。
30. 夏靜《眞德秀學術思想及其價值取向》,《中國社會科學院研究生院學報》,2006 年第五期。
31. 夏靜《眞德秀文學思想論》,《北方論叢》2007 年第 2 期。

32. 葉曉鷹《南宋楮幣研究》，南昌大學 2005 年碩士論文。
33. 尹海江《魏了翁謫地考》，《文獻季刊》2005 年第 4 期。
34. 尹業初《眞德秀哲學思想研究》，湘潭大學碩士論文，2005 年 5 月。
35. 張鳴《即物即理，即境即心——略論兩宋理學家詩歌對物與理的觀照把握》，載陳平原、陳國球《文學史》第 3 輯，北京大學出版社 1996 年。
36. 張文利《論魏了翁的以理入詞》，《西北大學學報》2009 年第 2 期。
37. 張荷群《魏了翁與《九經要義》》，《四川大學學報》2004 年增刊。
38. 張帆《魏了翁壽詞創作考源》，《四川師範大學學報》2009 年第 4 期。
39. 張偉光《魏了翁壽詞研究》，東北師範大學 2007 年碩士論文。
40. 張智華《眞德秀〈續文章正宗〉版本源流》，《安徽教育學院學報》2000 年第 1 期。
41. 張文利、陶文鵬《眞德秀與魏了翁文學之比較》，《蘇州大學學報》2008 年第 4 期。
42. 顓靜莉、李宏亮《眞德秀理學思想探微》，《牡丹江教育學院學報》2006 年第 2 期。
43. 周春水《眞德秀理學思想及其在宋明理學中的地位》，《福建社會主義學院學報》2003 年第 4 期。
44. 朱人求《眞德秀思想研究述評》，《哲學動態》2006 第 6 期。

後 記

博士學習生涯馬上就要結束了，但是並沒有交出一份滿意的答卷，論文中很多問題才剛剛涉及到，而研究的目的也沒有完全達到，自己的淺薄和疏漏表露無遺，悔愧已然來不及，只能留待將來有時間再做彌補。

四年前，承蒙張鳴導師不棄，收入門下，那時張老師就我的學習提出了建議，可惜沒有認真去做，失去了一次又一次的機會。在論文的選題和論文的修改過程中，張老師都付出了巨大的辛勞，才使得論文得以成型，謝謝您，張老師！

在論文的開題、綜合考試和預答辯時，劉勇強老師，潘建國老師，楊鑄老師，李鵬飛老師，李更老師，李簡老師，都提出了很好的參考意見，謝謝各位老師！

2007 年，小女剛剛出生，我就負笈來京，家中事務全勞妻子叢豔紅女士和岳母操持，使得我得以完成學業，母親、哥哥、姐姐也時時關懷我的學業，分擔了不少家務，謝謝你們！

在這四年的學習生活中，學兄王建生、舍友張紅波、師弟師妹和同級的許多同學都給我很大幫助，也在此一併致謝！